花醉三千

完结篇 上

素子花殇 /著

图书在版编目（CIP）数据

花醉三千. 完结篇 / 素子花殇著. — 重庆：重庆出版社，2015.9
ISBN 978-7-229-09519-2

Ⅰ.①花… Ⅱ.①素… Ⅲ.①言情小说－中国－当代 Ⅳ.①I247.5

中国版本图书馆CIP数据核字(2015)第038484号

花醉三千（完结篇）
HUA ZUI SANQIAN（WANJIE PIAN）
素子花殇　著

出 版 人：罗小卫
责任编辑：李　梅
责任校对：杨　婧　郑小石
封面设计：九一设计
封面插图：@竹铃叮当

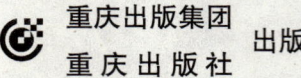
重庆出版集团
重庆 出 版 社　出版

重庆市南岸区南滨路 162 号 1 幢　邮政编码：400061　http://www.cqph.com
自贡兴华印务有限公司印刷
重庆出版集团图书发行有限公司发行
E-MAIL:fxchu@cqph.com　邮购电话：023-61520646

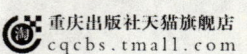
重庆出版社天猫旗舰店
cqcbs.tmall.com

全国新华书店经销
开本：700mm×1000mm　1/16　印张：31.75　字数：660千
2015年9月第1版　2015年9月第1版第1次印刷
ISBN 978-7-229-09519-2
定价：55.00元

如有印装质量问题，请向本集团图书发行有限公司调换：023-61520678
版权所有　侵权必究

目录

第一章 咫尺天涯 / 001

第二章 我们不熟 / 021

第三章 你带我随 / 040

第四章 何为生路 / 059

第五章 御驾亲证 / 079

第六章 树叶白水 / 100

第七章 只赌君心 / 121

第八章 真假皇后 / 143

第九章 我能解释 / 164

第十章 我的女人 / 184

第十一章 右相休妻 / 207

第十二章 为她宣战 / 228

第一章　咫尺天涯

一阵夜风吹过，铃铛打了一个寒战，怔怔回过神，她缓缓垂眸，看向自己手心里的一截里衣袖布。这是那个女人挟持她下山时在半路给她的。女人说："上面没有醉红颜的解药。"当时，她很震惊，有些不相信，女人就微微苦笑，说："他曾经用这个方法帮我弄到了醉红颜的解药，就当我还他恩情，从此两讫。"

两讫？如何两讫？

或许刚才所有人都顾着去跟蝙蝠群作斗争，没有看到发生了什么。只有她，只有她看得清清楚楚，目睹了一切。是因为那个火折子吗？火折子里面难道藏着火药？

是谁？是谁这样做的？

铃铛缓缓环视过岸边的人群，当时场面太混乱，她没有怎么看清楚，但可以肯定的是，是一个嬷嬷。此次随行，嬷嬷有二十人，会是哪一个呢？而且，是真的嬷嬷吗？还是乔装成嬷嬷的样子？她不知道。她只知道，这个人的目标是蔚景。这个人想要蔚景死。

是谁？宫里面还有谁想要这个女人死？显然，刚刚凌澜发现了火折子的问题，所以才会有紧急情况下出手将她击飞出去的那一幕。只是，他应该自己也没有想到会将那女人击到湖里去吧？不然，又怎么会有那一瞬间的脸色巨变，她清楚地看到他意识到这一点的时候，想要飞身上前去拉，只不过这个时候刚甩出手的火折子就爆炸了。

他舍命救那个女人，也不是第一次。只是，她没想到的是，他竟然跟着也跳到湖里去了，在外伤内伤那样严重的情况下。是想去救那个女人吗？可是他如何救？一个自己站都站不稳，路都不能走，内伤外伤遍身的人，又如何在深水下去救另一个人？送死吧？分明就是送死！

说不出来心里的感觉，她缓缓将那一截袖布拢进袖中，抬眸看了看岸边情况，想必一时半会儿人群是散不了的，眸光微微一敛，她悄声离开。

天色慢慢亮起来。湖里的搜救工作依旧毫无进展。一道身影穿过拥挤的人群，来到康叔跟锦溪的身旁："公主没事吧？"

康叔一震，愕然侧首，就看到一身玄色长袍的男人不知几时站在边上。鸷颜？康叔眸光一敛，有些不相信自己的眼睛，直到对方递了个眼色给他，他才敢确定是鸳颜不假。

总算来了。刚刚他还在想，这两个人，一个中醉红颜生死未卜，一个伤成那样跳进深潭，让他一个人在这里该怎么办？还好，总算回来了一个。只是，只是，她不是中了醉红颜吗？又怎么毫发无损地出现在这里？谁给她弄到了解药？

心中虽有疑问，眼前却不是说话的地方，瞟了一眼靠在自己身上有气无力的锦溪，他只替锦溪回了一句："刚刚让太医检查了脉，说只是中了软筋散，等药力一过，就没事了。"

"哦，那就好！"鸳颜点了点头，也不再多说，只轻轻转过目光同众人一样看向湖边，眼波流转的一瞬间，似乎有浓浓的沉痛，康叔一怔，再细看，却只见她微蹙了眉心，眸色深沉。康叔眼帘颤了颤，看来这个女人已经知道发生了什么。

从拂晓到黎明，从黎明到正午，又从正午到黄昏。一拨一拨的人下湖，一拨一拨的人上来。始终没有蔚景。当然，连凌澜也没有寻到。

帝王一直站在那里没有动，从夜里开始就滴水未进，粒米未沾，赵贤上前提醒了几次，都被直接无视。天子如此，大家又怎敢造次，只得一起陪着不吃不喝，站在那里接受烈日的暴晒。其实，这一幕对于那些宫人和女眷来说，并不陌生。曾经在女芳节那日，九景宫发生爆炸，以为皇后被炸死了，他们的这个帝王也是这样的反应。搜救工作进行了多久，帝王就在边上站了多久，也是不吃不喝，不眠不休。于是，所有人都得出一个认知。帝王爱皇后，很爱很爱的那种。只是，这天不遂人愿啊，本是专门出来替皇后祈福的，结果却酿成了这样的悲惨局面。大家心知肚明，都过了这么久，还没有找到人，那么就算找到，也只是一具尸体吧？

夕阳西下，落日的余晖透过山峦斜铺下来，将整个天地镀上一片红彩，特别是那波澜泛滥的湖面，映着那漫天红光，一漾一漾，就像是血湖一般。叶炫侧首，微微眯眸，看向天边的那一抹残阳。醉红颜，十二个时辰之内必须解掉，只有十二个时辰，否则……

眸色一痛，他收回视线，缓缓看向负手立在前方的帝王。也不知哪里来的勇气，他忽然上前，来到帝王的身边。好一会儿，帝王才意识到身侧有人，缓缓将落在湖面上的目光收回，侧首看向他。

"有事吗？"脸上没有一丝表情。

叶炫抿唇默了片刻，才低声开口道："皇上为何要骗属下？"

昨日搭帐篷的时候，他袖中的半块玉不小心掉了下来，当时，帝王正好在，他吓得不行，连忙捡了起来，但是，还是被帝王看到。帝王问他："为何七公主的玉在你那里？"

他当时紧张极了，没办法，只得硬着头皮说，捡的。

帝王说："是吗？"

然后便支走了所有人，缓缓踱步到他面前，深深地看着他，问："叶炫，你跟随朕多少年了？"

他低头，不敢直视，跟随这个男人八年，虽然有时候觉得完全不懂他，但是这方面他还是了解的，只要是这样看着他，这样问他，就一定是知道他在撒谎。所以，他不敢吭声。男人便笑了，负手背过身去，留了一个背脊给他，然后说："其实，朕早就知道，朕只是相信你，不想揭穿你，一直在等着你开口，这半块玉是你喜欢的那个女人的吧？"

他当时就震惊了。

男人回头瞟了他一眼，继续道："女芳节那日，凌澜能够挟持皇后，也是你助他一臂之力吧？当时，朕就觉得奇怪，皇后为何会突然跑去天牢？还有你，那个时候，你不应该是陪着朕在未央宫的吗？结果也在天牢，不是很奇怪吗？还有夜里，听说你带人去一个农院围剿了一个女人，结果还是让那个女人跑了。就是她吧？"男人转过身来质问着他，他依旧一个字都说不出来。

"于是，朕让人查了你那日有些什么异常，很多人说，你看起来心情很好，而且剑鞘上还挂着一枚玉佩。所以，朕就猜想，应该是玉佩，将皇后给引去了天牢。当然，朕知道你是无心的，你只是被那个女人利用了，不然，你也不会夜里带人去围剿她。而且，你跟随朕多年，你的为人跟忠心，朕明白。"

他当时就跪了。除了跪，他不知道该说什么。无论是曾经的副将，还是现在的禁卫统领，这个男人的确给了他所有的信任，这也是这么多年，他死心塌地追随这个男人的原因。忠心，无论是下属，还是臣子，这个是必备的东西。他也一直是这样要求自己的。

只是，那一夜，他放走了那个女人。其实，他的内心也是纠结得要命，自责、后悔、无奈，很复杂很痛苦的心情。他甚至觉得，如果不是他，皇后就不会被炸死，虽然他一直不明白，他剑鞘上挂着七公主的玉，为何会将皇后引去天牢。但是，错了就是错了，他害死了皇后。所以，他决定从此以后跟那个女人桥归桥，路归路，互不相干，若下次两人狭路相逢，他定不会手软。

他当时也是这样跟这个男人保证的，当然，他如此保证并不是奢求这个男人的原谅。这个男人的狠，他早已见识过，无论是曾经当将军的时候，还是后来做了帝王，这个男人最最不能容忍的就是背叛，每一个背叛他的人都死得很惨。所以，他也做好了死的准备。

谁知，男人竟然亲自将他从地上扶了起来。男人说："既然朕一直没有拆穿你，说明朕从来就没有想过要杀你！你还是朕能相信的叶炫吗？"

男人当时拍着他的肩说着这句话，那样子，让他想起了曾经在战场上金戈铁马、血雨腥风的日子，每次出战前，男人也是这样拍着他的肩，说，叶炫，对于我们这种上战场的人来说，每一次出征都是奔赴未知的命运，说不定就是永别，所以，珍重二字要早说。就是那一拍让他彻底崩溃，他斩钉截铁地告诉男人："是！叶炫还是曾经的叶炫！"

然后，男人就拿出了那张地图，跟他说："想办法让那个女人拿到这张地图。"

第一章　咫尺天涯

003

当时他不解，怎么会主动将秘密制造兵器的地图给人家？男人说："地图是假的，朕只是想要揪出对方的团伙，你放心，朕会放过那个女人，朕也爱过人，理解你的心情。"

他接下了那张地图。心里很难过，也有些犹豫，他很清楚，一旦走出这一步，他跟那个女人不仅会是陌路，更会是一辈子的仇人，但是，最终，他还是决定按照男人的旨意去办。

谁知晚膳的时候，他正欲进营帐裹报事情，却无意间听到了这个男人跟赵贤的对话，男人问赵贤，地图上确定涂好了"一时殇"吧？赵贤说，万无一失。男人说，嗯，那就等着叶炫将地图给那个女人，今夜有好戏看了。当时，他就震惊了，"一时殇"是一种毒药，中毒后一个时辰毒性发作，故得名"一时殇"。

原来，说什么揪出后面的团伙是假，揪出叶子才是真。他很难过，也很迷茫。他一个人在夜风中走了很久。最终，他还是决定去了，只不过，他带了一个火折子，一个放了媚香的火折子。因为"一时殇"这种毒很奇怪，虽说只对女人起作用，可对于刚刚交合过的女人来说，作用就很小，几乎不会中毒，就算中，也是非常轻微。所以，他将叶子带去了山洞，他要了她。他想着，就算这个男人事后知道，也没关系，他又不知道他是因为得知里面有"一时殇"才这样。

谁知道，最后的最后，地图上竟然不是"一时殇"，而是"醉红颜"。而"醉红颜"却正好跟"一时殇"相反。只有不是处子之身的女人，才会中毒。那也就是说，他等于亲手给叶子下了致命毒药。谁也不知道他得知这一真相时的心情。终究是他低估了这个男人。

其实想想也是，在啸影山庄，这个男人就曾经用过同样的方法，故意跟赵贤对话让皇后听到，将皇后引去了住着镇山兽的缠云谷。对自己爱的女人，这个男人尚且这样，何况是对他？可是，既然说了相信，为何还要这样设计？而且还要如此处心积虑地设计？

见男人转过头继续看向身前的湖面，没有理他，就像是没有听到一样，他又重复了一遍："皇上为何要骗属下？"

"你是在质问朕吗？"男人终于再次转过头，脸色也由刚刚的面无表情，变得冷寒。

"你又何尝没有骗朕？不错，朕是想揪出那个女人，那个一直藏在朕眼皮底下、玩弄朕于股掌之中的女人，但是，朕这样做的目的，还有一个，就是朕想试试你的忠诚，看看你是不是那个言行一致的叶炫，结果，朕很失望！"说最后几个字的时候，锦弦一瞬不瞬地凝视着他，一字一顿。

叶炫一震。失望？到底谁让谁失望？他已无力去想。眼见着十二个时辰转瞬就至。

"恳请皇上赐属下解药！"叶炫一撩袍角，对着锦弦跪了下去。

所有站在后面的人皆是一怔，因为隔得有些距离，且两个人的声音不大，只知道两人在说话，却听不到说什么，看帝王的脸色，猜测应该没有什么好事情，如今见叶炫一跪，更是确定帝王在生气。正各自猜测，会不会跟刺客有关，或者跟皇后坠湖有关，就猛地听到帝王忽然冷声问向赵贤:"赵贤,夜里清查人员的时候,还有多少人没有查到?"

赵贤连忙躬身上前:"回皇上,只剩十几人。"

"继续将那十几人给朕查完,即刻,现在!"

赵贤躬身领首,领命而去,跪在地上的叶炫面色一颓,重重闭眼。人群中,鸷颜垂下眉眼,唇角勾起一抹冷嘲。

最后的十几人终于查完,结果却出乎意料。一个不多,一个不少。锦弦有些难以相信,又让赵贤派人再次清点了一下人数,依旧不多不少。

其实,难以相信的又何止锦弦一人,叶炫亦是。他是戴着半玉在每个人的营帐里晃一圈之后,叶子才去赴约的,叶子应该是这其中的一人啊,难道不是?难道只是这些人当中有叶子的自己人,或者说是眼线而已?他不知道。他只知道,"醉红颜"并非寻常毒药,没有解药就是一个死字。而眼见着十二个时辰转瞬即至,怎么办?抬眸望了望已经暗下来的天色,日已西沉,一颗心并未因这些人当中没有揪出叶子有半分喜悦,反而拧得更紧了些。

锦弦抿着唇,凤眸轻敛看着众人,脸色黑沉,显然很生气。众人大气不敢出,皇后至今未寻到,势在必得揪出的那个女人也没有揪出,这个时候帝王的心情,任谁都可以想象得出。就在众人想着,是否又要继续在这里守一夜的时候,帝王忽然吩咐赵贤:"留一部分人继续在这里搜救皇后,其余的人都随朕上山,继续去光隐寺给皇后祈福,希望大家的诚意能感动神灵,保佑皇后平安无事。赵贤留下来,有任何情况第一时间禀报于朕。"

众人一怔,帝王说完,带头就走,经过叶炫身边的时候,也未叫他起来,甚至看都没看他一眼,可是衣袂轻擦的瞬间,却忽然有什么东西掉了下来,落在他衣袍的边上。垂眸望去,赫然是一个小纸包,叶炫怔忡了片刻,猛然意识到什么,眸光一亮,难以置信地抬头。帝王只留给他一个明黄的背影。心头狂跳,他伸手将小纸包拾起,紧紧握在掌心。

夜凉如水。叶炫低着头,缓缓走在夜风中,软靴踩在落叶和杂草上窸窸窣窣地细响。除了这个声音,夜,很静,竟然连蛙鸣和夏虫的呢喃都没有。许是昨夜折腾了一夜没睡,今日白日又暴晒了一天的缘故,大家都睡得特别早,也特别沉。营地里一片静谧。就是这样的静谧,让人觉得窒息,头顶繁星满天,身边风过树摇,叶炫忽然觉得,自己好像孤寂行走在天地间,他回头,看见自己的影子被清冷月辉拉得细细长长。扭头回来的时候,差点撞在一人的身上。明黄入眼,他一怔,是锦弦。

"皇上。"反应过来后,他连忙准备行礼,被锦弦扬手止住。

"给她了吗?"锦弦睨着他。

叶炫微微怔忡，没想到他等在这里就是为了问他这个。

"没有，"叶炫摇了摇头，声音有些哑，带着一丝恍惚，"约不到她。"

拿到锦弦的解药之后，他一路上都在想着如何将解药给出去，叶子应该还在昏迷，不可能现身见他。那么，能见的只能是叶子的人。实在想不出什么好的办法，最终，他还是用了第一次一样的方式，挂着那块半玉再一个营帐一个营帐地转了一圈。恐对方未能明白他的心思，他还每个营帐都丢了一句话，说，今夜他不睡了，有急事一定要找他。他积极尽责的样子，还被好几个人取笑了。譬如右相夜逐寒就是其中一个。

夜逐寒说，叶统领还真是尽心尽责啊，既然有如此忠于职守的禁卫统领守夜，本相以为，应该不会发生什么危急之事。夜逐寒说这话的时候，一脸的讥诮嘲弄，他笑笑，也不想理会。他的心思，岂是夜逐寒一个外人能懂的？他只需要该懂的人懂就行！上次他只是挂着半玉晃了晃，对方都能明白他的意思，这次，只差赤裸裸告诉别人自己有解药，让人来找他了，他想，对方肯定懂。

恐锦弦再次使诈，他自己先试用了一些解药，见的确无毒，他才放心。另外，以防被锦弦派人跟踪，他还兜兜转转了很久，确定没有尾巴，才来到昨夜与叶子见面的地方。他等了很久，没有人来。他又去山洞等了好长时间，依旧没有人来。时间一点一点过去，他的心也一点一点往下沉。他一个人站在黑暗里，做着种种假设。或许是他昨夜的行为深深伤害了那个女人，也彻底让对方失去了对他的信任，又或许是对方已经不需要解药了，因为叶子已经……

他不敢想。

为了打消对方的疑虑，为了不让对方以为他又是引君入瓮，他将药包放在山洞里，自己离开了。过了一段时间，他再回去。药包依旧在那里。

"知道朕为何会给你解药吗？"锦弦骤然出声，将他的思绪拉了回来。他怔怔看向面前的帝王，没有吭声。

"朕不希望你觉得自己欠对方什么，也不希望你走上不归路，别忘了自己是中渊的禁卫统领。"男人声音微沉，带着丝丝冷意。

叶炫眸光微微一敛。这个男人的意思，他懂。就是想要他将解药给对方，然后互不相欠，也再无瓜葛，他是中渊的禁卫统领，对方是企图对中渊不利的逆贼，他们的身份日后只能是死敌，是吗？望着面前一身凛然的帝王，叶炫忽而勾起唇角，微微一笑："皇上放心，自昨夜以后，属下跟她已再无可能，她，或许，已经死了，就算没死……"他在她的心里也死了。

他顿了顿："就算没死，我，也是她的仇人。"锦弦眼波一敛，叶炫略一颔首，转身，走进幽幽夜色里。

凌澜缓缓睁开沉重的眼睑，入眼是一片白色的帐顶，头有些痛，意识也有些混沌，缓缓将目光从帐顶移开，他看向屋内。陈旧的桌椅，朴素的装饰，收拾得干干净净、清清爽爽。是一间陌生的厢房。随着意识慢慢恢复，记忆也一点一点清晰，他猛地想起什么，脸色一变，从床榻上翻身而起。

"你竟然醒了，命还真不是一般的硬啊！"一道火红的身影自门口走了进来。凌澜一怔，第一眼以为是个女人，后意识到声音不对，再次看过去，才发现，是个男人。只是这个男人……

肤色白皙、明眸皓齿、五官就像是画上去的一样。特别是一双斜挑的凤眸，看人的时候，就像是有桃花在飞，若不是男人的声音，以及高大的身形，他还真以为是个女子。

"你是谁？"他凝眸，略带戒备地看着他。看其衣着华丽，非富即贵。而他现在身份敏感，凡事都得小心才是。

"我是谁？我是你的救命恩人。"红衣男人一直走到床榻前站定，目光触及到他的胸口因为骤然起身的动作，牵扯到伤口又出了血，眉心一蹙，"你作死啊！"

凌澜怔了怔，循着他的视线垂眸望过去，在看到胸口一抹殷红时，又想起什么，猛地抬头："是你救了我？那你还有没有救起一个女子？"

"是不是一个穿着白色长袍寝衣，长发及腰，未佩任何发饰、生得眉目如画的女子？"

"她在哪里？"凌澜一把将他的腕握住。

"喂，你轻点，"红衣男子蹙眉，看向自己手骨几乎都要被捏碎的腕，"伤成这样，力气还这么大，小心内伤加重。"

凌澜闻言，却并未放开，五指反而更加收拢："快说！"

"有你这样对恩人的吗？不松手我不说！"

凌澜这才连忙将他的手放开。红衣男子活动了一下自己的腕，不悦地瞪了一眼凌澜，愤愤道："早知道就应该见死不救的，让你葬身鱼腹多好，君傲也少了一个情敌。"

君傲？凌澜眸光微微一敛，影君傲？难道？

"快说，蔚景到底在哪里？"他瞳孔一缩，再次擒住了红衣男子的腕。

"你……松手！我可是会功夫的，只是见你这个死样，不想伤你，我喊三下，你再不松手，我就……"

"怎么废话那么多？快说人在哪里？"凌澜厉吼一声，将他的话打断。红衣男子怔了怔，凌澜猛地甩开他的手，从床榻上下来，趿了软靴就径直阔步往外走。

"不用找了。"红衣男子影无尘望着他的背影道。凌澜脚步一滞，回头，看着他，凤眸微微一眯："什么意思？"

"成百上千的禁卫军下湖搜救，都没救到人，你说什么意思？"

凌澜身子一晃，怔怔望着他，眸中的光华一寸一寸剥落，片刻之后，却又骤然一敛："不，不会的，我伤成这样都没事，她一定不会有事的……

第一章 咫尺天涯

虽然，他知道，她怕水，她那样怕水，但是，他不敢往坏的地方想。不敢想。缓缓转回头，他再次往外走。

"你去哪里？"

"找她！"

"找她？你去哪里找？你知不知道自己昏迷了多久？"

凌澜再次顿住脚步，回头。

"七日，已经过去了七日。"

影无尘救到这个男人的时候，还以为他死了。内伤外伤，几乎没了呼吸，没了脉搏，他真的以为他死了。仔细检查之后，才发现他一丝微弱的心跳还在，他就将他带到了附近的这个村庄，跟村民借了间房。男人一直昏迷，每日探脉搏也毫无起色，他以为他再也醒不过来了。谁知，这个男人竟有着如此惊人的生命力。

"我睡了七日？"凌澜似乎有些难以相信。

"对，七日，已经过去了七日，你觉得还能找到她吗？"影无尘静静看着他。

凌澜眸色一痛，缓缓将目光收回，再次毅然转身，出了门。身影消失在门口之前，影无尘听到暗哑颤抖的声音传来："能！"

相府，书房，鸳颜站在窗前，静静望着窗外的一株夜来香，在烈日的照耀下，花叶蔫耷耷的，没有一丝生气。抬手，握住窗棂的木柱，她轻轻跃上窗台，倚着窗框，抱膝坐在上面。记得，她曾经不明白，为何凌澜会将书房的窗台换成跟蔚景厢房的一样，直到她无意中发现，两人都有坐窗台的习惯。

有什么特别之处吗？她透过窗楣看向外面。只看了一会儿，又将目光收回，抬手捏了捏隐痛的眉心，将脸埋在膝盖间，缓缓阖上眼睛。

房门被人推开，有脚步声走了进来，她以为是送茶的弄儿，没有睁眼，没有抬头，只淡淡地吩咐道："放桌上吧！"

没有杯盏置桌的声音，也没有脚步声离开。鸳颜微微一怔，疲惫地挑了挑眼梢，就看到站在屋中的男人。一身白衣，身姿伟岸。不是弄儿，是夜逐曦，哦，不对，是康叔。鸳颜弯了弯唇，这段时间难为这个男人了，竟然要扮夜逐曦，还跟着她一起上朝，所幸这几日锦弦被蔚景的事所缠身，早朝上得随便，而且，锦溪也还没回府，府里也没人缠着他，不然，还真是难办。

"有事吗？"她哑声开口，头依旧埋在膝盖上没有抬起来，只是侧首疲惫地看着他。

"你没事吧？"男人开口。鸳颜一震，差点从窗台上跌落下来，她愕然抬起头，瞪大双眼难以置信地看着他："凌澜？"

男人"嗯"了一声，上前两步，走到窗边。鸳颜一眨不眨地看着他，半天没有从震惊中回神过来，一直等到男人走到面前站定，她才意识到什么，连忙从窗台上跳下来。

可不知是因为激动，还是因为窘迫，竟脚下一软，差点摔跤，幸亏男人眼疾手快，将她扶住。

"你没事吧？"两人同时开口。鹜颜摇了摇头，站稳身子："我没事，你呢？"

这么多天过去了，一点消息都没有，说实在的，她已经做好了最坏的打算。人生的惊喜就是来得这样突然。没想到，他竟然就这样出现在她的面前。

"我很好。"男人声音沙哑得厉害，虽然戴着夜逐曦的面皮，却依旧难掩面色的苍白。

鹜颜蹙眉，虽说当时不在现场，但是听铃铛跟康叔都讲过，她能想象当时的惨烈。他一定伤得极重。忽然，她又想起什么："对了，蔚景呢？她……"

"不知道。"男人摇头，声音除了沙哑，还有些恍惚，鹜颜一震，没有忽略男人眸底的沉痛和哀伤。

"你没事我就放心了，我先走了。"男人说完，转身就准备离开。

鹜颜皱眉："你去哪里？"

"我要继续去找她。"

"去哪里找？"神女湖几乎被锦弦的禁卫翻了个遍，只差掘地三尺了，他们都找不到，他又如何找到？

"神女湖，神女湖下游的村庄，所有周围的地方，只要她活着……"天地就那么大，就算毁天灭地，他也一定能找到她。

"可如果她已经不在了呢？"鹜颜本不想在这样的时候，说出这样的话来，但是，她真的不想这个男人又去做出什么傻事来。情之一物，害人不浅。像他们这样的人，本就不应该沾染。她为了一个男人，身中醉红颜，差点暴露，差点死掉。他为了一个女人，遍体鳞伤，差点炸死，差点溺亡。地图是假的，兵器没有到手，也没有毁掉。难得的好机会被生生葬送掉。这一战，他们惨败，皆因一个情字。所以，她要将这个泥足深陷的男人拉回到现实来。

"如果她已经不在人世了呢？你想，她那么怕水，神女湖湖水又深，而且，当时，她还那般绝望，你应该很清楚，她能有几成的生还机会。"鹜颜微微攥着手心，一口气说完。她知道，她在做什么，她知道，这些话对于这个男人来说意味着什么。她在生生浇灭一个人最后的希望。看着猩红爬上男人的眼眸，看到他眼底倾散出来的灰败，她知道她很残忍。可是，她必须说！她说的是事实，她也希望男人能够直面事实。

许久的沉默以后，男人才哑声开口："所谓生要见人死要见尸，还没有找到尸体不是吗？"

不管有几成的生还机会，还没有找到尸体，就还有机会。

"这么长时间了，指不定已经葬身鱼腹，或者……"

"够了！"男人嘶声低吼，缓缓转过头看着她，唇角勾起一抹嗜血的冷笑，"鹜颜，你真狠！"鹜颜一震。男人的声音继续，"我就问你一句，你为何会中醉红颜？"鹜颜

第一章 咫尺天涯

脸色一白，竟是一个字都说不出来。

"当然，你是为了要偷地图，但是，偷地图跟中醉红颜，并不是因果关系不是吗？换句话说，如果现在不是蔚景，是叶炫，你会怎么做？"

鹜颜脚下一晃。

凌澜略带自嘲地笑了笑："所以，我以为，我的心情你懂。"

"我不懂，"鹜颜苍白着脸摇头，"我从来都不懂！"鹜颜喃喃说着，垂下眉眼，凌澜清晰地看到，长睫垂下之前，她泛红的眼眶，他怔了怔。

"你怎么了？"

"没什么，"鹜颜转过身，面朝窗户而站，留给他一个背影，"我只是告诉你，就算对方是叶炫，也跟我没有任何关系。"她的声音很平静，无波无澜，就像是在说着别人的事情，不知为何，却是听得凌澜一震。他有些意外。

"你的解药哪里来的？"不是叶炫给的吗？在山上锦弦说地图上涂抹的是醉红颜的时候，或许别人没有看到，他却看到了，他看到叶炫骤变的脸色，以及握着长剑的手在抖。难道他猜错了？

"蔚景给的。"鹜颜转回身面对着他，眸中已经恢复了一片淡然。

"谁？"凌澜心头一撞，愕然抬眸。

源汐村，农家小院，一身素衣的女子坐在门口屋檐下的小凳上，双眼缠着纱布，微微扬着小脸，明明什么都看不到，却好像是在静静地望着什么。天空乌云密布，显然暴风雨就要来临，燕子都低飞地在院中盘旋打转。

"要下大雨了。"殷大夫从堂屋走了出来，探头望了望天，蹙眉，这天变得可真快，"小九，进屋吧！"

"嗯。"女子乖顺地点了点头，缓缓从小凳上起身，摸索着往屋里走。这么几日下来，这屋里的环境她已经摸清，虽然眼睛看不见，却也不至于会摔跤。

"你先坐到桌案旁边，待老夫将草药收一收，就给你换药。"

"嗯，好。"女子一直摸索着走到屋中的桌案边坐下。

雨终于下了下来，一大点一大点，很快就变得瓢泼一般。凌澜望着大雨瞬间将身前的山涧变得沸腾起来，微微蹙眉。这夏日的雨真是说下就下，几时变的天，他都没有发现。抬头望了望天，天空灰蒙蒙一片，大雨如注灌入眼睛里，涩痛得厉害。他连忙垂下眼，又看向身前的山涧。

这两日探下来他发现，神女湖并非死水，唯一通往的地方就是这条山涧。所以，他守在这里，希望有奇迹发生。他不相信一个人会这样凭空消失了，就像他跟鹜颜说的一样，就算……算死，也要见尸不是吗？死？他一惊。不，她不会死，那么多的劫难都过来了，她吉人天相，不会死的。鸷颜说，她那么怕水，神女湖湖水又深，而且，当时，她还那般绝望，她能有几成的生还机会。

雨越下越大，倾盆一般兜头淋下来，很快便湿透了衣衫，顺着领子，直直往里面灌，一遍一遍冲刷着身子。身上的伤口遇水，火烧火燎一般疼痛起来。他忽然放声笑了出来。眼前又晃过女子笑靥如花的模样，她说："果然，凌澜，果然被你说中，这世上再亲密无间的两人，也是两个人，两颗心。"她说："两个人，两颗心，你一早就告诉过我的这些道理，我却要到今日才真正参透。"

他也不知道事情为何会变成今日这样？明明，明明他的确曾经警告过她，让她不要相信他，可为何到后来，却变成了他唯恐她不相信他？

"因为我想活着，我只是想活着而已。"她说。也就是到那一刻，他才真正体会她被禁卫抓住的那一夜，她有多绝望。在最危难的时候，他带走了铃铛，将她一人留下，让她独自一人面对那么多的禁卫，让她一个一丝武功不会的女人去掩护他跟铃铛两人逃跑。他怎么做得出来？是因为将她当成了鸷颜是吗？可是每次他不是一眼就能认出是她吗？为何那夜，为何那夜犯那样低级的错误？

她肯定也是这样想的，她肯定以为他是故意的，故意将她丢下，还故意用毒针杀人灭口，不然，在龙吟宫的前面，她不会如此绝望。虽然食"忘忧"是假，可亲手将银针拍入胸口却是真。其实，他对她发出毒针，真的是想救她。当时，情急之下，他想不到更好的办法。他就想着银针上的毒是他所制，且到发作有三天的时间，别人解不了，他也有时间部署行动。夜逐寒会医术，他可以以夜逐寒的身份给她研制解药。他可以随便找个理由，跟解药有关的理由，带她出宫，譬如有一味药，要现采现食才有效，他让鸷颜将路上劫人的兄弟都安排好了。

他也如愿以偿地接到了锦弦让夜逐寒进宫探病的旨意。只是，他万万没想到的是，这个时候，太医院院正竟然弄到了解药。他的计划落空。

当时，他以为她食下了"忘忧"没了记忆，只是觉得没能救出她，心里失望，却未去多想，她心里的伤。直到后来，知道她的失忆是装的，他才想起，他跪在龙吟宫请旨让锦溪回府，她趴在龙吟宫内殿的门口探个脑袋出来，装作无辜懵懂的模样时，心里面该有多痛多伤。

可就算他这样给着她绝望，她依旧在想着帮他。龙吟宫的宫顶，他发银针时以凌澜的方式出现，他就做好了被发现的准备，所以，他是凌澜，凌澜被抓不要紧，夜逐寒不行。可是，这个女人选择了隐忍，连哼都没哼一声，最后为了保全自己，她甚至假装自杀，当着锦弦的面亲手将银针拍进了自己的胸口。还有神女湖净身的时候，她突然情绪失控地逃跑，就是为了给鸷颜争取不用净身的机会，是吗？还有他杀去锦弦营帐，想要将她带走的时候，她不跟他走，甚至过去抱着锦弦，其实，也是在帮他是吗？特别是后来禁卫们赶过来的时候，她拿起笔墨纸砚砸他，其实，是逼他走，逼他快走，因为她

第一章 咫尺天涯

知道，在那么多的禁卫面前，受伤严重的他根本带不走没有一丝武功的她，是吗？

她到底承受了多少？她一个人到底承受了多少？昨日，鸷颜跟她说，醉红颜的解药是她给的，然后还跟他讲了，她跟铃铛去营帐给她下醉红颜的经过，当时，他觉得自己真的要疯了。她有记忆，她能听，能说。他难以想象，她当时的心情，铃铛跟鸷颜让她去摸涂有醉红颜的地图时，她的心情，他也不敢想象。这到底是怎样的女人？就算这样被陷害，还想方设法帮鸷颜弄到了解药。

鸷颜说，解药是沤在一截里衣的袖布上。里衣的袖布，可以想象，在锦弦的眼皮底下，又要避开他的怀疑，她的这份解药来得有多难。

如果说，这一切的一切将她逼上绝望，那么最后他跟锦弦的一段对话彻底将她逼上了绝路吧？当时，锦弦跟他说什么了？锦弦说："朕没有杀她！"他说："那是因为你晚了一步！"锦弦说："被你们抢了先是吗？"他说："除了没亲手杀她，你做的事还少吗？需要我一件一件给你抖出来吗？"是这样吗？

所以，她出来了。所以，她要离开。

出来了？离开？他突然想起来，既然想要离开，为何要出来，直接走，也没有人会知道是吗？还不用那样大费周章，还不需要用铃铛做人质。

也就是到这时，他才意识到，那个时候她的出来，除了真的伤到了极致，难道还有一方面原因，也是为了帮鸷颜脱困？因为那时，锦弦说，偷地图者是中了醉红颜，不是他凌澜，所以，人员清查肯定会继续，而一旦继续，最后的十几个人查下来，夜逐寒，也就是鸷颜绝对暴露。是这样吗？

是了，就是这样。那个女人就是这样。不然，也不会最后他因为身上的鲜血遭受蝠群袭击的时候，她拿着火折子来救他。虽然她不会武功，虽然只是一个小小的火折子，虽然，平时她胆小得连只虫子都怕，那一刻，她却是如此无所畏惧，如此义无反顾地冲过来，帮他驱赶蝠群。

火折子里有火药他也是后来发现的，因为他闻到了硝石的味道。能闻到硝石的味道，说明硝石已经燃烧，也就意味着发现得太晚，下一瞬，就会爆炸。来不及告诉她发生了什么，来不及做出更好的对应，那一刻，他能做的只能是推开她，将她推得远远的。

他不知道她的那枚火折子是从何而来，是误打误撞，还是有心人蓄意陷害？他不知道。他只知道，是他亲手杀了她。

雨越下越大，天地一色，他抬手抹了一把脸上的雨水，身子一晃。胸口的伤越来越痛，他垂眸，看到有殷红的血水顺着湿透的衣衫洇染出来，他知道，是伤口被水浸坏了。影无尘走的时候，跟他说，让他多躺少起床，不然，内忧外患，后果不堪设想。他是医者，就算影无尘不说，他也很清楚自己的身体状况，外伤未好，内伤未愈，必须静养。可他如何静养？蔚景生死不明，让他怎么能静养？

说到影无尘，那个穿着红衣，长得比女人还女人的男人，他很感激他，是他救了他。

听影无尘说，他是帮影君傲来救蔚景的，结果没救到蔚景，看到了他，就将他救了起来。

　　胸口的疼痛越来越烈，视线也变得有些晕眩。不能再淋下去了，他不能倒下，他得好好的，他还要找蔚景不是吗？捂着胸口，他转身，跌跌撞撞往他住的农屋方向走。走了几步，脚下的步子却完全不听使唤，他一个踉跄，跌倒在地上。一身泥泞，他撑着地面，在滂沱大雨中缓缓站起，可刚站直身子，还未站稳，眼前又是一黑，他再次跌倒在地上的水洼中。

　　烛火氤氲，水雾缭绕。巨大的浴桶中，热气腾腾，将水面上漂浮着的鲜花和草药的香气带了出来，充斥着整间厢房。

　　"小九，沐浴好了出来帮下忙，来了个病人。"外面传来殷大夫的声音。

　　"哗啦"一声，女子从浴桶的水面下沐水而出，抬手抹了一把脸上的水，对着外面的大声道："好的，马上就来！"

　　缓缓从水中站起，女子美好的胴体暴露在空气里，白皙如玉、玲珑有致，曲线几乎完美到极致。女子伸手摸索着拿过浴桶边缘的锦巾擦着身上的水珠，从浴桶里走了出来，扯过边上挂的衣裙一件一件穿上。人真的很奇怪，经历了一次生死，似乎心理障碍也被克服了。如今的她，再不怕水。

　　凌澜挣扎着醒来，入眼一片浅黄色光晕，一张鹤发童颜的男人脸从模糊慢慢变得清晰，他怔忡了一会儿，视线才彻底清明。是一个老人。见他睁开眼睛，老人面色一喜："你总算醒了！"

　　屋外正下着倾盆大雨，头顶瓦砾上一片"哗啦啦"的声音，屋内烛火摇曳，空气中飘散着浓重的药味。老人正一根一根将银针收起。陌生的人，陌生的环境，凌澜一震，猛地翻身坐起，吓了殷大夫一跳。

　　"呀，不要激动，动作小点，你的伤很重，又被水浸泡过，情况很不好！老夫刚刚给你包扎完，你这样乱动，小心又给裂开了。"

　　头很痛，身上的伤口也痛，脑中意识还不是很清明，一直以来的警觉性让他没有吭声，而是缓缓打量四周环境。他最后的记忆是在神女湖下的山涧旁。怎会出现在这个地方？陈旧的桌椅，简单的摆设，骤然，站在窗前的一抹身影猛地撞入他的眼睛。他瞳孔一敛，彻底忘了呼吸。

　　是个女子，黑发素衣，正背对着他们盈盈站在窗边，扬着小脸望着窗外的雨幕成帘，满头青丝不知是淋过雨，还是刚刚沐浴，湿漉漉地垂顺至腰间，发梢还在往下淌着水滴。

　　蔚景！是蔚景！凌澜张嘴，作势要喊，却又蓦地想起什么，生生止住。是梦吗？如果是梦……

　　正心跳踉跄，不知所措，女子忽然回过头，还没做好准备的他呼吸一滞，可，又

第一章　咫尺天涯

在下一瞬惊愕得骤沉了气息。不见平素清丽的水眸，唯见一条白布缠住眼睛。她的眼睛……

他只觉得呼吸越来越沉，越来越沉，胸口急速震荡，他喘息着，饶是如此，他还是有些承受不住。就像是有什么东西卡在喉咙里，上不去，下不来，堵得他呼吸都不顺。

"殷伯伯，还需要小九帮忙吗？"女子面朝着他们的方向开了口。声音清润如玉。果然是他的蔚景。神魂俱颤都无法形容他此刻的心情，第一次，他这个二十年来一直觉得命运不公的人，第一次觉得上天对他不薄。她还活着。即使眼睛看不见，至少她还活着，这比什么都重要。只要她还活着！张嘴欲再喊，却又在看到她一脸娴静的模样时，声音再度被堵在喉咙里。

"你去里屋拿条薄毯来。"殷大夫一边回女子话，一边伸手将他按倒在矮榻上，正色道："你乖乖地给老夫躺着，不然，你就出去！"

凌澜缓缓倒在软枕上，眸光却一直紧紧追随着盈盈走进里屋的女子。看来，她应该在这里有些时日了，眼睛看不到，却对屋中一切非常熟悉，俨然正常人一样。

"年轻人怎么称呼？"似乎是感觉到他对蔚景肆无忌惮的注视，殷大夫有些不悦，走到他的床榻边，将他的视线挡住。凌澜怔了怔，收回目光，略一思忖，刚想效仿某人曾经将"蔚景"倒过来念成"精卫"的做法，告诉对方自己叫"兰陵"，谁知就在刚要开口之际，蔚景取了薄毯正好出来，他一惊，便又没出声。

他怕，他竟然在怕。他怕如果蔚景知道是他，会不会再逃再躲，再做出什么冲动的事来。

"哑巴？"殷大夫皱眉看着他。凌澜一怔，这才想起，似乎醒来后，一直对方在问在说，自己一个字都没吭。本来想说不是，反正他擅长口技，可不知自己出于什么心理，在蔚景走到矮榻前的那一刻，他竟然鬼使神差地点点头。

"啊，真是哑巴？"殷大夫有些吃惊，末了，又叹了一口气，"看你一表人才的，倒是可惜了。"忽然又想起什么，"对了，是先天的还是后天的？若是后天的，老夫可以试试，看能不能医好？"一边说，殷大夫一边伸出手指探上他的脉搏，凌澜一惊，将他的手握住。殷大夫一怔，不明白他为何会是这样的反应，凌澜就顺势将他的手掌拂开，修长的手指在他的掌心写着字。他先写了一个"谢谢"，后写了一个"先天"。

"这样啊，"殷大夫面色微微一黯，有些惋惜，"好吧，那你先养伤吧。"

凌澜见自己被换下的湿袍子置在边上的凳子上，便伸手自里面掏出一锭银子，塞到殷大夫的手中。起先殷大夫不要，两人推让了一会儿，殷大夫才含笑收下。

"是村民发现你晕在山涧边上，将你送到了老夫这里，治病救人是大夫天责，就算你身无分文，老夫也不会见死不救，当然，既然你如此盛情，老夫也只有笑纳。"

凌澜笑笑，转眸看向一直立在床榻边上的女子。

"小九，快将薄毯给……对了，你还是没告诉老夫你叫什么名字。"

凌澜想了想，觉得"兰陵"也不妥，敏感聪颖如她，保不住会被她发现，略一沉吟，伸手在殷大夫的手心，一笔一画写上"琴九"二字。

"琴九？"殷大夫看完就乐了，"又一个九，还真是有缘啊，这屋三人都跟九有关，老夫殷老九，她叫小九，你是琴九。"

凌澜浅浅一笑，眼梢轻轻一掠，再次睨向床边女子，却见她面色平静，并未有什么明显反应，只静静立在那里，似是在听他们两人交谈，又似是在兀自想着心事。

"好了，小九，将薄毯给琴九盖上吧，老夫去做晚膳了。"

"嗯。"女子回神轻应，双手抖开薄毯，轻轻一扬，将薄毯摊开。凌澜看到那飘扬在空中的碎花薄毯如同海浪一般起伏，带起女子身上淡淡的沐浴后花的香气，轻柔地落在他的身上。凌澜心神一动，女子倾身，摸索着薄毯边缘，检查是否给他盖好。咫尺的距离。她的脸跟他的脸隔着咫尺的距离。咫尺的距离到底是多少？似乎很近，只要他略一探头，就可以亲上她的脸颊，又似乎很远，就像是隔着千山万水。

凌澜僵硬着身子没有动，甚至大气都不敢出。因为真的很近，呼吸可闻。她的身上有着淡淡的花香和药香，沁人心脾。他静静看着她微微绷起的侧脸，胸口震荡，却暗自调息，值得庆幸的是，这几日他的衣袍都没有用墨竹香薰，而且，现在穿的应该是殷大夫的袍子，浑身上下都被药味包裹，她应该感觉不到是他。

女子小手左右掖了掖薄毯的毯角，又来到中间，在不小心碰到他结实的胸口时，女子就像被烫到一般，飞快地将手缩回。凌澜目不转睛地看着她有些窘迫的样子，有那么一刻，恨不得将她拉入怀中。可，他终是强行抑制住。

大概是感觉到了他的注视，女子对着他略一颔首，算是歉意，末了，小手又顺着薄毯的边缘往下走，走到他垂顺在身侧的手边时，不知心里怎么想的，他忽然手掌一动，将她的手背按住。女子似乎一惊，停了手中动作，却在下一瞬大力将自己的小手抽出，直起腰身，面朝着他，虽然眼睛被白布蒙住，但是，深蹙的眉心，紧抿的唇瓣，微微起伏的胸口，无不在告诉着他，她生气了。

凌澜一怔。自己似乎唐突了。女子忽然转身，作势就要离开，凌澜一急，再次伸手将她的腕握住。

"你做什么？"女子终于沉声呵斥，凌澜却并没有放开她，而是将她的腕往自己面前一拉，猝不及防的女子差点就被拉扑在他的怀里。她挣脱，他握住不放，另一手轻轻拂开她紧紧攥在一起的五指，指尖在她莹白的手心上一笔一画工整地写上："对不起，我不是有意冒犯，我是想跟你说话，所以，才拉你的手。"

考虑到她看不见，完全凭感知，所以，他写得很慢，也很用力。女子这才慢慢没了抵触情绪，就站在那里，任由他握着腕。

"想跟我说什么？"声音很清冷淡然，无波无澜，无悲无喜，虽已没了怒气，可却隐隐带着拒人以千里的冰冷。凌澜本来有很多问题想问，譬如，她的眼睛为何这样？

第一章 咫尺天涯

她跟这个殷大夫的关系？她如何会住在这里等等。但是，见她这般，他还是松开了她的手，松了以后，又觉得不妥，再次将她的手拉过，修长手指轻触上她的手心。

"没什么，就是想说，谢谢你。"

"不用谢！"女子轻轻将手抽出，又倾下身，作势准备继续整理薄毯，凌澜心绪一动，再次将她的手拉过，写上："这点小事，我自己来！"

他有手有脚，又不是不能动。而她的眼睛还看不见不是。女子"嗯"了一声，也不固执。凌澜双手牵起薄毯一抛，女子转身走向里屋。薄毯轻铺而下，将他的身子盖好，望着女子的背影消失在门口，凌澜却是有些后悔。早知道这样，就应该让她伺候的。低低一叹，他举起手臂，双手枕在脑后，转眸看向方才女子站立的窗户。窗外依旧大雨滂沱，夜色以及灰蒙蒙的雨幕几乎盖住了所有景物，入眼只有一片雨帘。雨声哗哗响在耳畔。第一次，他希望一场雨一直下下去。

不知多少年没有睡得如此安稳过了，凌澜睁开眼睛的时候，天已经大亮。雨，不知何时停了，明晃晃的阳光透过窗和大门照进来，耀得一室亮堂。在那一团光亮中，有细细的尘埃飞舞，四周静悄悄的，他环顾了一下堂屋，大门敞开着，没有人。想起昨夜殷大夫说，今日一早会上山去采药，应该已经走了吧？不知什么时辰，看斜铺进来的阳光，感觉也不早了，掀开被子下床，就发现床榻边上的凳子上，已经放着盥洗用的木盆、锦巾等东西。

简单地收拾了一下自己，他就出了屋。前院也没有人，只有几只鸡在院子边上的草垛里觅着食，不时发出一两声"咯咯"的叫声。眉心微微一敛，他又转身进了屋，朝里屋走去。一走进后院，凌澜就远远地看到那个坐在小池塘边的石头上，鞋袜未穿、赤足荡在水中的女子。凌澜的心头微微一松，寻了半天不见人，还以为又走了呢。原来在这里玩水。

玩水？凌澜呼吸一滞，她不是最怕水吗？怎么会？他有些难以置信，缓缓抬步走过去。

后院不大，小池塘也不大，池塘边上有几块光洁平滑的大石，应该是平素用来洗衣所用，池塘里种了莲藕，莲叶茂盛，一片葱绿。此时正值莲花的花期，一朵朵粉色花朵，或含苞，或怒放，美不胜收。女子一身杏色布衣长裙，乌黑青丝垂顺在腰际，双手轻提着长裙的裙摆，娴静地坐在大石上，一双玉白的赤足浸在清澈的水中，偶尔轻晃两下，带起一圈涟漪，在阳光的照耀下，波光粼粼。

或许是眼睛看不见，听觉就非常灵敏，凌澜还没走近，她就回过头。虽然她的眼睛依旧蒙着白布，虽然知道她还看不见，可在她回头的那一刻，他还是顿住脚。

他是"哑巴"不能说话，而她也没有吭声，似乎是在辨别来人，静默了片刻之后，淡声道："厨房里有粥，吃完记得喝药，药也在厨房的炉子上煎着。"说完，女子就转回头去，不再"看"他。

凌澜没有返身去厨房，而是继续往前走，一直走到她的身后，站定，望着那荡在水里面的一双玉足，他忽然上前，握了她的手，在她惊愕之际，手指触上她的手心一笔一画问她："你在做什么？"

她不是怕水吗？为何现在完全一副淡然之态？他是医者，他很清楚，是什么情况才有可能导致这样的事情发生。刺激！巨大的刺激是吗？这种心理恐惧是一种病，却又不是病，自古以来，所有的医者都对这类病束手无策，因为此病无药可医，而治愈的可能，只能是靠自己，或者经历某个巨大的刺激。

她经历了什么？在皇宫，她掉进碧湖，没有痊愈；在啸影山庄，她从画舫上落湖，也没有痊愈；十几年都没有痊愈，而这一次，她痊愈了。她在神女湖经历了什么？他不敢想，他努力让自己平静如常，才没让握着她的手有一丝的颤抖。

"听！"女子骤然开口。

听？凌澜一怔，正欲再在她的手心写"听什么"，女子已经接着道："听，花开的声音。"女子一边说，一边伸出另一只手，指了指池塘里的那一片莲。

凌澜再一次震住。花开的声音。曾经他跟锦弦说过，听花开的声音。说不出来心里的感觉，眸色一痛，他垂下眼，在她莹白的掌心写道："花开有声音吗？"

这一次，她没有回答，只默默地将手自他的掌中抽回，沉静地坐在那里。凌澜等了好一会儿没等到她的声音，便双手一挑衣摆，挨着她的边上坐了下来。

两人都不再说话，只静静地坐在那里。清风徐徐而过，吹得荷叶和莲花摇曳跌宕，带起两人的发丝和衣袂，交缠盘旋。许久，女子似乎才回过神，意识到他坐在旁边，扭过头，微微蹙了蹙秀眉："药喝了吗？"

凌澜就看着她，没有回应。这是自昨日以来的，第二次两个人的脸隔得如此近。她面朝着他，似乎在等着他回答。他静静看着她，原本白皙的肌肤在阳光下有些透明，他甚至可以清晰地看到皮肤下的毛细血管，两颊因为日晒透着淡淡的绯红，小巧高挺的鼻梁，红唇潋滟，泛着莹润水泽。凌澜喉头一动，只要他略一前倾，就可以吻上那张红唇。

弯了弯唇，他撇开视线，女子转回头，"哗啦"一声，将浸泡在水里的双脚取出，双手又摸索着去拿置放在大石边上的鞋袜。凌澜眸光一动，伸手握了她的脚踝，女子一惊，惊愕回头："你做什么？"声音很冷。

凌澜却没有理会，而是捻起自己的袍袖轻轻替女子擦拭着玉足上面的水。女子身子一僵，没有动，似乎很震惊，好一会儿才反应过来，猛地将他的手挥开，慌乱站起，提起鞋袜，就跌跌撞撞往屋里跑。地上都是石子，她赤着脚，眼睛又看不见，凌澜脸色一变，连忙起身追了过去。

大概是意识到他追了过来，女子跑得更快了些，凌澜忽然想起，那夜在未央宫前面，她被禁卫抓住的情景，也是这样的赤足，也是这样的石子路。眉心一皱，他伸手将她拉住。

第一章 咫尺天涯

"琴公子，请自重！"女子脸色很难看。

凌澜没有理会。

"你要做什么？放开我！"女子厉呵，想要摆脱。

凌澜直接长臂一捞，将她夹在腋下，不管不顾她的死命挣扎，径直挟着她疾步入了屋，将她放在凳子上坐下。末了，又去抓她的手，被女子愤然打掉。他又去抓，女子又打掉，显然很生气，脸色有些苍白，胸口急速起伏，一副全身戒备的模样。

因为牵动了身上的伤，凌澜同样微微喘息，但是，他终究还是捉住了女子的手。强行掰开她的五指，他在她的掌心上写道："我是哑巴，所以不能及时表达自己的意思，可能让你有所误会，我并不是有意冒犯，只是看不下去你赤足踩在地上。"

女子终于慢慢平静下来。凌澜放开她的手，艰难地直起腰身，他垂眸看向自己的胸口，有殷红透衫洇染出来。伤口又裂开了。所幸女子的眼睛看不到。凌澜蹙眉，伸手按住伤口，看了女子一眼，便抬步走回到堂屋里面，坐在矮榻上，缓缓解开袍襟，检查着自己的伤。昨日是殷大夫帮他包扎的，他没看到，今日一看，自己都没想到这么严重。

在堂屋条桌上殷大夫的药箱里找了一些药，敷在上面，他重新包扎好。正低垂着眉眼打绷带，不知心中所想，忽然，一个瓷碗伸到他的面前，他一怔，抬头，就看到女子不知何时站在他的身边，手里端着一个瓷碗。瓷碗里药汁黑浓，袅袅热气升腾。

凌澜怔忡了片刻，垂眸看向她的脚，鞋袜已经穿上，视线又上移，看向对方的脸，虽然小脸上依旧清冷一片，没有任何表情，可是，她主动端药过来给他，还是让他有些意外，尤其是经历刚刚那件事之后。

伸手将药碗接过，女子站在他面前没有走，一副要亲眼"看着"他喝下去的模样。凌澜端起瓷碗呷了一口，试了试药温，接着便仰脖，一口气将瓷碗里腥苦的药汁饮尽。女子伸手，他将空碗放在她手中。其实，他很想说，他有手有脚的，反而让她一个看不见的人来照顾，不需要的。但是，他最终还是没有说。他也不会说，因为，他很受用。她的照顾，他很受用。

不过，午膳是他做的。当然，他肯定不会一个人默默地做。做之前，他告诉她他不会做饭，从未做过，所以，没办法，她只得从旁指导。他生火烧水，她站在灶边的池边帮他洗菜。他坐在灶膛前面，静静地看着她，看着她微弓着身子，摸索着、一本正经、认认真真的模样。云袖轻挽，露出一大截莹白的皓腕，水声哗哗在她的手间流淌，他起身走了过去，在她的身旁站定，抬手，想要将她垂掉在额前的几缕碎发顺到耳后，可手刚伸到半空中，又停了下来。默然走开，他转身去淘米下锅。

菜是在她的指导下完成的。家里只有青椒、茄子、冬瓜、西红柿，所以就烧了两菜一汤，清炒茄子，红烧冬瓜，番茄蛋汤。

殷大夫不在，给女子夹菜的重任自是由他完成。两人面对而坐，凌澜忽然觉得好像回到了相府，他在她房中秘密养伤的那段日子。两人也是一起生活，一起用膳。只不过，彼时，她很开心，话很多，而此时，除了"谢谢"，她几乎不跟他多言。很淡漠，很清冷，也非常沉静。有时，他甚至怀疑，她还记不记得以前的事情，几次，他想直接挑明了自己的身份，却都在最后的关键时刻，强行抑制了下来。他不能赌。

山村的夜很凉。凌澜负手站在窗前，静静望着窗外的夜色，经过暴雨的洗礼，天幕湛蓝，连星子都显得格外明亮。远处的稻田里蛙鸣声一片，窗外夏虫唧唧、蛐蝉声声，不时有萤火虫一闪一闪从窗前飞过。

不知道她在做什么，睡了没有？用过晚膳以后，她就回了里屋自己的厢房，一直没有出来，他又不便贸然前往。她的眼睛看不见，不能约她看星星，也不能带她看萤火虫。难道喊她一起出来乘凉？时辰还早不是吗？

犹豫了片刻，他来到她厢房的前面，有烛光透过门缝射出来。看来，人还没睡。抬手，他轻轻叩了叩木门。许久都没有听到里面的动静，不知是睡了，还是不想理睬。他站了一会儿，转身，准备离开，身后的门却"吱呀"一声开了。他回头，就看到女子黑发长衣，盈盈扶着门扉。

"有事吗？"她问。

凌澜注意到，女子一直缠在眼睛上的白布取了下来，漆黑如墨的眸子正一眨不眨地盯着他。凌澜一惊，以为她看到他了，可在下一瞬，他又发现，她也仅仅是盯着他，原本清丽的眸子里没有一丝华彩，甚至连他的倒影都没有。心中一痛，他转过身，轻轻将她扶在门扉上的小手拿下来，修长手指画上她的掌心："有驱蚊香没有？"

女子怔了怔，似乎没想到他半夜来敲门是为了这个。其实，他自己也没有想到，他写的会是这个，原本，他不是想喊她一起乘凉的吗？

"有，你等一下。"女子淡声说完，就反身回屋。凌澜环顾了一下屋内，桌案上有白布，有药膏，看样子，她刚刚正在给自己的眼睛换药。一个回眸过来，发现女子正端了一个板凳放在一个木橱的前面，然后，摸索着，抬脚站了上去，他一惊，连忙奔了过去。或许他不奔还好，他这一奔，带起一阵急遽的脚步声，让女子一慌，原本就还未站稳，直接脚下一滑，从板凳上倒了下来。凌澜脸色一变，飞身上前。

因为爆炸的原因，他内伤非常严重，根本提不起一丝内力，更何况还有很严重的外伤，所以，当他飞身上前，接住女子的那一瞬，他几乎拼尽全力，而女子的身子重重砸过来，他就被直直带倒在地上。

"嘭"的一声，两人都倒在地上。只不过，他倒在地上，女子倒在他身上。胸口的伤被碰到，他痛得冷汗一冒，却硬是忍住连闷哼都没哼一声出来。女子显然也被这突如其来的状况吓到，小脸发白，趴在他的身上愣了一会儿，猛地触电一般从他的身上爬了起来。凌澜皱眉躺在地上，微微喘息。许是意识到他的伤，女子又蹲下身来扶他："你没事吧？"

第一章 咫尺天涯

019

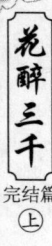

当女子倾身逼近,当女子的手扶住他的肩膀,当女子的长发因为她倾身的姿势垂在他的面前,发梢轻轻扫拂过他的脸,他也不知道自己怎么想的,猛地伸手将她大力一拉。女子惊呼一声倒在他的怀里,他一个翻身,将女子压在身下。

第二章　我们不熟

熟悉的身子入怀，熟悉的温暖相贴，凌澜觉得一颗心都颤了，两人几乎鼻翼相抵，他闻见了自己微粗的呼吸，也看到了女子煞白的脸色。

"你想做什么？"女子声音冷厉，却在打着颤，显然，已经惊惧到了极致，却又在强自镇定。她挣扎。没用，娇小的身子被他伟岸的身姿覆盖，双手又被他钳制着，如何动弹得了？

凌澜看着她，眸色暗沉得就像是没有星光的黑夜。有多久两人没有贴得这样近过？似乎很久很久了。最后的记忆好像是他在她的房里养伤的那段日子，再后来，她就被锦弦禁锢了。想起她跟锦弦的那些日子，他就想杀人。杀锦弦，也想杀了她。这个傻女人，以为假装失忆就可以解决一切吗？她了解男人吗？那夜营帐里，如果不是他冲进去，锦弦会对她做什么，可想而知。他甚至在想，那一次是因为他刚好冲进去了，那以前呢，她跟锦弦在龙吟宫独处的日日夜夜呢？两人又做过什么？

"琴九，你这个伪君子，放开我！"女子嘶哑的声音中蕴着一抹哭腔。凌澜心头一撞，理智告诉他，应该将她放开，可是，理智是理智，人，有的时候敌不过的，是自己的本能。他现在就是。本能地低头，他咬上女子的唇角。对，咬，且是唇角。

女子浑身一僵，他却又在下一瞬缓缓将她放开。不仅放开了她的唇，也放开了对她的钳制。正欲撑着地面起身，骤然，"啪"的一声脆响响在静谧的夜里，他的脸颊上一重。接着就是火辣辣的疼意。他一动未动，保持着被女子的耳光扇得脸微微侧向一边的姿势。女子喘息，似乎那一耳光用尽了全力。

静。良久。他才转回脸看着她，女子似乎也恢复了力气，双手暮地朝他胸口重重一推。他的胸口内伤外伤本就严重，又加上刚刚受过重重的撞击，怎还经得起如此推搡？眉心痛苦一皱，他被推倒在地。女子慌乱爬起："滚！"

许是感觉他半天没站起，还以为他赖着不走，又过来用脚踢他，嘶吼着："滚，滚出去！"一脚正中他的胸口，他眸色一痛，连忙伸手护住。恐她再次踢过来，他只得摇摇晃晃站起。意识他起来了，女子又吓得不行，连忙跑到房中的桌案边摸索着拿起一把剪刀，戒备地指着他的方向："出去！"

看着她惊惧无助的样子，凌澜眉心拢起，很想解释，可又怕上前会引起她更大的恐慌，反而适得其反，只得依言走出了厢房。前脚他刚迈出，后面一阵急遽的脚步声，接着就"砰"的一声巨响，房门被人快速关上。他顿住脚步，立在门口，回头看向紧闭的房门，隔着一道门，他依旧听到了里面女子气喘吁吁。不用想也知道，此刻，应该是靠在门板后面。看来，吓得不轻。

凌澜，你都做了什么？一抹沉痛从眸底掠过，他皱眉，大掌按着胸口，转身离开。

放纵自己果然是需要付出代价的。这是凌澜第二日醒来时得出来的结论。外伤裂开，内伤加重，还全身发热，头痛欲裂。他记得上次在啸影山庄，也是内伤外伤，然后引起发热，不过，那时也没有现在这般严重。他躺在矮榻上，没有起。意识有些浅薄，但是，他知道，蔚景没有过来看他一眼，甚至连堂屋都没有迈出来过。

好在殷大夫晌午的时候就回来了。回来看到家里的情况有些吃惊，特别是看到他的样子，更是觉得不可思议。

"老夫就出去了一日，你怎么会变成这个样子？伤变得严重不说，还浑身烫得惊人。"殷大夫一边皱眉替他把脉，一边喊蔚景："小九，去厨房将琴九的药端过来。"

蔚景终于再一次出现了，按照殷大夫的吩咐端了一碗药过来。凌澜看着她。白布条又缠在了眼睛上，小脸依旧清冷一片，没有任何表情。殷大夫数落着她的不是，说，老夫走之前跟你说过，琴九的命几乎是捡回来的，伤很严重，你要监督他吃药，将他照顾好，结果昨夜的药没吃，今晨的药也没吃吧？蔚景也不解释，只淡淡地道了声，对不起。

接下来的日子就很平静，凌澜专心养伤，不再去招惹蔚景。蔚景也不理他，只是偶尔殷大夫让她帮忙的时候，会过来打一下帮手。两人都不说话。白日里，凌澜或看看殷大夫的医书，或打坐调息，夜里睡得早，用过晚膳盥洗后就上榻寝下，日子倒也过得很快。偶尔会有村民上门看病，殷大夫给他们看的时候，蔚景会在旁打打下手，除此之外，蔚景每日还有一个任务，那就是洗衣，负责洗三人的衣物。没事的时候，蔚景喜欢搬个小凳子坐在屋檐下，不知是乘凉，还是想心事，有时一坐，能坐一下午。

夏日的午后，一切都很慵懒，殷大夫靠在躺椅上，闭目打着盹，手中蒲扇有一下没一下地摇着。凌澜缓步走在后院里。他知道，这个时候蔚景肯定在这里，肯定在小池塘边洗衣服。他发现她的习惯真的是与众不同，一般人都是晨起的时候洗衣，而她每次都是午后。他其实很想告诉她，午后的太阳那么烈，而且还是在水边，这样暴晒不好。但他没有机会，她不给他机会。经过那夜以后，她不仅不跟他说话，甚至还有些躲他。他不想再这样下去了。今日之所以主动来后院找她，就是因为他想跟她说清楚。

远远的，他就看到了那抹蹲在青石板上，用木棒槌捶着衣物的纤弱身影。站在原地静默了片刻，他才举步走了过去。

不知是不是沉浸在自己的心事中,女子并未像上一次那般警觉,而是浑然不知地继续手中动作,放了棒槌,抖开衣袍在水里漂了漂,拧干,置在脚边的一个竹篮里,末了,又取了一件未洗的。凌澜在她的身边站定,静静地看着她,看着她将手中的一条白色亵裤洗完,才缓缓蹲下身。他的逼近,让女子终于惊觉过来,"啊"了一声,似乎吓了一跳。

"你怎么走路没有声音?"女子扭头朝着他,皱眉。说实在的,她开口的第一句让他有些意外。他以为她会惊惧,会躲避,或者会像那夜一样让他滚,让他走开。没有。都没有。她只是有些愠怒地问他为何没有声音,这个样子让他想起了那夜,九景宫爆炸回来后,他住在她厢房的第一夜,他睡床,她睡矮榻,她一个人躺在那里很颓废地说着自己,然后,他起床来到她的矮榻边,她翻过身来蓦地看到他坐在边上,也是现在这样的表情。当时,她说:你怎么一点声响都没有?他答:是你说得太专注。记忆清晰得就像是昨日才发生的事一样。

他没有吭声,试着去接下她手中已经拧干准备放进竹篮的亵裤。女子没有拒绝,任由他接过,只是问了句:"你要做什么?"他握了她的手,在她的掌心写道:"我来洗。"

原本是打算过来跟她摊牌的,不知为何,在这一刻,他又还是选择了继续隐瞒。

"不用。"女子冷然回绝。他又写道:"你看不见,某个地方没洗干净。"

女子怔了怔,脸色先是一白,旋即又蓦地意识过来什么,顿时红了个通透。凌澜写完,自己也意识到,那个"某"字用得不好。不过,看着她窘迫娇憨的模样,他又忽然觉得用得还是不错的,这段时间以来,她一直都是冰片脸,这是她第一次这个样子。弯了弯唇,他摊开亵裤在边上的一个石板上,拿起女子脚边的皂角,涂抹在亵裤上的一小块血渍上。血渍殷红,如一朵怒放的梅。其实,刚才他还准备说,月事的时候,还是不要碰冷水的好,后来想想怕太过唐突,又惹她生恶,便没有说。

"多谢琴公子,我自己来洗。"女子脸上潮红未褪,可是口气依旧淡漠。凌澜没有理她。

"我跟琴公子好像并不熟。"

凌澜一震,又继续手中动作。

"既然今日碰到了,我们就把话说清楚。这院前院后、屋里屋外的一切,小九都非常熟悉,哪个地方有什么,哪个地方要注意,小九都知道。琴公子没必要取掉门槛,也没必要将所有的桌角都变成圆弧的,更没必要将后院的这段石子路上的石子都清理掉了。在小九看来,打乱人家原本的生活习惯,并不是好事。小九不知道琴公子抱着怎样的心理对小九,小九只知道,琴公子没必要这样,小九不会感激,也不想欠下人情,所以,请琴公子以后不要再这样了,这样只会让小九心里负累。"女子一口气说完,似乎是憋了很久早就想说的一番话。

第二章 我们不熟

凌澜手里的动作顿了顿，静默了片刻之后，大手又继续揉搓着亵裤上的那一抹殷红。女子朝他伸出手。凌澜怔了怔，她的意思他懂。让他将亵裤还给她，是么。

垂眸看着她伸至面前的莹白手心，他眸光一敛，修长的手指落了上去："我没有别的意思，只是力所能及，就当是朋友。"

"小九不需要朋友。"女子想都没想，回答得斩钉截铁。

凌澜有些吃惊，对于她能说出这样的话来。曾经的她就算那样被伤害，也依旧感恩，依旧爱人，如今，她是要拒绝所有一切温暖的靠近吗？小九不会感激，也不想欠下人情。小九不需要朋友。他静静地看着她，看着她小脸上的淡漠，缓缓将手中的亵裤递了过去。

如果不是亲眼所见，影君傲绝对不相信面前的这个女人是蔚景。一个人坐在屋檐下，面无表情，眼睛上缠着白色绷带，原本就消瘦的小脸现在似乎只有巴掌大，下巴尖尖，微扬着头，不知是在感受空气中微末的清风，还是在静静地聆听什么，一动不动。他落在院子里很久，也站在那里看了她很久，她都没有意识过来。

影无尘就是个骗子。拿着他送给她的沁木跟他说，她让他带给他的，说她很好，让他勿念，也不要找她。这样是很好吗？眼睛都看不到了是很好吗？整个人瘦成了皮包骨是很好吗？还好，他没有听影无尘的话，还好，他找了过来。

"甜海……"他举步缓缓走了过去。

女子明显一震，然后循声面朝着他的方向"看"过来，唇瓣动了动，却没有发出声音。影君傲的心往下一沉，那一刻，他还以为她不仅瞎了，还哑了。

"甜海……"他又唤了一声，声音带着他自己都未觉察到的颤抖。女子从小凳上缓缓站起，他终是再也抑制不住，快步上前，展开手臂，将她抱了满怀。

"甜海，可算找到你了！"影君傲狠狠地将她箍住，两人胸口的撞击，让女子还轻轻闷哼了一声，他也不管不顾，那力度恨不得将她糅进自己的身体。

"影君傲，你怎么找到这里来了？"女子轻声开口。影君傲一震，扳过她的双肩，凤眸惊喜地看着她："你能说话？"女子怔了怔，似乎有些蒙，他马上意识到自己的口无遮拦，连忙讪讪笑道："没事，看到你太开心了，完全语无伦次。"

女子弯了弯唇，没有接话。影君傲忽然想起什么："对了，是无尘救了你吗？那厮还骗我，说你很好，让我勿念，也勿找你，那个骗子，回头看我怎么收拾他！"

女子又有些蒙："无尘？"

"不是他救的你吗？"见女子诧异的表情，影君傲敛眉，以为她只是不知道对方的名字而已，连忙道，"就是一个喜欢穿着大红衣袍，长得比女人还女人的男人，他跟我说，他救了你。"女子茫然地摇摇头。

"他还将我送给你的沁木带给我，说是你让带的。"

女子依旧摇头："没有，我不是什么穿红衣的男人救的，是殷伯伯救的我，而且，我也没有把沁木给谁，沁木应该在神女湖的时候就掉了。"

影君傲闻言，也疑惑了，末了，又咬牙切齿道："好一个影无尘，果然是个大骗子，编故事就像真的一样，竟然敢糊弄本庄主，简直是不想活了！还好我没信他的，不然……"

"他或许也是怕你担心……"

"好了，不说他了，他的账我回去跟他慢慢算，让我先看看你。"影君傲双手捧起她的脸。真的只有巴掌大啊。

"你的眼睛怎么了？"他深深地凝视着她，痛苦的神色纠结在眸子里。

"不知道，掉进湖里以后，就看不见了。"女子声音淡然，语气平缓，没有一丝起伏，就像是在说着别人的事情。可透过她的声音，影君傲却能够想象出当时她的无助和绝望。

"是我不好，让你受苦了。"这些日子以来，他一直在想，如果那夜，他没有来劫人，他没有让影无尘放蝠群，会不会就没有事情发生？就算她被锦弦禁锢，或者被凌澜带走，至少，她是安全的。终究，这一切，都是他一手造成了这一切。

"甜海，跟我走吧，跟我回山庄，我来医你的眼睛，我来守护你！"他捧着她的脸，指腹轻轻摩挲着她的脸颊。

第一次，他这样抚摸着她的脸，第一次，他这样直白地说出了心里想要的声音："我必不让你再受半点委屈！"他凝视着她，不想错过她脸上任何一个微末的表情。

女子唇瓣动了动，正欲说话，忽然面前一阵疾风扫过。影君傲瞳孔一敛，马上意识到了危险，可对方身手快如闪电，他根本还没来得及做出回应，就只觉得眼前蓝影一晃，手臂骤然一重，等反应过来的时候，自己已经被一股强大的外力拽开。猝不及防的他踉跄着后退了两步，才稳住自己的身子，险险站定，他发现，院中多了一人。

那人粗布蓝衫，黑发飞扬，长身玉立在他跟蔚景之间，确切地说，是此人刚刚在甩开他的同时，另一手将蔚景拽在了身后。此时，那人正一眨不眨地凝视着他，凤眸中冷色昭然，浑身戾气倾散。

"你——"影君傲没想到他也在。而这时，殷大夫也刚好从屋里出来，目睹了这一切，惊呼："琴九。"

蔚景虽然眼睛看不到，却已大概猜到发生了什么。琴九以为有人轻薄她是吗？见自己的手骨都被捏得生疼，恐他又对影君傲不利，连忙道："琴九，别误会，他是我朋友。"

"朋友？"男人冷笑，沉声道，"你不是不需要朋友吗？"

蔚景浑身一震，彻底僵住。凌澜？好吧，震住的又何止她一人？殷大夫亦是。

"你你你……不是哑巴？"殷大夫指着凌澜，震惊得话都说不清楚。凌澜没有回答，也没有看他，目光始终牢牢地凝在蔚景的脸上。蔚景看不到，却感觉得到，那如炬的视线似乎能将她的脸皮生生灼出洞来。

第二章 我们不熟

琴九是凌澜。琴九竟然是凌澜！为了怕她识破，还苦苦地装哑巴。她装过哑巴，知道不能说话的痛苦，她才装几日感觉就要疯了，他已装了十几日，如果影君傲不来，他是不是打算一直装下去？真是难为他了。

"凌澜，好玩吗？"她微微扬着脸，面朝着依旧攥着她手腕的男人，轻声开口。玩这种游戏好玩吗？

"凌澜？"未等凌澜回答蔚景，殷大夫却是已经不能淡定了，"难道，难道连琴九的名字也是假的？你们……到底是什么人？"凌澜依旧没有吭声，唇角微微翘起一抹弧度，似是在冷笑，又似是在自嘲。在他跟蔚景脚边的地上，两条青鱼在扑腾。显然，男人刚刚捕鱼回来。

"放开甜海！"影君傲缓缓行至两人面前站定，同样凤眸冷冽。

甜海？殷大夫彻底风中凌乱了。也就是说，连小九的名字也是假的是吗？

凌澜将落在蔚景脸上的目光收回，眼梢轻掠，对上影君傲的寒眸，唇角一勾："请庄主搞清楚我们三个人的身份，一个丈夫拉着自己妻子的手有何不妥吗？"

"丈夫？"影君傲嗤然笑出声来，就像是听到了一个大笑话一般，乐得不行，忽而，又骤然笑容一敛，沉声道，"你算是个什么丈夫？你哪个身份是她的丈夫？又有谁承认过你是她的丈夫？"一连三个问句，口气灼灼。

凌澜脸色微微一白，冷声道："无论承认不承认，她都是我的女人，这是事实，倒是庄主很奇怪，一直惦记着我的女人，不知是什么意思？"

这次轮到影君傲变了脸色，他冷哼："你的女人？有你这样对自己女人的吗？"

"庄主把话说清楚，我怎样对自己的女人？"凌澜唇角噙着一抹冷弧，似笑非笑看向影君傲。

影君傲却也毫不示弱，不避不躲，迎着他的视线，同样回之以冷笑："你若对她好，灵源山上，她会要强行离开吗？"

"看样子，庄主眼线不少啊，何时何地发生的事，庄主都一清二楚。"凌澜唇角的弧度缓缓扩大，只是，一双漆黑如墨的凤眸中此刻却只剩下冷冽。

"说到眼线，我们是彼此彼此，所不同的是，本庄主的眼线，都是为了甜海，而你的眼线，为了什么，就不用本庄主多说了吧？"

"为了甜海？好一个冠冕堂皇的理由，难道……"

"够了！"蔚景骤然嘶吼出声，将凌澜未完的话打断，"你们两个这样有意思吗？"

"没意思！"凌澜也猛地回头，沉声吼了她一句，"很没意思！"蔚景一怔，不意他会是这种有些失控的反应。连影君傲都有丝丝愕然。

这厢，殷大夫更是彻底傻眼了。什么庄主，什么凌澜，什么甜海，什么丈夫，什么妻子，什么乱七八糟的关系，他完全混乱，完全听天书。

"反正，今日，本庄主带甜海走是带定了！"影君傲一字一顿，口气笃定。不等凌澜跟蔚景做出反应，门口的殷大夫急声道："不行不行！"难得这一句他听懂了，就是这个被称作庄主的人要带走小九是吗？绝对不行！

"小九的眼睛快好了，就这两日的事情。"救人救到底，送佛送到西，他给她医了那么久，不想前功尽弃。

"不劳你费心，甜海的眼睛本庄主会医！"影君傲眼梢轻掠了一下殷大夫，沉声道。殷大夫脸色一白，吹胡子瞪眼道："老夫都费了半个多月的心了，还在乎这两日？"

影君傲没有理他，径直上前，拉住蔚景的另一只手。凌澜眸色一寒："影君傲，不要太过分！念你曾经于我有救命之恩，我一直对你客气，莫要逼我！"

"逼你？"影君傲鼻子里轻哼了一声，"本庄主就逼你怎么了？想动手吗？本庄主奉陪！"

"蝠群是谁放的？"凌澜忽然开口。影君傲一震，没想到他突然问这个。

"是你吧？"凌澜凤眸深绞着他，一眨不眨。蔚景有些震惊，微微转过小脸，面朝着影君傲的方向，似乎在等着他的答案。意识到蔚景的反应，影君傲怕她误会了，心中一急，赶紧道："是，蝠群是本庄主放的，但是，本庄主的目的是为了要趁乱救走甜海。"

"结果呢？是救了她，还是害了她？"凌澜沉声逼问。影君傲脸色一白，竟是被问得一个字都说不出。

"还有，蔚景手中的火折子是你的人给的吗？那个藏着硝石火药的火折子，是不是也是你的人给的？当然，你的目标肯定不是蔚景，这一点，我还是相信你的。你的目标是谁？是我吗？还是锦弦？我只想问你一句，就算你的目标不是她，你怎么就放心让这么危险的东西从她的手上过？你就不怕有个什么万一吗？"凌澜口气灼灼，咄咄逼问，不给影君傲一丝喘息的机会。

"什么火折子？"影君傲一怔。蔚景愕然回头，"看"向凌澜，一脸的难以置信。凌澜没有理会蔚景，依旧凤眸森冷，凝落在影君傲的脸上，唇角一斜："不要告诉我你不知道火折子，蝙蝠怕火，给火折子的这个人肯定事先知道有蝠群，才会将硝石火药藏进火折子的，不然，怎么能派上用场呢？"

"不论你信是不信，本庄主真的不知道什么火折子。"影君傲摇头，末了，又转眸看向蔚景："你的火折子是谁给的？"蔚景脸色微微发白，神情有些恍惚，似乎正沉浸在自己的思绪之中，听影君傲这样问，唇瓣嚅动了几下，幽幽道："一个老嬷嬷。"

见蔚景这般反应，影君傲以为她也怀疑是他了，抓着她的手，急急道："甜海，你相信我吗？我刚才也说了，蝠群的确是我所放，但是，只是蝠群，而且，我也真的只是想趁乱将你带走，至于什么火折子，我真的不知情。你想，就算我的目标是别人，我也绝对不可能让你拿在手上，陷你于危险之中，甜海，你信我吗？"影君傲真的急了。

凌澜微微眯了凤眸，这是第一次，他看到这个一直高高在上的天下第一庄的庄主

第二章 我们不熟

027

这般慌神的样子。果然，这世上，所有人都一样，在有了在意的人和事以后，所有人都有着一样的七情六欲，有着一样的反应。

"这些我本不想说的。"毕竟……毕竟在蔚景的心中，这个男人一直是一抹不一样的温暖存在。他并不是不想说这个男人，而是不想让承载着这抹温暖的女人伤心。

"我当然信你，我知道不是你！"凌澜的话没有说完，就被女子清润笃定的声音打断。只不过，女子不是说给他听的，而是说给那个作为不一样的温暖存在的男人。

影君傲会心地笑了，说："谢谢甜海。"凌澜也笑了，垂眸浅笑。他也不知道他自己为何笑。可能是因为那句，我当然信你。要怎样的信任，才会让这个敏感、多疑、戒备心强的女人说出这般笃定的话来，他不知道。他只知道，这是他一直奢望的东西。

"那你愿意跟我走吗？"影君傲的声音再度响起。

第一次，凌澜没有接他的话说什么。蔚景也没有吭声。一时间，都没有人说话。烈日下，四个人木桩一般站着。凌澜忽然松了蔚景的手，缓缓弯下腰，将脚边地下蹦跶得一身泥土、灰不溜秋的两条鱼拾了起来，转身走向屋里。蔚景怔了怔，轻轻抿起了唇。影君傲看着她，看着她微微变得有些不自然的脸色，看着她稍稍绷紧的下颌，虽然眼睛被白布遮着，看不到她眸中的任何情绪，但是，他想，他还是懂她的。心里在起伏吧？

"甜海。"他轻轻唤了一声。

"影君傲，我的眼睛殷伯伯治了半个多月，所以……"蔚景顿了顿，才接着道，"所以，我想继续让殷伯伯治好。"

答案意料之中。影君傲垂眸一笑，说："好！"想了想，又补充了一句，"我陪你。"蔚景没说什么，摸索着转过身，影君傲连忙将她扶住，也一起进了屋。空荡的院子里就剩下殷大夫一人，石化一般，不知发生了何事。除了庄主，凌澜，甜海，丈夫，妻子，以后，刚刚似乎又多了两个信息。影君傲，蔚景。他就搞不懂了，三个人而已，怎么搞出一堆的名字，一大串的关系？还有，明明这是他的家不是吗？怎么那三个人就这样堂而皇之地进入，置他这个主人于何处？刚才他问话时，一个一个地要不无视他，要不没好脸色、没好语气地对他，哦，现在，都进他屋了？幸亏他这个人大度。

晚膳是殷大夫做的，殷大夫一边做，一边心里嘀咕。原本的那个琴九他就看着不简单，锦衣华服、一表人才，还揣着官银，如今来的这个什么庄主的男人，一看也绝非一般人，行尊带贵、器宇轩昂。而且，两人一看，都是会武功、身手高强的人。到底是什么人呢？可千万别是什么朝廷钦犯啊。赶明儿个去镇上打听打听才行。

四双碗筷，四人围案，四方而坐。菜也很丰盛，有荤有素，红红绿绿摆了一席。只是这气氛……

很诡异的气氛。凌澜不说话，只静静吃饭。影君傲刚开始还说几句，后来看到蔚景有些心不在焉，便也不再多说。蔚景本来话就少，又加上有些神游界外，所以更是不吭声。就剩下殷大夫看看这个，瞅瞅那个，满肚子疑问，见到桌上碗碟里面的鱼肝，这才想起什么，举起竹筷，将鱼肝尽数夹到蔚景的碗里："食鱼肝对你的眼睛复明有好处，你多吃点，难得琴九有心……"

话一出口，殷大夫就觉得气氛越发不对，连忙噤了声。蔚景微微怔愣，凌澜没有任何反应，影君傲弯了弯唇。又一时间都不说话了。夜很静，只有几人吃饭的声音。

忽然，"啪"的一声。几人一怔，循声望去。是凌澜。那一声响是他放下手中碗筷的声音，他蓦地起身站起，在殷大夫和影君傲疑惑的注视下，径直绕到蔚景的身边，坐下。然后，大手扳过她的脸。蔚景浑身一僵，虽眼睛看不到，可听刚才的动静，也知道是凌澜坐到了自己身旁。如今又被他扳过脸……

她不知道他要做什么，她只知道，有的时候，这个男人可是什么事情都做得出来，唯恐他做出什么越格的，连忙放下手中碗筷，正欲阻止他，却猛地感觉到眼上一松。男人解开了她眼睛上的纱布，一圈一圈褪下来。当所有的纱布褪尽，男人又捧着她的脸仔细地端详。蔚景知道，他在给她看眼睛。

男人的大掌一如既往的干燥温暖，落在她的脸颊上，因为没有戴人皮面具，相贴的肌肤特别的敏感，她甚至能感觉到他指腹上微砺的薄茧。炙热的气息击打在她的面颊上、唇上、眼上，蔚景微僵着身子，大气不敢出，虽然看不到，但是，她清楚地知道，男人的脸就在咫尺，就在她的面前。检查完她的眼，他又抓过她的腕，探脉。

"你……会医？"殷大夫又震惊了，而且看这如此娴熟的望、切手法，肯定不仅仅是会，应该是极为精通擅长。凌澜没有回答，凝神探着她的脉。蔚景忽然想，如果告诉殷大夫，屋里四人都会医，不知他会怎样。

边上的影君傲忽然笑了："饭后检查也不迟吧？至于吗？大家还在用膳。"他很清楚，这个男人为何这样做？就因为晚膳前，他跟蔚景说，夜里帮她检查眼睛是吗？

凌澜没有理会，只眼梢轻轻一挑，掠了他一眼，起身，走到条桌前，自殷大夫的药箱里取了干净的纱布和药膏，慢条斯理、不徐不疾地重新给蔚景敷上药并包扎起来。

自始至终，他一声不吭，蔚景也未发一言。

铃铛走进龙吟宫的时候，锦弦刚用过晚膳正在漱口，将口中的漱口水吐在玉盏内递给赵贤，锦弦拿起锦帕优雅地揩了揩唇角，朝她招手。铃铛本欲行礼，见他这般，微微一怔后就走了过去。锦弦指了指龙案前面的软椅示意她坐。

"不知皇上找臣妾有何吩咐？"锦弦一撩袍角在她对面坐了下来："没事朕就不能找你吗？别忘了，你是朕的女人。"锦弦一边说，一边看着她，凤眸深深，似笑非笑。

铃铛垂眸弯了弯唇。

"臣妾从未忘过，忘的人好像是皇上。"铃铛轻轻拂了裙裾在软椅上坐了下来，同样笑得有些似是而非。两人面对而坐，中间就隔了一张龙案。

第二章 我们不熟

"你在怪朕冷落了你？"锦弦挑眉。

冷落？何止冷落。铃铛再度弯了弯唇角，垂眸颔首："臣妾不敢！"自始至终，她都很清楚，她在这个男人心中的分量。曾经为了什么而存在，如今又为了什么而存在，她一直清楚地知道。

"朕接到消息，云漠正集结兵力，准备攻打我中渊。"锦弦指了指龙案上的一堆奏折。

铃铛一怔，愕然抬眸："为何？"

"因为灵源山上那夜的事情传到了云漠，云漠觉得当初和亲，七公主之死，是朕的阴谋，所以，要来讨伐朕。"锦弦说得轻描淡写，铃铛却是听得心里一惊："那皇上准备……"

"先下手为强，攻其不备！"铃铛一震，还未做出回应，又听得他道："对了，关于蔚景的事你怎么看？"

蔚景？铃铛一时有些跟不上他话题的跳跃性，而且，平素这个男人基本不跟她谈论蔚景，就算有时她先提起，都是以他生气而告终。今日主动提，且直呼其名？铃铛心中略一计较，不动声色道："皇上指的哪件事？"

"你觉得她还活着吗？"

铃铛一怔，没想到他会问得如此直白。说实在的，她也不知道那个女人是不是还活着，就像她不知道有个男人是不是还活着一样。默了默，她实事求是道："臣妾也不知。"一边说，一边偷偷睨男人的脸色，见男人眸色一黯，她又道，"不过，一直都没有她的消息，有的时候，没有消息，便是最好的消息，说明她还活着，只是在我们不知道的一个地方。"

"嗯，"男人点头，"朕也这么觉得。"那一刻，铃铛清楚地看到男人凤眸里有光华在跳动，那光华是一种叫做坚定的东西。铃铛微微蹙眉，下一刻，又对着男人粲然一笑："皇上找臣妾过来就是为了问这件事吗？"

"当然不是。"锦弦看着她，凤眸微眯。案上烛火摇曳，光晕橘黄，一片火光中，时间似乎倒流到了从前。曾经也有一个女子这样跟他面对而坐，他批奏折，女子折纸。他一抬头，就可以看到女子眉目如画的容颜。

"朕想你了。"他伸出手，朝坐在对面的女人。铃铛怔了怔，有些迟疑地将手递给他。

"过来！"男人低醇蛊惑的声音响起。铃铛盈盈站起，走了过去，男人手臂一裹，将她卷入怀中，大手探进她的衣襟……

夜深沉，星光满天，池塘里蛙声一片。蔚景坐在池塘边的大石上。夜风习习，吹在身上有些寒凉，她环抱起胳膊，将脸轻轻埋在膝盖间。在大石的旁边，两个酒坛并排而放。有轻盈的脚步声传来，由远及近，渐渐清晰。她没有抬头，依旧埋着脸坐在那里。脚步声一直走到她的身后站定。她未出声，来人也不吭声。说实在的，她最讨厌这种无声的对峙了，她不是一个有耐心的人，特别是在她有事主动的时候，所以，最终，还是她先抬起头。

"你怎么来了？"面朝着他的方向，她问。她发现，眼睛看不到有个最大的好处，就是再心虚也不用担心对方看出来，可以理直气壮地跟对方"对视"。譬如现在。明明是她在堂屋里故意丢了一句，不知道夜里荷花是不是开着的，实际上，就是想约他来后院这里；明明她此刻就在这里等他，明明她刚刚还在想，她丢那句话的时候，他已经躺在床榻上了，不知有没有听到，现在人如她所愿来了，她还可以装得很意外地问对方，你怎么来了？如果眼睛看得到，她就不敢问，就算敢问，也不敢看对方。

"看来，我又自作多情了。"男人略带自嘲的声音在夜风中响起，下一瞬，似乎又转过身去，作势离开。离开？蔚景一急，忙不迭道："等等！"

脚步声停了下来。只是，不出声。蔚景知道，他在看着她，等着她说。

"既然来了，就坐一会儿吧。"她将脸转了回来，低声道。心里面甚至在想，这个男人最擅长的就是说话做事不给人留一丝余地，不顾及对方一分自尊，或许……她这样说，他还是会走。出乎意料的，没有。伴随着沉稳的脚步声，她听到衣袂掀起的声音，紧接着，似乎在她的旁边坐了下来。又不说话。蔚景想，幸亏池塘里的蛙叫声此起彼伏，才让两人这样的相处不显得尴尬。心里面组织了一下语言，她侧首朝着他的方向："那夜在神女湖边上，你是意识到火折子有问题，紧急情况下，才大力将我推开是吗？"

问完，她就后悔了。因为是废话。他今日跟影君傲说的时候，已经说得很清楚了不是吗？见他果然没有理会，她有些窘迫，返身提了身后的两个酒坛，一只递到他面前："多谢你的救命之恩！"

男人很久都没有接。她忽然觉得，好像这句话也说错了。酒坛挺大只，且装满酒，很沉，而她又是只手提着的状态，所以，很快，她就有些受不住，正欲收回的时候，男人却又蓦地接了过去。

"不用谢我，我没救你，"男人一边说，一边"咚"的一声拧开酒坛的盖子，动作的幅度很大，"应该我说抱歉，害你跌入湖中，险些丢了性命。"话落，男人提起酒坛，仰脖饮下一口。蔚景怔了怔，自始至终，男人的声音都不带一抹情绪，说得四平八稳，她吃不透他话里的意思，也完全听不出他心中所想。

"你的本意是想救我的不是吗？"她"看"着他。男人又是好一阵沉默，再次饮下一口酒后，他也缓缓侧首对着她："我今日跟影君傲将这件事情说出来，并不是跟你邀功的。"

蔚景一怔。邀功？这个词，太严重了吧？

"我没有这个意思，我是发自内心地感谢你。"她说的是实话，撇开前面的种种恩怨不说，单单就这件事上，就事论事，她真的是感激他的。毕竟那一刻，他是用生命在救她。从他身上的内伤就可以看出来，当时他所经历的惨烈。用殷大夫的话说，他的

第二章 我们不熟

031

命是捡回来的。

"谢谢你！"她又坚定地重复了一遍。男人就笑了，低低笑出声来："蔚景，你难道到现在还不明白，我做这些不是要你感恩，不是要你跟我说谢谢的？"男人的声音不大，语气依旧平缓，可蔚景第一次听出了他心里罕见的起伏和波澜。

一时，她有些反应不过来。差点就脱口问出，那你做这些是为了什么？想想有些伤人，便没问出来。她就"看"着他，不声不响。若有似无的一声叹息，男人提起酒坛，一口气连喝了好几口，酒坛往怀里一放，他又看向她："蔚景，我就问你一句，如果，我说如果，今日我没跟影君傲说这件事，在你心里，你是不是一直觉得那夜是我故意将你推下湖的？"

蔚景一怔，没想到男人突然问这个。说实在的，跌入湖中的那一瞬间，冰冷的湖水连带着绝望将她包裹过来的那一刻，她的确是这样想的。因为那一刹那，她想不到别的理由，而且，男人出手真的很重。但是，当她从生死边缘徘徊一圈回来，再次睁开眼的时候，她已不这样想了。再后来，她静心想了很多。她觉得，一定有原因。一定有她不知道的原因。原本，她也是想等眼睛好了，再去查这件事的，没想到……

男人低低的笑声再度在暗夜里响了起来。也将蔚景从自己的思绪中拉了回来，她听到笑声的尽头，男人说："果然！"她马上意识到男人误会了，连忙否认道："不是的，我没那样觉得。"

"没事。"男人笑，笑得魅惑众生，提起酒坛，将里面的酒水一口气尽数饮光。答案他已了然。同样的问题，下午影君傲问的时候，她的回答是，我当然相信你，我知道不是你，当时，她考虑了多久，是一瞬，还是像刚才那么长？似乎没有考虑，就那么脱口而出的笃定。摇了摇酒坛，见已空，他甩手丢掉，抬起衣袖揩了一把嘴角，似乎犹不过瘾，又伸手将她手中的那一坛也接了过去："酒很不错，你有心了。"

不知是不是酒精的刺激，还是已经进入微醺的状态，他的声音有些沙哑。蔚景心头一撞。大概是做贼心虚，她觉得他这句话有深意。因为，她在酒水里面稍稍加了一点料。当然，不是什么毒药。而是让人醉得更快一点的东西。因为，有个像大山一样压在她心里的问题，她想问他，而且，她要听最真实的答案。犹记得在相府的时候，她扮作兰竹，有一夜，他喝醉了，跑去了她的厢房，在她的房里睡了一宿。那一夜，她问什么，他答什么。所以，她觉得，对于这个凡事都喜欢压在心底的男人，或许这一招最有效。

可一坛酒已光，他似乎依旧还很清醒。

"既然你喜欢，就多喝点。"她面朝着男人的方向，笑着道。男人说："好！"只可惜，她看不到，看不到男人唇角微僵的笑容，也看不到男人眸中的沉郁。

又是半坛下肚，男人终于醉得很快。手中的酒坛都拿不住，跌落在石头上碎裂开来，整个人也坐在那里摇摇晃晃，开始说一些含糊不清、语无伦次的话。

蔚景摸索着坐了过去，本就快坐不住的男人就歪倒在她的肩上。男人的脸靠在她的颈窝处，炙热的气息喷薄在她的肌肤上，蔚景心尖一抖，随着男人微粗的呼吸，浓郁的酒香肆无忌惮地钻入她的鼻端。

"凌澜。"她试着轻唤他。男人鼻音浓重地"嗯"了一声。

"我问你个问题，你要如实回答我！"又是含糊不清的一声"嗯"。

"那夜在灵源山，锦弦说的话是不是真的？真的是你或者你的人将我推下悬崖的吗？"

蔚景也不知道自己为何要问这个问题。或许是不死心，打心里接受不了这个事实，又或许是心存幻想，希望这一切都不是真。这些日子，她一直在想那夜的事，一直在想他跟锦弦的对话。当时，他虽然没有否认，却也没有亲口承认不是吗？所以，她要搞清楚。一路走来，太多的意外，她不会再轻易地去相信一个人，也不想轻易地去怀疑一个人，特别是自己曾以为最依赖的支撑，她不想轻易去否定这一切，也不想自己留下遗憾，就算是给这个男人一个机会，也给自己一个机会。

"凌澜，告诉我，是你吗？"她推了推男人，侧首，唇瓣就毫无征兆地碰上男人的额头，或许是酒精的原因，他的额头滚烫，而她的唇微凉。她一颤，又连忙将脸摆正。男人口齿不清地嘟哝了一番。蔚景凝神细听，愣是一个字都没有听明白。心里急得不行，蔚景用脸蹭了蹭他的头："凌澜，告诉我，告诉我不是你！"

不是你狠心地将我推下悬崖，又假装好心地将我救起；不是你将我推到今天的这样位置，这样人不人鬼不鬼、没有身份、不能见光的位置。都不是你！

"告诉我，好不好？"她扭过身，双手捧起他的脸，如同曾经他无数次捧起她的一样，"只要你说，不是，只要你说，我就信！"

其实，退一万步想，他虽然推下了她，却也还是救起了她，就算他不推，后面锦弦也会推，因为锦弦的计划本就是这样，而如果是锦弦，或许她已经不在这个世上。所以，她曾试图说服自己，朝这些方面去想，而且，后来的后来，他也无数次地救过她，甚至不顾自己的生死救她。但是，人就是这样奇怪，越是朝这方面去想，越想搞清楚真相，越是最在乎的人和事，越是容忍不了一点点瑕疵。原来，她也是贪心的，她想要他所有的纯粹。她接受不了他那样的别有用心，她接受不了。

"凌澜……"她觉得自己都快要哭了。男人忽然展开手臂，将她抱住，身子一矮，再次将脸埋在她的肩窝上，嘴里哼哼着，不知在说着什么。

"再说一遍，我听不清楚。"

他的力度很大，将她紧紧地箍住，滚烫的体温透过衣衫缓缓传递过来，灼热在她的背上，那一刻，她觉得那感觉是那样真实，心跳也是那样真实。她的，他的。这样的她，这样的他们……

"凌澜，这样，你只需要说，是，或者不是……"蔚景的话还没有说完，骤然，后院的门口传来响动，她一惊，连忙噤了声。"吱呀"一声，似乎是院门被推开的声音。

第二章 我们不熟

033

有人来了。这么晚了，是殷大夫，还是影君傲？如果被他们看到她跟凌澜这样，是不是……

脚步声远远地响起，她心头一撞，正欲让凌澜坐好，跟他拉开一点距离，忽然腰身蓦地一重，紧接着脚下一轻，她差点惊呼出来。耳边风声呼呼作响，她反应了一会儿才意识到，自己正被男人裹在怀里、用轻功踏风而行。他？蔚景一震，他不是已经醉了吗？怎么还能反应如此敏捷？

"你——"正欲张嘴询问，男人已经带着她翩然落在地上。

"你没醉？"她有些难以置信，话一出口，四周传来很大的回音，她一惊，问道："这是哪里？"

男人滚烫的气息逼近："一个别人找不到的地方。"声音虽然喑哑低沉，却字字清明。

果然没醉！蔚景一骇，本能地后退了一步，背脊猛地撞上一片冰冷硬实。眉心一皱，蔚景痛呼出声。是石壁，似乎有些潮湿，还带着苔。虽然眼睛看不到，但是根据这些感知来判断，应该是个山洞。他带她来山洞来做什么？哪里的山洞？心跳得厉害，她强自镇定。

"你想怎样？"饶是故作镇定，她的声音依旧在抖。抖什么呢？她不知道。她只知道，她很害怕两人这样的相处。男人微低了头，凑到她的耳边，滚烫的唇若有似无地轻碰上她的耳垂。于是，她的身子更加紧绷得厉害。沙哑的声音流泻："将我灌醉，你又想怎样？"

"我……"蔚景心口一撞，正思忖着要不要实话实说，唇上却是蓦地一重，男人已经将她吻住。

这是一个缠绵悱恻的吻。没有暴风骤雨，没有急切凌乱，有的只是春风拂过般的软暖。她颤抖了身子，和身子一起颤抖的，还有心，很复杂很复杂的一颗心。她想推开他，他却就势加深了那个吻。这也是那夜，他将她压在身下时，只是咬了一下她唇角的原因。他不敢亲她。这个女人就像是毒药，一旦沾染，他就想要得到更多。而那个时候，他虽然心里很想，但是他却心知肚明，不行。她不行，他也不行，她不允许他要，他的身体也不允许。他怕自己会控制不住，所以只敢那样蜻蜓点水。譬如现在，他很想温柔地对她，可是，一个吻就让他全身的血液沸腾起来，似乎喝进腹中的不是酒，而是火。

直到她真的觉得自己要在他怀里窒息了过去，他才缓缓将她放开。她喘息，他也喘息，"蔚景，难道你就真的一点都不想我？"

蔚景脑中意识本是浑浑噩噩，骤闻这一句，怔怔回过神。几时这个男人跟她说过这样的话？从未有过。他从未在她面前表露过自己一丝心迹，想，喜欢，爱，这样的词语，他更从不曾用过。所以，她也经常在想，她跟他到底什么关系？他对她到底什么心思？

"嗯？真的一点都没想我吗？"男人的大手依旧保持着捧着她脸的姿势，略带薄茧的指腹在她的眼角来来回回，轻轻摩挲，他哑声低问。

"我……"想吗？她问自己。答案是肯定的。她想，她想的。她从未如此想过一个人，那种感觉强烈得无以名状，就算曾经跟锦弦，她都没有过。有时，她也觉得奇怪，人的感情怎么会变化得这么快？她是见异思迁、水性杨花的女子吗？她跟他才相识多久？三个多月，三个多月而已。她怎么可以那么快将与另一个男人三年的感情抛到脑后？可，这是事实。无论她多么戒备地想要高筑起心防，无论她多么地不想再碰感情这东西，在乎了就是在乎了，付出的时候身不由己，想收回的时候无能为力。

就因为那个倾心三年的男人伤害过她吗？所以，她就那么快找另一个人来当做慰藉，来做依靠，是吗？曾经她也是这样想，曾经她也这样以为。直到这半个月的痛彻心扉，她才明白，不是，不是这样的。她一边想着他，一边恨着他，一边不甘，一边痛苦，一边想着永不相见，一边恨不得当面问清楚。一个人怎么会有如此矛盾，如此复杂的情绪？就连她想了无数遍，两人再次相见之日，她定能冷眼相对，心中不再有一丝起伏，可当听说火折子里有硝石，只这一件事，就让她心中冷凝的高墙瞬间坍塌。

"凌澜，那夜悬崖，是不是你推的我？"她听到自己幽幽的声音回响在静谧的山洞里。男人落在她脸上的手似乎微微一凝。她以为男人不会回答，看刚才他装醉的时候就知道了，她都将话说到了那个分上，他还在那里故意打马虎眼。出乎意料地，男人开口了，只不过，没有正面回答，而是将话反问了回来："如果我说不是，你相信吗？"

"信！"几乎未加思索，蔚景听到自己如是说。静了片刻，两人都没说话。男人忽然低头，再次吻上她的唇，唇瓣相贴之前，他说："不是！"

不知是骤然贴上的滚烫，还是因为"不是"二字，蔚景猛地一颤，下一瞬，伸出双手抵在他的胸口上将他推开："真的吗？"她的声音带着难以抑制的颤抖。

男人似乎轻笑了一声，又像是没有，很轻，一晃而过："刚才谁说信的？"

蔚景一愣，他的声音里似是蕴着一抹紧绷，她这才想起刚才自己说了什么，而现在又问了什么，其实，她只是本能的反应，并没过大脑。

"那是谁推的？"不是他，不是锦弦，难道还有第三股势力想要她死？而且，她隐隐有种感觉，他知道是谁。

"都过去了，别再想那么多……"男人的声音从耳郭处传来，"你还没有回答我，嗯？你当真就一点都不想我？"喑哑低沉、带着魅惑的声音紧贴着她的耳垂逸出。蔚景绷紧了身子，一个字都说不出。所幸男人也不强求，滚烫的唇顺着她的耳垂移动，拱着她的小脸，一点一点找寻着她的唇，"蔚景，我想你！"似乎压抑了很久，似乎刚刚的那些只是在试探，男人低亘的声音从喉咙里缓缓吐出，她咬着唇瓣不语，一颗心却是"扑通扑通"几乎要从胸腔里跳出来。

凌澜何其敏感，她看不到他，他却对她尽收眼底，虽然是夜里，可皎皎的清辉透过洞口照进来，正好笼住两人。说实话，是他特意将她放在这里，因为他想看着她，不想错过她任何一个表情。而且今夜，她的眼睛上也没有缠白布，虽然没有一分倒影，但

第二章 我们不熟

是，他还是想看着。

"你的伤……"蔚景陡然想起。

"都半个多月了，早好了。"男人一手撑在她的身侧，另一手抓起她的腕，引着她的手来到他的胸口。结实平滑的肌肤上，一处凹凸不平异常明显，是伤痕，蔚景心口一颤，纤长的手指轻轻抚摸着那块痕迹，眼前又浮现出那夜的情景。他的长剑朝着锦弦的眉心直直刺来，锦弦将她从身后拉出，推上前去，他紧急收剑、撤回内力，而锦弦借机将手中长剑刺入他的胸口。这样的男人。她心神一动，忽然仰起身子，主动吻上他……

意识浑浑噩噩，而偏生他还不停地逼问她问题。他问她锦弦有没有碰过她，她说没有，他就怒了，说哪里没有，他都看到锦弦亲她了。然后，她就无语了，说，好吧，如果亲算碰的话，那就是碰过了。然后，他就更怒了，说，亲都不算碰，那怎样才算碰？那一刻，她才知道，他竟是那样在意。

一场酣畅过后，他将她抱在怀里，两人躺在铺在地上的衣袍上面。她枕在他的臂弯里，只觉得浑身一丝力气都无，不想动，也不想说话。就想睡觉。

"别睡，洞里太凉，我带你回屋。"滚烫的唇轻轻吻着她的脸，低哑的声音逸出，他抱着她起身，拾起地上的衣袍往她身上套。很有耐心地替她穿好，又快速穿好自己的。

"我们走！"弯腰，作势去抱她。

"凌澜，背我！"蔚景忽然开口道。凌澜怔了怔，说："好"，便转身背朝着她，蹲下身，蔚景摸索着伏在他的背上，双臂缠上他的颈脖。

"抱稳了！"他毫不费力地将她背起。

这一句"抱稳了"让蔚景忽然想起他在悬崖下救起她那夜，两人同乘一匹马的时候，他也是这么一句"坐稳了"，然后打马跑起，她差点从马上跌下来。所以，她以为他现在丢这句，是又要用轻功踏风而行了。谁知道，没有。男人背着她走起来。一阵夜风迎面吹来，她知道已经出了洞口。男人背上的体温透过衣衫传递在她的身上，她倒也不觉得冷，双手环着他的脖子，她轻靠在他宽实的肩头。不同于来时的风驰电掣，他走得很慢，却并不是吃力，脚步依旧轻盈，只是每一步都踏实平稳。

"这是哪里的山洞？"

"后院。"

"后院？"蔚景有些震惊，"后院有山洞吗？我怎么不知道？"

"你的眼睛又看不到，不知道很正常，离小池塘最多一百步的距离。"

"这么近？"她都没有意识到自己语气里的失落。

"嗯。"男人轻应。

夜风习习，荷香幽幽，一缕发丝被吹到额前，撩着脸上微痒，蔚景将脸埋在男人的肩窝里蹭了蹭，忽然想起什么："对了，你一直在外面，夜逐曦怎么办？"

"有康叔。"

"康叔？"蔚景惊得下颔都掉了下来。康叔是他的人，她其实一直知道，只是让康叔扮夜逐曦，也委实有点……夜在灵源山上，夜逐曦就是康叔吧？当时这个男人是凌澜的身份，而鸳颜醉红颜发作不知在什么地方，现场有一个夜逐曦，当时她还在想是谁呢，那么，那夜在锦弦的营帐，在紧急关头，将凌澜救走的人也是康叔吧？那功夫也是霸道了得。平素见康叔忠厚老实，还以为就是一普通管家呢。果然，人不可貌相。

张嘴正欲再说什么，却发现凌澜突然停了下来。刚开始，她还以为到屋里了，后来感觉周遭的环境不对，有夜风拂面，还有蛙鸣声一片，应该还在后院。

"怎么了？"她问。

"原来你们也没睡啊。"男人低沉的声音传来。不是凌澜。蔚景一震，是影君傲。他怎么在这里？她忽然想起了他们去山洞的原因，因为当时有人推开院门走了进来。那么，那人是他吗？是影君傲？她跟凌澜至少在山洞里待了两个时辰，至少，现在应该已经下半夜了，他还没睡，还在这里，难道……在这里等了两个时辰？凌澜说，山洞跟池塘相隔最多百步，从方才出洞口到现在，凌澜的确也没走多少路，就碰到了影君傲，那么……刚才他们那样的动静，影君傲都听到了吗？从未有一刻如此窘迫过，蔚景脸上一烫，轻轻拍了拍凌澜，示意他将她放下来。

"正准备回屋去睡了。"凌澜淡声回向影君傲，却并没有将她放下来的意思。蔚景皱眉，又附在他耳边轻声道："放我下来。"凌澜恍若未闻，又背着她往前走。影君傲垂眸浅笑，一阵夜风吹过，带起他的发丝跟衣袂轻舞飞扬，幽幽夜色下，他抬头望了望高远的苍穹，片刻之后，才转过头，再次看向他们这边："嗯，早点睡吧，再不睡天就亮了。"话落，也不等他们做出反应，人已转身先他们往院门的方向走。蔚景本想喊住他，却又担心这两个男人碰一起搞出什么事，只得先暂时作罢。

殷大夫家总共两间厢房，一间殷大夫自己住，一间给了蔚景，所以凌澜来了之后，一直住堂屋。影君傲来了，没地儿睡，殷大夫就在平时存放药品和农具的小房间里临时搭了一张床，影君傲住那里。

房间门口，蔚景几经徘徊，才抬手轻轻叩了叩门扉。房里漆黑一团，也没有人应。蔚景知道影君傲在的，他跟他们是前脚后脚回的屋，一回屋，她就让凌澜回了堂屋，然后，她就过来了，这么一会儿的功夫，他肯定也没有睡着。有些话，她想跟他说。不是想解释，也不是想安慰，有些话，她觉得还是要说开来。如此优秀的男人，她不想误了他。

见里面没有反应，她又再次叩了叩门。依旧没有一丝动静。蔚景垂眸弯了弯唇，又静静地站在门口站了一会儿，才转身离开。

听着门口的脚步声渐行渐远，躺在黑暗里的影君傲缓缓睁开眼睛。第一次，他第

第二章 我们不熟

一次觉得这样心痛。也第一次觉得是如此挫败。记事起，他就是要风得风，要雨得雨，这天下之物于他影君傲来讲，只有想要与不想要的，就没有得不到的。女人亦是如此。他却从不对女人上心。第一次，他对一个女人上了心，那个女人心里却没有他。曾经她的心里是锦弦，如今她的心里是凌澜。没有他，从来没有。

没有人知道这半个月他是怎样找到她的，就像没有人知道他站在后院里是怎样的心情一样。站了多久，他不知道，他只知道，对他来说，就像是沧海桑田、一辈子那么长，然后被人拿着刀子将他的五脏六腑一一凌迟了个遍。他也终于明白，原来，世间情爱根本没有道理可言。不是付出就有回报，也不是看谁比谁爱得多一点。看的只有一点，心在哪里。心在，所有的伤害都可以原谅，哪怕前一瞬还冷脸相向，下一瞬依旧可以在他身下承欢。心不在，再多的好再大的伤再沉的痛，依旧不能入对方的眼，她永远也看不到。

曾经他叫她"精卫"，后来他叫她"甜海"，她最初是笑笑，慢慢习以为常，她一定以为是他的玩笑和调皮吧？殊不知他的私心，那么卑微的一点私心，他，不过是想向另外两个男人宣示着，自己那微末的一点独享。她是锦弦的蔚景，是凌澜的蔚景，是世人的蔚景，却是他影君傲一人的"精卫"，一人的"甜海"。

如今看来，无论是"精卫"还是"甜海"，那都是他一人的称呼，怎么也没有"小九"和"琴九"来得深刻隽永。影君傲，是时候走出来了。当初找她的初心，也是想确认她是否真的平安，是否真的安好不是吗？这些已经足够。

真的是被凌澜折磨惨了，蔚景从未睡得如此沉过。一觉醒来，已是日上三竿。很奇怪，屋里没有人。她有惊喜给他们，竟然一个人都不在。她找了一圈，堂屋里没有，殷大夫厢房里没有，影君傲的小房间里也没有。厨房的锅里有小米粥还在热着，她知道，那是殷大夫给她留的，每次她起得晚，他都会这样，给她留好，灶膛里的炭火不退，她起来吃的时候就不会凉。殷大夫要去干农活，此时不在很正常，可另外两个男人呢？他们哪里去了呢？想起夜里的事，她脸色一变。天，这两人不会又斗上了吧？第一反应，她就往后院跑。

也没有人。她就奇怪了，前院后院都没有人，难道外出了？齐齐外出？正欲转身回屋，又蓦地想起昨夜的事。山洞。离小池塘不过百步，凌澜说。果然，顺着池塘边一直往前走，一直往前走，就是傍着后院的一座小山。小山的脚下一个很宽敞的洞口。快接近洞口的时候，她猛地听到里面有声响传来，心头一惊，快步走了进去。

果然两个人在。只是不是两个男人，而是一个男人和一个女人。并且画面很诡异，非常诡异。她进入的那一刻，男人正从地上站起，女人坐在地上，慌乱拢上自己的衣袍。两人都大汗淋漓。什么情况？她顿在洞口。而同一瞬间，里面的两人也意识到有人进入，朝她看过来。男人一怔，女人脸色苍白。

接下来，更诡异的事情发生了。女人想从地上站起来，男人竖起手指，朝她做了一个噤声的姿势。女人便立即没有动。然后，男人再次转眸朝她看过来，说："蔚景，你怎么来了？"欲拾步朝她走过来，却是被坐在地上的女人拉住了袍角，男人脚步顿住，女人伸手递给他一个东西。男人眸光微闪，接过。是一块玉佩。快速将玉佩拢进袖中，男人再次拾步朝她走过来，微微笑："你还真是数着步子找到这里了？"

蔚景的一张小脸却慢慢失了血色。微微怔忡了一瞬，才明白过来他所说的数着步子，是因为昨夜他跟她说池塘离这边不过百步，是吗？

"你怎么来这里了？"她幽幽开口。

"哦，昨夜掉了个东西在这里，过来找一找。"

"就你一个人吗？"蔚景也不知道自己出于什么心理，话就这么脱口而出，男人一震，她又道，"影君傲没跟你一起吗？屋里也不见他的人。"

"没。"男人轻应，步履如风，已走至跟前，蔚景略略垂下眉眼。

"你掉的东西找到了吗？"扶在洞壁上的手指慢慢用力，蔚景才勉强让自己语气平静。

"嗯，找到了，你早膳还没用吧，我们回屋。"男人伸出长臂揽了她的肩，却被她身子微微一晃，避过。

"我要你像昨夜那样背我。"闪身来到他的身后，她说。男人笑笑："好！"一边说，一边在她前面优雅地躬了身子。蔚景双手圈住他的颈脖，趴到他的背上。

第二章 我们不熟

039

第三章 你带我随

　　洞外阳光正好，天地万物都被照得有些透明，蔚景闭了闭眸，只觉得明晃晃直刺得人的眼睛疼。耳边清风拂过，男人没有像昨夜那样一步一步走，而是用轻功，踏风而行。俯在他宽阔结实的背上，蔚景依旧轻轻将脸靠在他的肩头，男人的衣衫被汗水濡湿，黏黏的贴在男人的身上，也黏糊糊地贴在她的身上。鼻端肆无忌惮地萦绕着熟悉的气息，滚烫的体温也透过薄薄的衣衫传递过来，可是，为何，为何她却只觉得寒冷？明明是夏日，明明艳阳高照，明明他的背如昨夜一样温暖，为何昨夜更深露重，她不觉得冷，而现在青天白日，她的心却在打着寒战？她不知道。

　　她只知道，男人真的很急切。急切地想要将她带离洞里，急切地用轻功带她回屋，将她带进厨房后，盛了一碗小米粥给她，然后说，自己有件急事要办，就又急切地离开了。急切得连让她问问什么事的机会都没有。也急切得再一次忽略了她想要给他的惊喜。他真的没看到吗？是因为在洞口的时候，她背对着光线而站，脸隐在暗影里，他看不清楚吗？还是因为见她当时手扶着洞门，依靠着洞门的支撑，就像是平素摸索无助的样子？又或者是因为他的心思根本不在她这里，他的视线根本不在她身上？所以，所以……连她的眼睛看得见了，他都没有发现吗？

　　那个女人她尽收眼底，他拢进袖中的那块玉佩，她也尽收眼底。眼前晃过女人苍白的脸色，以及慌乱拢衣的样子。铃铛。曾经她最信任的，情同姐妹的婢女，如今天子锦弦的贤妃娘娘，铃铛。出现得太不合时宜了，所以，她差点怀疑是不是自己的眼睛还没有痊愈。此时此刻，她不应该是在那座富丽堂皇的皇宫吗？为何会出现在这里的山洞里？为何会是那样的举措和表情？

　　她准备开口问的。真的，那一刻，她准备开口问的，因为一路走来，她发现自己最最缺乏的能力，就是去相信。就像昨夜她非要问凌澜，悬崖边是不是他推下的她？她就是想要改变自己，想要试着去问，也想试着去相信。所以，她想问的，想问，铃铛怎么会在这里？就算两人的举措很诡异，就算两人都大汗淋漓，她还是不想往坏的地方去想。毕竟，他昨夜才刚刚与她那样过，不至于……

　　但是，男人接下来的举措却让她的话生生堵在了喉咙里。他伸出手指朝铃铛做了一个嘘声的姿势。那是什么意思？是让铃铛不要动，也不要说话，是吗？是因为他以为她看不见，铃铛不动不说话，她就不知道铃铛在是吗？有什么见不得人的事需要瞒她？自从那夜假山掩护他们两人逃脱之后，她又不是不知道铃铛是他凌澜的人，既然知道，还有什么怕她发现他们两人在一起的？她不想怀疑，真的不想怀疑。

如果说，这一举措让她的心瞬间沉到了谷底，那么接下来她看到的，她看到的……任何言语都无法形容她那一刻的心情。玉佩。铃铛递给凌澜的玉佩，凌澜拢入袖中的那枚玉佩。多么熟悉。她曾经佩戴了它三年。那是锦弦送给她的，她曾经视为珍宝，从不离身的东西，也是在远嫁云漠的路上，她被人推下悬崖之前，被人取走的东西。

这玉佩锦弦一枚，她一枚。她多么希望，这一枚是铃铛在锦弦身边偷来给凌澜的，是锦弦的那枚。但是，她知道，不是！因为挂绳不是。曾经锦弦送给她的时候，跟她说，红绳绿玉最为吉利，但是，太过女气。所以，她的是红绳，而锦弦自己的则是黑绳。而方才在山洞里，那垂坠在空气中的一抹红几乎刺痛了她的眼睛。

昨夜，她问他，是不是他将她推下悬崖。他说，不是。她相信了。她问他，那是谁，是谁推的？他说，都过去了，别再想那么多。她照做了。可是，今日，今日这又是怎么一回事？饶是如此，她还是不愿意相信，她问他，你怎么到这里来？她问他，就你一个人吗？她想着，只要他说实话，只要他说，她就给他一个机会，一个解释的机会。

他说，他的东西掉了，过来找，他始终没有说铃铛跟他在一起。不仅如此，还迫不及待地想要带她离开，甚至连走路的时间都没有。将她带回厨房，也是几乎话都没来得及说，就匆匆离去。平素那般细腻如尘、那般洞若观火的一个人，竟然没有发现她的复明。凌澜，你在想什么？你又急着去做什么？

如果没有猜错，是返回洞里送那个女人离开吧？如果没有猜错，此时洞里应该早已没有人了吧？她其实真的不喜欢这样去猜忌一个人，很不喜欢。总是，她想着这样，想着那样，七想八想，越想越难过，越想越受伤。她要真相。她要问清楚。她要问他。她要等他回来跟他问清楚。

算算也是第三次来到这个洞里。第一次是昨夜，那时，她的眼睛还看不到，完全凭着其他的感知，第二次是早上，那时，虽然眼睛看得到了，却眼里装了其他的东西。这是第三次，却也是第一次将这个洞看清楚。洞并不大，是人为凿的，看洞内最里面的一些痕迹，应该是殷大夫平素用来存储红薯用的，只是现在不是红薯的季节，所以空着。

她也不知道为何会第三次过来，或许是想印证一下自己的猜测，或许是想求个死心。铃铛果然不在了。后院出去根本没有路，除非飞檐走壁、踏风而行，不然，从后院出去就必须经过殷大夫的屋。自从她被某个男人带回屋，她就一直坐在那里，坐在从后院出去的必经之地。没有看到一个人影。而铃铛不像鸷颜，铃铛跟她一样，丝毫武功都无。不用想都知道，肯定是有人带着她飞檐走壁，就像某人带着她飞身回屋一样。

第三章　你带我随

眼前又浮现出，男人让女人噤声，女人伸手递玉给男人的情景。为何玉在铃铛那里？当日，是铃铛扮作锦弦，将她推下的悬崖吗？不是，肯定不是。就算是女扮男装，那人也有极强的武功，顷刻之间，能将云漠的追兵杀得一个不剩，这一点，铃铛绝对做不到。那是？是两人做那事时，某人掉的吗？毕竟做那事不是要宽衣解带吗？然后，不小心从衣袍里滑落，然后，铃铛不过是拾起还给他，是这样吗？

又七想八想了，不能再想了。她讨厌这样瞎琢磨的自己，每一次琢磨的最后，都是自己痛得不行。不琢磨，不再琢磨。她深深地呼吸，刚欲转身，就听到一声低唤自洞口传来。

"甜海。"她回头，洞口一抹颀长身影遮住了大半个洞口的光线，在她转身回头的那一刹那，身影快速入洞朝她而来。

"你的眼睛看得到了？"惊喜到颤抖的声音。是影君傲。

蔚景站在那里没有动，怔怔看着他快步而来。第一次对"不能入眼"和"满心满眼"这两个词有了全新的理解。洞虽然不大，却比较狭长，从洞里到她这里的距离有多远，她不知道，她只知道，就算此刻，影君傲如此步履如风，也至少要走几十步。几十步的距离，早上的时候，那个男人走了几十步的距离，她始终看着他，他都没有发现她的复明。而有的人，却只用了转身的瞬间，只是一个瞬间，就知道她的眼睛好了。是因为光线的问题吗？不，早上她虽然背对着阳光，却也不及此刻洞里面的暗。

兀自怔忡间，影君傲已经快步行至跟前，并抓住了她的手臂："太好了，你真的看得到了。"满眼满脸，甚至满心的欢喜难以自制。

她笑笑："是啊，看得到真好。"

"刚刚到处找你找不到，也不见他，我还以为你们两个不告而别了呢。"影君傲难掩心中激动，继续道。

"怎么会？"蔚景依旧只是笑着。不告而别的不是他们两个，是有的人。

"你怎么一个人跑这里来了？"影君傲环顾着山洞四周，因为阴暗，洞里潮气很重。蔚景怔了怔，她想起，早上她似乎问了那人同样的问题。那人怎么答的？昨夜有个东西掉在洞里了，过来寻一寻，是这样吗？睁着眼睛说瞎话也不过如此。

"我想给你们惊喜，可你们一个人都不在，所以，就找到这里来了。"蔚景幽幽开口。

影君傲微微一怔，将四处打量的目光收回，转眸看向她，敛了唇边笑容："甜海……"

蔚景垂眸一笑，反手拉了他手臂："走吧，我早膳还没吃呢，饿死了。"

影君傲疑惑地看着她，却已被她攥着往外走。两人一起出了洞口。外面阳光正烈，蔚景的眼睛刚刚复明，而且在光线黑暗的洞里又待了很久，这样骤然走进强光，哪里承受得住？刚想闭上眼睛，已有人先她一步，将掌心捂上她的双眼。

"你的眼睛刚好，不能受刺激，得慢慢适应才行！"影君傲低醇的嗓音响在咫尺，"我慢慢放，你慢慢感应，没有觉得不舒服，我就再将手拿开。"

轻捂在她眸眼上的大手，慢慢移开两指，露出一条细细的缝隙，光线透隙而入，因为只有一点点，所以并不显得强烈。两指继续缓缓分开，缝隙慢慢变大。蔚景站在那里没有动，感受着那一线慢慢变大的光线，也感受着男人大掌掌心的那一抹温度。其实，她想说，她没有那么娇贵，只要眯眼适应了一会儿就没事，哪需要如此麻烦？但是，她没有说。曾经的她的母妃跟她说，这世上的女子，因为宠爱，才会娇贵。娇贵不是光鲜的身份，不是羸弱的体质，而是看拥不拥有别人的宠爱，若没有，身份再光鲜，体质再羸弱，终究是没有人看你、惜你；若有，哪怕只有一人，你也会是那人眼里，这世上最娇贵的女子。

她现在娇贵吗？至少此刻，在影君傲的眼里是的吧？忽然，她很想哭。强自压抑了一会儿，终究是没有忍住。许是感觉到掌心的濡湿，影君傲触电一般移开自己的手，目光触及到她满眼泪水的样子，脸色一变："你怎么了？是不是眼睛不舒……"

"我没事，"他的话没有说完，就被她打断，她笑着吸吸鼻子，"眼睛失明了那么久，我只是试试，看自己还能不能哭。"

影君傲却并没有因为她的玩笑话有半分喜悦，反而眉心微微一拢，凤眸深深凝视着她，缓缓抬手，温热的指腹一点一点替她揩去眼角的咸湿。没有多问一字。

"谢谢你！"同样看了他一会儿，蔚景忽然开口。微风拂拂，带起淡淡阳光的气息。男人依旧抿唇未语。

"影君傲，我真的饿了。"

"走吧，回屋。"

两人沿着小池塘的边上往前屋走。

"影君傲，你早上做什么去了？"

"晨练去了。"

"影君傲，能教我武功吗？"

"为何突然要学这个？"

因为……想能自己保护自己。

用过早膳以后，凌澜还是没有回来。影君傲问她，现在眼睛好了，有什么打算。她想了想，竟是没有。如果非要说的话，近前的就一个，等那个男人回来。她只想求个明明白白。再以后，就没有了。没有打算。

影君傲开始教她一些基本功，譬如呼气纳气，譬如蹲步站立。她心知肚明，武功岂是一朝一夕可以练就的，现在的他们不过是打发打发时间而已。影君傲很乐意教她，她便也学得很认真。两人在前院空旷地比画着。忽然，就看到殷大夫扛着鸡鸭鱼肉回来，原来，他是去镇上采买去了。殷大夫一边急急奔走，一边朝他们两个喊："大事不好了，快进屋，快进屋……"

第三章　你带我随

两人突闻此言，皆是莫名，但远远瞧见殷大夫脸色极为难看，走到最后甚至直接将肩上的鸡鸭鱼肉甩丢在地，只为走得快，两人都心知事态严重，互相看了一眼，影君傲便裹了蔚景的手，闪身进屋。好一会儿，殷大夫才进了门，一进来，就"嘭"的一声将大门闭上，靠在门板后面喘着粗气。

"怎么了？"影君傲皱眉上前，蔚景亦是疑惑不浅。

"跟老夫说实话……你们是什么人？"殷大夫气喘吁吁看着蔚景。

蔚景心中忽然生出一种很不好的预感。影君傲同样瞳孔一敛，急急问道："到底发生了何事？"

"就知道你们不是一般人……现在……官兵都寻到村子里来了，说……找一个女人，是……找你们的吧？"

官兵？蔚景和影君傲全都脸色一变。

"正在一家一户地搜呢。"殷大夫气喘吁吁，惊魂未定，说完，又转过身，透过门缝往外看。蔚景转眸看向影君傲，影君傲面色冷峻，紧握了她的手："愿意跟我走吗？如果愿意，我现在就带你离开。"

他用的是问句，他用的是如果。蔚景怔怔看向落在自己手背上的大手，心里疼痛。她也终于明白，就是在这样的时候，这个男人还是不想强迫于她，他知道她在等那个男人，所以，他说，如果愿意。是的，她在等，她原本是在等，而且就在刚刚殷大夫说有官兵，她的第一反应也是，那个男人还没回来，怎么办？而不是她自己，不是她自己该怎么办？现在想想，他会有什么危险，此时此刻，他或许早已经离开了这个村庄，要送某个女人回宫不是吗？而且，还会武功，而且，还有那么多的秘密力量。她该担心的，是她自己。这般穷乡僻壤的小村庄，如何会有大批官兵来？显然，是冲她而来。

"带我走，带我离开！"她听到自己如是说，目光所之处，是自己反握了影君傲的手。影君傲的眸中就像是瞬间落入了星子，荧荧发亮，他点头，坚定点头，说："好！"

末了，又从袖中掏出一块金条，正欲给殷大夫，就蓦地听到殷大夫颤抖的声音响起："来不及了，快躲起来！"紧随殷大夫声音一起的，还有外面纷沓而至的脚步声。两人皆是一震，影君傲更是身形轻盈一晃，快速移动到窗边，朝外看去。蔚景见状，亦是跟随了过来。只见前院的外面，乌泱乌泱都是士兵，只是顷刻的时间，就在前院的篱笆外面四散开来，将殷大夫的农院围得水泄不通，人人手中的兵器，在明晃晃的阳光下，闪着刺眼的寒芒。甚至，有弓弩手。数名弓弩手弯弓拉满弦，严阵以待，只等一声令下。

蔚景脸色一变，下一瞬，手背忽的一暖，影君傲握了她的手，回头看向她："莫怕！有我在。"

只五字，胜过万语千言。蔚景眼窝一热，点点头。

这时，外面已经有人开始喊话："有人吗？有就自己主动开个门，我们进屋搜查，若没有，我们可就破门而入了。"

殷大夫快速闩上门闩，急急招呼两人："哎呀，你们两个怎么还站在这里，快先躲起来！"一边说，一边上前推影君傲："快，快，快带小九去后院，后院有个洞，你们躲进去，我搬些柴火掩住洞口。"

影君傲没动，薄唇轻抿，转眸看向蔚景："甜海，若我带你冲出去，你敢不敢？"

殷大夫一怔，蔚景抬眸望进他的眼。他的意思，她懂。从殷大夫进门，到官兵包围，不过片刻的时间，说明这些人是有备而来，也就是说，他们肯定得到了消息，他们在殷大夫家，所以，才会有现在外面那样的阵仗。至于，这些官兵如何得到的消息，就不得而知了，或许是搜查其他村民家时，村民举报，又或许是有人告密……所以，那些人一定会将这里翻个底朝天。躲，是没用的。蔚景弯唇，淡然一笑："只要你带，我就敢随！"声音不大，却平静笃定，没有一丝犹豫，也没有一分计较。

"好，我一定带你平安离开，信我！"影君傲裹紧掌心小手，凤眸折射着透窗而入的光，熠熠生辉。拉起蔚景便走，却在下一瞬被殷大夫拦住："你疯了？你知不知道，你一开门，就有可能被射成马蜂窝？武功高强又怎样？你敌得过那些刀剑，你敌得过那么多弓箭手吗？"

影君傲未有反应，蔚景先停了下来。殷大夫说得有道理。是她太过求生心切了吗？还是太不想回到那个帝王的身边？居然想的，只是逃，离开。后果呢？后果是什么？后果可能是，影君傲的命丧在那些人的手上，就算有幸逃掉，他的身份却可能会暴露，他的暴露，意味着啸影山庄的暴露，也就意味着，从此，山庄背负着与朝廷为敌的罪名，一堆人要被牵连进来；还有殷大夫，他们走了，他们在众目睽睽之下逃走了，剩下的殷大夫怎么办？他会死。她不能这么不负责任，不能。

不就是搜她吗？不就是要带走她吗？她跟他们走就好！将手缓缓自影君傲的掌心抽出，她忽然抬步朝大门走去，意识到她的举措，殷大夫跟影君傲皆是脸色一变，影君傲更是疾步上前，长臂一捞，将她裹了满怀。

"你要做什么？"他死死将她抱住，绷直了声线，却抑制不住声音的薄颤，"我们先躲躲，先躲躲，事情还没有搞清楚不是吗？"

说完，裹了她脚尖一点，身影闪动，快如风，卷向后院。殷大夫这才微微松了一口气，也连忙抬步跟上，他要帮他们移一些柴火过去挡住洞口。

一阵风驰电掣，影君傲已经将蔚景卷进洞中。她方才准备做什么，他清楚得很。她的心，他也懂。主动出去，主动现身是吗？不想连累他和殷大夫，是吗？他怎会让她这样做？他怎会让那些人将她带走，带去那个阴狠帝王的身边？如果他会，他就不会说带着她冲出重围了。他何尝不知道，这样冲出去有多冒险？但是，他也知道，她真的想离开。他不是很了解锦弦，但是，一个以非常手段篡夺江山的人，一定不会良善。在啸影山庄的时候，那个男人为了一己之私，曾预谋让自己的女人死于镇山兽之口，就凭这

第三章 你带我随

045

一点，说明，那个男人什么事情都做得出来。而且，曾经在九景宫，蔚景掉进陷阱里面，宁愿自己被困窒息而死，也不愿意中那个男人的计打开机关；后来，就算被那个男人所擒，她也不惜用银针拍入自己胸膛，并假装失忆聋哑。这一次再被抓回去的话，连假装的机会都没有了。以那个男人的狠，经过此次重创，想都不用想，就知道她被抓回去的处境。不是死，就是生不如死。他怎会让她再羊入虎口？不过，带她就这样冲出去，也的确不是上策，的确冒险，不是他怕冒险，而是他不能让她冒险。终究是他太心急了。

"甜海，相信我，事情没那么糟，有可能他们根本就不是找你，我们先静观其变，不许再做傻事。"

随着殷大夫将柴火移过来掩在外面，洞里的光线彻底黑了下来，影君傲一直抱着蔚景没有放开。外面骤然传来"砰砰咚咚""乒乒乓乓"的声音，似乎是门被撞开，桌椅被踢翻，人声嘈杂，脚步声纷沓。看来，那些人真破门而入了。很快，纷沓的脚步声就进了后院。蔚景一惊，影君傲手臂又收紧了几分，声音紧贴着她的耳边："莫怕！"

后院里，殷大夫甚至还没来得及进屋，就被众士兵团团围住。

"各位官爷，你们这是……"

"既然你在家，为何不开门？"

"老夫在……在后院采莲藕，没听到前面……"

"少废话！看到过这个女人没有？"为首的一个肥头大耳的男人抖开手中画像，伸至殷大夫面前。殷大夫一怔。画像上是一个女子的背影，那身形，那体态，锦衣华服。可能是画功以及只是背影的缘故，只有七八分像。但是，他还是识了出来。是——小九。

其实，小九是谁，他早已知道。那日他上山采药，路过镇上，去买荤食的时候，他就跟人打听过了。蔚景是当今皇后娘娘的名号，而这位娘娘在去灵源山祈福的路上跳入神女湖自杀了。他是一个乡野之人，不懂这些皇室宫廷之事，也不知道当今皇后是怎样的一个人，又有过怎样的遭遇，他只知道，半个多月的朝夕相处，足以让他这个黄土淹过脖子的老人看清楚一个人，被他救起的小九是个善良懂事的孩子。所以，他护她，不是皇后，不是蔚景，而是小九。

"没见过！"殷大夫头摇得就像是拨浪鼓一样。

"没见过？"肥头大耳的官样男人冷哼，猛地将画像收起，"你再仔细想想，当真没见过？"显然不相信殷大夫的话。

殷大夫捋着胡须默了片刻，再次摇头："当真没见过，而且，就一个背影而已，就算见过，估计老夫也没有印象了。"

肥头男人大笑了起来，缓缓踱步逼近殷大夫："那为何有人说，在你家见过这个女人呢？"

殷大夫脸色一白。

何止是他，洞里的两人也是为之一震。果然是有人举报。殷大夫虽说没见过什么大场面，却也是风雨几十年过来的人，微微一愕之后，便笑道："哦，那也有可能，毕竟，老夫是大夫，家里来来往往的人多，可能还真的来看过病、治过伤之类的，只是老夫不记得了。"

"一派胡言！"肥头男人骤然狂怒咆哮，"给你机会，你不要，那么，就休怪本大爷无情！"末了，就转首吩咐左右："来人，给我搜，仔仔细细地搜，犄角旮旯都不能放过，搜到者重重有赏！"

"还有，将这个老顽固给我吊起来，"男人环顾了一下四周，发现池塘边有一棵槐树，便伸手一指，"就吊在那棵树上，什么时候说实话，什么时候将他放下来。"

众人领命，脚步纷乱，有回屋搜的，有在院子里搜的，各种踢掀乱翻，另有几人取了绳索上前，七手八脚捆殷大夫。

"官爷，官爷，冤枉啊，老夫真的不知道啊，求官爷手下留情，饶过老夫……殷大夫一边求饶，一边自袖中掏出一锭银子塞到男人手中。男人自然地接过，揣进袖中，却并没有放过他的意思，还示意几个手下继续，满脸横肉在笑："说实在的，这么热的天儿，一把年纪的吊在那里暴晒，爷我还真有些于心不忍呢，这万一一口气没下来，就过去了怎么办？所以，你还是早点将那个女人交出来的好。"

后院的动静，洞里的两人听得真真切切。听到要将殷大夫吊起来，蔚景如何还能淡定，挣扎着就要起身出来，被影君傲紧紧箍住："莫要冲动，你这个时候出去，非但救不了殷大夫，还会害了他，你想，他一口咬定没见过你，等会儿这些人搜搜，没搜到我们，他们就会走了，如果，你这个时候出去，岂不就是明摆着告诉他们殷大夫私藏你了吗？到时，你会被带走，他也会难逃其咎。"她挣扎得很大力，影君傲贴着她的耳畔，急急劝阻。

"可是，殷伯伯他那么大的年纪，怎经得起他们如此对待？"蔚景气息沉得几乎快要说不出话来，鼻尖也酸，眼睛也酸，一口气堵在心口，进不去出不来。都是她，都是因为她，她无论到哪里，都是一个祸害！

"乖，听我的，等等，再等等！"影君傲抱着她，轻轻拍着她的背，极力安抚着她，可是，她依旧颤抖得厉害。

外面，殷大夫已经被吊在了树上。时间一点一点过去，到处被翻得一片凌乱。或许是因为这个洞口本就隐蔽，又加上柴火的遮挡，更是不易察觉，所以，有凌乱的脚步声去去来来，却都没有搜到柴火这边。一拨一拨的人过来朝肥头男人报告，说，没有，没有，都没有。

"不可能，肯定藏在哪个我们不知道的地方，"肥头男人一副全然不信的样子，嘴角噙起一抹冷侫，"既然那么狠心让一个老人在这里受罪，那爷就成全她，来人，先将这个老头子的胳膊卸掉一只，若再不出来，再卸掉另一只，然后，再剁了他的脚，看她还出来不出来！"话音刚落，已有人上前。

第三章 你带我随

047

洞内相拥的两人听闻此话皆是一震，黑暗中互相看着对方，呼吸可闻，心跳明显。虽然光线真的很暗，但是，蔚景还是清晰地看到了影君傲眸底一掠而过的坚毅。蔚景眉心一跳，她当然知道下一瞬他要做什么。要出去是吗？果然，耳边蓦地有袖风拂动，是影君傲扬起了手臂，蔚景知道，他是怕她冲动，在出去之前，先点了她的穴道。

电光石火之间，蔚景瞳孔倏地一敛。男人微扬的手臂没有落下。

"你——"影君傲一动不动，俊眉微蹙，凤眸一眨不眨地看着蔚景，一脸的难以置信。

"你不能出去，你是啸影山庄的庄主，你有你的责任和使命，我不一样，我孑然一身，我一个人。"蔚景从影君傲的怀里出来，拾步朝洞口走去。

"甜海，别冲动，快帮我把后颈的银针拔下来！"影君傲眉心皱成了小山，心中急切得不行，偏生又不能动。黑暗中，蔚景回过头，因隔得有些距离了，影君傲已看不清她脸上的表情，只能看到一身曳地的素色衣袍轻荡："影君傲，保重！"

影君傲心头一撞，这两个字，这两个字……

"不要！甜海，蔚景，乖，听我的话，你先将我……"他的话还没有说完，眼前倏地一亮。惊痛的眸底映着女子的背影窈窕，素衣黑发，就这样一步不停、头也不回地从黑暗走进光亮，从洞里走向洞外。影君傲沉痛闭眼。这个女人，这个傻女人，竟然偷袭他，竟然用银针定了他的穴位。

在黑暗中待得太久，这样乍然走出，强烈的光线刺得蔚景眼睛一痛，可她已来不及适应，就转眸看向池塘边。那里，双手被缚的老人正被人从槐树上放下来，边上，一个士兵已"刷"的拔出大刀，抡起，阳光下，带出一道骇人的寒芒，落下——

"不要——"她脸色一变，大声惊呼。然，已然太迟。大刀落下，老人一声闷哼，鲜血四溅，老人的一只手臂被生生砍断。

血光、嗡鸣。蔚景身子一晃，眼前一片妍艳的大红。只有红，天地一色。所有人都朝她看过来。包括肥头男人，也包括痛得脸色惨白的老人。

"小九……"老人毫无一丝血色的嘴唇嚅动，眉心皱成了一团，蔚景知道，那不是痛的，而是说她不该出来。她怎么能不出来？她怎么能？

"殷伯伯……"蔚景颤抖出声，声音沙哑得如同锯木一般。是小九不好，是小九连累你了。入眼是老人一片血红的肩头，殷红妍艳将老人粗布青衣濡湿成一大块浓墨重彩，蔚景只觉得眼睛疼痛得厉害，她想哭，眼里却干涩得不行，一滴泪都没有。她忽然想起，不久前，也是在这个洞口，她还跟影君傲讲，眼睛失明了那么久，她只是试试，看自己还能不能哭？原来，那不算什么。原来，痛的极致不是大哭，而是想哭却再也哭不出来。

"放开殷伯伯！"蔚景将落在老人身上的目光缓缓收回，眼梢轻掠，眸色猩红凛冽，一一扫过那些士兵，最后落在那个肥头男人的脸上，缓缓拾步，一步一步上前。

虽早已见过画上女人婀娜背影，却不想女人的庐山真面目是如此倾城之姿，更重要的是那一身的风华和气质，恍若天人，一众兵士还在错愕中没有回神，蓦地听到女人这么命令的一句，纷纷反应过来。肥头男人更是唇角一斜，眯眼看着她："哟，总算出来了，还以为你宁愿看着这个老头子死，也要当缩头乌龟呢……"

"我说放了他！"蔚景厉声将男人的话打断。肥头男人一怔，有那么一刻，竟被她眼中的血红和倾散的戾气吓到。

"哟，这脾气还不小啊，我们让你出来，你藏躲半天不现身，凭什么你让我们放人，我们就要放？"男人一边冷笑驳斥，一边大手一扬，边上的士兵会意。

"唔——"的一声闷哼，绳索走过枝桠，老人再次被高高挂起吊在树上。刚刚是一双手承受，现在是一只手。这对于一个片刻前被生生斩断胳膊的年迈老人来说，如何受得了？蔚景大骇："放他下来！我以当今皇后的身份命令你们，速速放他下来！"

一字一顿，声音不大，却掷地有声。所有人皆是一震，她的话大家都听得分明，她说，她以皇后的身份？什么意思？是说她是当今皇后娘娘吗？众人脸色一变。这……怎么可能？面面相觑之后，又都纷纷看向肥头大耳的男人。男人"嗤"然一笑："皇后的身份？你要是当今的皇后娘娘，我他妈还是天上的玉皇大帝呢。"

众人本还在惊愕，听闻自己的老大如此一说，才放下心来，纷纷哄笑。这次轮到蔚景怔愣了。他们不是来抓她回宫的吗？可听这个男人的意思，并不知道她的皇后身份。难道锦弦是以别的由头让这些人来抓她的？没这个必要啊。微微拢了秀眉，她咬牙，再次问向男人："你不相信？"

"我应该相信吗？"男人继续笑得讥诮兴味，"女人，你这个谎扯得有些大了，这要是传到天子的耳中，那可是掉脑袋的大罪。"

"我没有撒谎！我本来就是！放了殷伯伯，带我去见你们的天子！"

男人再次大笑了起来，就像是听到了全天下最好笑的笑话一般，好一会儿才止住，"虽然你的确有几分姿色，但是，天子是什么人，是随便谁想见便能见的吗？"

蔚景更加有些蒙了，"你为何不相信我说的话？"

男人冷佞一笑："因为你睁着眼睛说瞎话，且不说，昨日皇上已宣布皇后娘娘已殁，并亲自送其下葬皇陵，单说皇后娘娘的身份，何其尊贵，又怎会出现在这种乡野僻壤之地？"

已殁？葬皇陵？蔚景怔了怔。长期待在这里，外界消息完全隔绝，她自是不知道这些。可既然如此……

"那你们为何要抓我？"她抬眸，灼灼看向男人。

"为何抓你？"男人冷哼，"你不是心知肚明吗？少给爷废话，转过身去！"男人一边说，一边抖开手中画卷。蔚景又怔了怔，因男人面对着她而立，她看不到男人手中画卷上是什么，但是，有些墨汁丹青渗透过宣纸，模模糊糊地可以看到是一个人身影的轮廓。难道是找画像上的人？并不是抓她的？这样的话，不认识她，不知她是皇后也

第三章 你带我随

就说得过去。这般想着，心里倒是起了几分希冀，让她转过身去，是要看她的背影吗？所谓秀才遇到兵，有理说不清，既然对方不知道她是皇后，她跟他们强硬并无益处，他们不会放过殷大夫，也不会放过她。如果果真是要搜捕他人，她配合便是，如此，倒还有一线生机。依言，她缓缓转过身去。

"是她！"

"就是她！"

"好像是，又好像有点不像……"

"应该是她！"

"当时情况危急，这画像也是根据几个士兵的回忆所画，自是不会百分百一样，有七八分像就应该是了。"

"对啊对啊，肯定是她！"

身后传来众人七嘴八舌的声音。蔚景细细听着，没有忽略掉里面几个重要的信息。第一，画像上是个女人的背影；第二，这个女人做了什么凶险的事情，跟官兵有过交集；第三，她的背影跟画像上女人的背影有七八分相似。那就说明，的确目标不是她，他们抓的是另有其人。一颗心稍稍安定了一些，她又缓缓转过身，面对着肥头男人，沉声道："我不是你们要找的人。"

男人不紧不慢地将画卷收起，唇角讥诮一斜："怎么？现在不装自己是皇后娘娘了？你是不是我们要找的人，不是由你说了算，爷有眼睛有脑子，自有公断！"

蔚景脸色一白，又听得男人说："将外袍脱了！"

蔚景一震。男人眼角一扫身侧几人，几人会意，便七手八脚上前。蔚景大骇，连忙后退一步，冷声喝止："你们要做什么？"

"做什么？看看你的背！你是自己脱呢，还是让兄弟们动手？我们这帮兄弟可都是舞刀弄枪的粗人，保不准……"

他的话还没说完，就被人厉声打断："你们是不是真的不想活了？"

众人一震，蔚景亦是。说话之人是挂吊在树上的殷大夫。所有人循声望去，只见他面色苍白，虚弱至极，可那一句话说得却是中气十足，想来是拼尽了全力。蔚景眸色一痛，殷大夫又道："她真的是当今的皇后娘娘，你们这些鼠辈若对她有一丝侵犯，就等着株连九族吧！"口气威严灼灼。

蔚景心头一撞，一时间不知道这个用生命保护她的长辈到底是顺着她的话吓唬这些人，还是真的已然知晓她的身份。不管哪一种，她都感激他，鼻尖一酸，她哑声唤道："殷伯伯……"

"株连九族？"肥头男人大笑，"你还真会危言耸听！你当我们这帮兄弟都是吓大的？我们可都是上过战场杀过敌的人。"殷大夫鼻子里哼了一声："信不信由你！若真是活得不耐烦了，你们大可以继续，只是，他日莫要为自己今日的冲动后悔！"

那几个七手八脚上前的人一听这话就都停住了，纷纷以征询的目光看向肥头男人。见人心动摇，男人眸色一寒，冷声道："休要妖言惑众，爷看活得不耐烦的人是你！"话音落下的同时，手臂猛地一扬，一枚匕首脱手而出，破空直直朝殷大夫的方向而去。

所有人一震，蔚景更是大惊。

"殷伯伯——"她大叫，却只能眼睁睁看着锋利的匕首在阳光下闪着幽蓝的寒光，没有能力去接、去挡、去阻止。她没有武功，也不会轻功。殷大夫吊在树上，匕首飞得高，连她想要用身体去挡的机会都没有。那一刻，她是那样无力。锋利的匕首割断了吊在树上的绳索，"砰"的一声插在树干上，殷大夫"嘭"的一声重重砸落在地。

见匕首的目标不是人，蔚景的心一松，可在殷大夫跌落的那一刻，又猛地一紧。池塘的边上都是青石子路，他刚受断臂之痛，又被吊着多时，且年事已高，怎经得起这般摔跌？听到殷大夫闷哼的声音，蔚景瞳孔一敛，快步奔了过去："殷伯伯……"

因是断臂这侧先落地，殷大夫痛得几乎晕厥过去。蔚景以为他死了，又惊又痛，又害怕又伤心，哭着喊着摇晃着他。殷大夫缓缓睁开眼睛，强忍着剧痛，朝她勉力一笑："老夫没事，小九……的眼睛看得到了……好……"

他昨夜给她检查，发现情况忽然变得恶劣了，还以为……没想到，竟然复明了。刚才进屋他就发现了，情况紧急，也没顾着说。

"嗯，殷伯伯妙手回春，小九的眼睛看得到了，"蔚景吸吸鼻子，同样笑着，伸手正欲将他从地上扶起，边上一双男人的黑布大鞋映入眼底。顺着鞋子往上，就看到那个肥头男人，不知几时已经将刺在树干上的匕首取了回，正拿在手中把玩着。

"你到底脱是不脱？"他斜敛着眸子，居高临下地睥睨着蔚景，手指轻轻抚摸着匕首锋利的刀锋，似乎下一刻，那匕首就要脱手而出。蔚景眸光嫌恶一敛，没有理他，继续弯腰搀扶殷大夫。骤然，颈脖处一紧，一股外力将她往后拉起，猝不及防的她直直被拉得站起，且跟跄着后退了两步，随着"嗞"的一记布帛撕裂声，她的身上陡然一凉。险险站稳的同时，被撕做两半的长衫滑落，她一惊，想要伸手去拢都来不及。时值盛夏，身上本就衣着单薄，除去外袍，里面就只剩下一件兜衣。于是，她只着一件兜衣的身体就这样暴露在阳光下，也暴露在众人视线里。

全场倒抽气声此起彼伏。蔚景环抱着胳膊，忽然想起了嫁入相府的那夜。她也是像现在这般被迫当众脱衣。一样的屈辱。那时，他在，他视而不见，今日，他不在，为了另一个女人。她低低笑，忽然，就坦然了。不就是要看背吗？尽情地看去！小小的兜衣本就只能遮住身前的风景，后背等于不着片缕，她缓缓转身，让在场的每一个人都看到。哪怕浑身都是那个男人留下的痕迹，她也已经无视。

一时间，场下四寂。所有人都看着她，鸦雀无声。各人眉眼，各种心思，当然，最多的是错愕。错愕的原因有两点。一，她的背上没有伤。他们要抓的那个女人被他们的暗器所伤，背上一定是有伤的。二，她的身上有很多痕迹。青青紫紫，密密麻麻，那

第三章 你带我随

051

是什么痕迹，大家自是心知肚明。这样的女人说她是皇后娘娘，简直是笑死个人了。皇后娘娘的男人不是当今圣上吗？圣上在皇宫，这个女人在穷乡僻壤的这里，昨夜又是怎样承受雨露恩泽的？还是他们老大见多识广，不然，他们还真的被这个女人和那个老头子给唬住了，只有他们老大自始至终都认为这两个人在招摇撞骗。不过……说姿色跟身材，这个女人还真是一等一的。只是可惜了……

蔚景三百六十度缓缓转了一圈，停了下来："看好了吗？我是不是你们要找的那个人？"

虽然没有问他们检查她的背，是为了什么，但是，想想也不难猜出，肯定是他们要找的那个人背上有什么痕迹。譬如胎痣，又譬如伤口，再譬如大婚那夜鸳颜所中的铁砂掌一样。不论什么，她都没有。见没有人说话，她又缓缓弯腰将地上撕碎的长衫拾起，冷声道："如果不是，就请放了我们。"

抖开衣袍却发现已经成了两半，根本没法再穿。欲转身将依旧倒在地上的殷大夫扶起，然后回屋找件新的，却骤然听到肥头男人冷喝："慢着！"

她徐徐抬眼，看向男人。男人眯眼一笑："听闻江湖上有一种易容术，可以让一个人变成另一个人，也可以让身上的疤痕伤口都掩住消失……"他的话没有说完，就顿在了那里，但是，意思却是再明显不过。蔚景当然也听得明白。就是怀疑她其实是背上易容了是吗？

"所以呢？"她眸色清冷，凝视着不远处的男人。

"所以，爷还要仔细检查一下。"男人缓缓踱步，大摇大摆上前，手中的匕首还在把玩着。蔚景冷冷一笑，也不想与他多说，默然转过身，背朝着他。没有就是没有，她也不惧检查。男人一直走到她的身后站定，只有一步的距离，或者一步都没有，很近。蔚景皱眉，本能地往前迈了一步，又被男人猛地擒住手臂拉回。咫尺。几乎相贴。感觉到男人浑浊的气息喷薄在颈脖后面，蔚景闭了闭眼，小手紧紧攥握成拳，强自忍住胃里翻涌的憎恶。

"检查好了吗？"她问。男人没有回答，而是抬手，抚上她的背。她浑身一颤，作势就要避开，却又被其钳制住："你紧张做什么？我不过是看看有没有贴假皮，你如此反应是做贼心虚吗？"

愣是忍住了回头扇对方一记耳光的冲动，蔚景紧紧咬着唇瓣。一抹血腥入口，她竟是将自己的唇生生咬出了血。当如丝一般的触感入手，当女子独有的清香入鼻，男人忽然觉得自己就像是喝了醇香的烈酒，难以抑制地沉醉其中。爱不释手……特别是那些青紫痕迹，看着那些痕迹，让人禁不住瞎想……慢慢地，手就有些不受控制，通过女子的身侧，滑到了她的前面……

如同触电一般，蔚景一颤，紧紧绷起的弦也在那一刻彻底断裂，她猛地转身，"啪"的一记清脆响声划破所有的静谧。众人大惊，男人亦是瞪大眼睛，难以置信地看向她高高扬起，还未落下的手臂。脸上生疼，她，她竟然扇了他一耳光。

"你竟然敢打爷！"男人一字一顿，森冷的声音从牙缝中迸出。

"请自重！"蔚景放下手臂，后退两步，目光灼灼地看着他，一双眸子，红得似乎要滴出血来。

"自重？"男人冷佞一笑，又蓦地笑容一敛，厉声道："来人，给这个不识抬举的女人给爷按住，爷要仔细检查她的背上是否易容过。这个老头子是大夫，传闻很多大夫会这手，有些人易得几乎天衣无缝，跟真的一样。"边上那些男人本就看得眼红，如今一听按住，那真真是好差事啊，于是，一哄上前……

蔚景脸色一变，欲逃却哪里能逃？众人七手八脚上前，抓臂的抓臂，抓手的抓手，抓腕的抓腕，将她死死地钳制住。冰凉的触感忽然落在背上。冷硬。蔚景一惊，虽然看不到，但是她能感觉到那是什么。是刀口。是的，是匕首的刀口。男人嘴角噙着一抹嗜血的笑容，手执匕首在女人的背上比画着。

"听说，高超的易容术连接合的地方都看不出，必须刀子划开才知道，不知我这一刀下去，会不会出现两层皮？"男人说得不徐不疾，兴味十足。蔚景再次重重闭上眼睛。

"你们休要胡来！"喝止之人是殷大夫，只见他已摇摇晃晃从地上站起，伸出仅有的一只手，直直指着他们，口气灼灼。男人看也没看他，再次扬手，不知有什么东西甩了出去，重重击打在殷大夫的膝盖上。殷大夫闷哼一声，再次跌到地上。蔚景骇然睁眼，就看到此景，嘶声唤道："殷伯伯……

殷大夫挣扎着想要再次站起，却终是没有成功。而这时，背上传来一阵尖锐的刺痛，男人手中的匕首竟然真的落了下去。蔚景痛得冷汗一冒，心里面所有的情绪也在这一刻如同火山一般彻底爆发了出来。

"啊——"如同一只受伤的兽，她痛苦号叫一声，便开始挣扎，死命挣扎。钳制她的众人皆是一震，有几个还被她甩得差点摔在地上，没想到这么柔弱的女子竟然有这般力气，于是更加不顾轻重。场面很混乱。混乱之中好办事，好几个隐忍了许久的男人趁乱将手探向他们想了很久的地方……

耳边嗡嗡作响，眼前人影晃动，明晃晃的阳光刺得人眼睛痛，景物模糊……蔚景红着眸子，疯子一般推着、揉着、打着、踢着那些人，挣扎着……绝望一点一点将眸眼盘踞。凌澜，你在哪里？

"你们这帮恶徒，放开她！"光影婆娑中，有个人影冲了进来，帮她一起推搡着、踢打着那些人，想要将她拉出那些人的钳制。

"扑"，利器入肉的声音。

"唔"，吃痛闷哼的声音。

有殷红四溅，有血腥扑鼻，有温热溅到脸上……蔚景一惊，猛地停止了挣扎。所有人都停住。天地瞬间安静了下来。蔚景恍恍惚惚回神，怔怔看向那缓缓委顿在地的老

第三章 你带我随

053

人。老人的胸口一枚匕首深深刺入，只有一截绘着图腾的匕柄留在外面，殷红的鲜血顺着匕柄汩汩冒出，很快将老人一身青衫染成红袍。蔚景身子一晃，颤抖地看着这一切，摇头，痛苦摇头……

老天，这是梦吗？我是在做梦吗？让我醒来，求你让我醒来……，早已模糊了所有视线，蔚景跟跄上前："殷伯伯……伯伯……

老人张着嘴，大口喘息，已经只见出气，不见进气，没有一丝血色的唇瓣抖动着，不知要跟她说什么，却是一个音都发不出……蔚景同样张着嘴，牙齿"嗑嗑嗑"作响，亦是说不出一句话。老人吃力伸手，握住身上的匕首，猛地一拔，一股血泉喷涌，溅了蔚景一身。蔚景大惊，就算意识再混沌，就算脑中再空白，她是医者，她知道，这样的举措无疑是加速送死。血，更汹涌地从那个洞口汩汩冒出。

"殷伯伯……伯伯……"蔚景哭着，颤抖地伸手去捂，见一手捂不住，又伸出另一手，双手去捂老人的伤口，却怎么也阻止不了殷红的肆意……

老人伸手裹了她的手背。一柄冷硬入手。蔚景怔怔垂眸，是那柄匕首。与此同时，老人的手也无力从她的手背滑落下去。蔚景大骇："殷伯伯——"

老人却再也听不到她的声音，再也听不到了。所有的声息似乎都在这一刻戛然而止，风停了，士兵们的声音没有了，一切的一切都停止了，连呼吸，连心跳，连眼中肆意奔涌的泪……停止了。

蔚景握着匕首缓缓站起，握着那柄老人在临死之前交给她让她作防身用的匕首在众人的注视下，缓缓站起。肥头男人跟一众兵士都不约而同地后退了一步。不知为何，明明她狼狈得不行，他们却生生在她身上看到了戾气，那种如同杀神一般的戾气。见女子握着匕首，缓缓朝他们走来，众人也都纷纷拔出兵器。就连那些弓弩手也都拉起了手中的弯弓。只等一声令下，将女子射得千疮百孔。女子却毫无畏惧，寒眸定定望着前方，一步一步，朝他们逼近。

"再上前一步，我们就放箭了！"肥头男人沉声警告。

女子脚步不停。

骤然，传来一声巨响。众人一惊，循声望去。响声来自女子刚刚躲过的山洞。巨响的回音还没沉寂下去，就看到一身鎏金黑袍的男人，从洞口翩然飞出，墨发盘旋、衣袂翻飞，身影快如闪电，稳稳落在女子的身侧，展臂，将她轻拥入怀。

"别怕，我来了！"男人在女子耳边低语，一阵衣袂的簌簌声响起，等众人反应，男人的鎏金黑袍已经裹在了女子身上。蔚景怔怔看着面前的男人，男人的唇角还有一抹殷红来不及拭去。那是什么，她很清楚。血。他在洞里一定吐了血。因为银针刺入穴位，必须银针拔出才可以恢复行动自由。而这个男人竟然生生自己逼出了银针。虽然她不懂武功，却也深深地知道，这样的后果。内力一般的人根本逼不出，内力强大的人可以逼出，却会被自己的内力所伤。她心中一痛："影君傲……伯伯他……伯伯死了……

男人没有说话，只是再次伸臂将她拥住。众人都看着他们两个，男人亦是缓缓转眸，看向众人，众人一惊，被男人眉眼之间的杀戮之气吓住。还是为首的那个肥头男人最先反应过来，刚想下令放箭，就只见男人手臂猛地一甩，数枚银针漫天飞出。动作快得惊人，银针飞出的速度也是风驰电掣，两排弓弩手弦上的羽箭都未来得及发出。随着痛苦闷哼的声音、身体重重委地的声音，那闪着幽蓝寒芒的银针已悉数刺入那些拉满弦的弓弩手喉间。就算少数侥幸没有刺中的，也都被眼前的一幕震住，发出的羽箭不是因为手颤偏了方向，就是没了力度射程不远。所有人大骇，就连一向镇定的肥头男人亦是变了脸色，举着手中长剑，急急吩咐众人："弟兄们一起上，不用担心，这两个奸贼今日是跑不掉的，外面也都是我们的人，早已将此屋团团围住。"

众人一听，立即士气高涨，纷纷亮出兵器，朝影君傲和蔚景扑了过去。影君傲眸光一敛，一手裹着蔚景，将其护在怀里，另一手拔出腰间软剑，迎接众人进攻。一时间，兵器交接的声音大作。阳光下，只见刀光剑影，衣袂翻飞、身影晃动，一众人痴缠打斗在一起。

毕竟是上过战场的兵士，武功也都不弱，且配合得极好，在肥头男人的示意下，他们瞅准了影君傲的弱点便是怀中的蔚景，纷纷将目标转移，刀剑直接朝蔚景而来。影君傲长臂一裹，将蔚景身子翻过，将她的脸按向自己怀中，不让她看这些激烈的打斗场面，在转身埋首的那一瞬间，她看到肥头男人身上的画卷掉落在了地上，铺陈开来，随着众人凌乱的脚步踩上去，只一瞬，她就看到了画像上的女子背影。

影君傲长剑如虹，亦守亦攻。酣战如火如荼。

鼻尖萦绕的血腥味越来越浓，也不知是影君傲的，还是那些人的，蔚景心急如焚，却也不敢乱动，就怕分了影君傲的心。她不知道对方总共有多少人，只听到脚步声一拨一拨冲到后院。她也不知道对方有多少死伤，只听到闷哼声、惨叫声一片，当然，偶尔也能听到影君傲低低的痛吟。她更不知道，今日能不能活着出去，只知道打斗僵持到后来，影君傲步伐踉跄，只守不攻，却还不忘在耳边跟她说，相信我，甜海，就冲你那句"只要你带，我就敢随"，今日我影君傲一定会带你平安离开。

也不知过了多久，她感觉到脚下一轻，影君傲带着她飞了起来，她听到鞋子踩在瓦片上的声音，深深浅浅、重重轻轻。她知道，影君傲带着她上了屋顶，而轻重深浅的脚步是因为影君傲受伤太重，无法对自己的轻功收放自如，甚至中间还踩碎了瓦片，差点跌下去，却又被他紧急提气而上。那一刻，她都未觉得一丝怕意。然后，就是身后喧嚣的叫喊声。

"抓住他，别让他们跑了！"

"快放箭，放箭！射死他们！"

脚步声纷沓，羽箭声嗖嗖，她感觉自己被男人裹着一会儿奔走，一会儿飞行，一会儿纵跃，各种激烈的颠簸之后，他们落在什么上面。马蹄嗒嗒，风声过耳。

第三章　你带我随

"甜海，我答应你的，做到了……"男人低沉沙哑的声音响在头顶，声音一出来就被疾驰而过的风吹散。蔚景在他的怀里缓缓抬起头，就看到男人苍白的容颜，却笑得明媚的眸眼。

"影君傲，你怎样？"鼻尖的血腥味只浓不淡，蔚景皱眉问道，心里堵得不行。

"我没事。"男人勉力浅笑。

他们已在马上。而且因为原本是她伏在怀中，所以落在马上就成了两人面对而坐的姿势，蔚景背朝前方。

"你坐稳了。"

蔚景一怔，这句话似曾相识。曾经在某一个深夜，她也是经历着这样的绝望，有个男人如同此时的影君傲一样，天神一般出现在她的面前，将她救起，他们也是这样共骑一马，他也跟她说，坐稳了。似乎很遥远的事了，遥远得她已想不大起当时的一些细节情况。不想了。马蹄嗒嗒，马身颠簸，光影晃动。透过男人的肩头，蔚景看向后方，一堆手持兵器追赶的士兵，只是被他们甩得越来越远，越来越远，最后停了下来。她知道，他们不会穷追不舍的，因为，她根本不是他们要找的人。

蔚景轻轻靠在男人的肩上，其实她也被剑气伤了好几次，但是，她都强忍住了，没有吭声，因为她知道，伤她的只是剑气，只是气而已，那不叫伤，影君傲根本没让对方的剑碰到她一分一毫。手心一抹冷硬，她缓缓垂眸，直到这时她才发现，殷大夫临死前塞给她的那柄匕首，她竟一直攥在手上。上面殷红的血渍未干，她颤抖地将它拢进袍袖里面。可空气中的血腥越来越浓，她再次看向影君傲："影君傲，你的伤……"

在一片颠簸摇晃中，她细细打量着他，因为外袍脱给她裹在了身上，他自己不知几时竟在中衣的外面披了一件披风，宽大的披风将他全身上下遮得严严实实，根本看不出伤在哪里。男人没有回答她，而是说："这样坐着不方便，我将你转一下身。"

话落的同时，已经将她抱起，换成了面朝前的姿势，一手拉着缰绳，一手箍在她的腰间。他抱她抱得很紧，身子紧紧贴在她的后背上。她没有动，她知道，他不是在抱她，而是需要她的支撑。他伤得很重。那样紧急，那样危难的情况下，还要披件披风在身上，是不想让她看到他的伤吧？眼窝一热，她挺直了背脊，坐稳了身子，也更紧地贴向他，她问："影君傲，我们现在去哪里？"

"啸影山庄……愿意吗？"

"好！"她听到自己如是答道。

烈日依旧，怒马狂奔。她知道，他赶时间。他必须尽早疗伤。可就在出村后不久的一条山间林荫小道上，马儿忽然停了下来，是影君傲拉了缰绳。与此同时，蔚景也发现了小道另一头的那一马一人。白马，不染纤尘，白衣，翩跹胜雪，伫立在郁郁葱葱的小道上，格外晃人的眼睛。显然也是打这条路经过，紧急拉住缰绳停下的模样。蔚景突然想到"狭路相逢"这样的形容。世间之路何止千条万条，这样竟也能遇到。她和影君傲看着他，他的目光却落在她身上的影君傲的衣袍上面。蔚景垂下眼帘，恍若未见。

良久的静谧，两方谁都没有出声，那一刻，仿佛山风都停止了下来，四下静谧一片，只有偶尔一两声蝉鸣尖锐刺耳。最终还是影君傲先开了口："相爷的事情办完了？这是要回殷大夫家吗？"影君傲凤眸弯弯，语带笑意。

"你们要去哪里？"男人亦是含笑看向影君傲，不答反问，只是笑意丝毫不达眼底，且眸色一片寒凉。

"回啸影山庄。"影君傲答得干脆随意。男人怔了怔，眸光一敛，唇角笑容却是更深了几分："一起吗？趁我不在。"

大家都是明白人，自是明白他的话问的是谁。他在问蔚景。没等蔚景回答，甚至没等她抬起眼，影君傲又替她斩钉截铁答上："是！一起！"至于后面那句，趁我不在，他直接无视掉。

男人身子微微一僵，凤眸深深凝在蔚景身上，沉默了片刻，沉声道："我没问你，我问的是她！"他伸手一指，直直指着蔚景。

蔚景缓缓抬起眼梢，看向不远处的男人。终于，四目相撞。男人一震。

"你的眼睛好了？"男人一脸的难以置信。

蔚景弯了弯唇，没有吭声。真是个观察入微的男人，好强，只一眼，只一眼呢，就发现了她的眼睛好了。

"几时好的？"男人气息骤沉，急急而问。那一刻，她清晰地看到了他眸底的慌乱。慌乱？为何慌乱？只有做了亏心事的人才会慌乱。她却已不想再理会。早上她想等他回来要问他的问题，她也不会再问。

"几时好的，这不重要，重要的是，我们有急事要办，还请借过。"影君傲在强撑，她很清楚，所以，不能再浪费时间。

"你们？"男人一怔，不意她会说出这样的话来，笑容急速转冷，沉声道，"所以，趁我不在？"一边说，一边拉了缰绳，双腿一夹马背，马儿缓步走了几步，不仅没有让开，反而径直走到他们的马儿前面，只有数步远的地方再勒住缰绳停下来。

"相爷什么意思？"既然大家都撕破脸，影君傲也不想给对方留情面。

"没什么意思，只是告诉你，你走，可以，留下我的女人。"男人声音淡然，却掷地有声，笃定坚决。

"你的女人？"影君傲嗤然笑出了声，"今日你……"

"为何你有急事就是急事，我们有急事，你却要这般？"蔚景将影君傲未说完的话打断，灼灼问向男人。

"你有什么急事？"男人也不回避，定定望进她的眼。

"去啸影山庄，"末了，又补了一句，"跟影君傲一起去啸影山庄。"

男人身子轻轻一晃，如同被人瞬间刺了一剑一般，瞳孔痛得一敛，只片刻，他又冷笑，

第三章 你带我随

057

咬牙道:"你休想!"

"凌澜,你不要太过分,你到底让不让开?"见他如此,影君傲彻底怒了。

"不让!"男人声音沉冷,回得坚决。

"那如果今日我非要带她离开呢?"影君傲同样眸色转寒。

"除非我死!"男人一字一顿,却并没有看影君傲,而是一直一眨不眨地凝视着坐在影君傲怀里的女人。

"那你就去死吧!"影君傲骤然扬手,一道凌厉掌风直直击向对方白马的左边前腿上,速度快得惊人。

男人满心满眼都在前面的女人身上,根本没想到他会突然出手,等意识过来想要扯了缰绳让白马避开都已然来不及。马儿被击得一个趔趄,嘶鸣一声,差点将男人从马背上掀翻下来,所幸男人及时稳住。而就在这个瞬间,影君傲双腿一夹,打马奔起,快速从男人的白马边疾驰而过。男人反应过来,也一扯缰绳,将马儿调了个头,就快马追了过来。

急遽的马蹄嗒嗒一片,扬起漫天的尘埃。狭窄的山间林荫小道上,一黑一白,两匹马儿疯癫似地狂奔急赶。黑马虽然跑在前面,却终究是背了两个人,所以白马很快就追了上来,越来越近,越来越近。可是林荫小道真的又窄又高低不平,根本容不下两马同行,而后面那匹白马一直想超过黑马拦在前面,所以,就一路撞上边上大树伸展出来的枝杈。因速度太快,而他的心思又在前面马上,所以,对于这些急速扑面而来的枝杈,他能俯身避开就避开,避不开的干脆直接撞上。才不消一会儿的功夫,原本一身胜雪的白衣亦是被钩挂得褴褛不堪,男人冠玉的脸上亦是被划破了好几处,他也不管不顾。

其实,要想阻止前面的那匹马,方法有很多种,譬如,就像刚才影君傲对付他的那一招,只需一道掌风,打在那匹马的腿上就行,毕竟挨得那么近,一掌下去,绝对能伤。但是,他不能这样做。因为情况不一样。刚才他的马上只有他一人。现在前面的马上还有蔚景。他只能去拦,或者拉住对方的缰绳。

终于两匹马又开始并驾齐驱了,他不能挤对方的马,恐边上枝杈伤到蔚景,他只能自己尽量往路边走,一路枝杈打在脸上、胸口上,他也不管不顾,伸手就去拉对方的缰绳。影君傲又岂会让他如愿?将缰绳换到另一只手上,腾出手来,去击打他的手。两个男人就这样一人一手痴缠打斗在了一起。

第四章　何为生路

　　马儿依旧在前行。路边的枝干依旧不时撞上白马上的男人，甚至有殷红自他薄薄的唇边溢出，他都没有发现。只一边试图截下那匹马，一边试图跟女子说话："蔚景，别走，我可以解释！"

　　蔚景长如蝶翼的眼睫微微一颤，颠簸前行中，她缓缓转过头，看向说话的男人。男人早已狼狈不堪，可看到她终于回头，眸光却是荧然一亮："蔚景……"他的话没有说完，下一瞬，就看到女子伸手探进自己宽大的袍袖中掏出了一个东西。映着林间斑驳跳跃的阳光，那东西闪着刺眼的寒芒。是一把匕首，锋利的刀口上还有斑斑殷红。

　　男人眼波一动，却毫不退缩，依旧紧跟身侧，也依旧跟影君傲痴缠打斗想要夺过缰绳。女子毫不犹豫地扬起了手，匕首在空中带出一道幽蓝的冷光，重重落下。男人依旧不避不躲，凤眸炽烈暗沉深绞在她的脸上。有温热喷溅，溅落在他的手背上。只灼热，没有痛感。男人脸色一变，身侧黑马痛苦嘶鸣，下一瞬，便如同脱了缰一般发疯狂奔，顷刻就将他抛在了后面。也就是到这时，他才知道，原来，那个女人的目标不是他，而是马。她将匕首刺向了马背，让马儿吃痛疯跑。这个疯女人！紧紧抿着薄唇，他望着绝尘而去的马儿，瞳孔倏地一敛，飞身而起，脚在马背上一点，借力朝前踏风而行。

　　这厢影君傲一手拉着缰绳，一手箍着蔚景，任烈马狂奔。刚才这个女人的举措不仅让凌澜震惊，其实他也震惊了。说实在的，他也没有想到她会决绝至此。要不是他也在马上，要不是他可以护她周全，他真觉得这个女人是个疯子。但，他很快就发现，疯子又岂止是她一人？还有一个人比这个女人更疯狂。

　　如果不是他反应快，如果不是他及时拉住缰绳，如果这马儿不是跟随他多年的老朋友，如果它不能及时停下来，那么此刻突然落在他们前面，站在路中间的男人绝对会被撞飞。一瞬是多久？或许就是男人翩然落下，他紧急拉缰，马儿嘶鸣生生刹住，而男人跟马儿提起老高的前蹄不到咫尺的时间。这个男人竟然就这样用自己的身子拦在了疯癫的马儿前面。

　　"凌澜，你疯了？"女子没有开口，他却禁不住勃然大怒。勃怒的心情很复杂。或许是因为男人的果敢，让他怕了，怕怀里的这个女人再次动摇；也或许是因为马儿差点踩死了男人，如果男人死了，这个女人会内疚一辈子，也记得男人一辈子；又或许是在男人的身上，他看到了自己，同样为这个女人疯狂的自己。也就是到这时，他才惊觉，原来，就算再多的心情，都只是因为跟怀里的这个女人有关。

而相对于他的激动，女人似乎平静许多，应该说完全沉静。就连如此惊险的一幕也未能让女子的脸色有一丝异样。这般，他倒有些吃不透了。

"让开！没看到甜海不愿意吗？你为何非要强迫人家？"他转眸看向树桩一般立在前面的男人。他最讨厌这个男人霸道专横的模样了，特别是在怀中女子面前。不管这个女子的心思怎样，不管这个男人行为有多极端，今日，他必不放手。他问过她，甜海，若我带你冲出去，你敢不敢随？她说，只要你带，我就敢随，不是吗？他问过她，回啸影山庄，你愿意吗？她说，好，不是吗？今日，他一定要带她离开。

"让开，听到没有？"他厉声呵斥男人，也同时更紧地箍住怀中女人。不是怕她反悔，而是他需要她的支撑。仅凭一股心火强撑着，他深知，再这样耗下去，他怕他会倒掉，其实，他已经快坚持不下去了，就连一声简单的厉吼，都像是要拼尽全力一般。男人没有理他，凤眸黏稠，只胶在蔚景的脸上。

"下来！"男人同样厉声，只不过不是对他，而是对他怀里的女人。

看吧，又来了。这个男人就是这样。如此专横霸道的模样，让他恍然觉得与刚刚那个跟他打斗时，低声下气说："蔚景，别走，我可以解释"的男人不是一个人。凭什么？他不是要跟她解释吗？解释呢？解释在她最需要的时候，他人在哪里？

虽然他不知道他们两个之间发生了什么，虽然他不知道这个男人为了什么不在，但是，他不是瞎子，也不是傻子，这个女人今早的表现他看在眼里，她不对，她情绪不对，她甚至还哭了。他知道，肯定跟这个男人有关。虽然他很想知道她的一切，对，一切，所以，她在相府，他安排了兰竹，她在皇宫，他安排了其他人，目的只是想要知道她的所有消息，好的、不好的消息，但是，他不想勉强她，一丝一毫都不想勉强了去，更不想再次去揭开她的伤。所以，她不主动跟他说，他便也不主动问。

他唯一庆幸的是，他在。在她最绝望的时候，他在她身边。早上她问他去了哪里，他说晨练。其实，他走了。他一宿未眠，做了这个决定，他决定放手，决定成全，只要她平安，只要她幸福。他其实已经打马出了村，一路的纠结只有他自己知道。终究敌不过心中的不舍，他回来了，他给自己的理由是，她的眼睛还没好，他不能走，要走也得等她的眼睛好了再走。其实，他自己心知肚明，理由只是理由，只是他给自己的一个借口。

不过，幸亏他回来了。如果他没回来，如果他没回……不敢想。而那样的时候，这个女人在经历那样生不如死的折磨的时候，这个男人呢，又在哪里？既然最需要的时候不在，现在又有什么资格用这样命令的口气强迫于她？就因为她用匕首刺在了马背上只为了甩掉他吗？他不知道。他只知道，他讨厌这样的他。张嘴，正欲驳斥回去，手背却是一热，是女子捏了他的手，他微微一怔，噤了声。

凌澜瞳孔一缩，眸光扬落在两人相握的手上，绝美的唇边越抿越紧，最后只成了一条冰冷的直线。

"下来！"他再次重复了一遍。他以为女人又要无视，出乎意料地，她竟徐徐抬起眼梢，与他对视了过来。

"能高抬贵手放我们过去吗？"女人清冷地看着他，同样清冷地开口。

这是今日她说的第四句话。他记得第一句是回答他问的关于眼睛几时好的问题，她说，几时好的，这不重要，重要的是，我们有急事要办，还请借过！第二句是她质问他，为何他有急事就是急事，他们有急事，他却要这般？第三句是他问她有何急事，她说，去啸影山庄，跟影君傲一起去啸影山庄。如今这是第四句。句句都是要离开，句句都不离影君傲，是吗？

"如果我不呢？"心里气，眼里痛，他的面上却轻轻笑开，"如果我不高抬贵手呢？你，你们，又打算怎么样？"他看着她，唇角的笑容越发浓烈。

可能是正好站在枝桠缝隙间的一抹强光下面，让他的眼底一览无余，无余到能清晰地看到那双深邃的眸子里，隐隐透出的血丝。

"够了吗？"蔚景骤然开口，直直对上他的眼，"凌澜，你够了没有？"

"够了的人是你！"凌澜沉声将她的话打断。

片刻的死静，她没说话，他也没有说话。他凝视着她，她也看着他，只不过她的眸底沉寂似海，而他的凤眸逆光，流转着万千光华。他摇头，轻轻笑："蔚景，这不是你，你不应该是这样！"

蔚景只看着他。

"我知道你看到了什么，我也说过，我可以解释，你又何必拿另一个男人来如此气我？你跟影君傲之间发生了什么，我现在不予你们计较，只要你下来，跟我回去。"凌澜眼角的笑意还未敛去，眸底暗沉的冰冷却是慢慢聚集。

蔚景依旧是看着他，静静地看着他，而她身后的影君傲一听这话，却是气不打一处自来。什么叫你跟影君傲之间发生了什么？

"凌澜，你……"影君傲的话未说完，蔚景再次握了一下他的手，他便止住了。引着影君傲的手，搭扶在马背上，蔚景缓缓下了马。影君傲一怔，震惊和沉痛的神色纠结在眸子里："甜海……"

终究还是动摇了吗？终究还是决定跟这个男人回去了是吗？纵有千般不甘，万般不解，他却还是不想强迫于她。如果，如果这就是她的决定、她的选择。他……能说什么？

蔚景从马上下来，缓缓走向拦在前面的男人。凌澜看着她，看着她一步一步朝自己走来，因为身上穿着影君傲的袍子，又大又长，拖在地上，她走得慢而艰难。

"将袍子还给别人！"毋庸置疑的语气，他朝她伸出手。蔚景忽然停了下来。他以为她是要脱下袍子，没有，她只是在距离他几步远的地方站定，没有动。他怔了怔，

第四章 何为生路

依旧朝她伸着手。蔚景垂眸，看向他的那只手，那只无数次这样伸过给她的手，阳光下，五指净长、骨节分明。徐徐抬眸，她再次看向那只手的主人。一身如雪的白衣已被钩挂扯破，片片褴褛碎布垂挂轻曳，原本冠玉的脸上也有好几道血色划痕，唇角亦是，一抹殷红妍艳刺目。

"是谁给了你这样的自信？"她望着他，一字一句开口。凌澜一怔，似乎没料到她会如此，伸出的手臂便僵硬在空气里。

"是因为你觉得无论你怎样欺骗我，怎样伤害我，我最终都会原谅你，是吗？还是你觉得我完全没有自理能力，离开你就活不下去？"

"蔚景……"凌澜皱眉看着她，伸出的手臂依旧没有收回，"我说过，那些我可以解释，你不要这个样子……"

"我哪个样子？"蔚景将他的话打断，直直逼视着他，"你觉得现在我应该是什么样子？欢欣雀跃？还是感激涕零？因为你终于回来了，你没有因为另外一个女人丢下我……"

"蔚景！"凌澜沉声喝止，一眨不眨盯着她的眼睛，似乎要将她看穿，默了片刻，才又道，"不是你想的那样。"

"是不是我想的那样已经不重要了。我下来，只是想请你放我们一条生路！"蔚景说完，对着面前的男人深深一鞠。从此，两两相忘吧。无论曾经有过怎么样的爱恨纠缠，纵然爱，纵然恨，都这样吧，从此一刀两断，再无一分瓜葛。

直起腰身，她缓缓转过，再度朝影君傲所乘坐的马儿走去。影君傲有些震惊地看着她，琉璃一般的眸中瞬间腾满欣喜，柔柔的笑意漾开，他朝她伸出手。她略略怔忡了一瞬，将手递进他的掌心。影君傲正准备将蔚景拉上马，骤然一股外力快速袭击了过来，带着排山倒海一般的气势，击得影君傲一声闷哼，也卷起蔚景的身子，急速后退。当身子停下，臂上一重，蔚景就看到了男人近在咫尺的容颜。沉怒的容颜。面色苍白，薄唇紧紧抿成一条直线，泅染着血丝的眸子里冷色昭然。甚至，甚至落在她臂上的手也毫不怜惜，似乎只要他再稍稍用点力，就能捏断她的臂骨。

她却浑然不觉得痛。跟方才在后院相比，这点痛根本不算什么。她好笑地看着他，她不明白，他怒什么呢？该怒的人不应该是她才对吗？

凌澜眸光一敛，眼睛被她唇角的如花笑靥深深刺痛，凤眸映着阳光，眸底的那一抹猩红愈发浓艳。心里面本就一直绷着一根弦，又闻她说，我下来，只是想请你放我们一条生路，他如何还能抑制？我们？几时她跟影君傲成了"我们"？而他成了那个毫无关系的"你"？何为生路？谁又是谁的生路？大手握着她的臂一拉，将她拉至自己的面前，鼻翼几乎抵着鼻翼，他定定看入她的眼底，声音低沉，缓缓道："生路也好，死路也罢，今日，你必须跟我回去！"

声音不大，气势却是压人。话音刚落，另一只大手骤然一扬，随着"嗞啦"一声布帛撕裂的声音，她身上影君傲的鎏金黑袍顿时变成两半，从她的身上滑落，如同在后院时她自己的外袍滑落时一样，委顿在脚下的地上。只不过彼时，她慌乱到了极致，此时，她恍如没有感知。

而跟她这个当事人的反应不同，当她只着一件兜衣的身子暴露在空气中时，两个男人都震住了。只不过，影君傲震惊的是，这个男人竟然当着他的面就这样撕了她的衣服。而凌澜震惊的是，这个女人里面竟然除了兜衣没有再着一丝寸缕。

什么情况下才会连自己的衣服都不穿？见蔚景垂下眼睫，他伸手一把掐住她的下巴，扳起她的脸，迫使她看着他，他凤眸微眯，沉沉望进她的眸底，咬牙，一字一顿，声音从喉咙深处挤出："你自己的衣服呢？啊？你自己的衣服呢？"

蔚景看着他，唇角的笑容一寸一寸冷去，缓缓抬手，将他落在她下颌的大手甩开："你做什么生气成那个样子？我的衣服在哪里你在意吗？你从来就不在意！既然你问，那我就告诉你，被人撕了，我的衣服被人撕了，就跟你刚才一样，被撕成了两半……"臂上又是一痛，是男人骤然收紧了五指。

"是谁？"男人的声音在颤，凤眸凌冽，如刀一般扫过马上的影君傲，最后又落在蔚景的脸上，"告诉我，是谁？"

"是谁重要吗？你不是也撕了？"

"我不一样！"男人哑声嘶吼。

蔚景微微一笑："有何不一样？对我来说，都一样，都是将身子给别人看，又不是第一次，相府那夜，鸳颜不是也让我当众这样过吗？那么多人都看了，再多几个，又有什么所谓？"

"啪"的一记耳光的声音响起。蔚景被扇得头一偏，脸颊上的灼痛清晰传来。许久，她都保持着这个姿势。凌澜紧紧盯着她，眸色红得就像是天边的火烧云，胸腔震荡，扬起的手还没收回，在抖。

影君傲被眼前的一幕震住。他打了她。这个男人竟然打了她！脸色一变，他终是再也难以抑制，提起内力飞身而起，手腕翻转，带着一股掌风，直直朝男人的胸口击打过去。

"放开她！你这个混蛋！"速度之快，力度之大，让原本满门心思都在蔚景身上的凌澜根本措手不及。当然，或许不是措手不及，而是，他根本没打算避开。所以，一声闷响，凌澜的胸口结结实实地承接了影君傲的这一记重击。他被迫放开了蔚景，身子也击得跟跄着后退了好几步，才稳住自己的身子。胃里一直激涌的腥甜终于再也抑制不住，直直冲上喉咙，他捂住胸口站稳的同时，被迫张嘴，一抹殷红从口中喷出。抬手，他抹了一把唇角的血渍，看着影君傲，噙起一抹冰冷的笑意，凤眸寒冽："原来是你！"

影君傲一怔，片刻之后才明白过来这句话的意思。原来是你！这个男人的意思，那个撕甜海衣袍的人是他，是吗？他怎么可以这样想他跟甜海？他可以这样想他，他怎

第四章　何为生路

么可以这样去想甜海？心中原本就没压下的沉怒再一次被激起，影君傲又提着掌风劈了过去。两个男人再次痴缠打斗在了一起。

虽说两人都受了不同程度的内伤，但毕竟都是高手中的高手，一时间衣发翻飞、飞沙走石，酣战如火如荼。而且，就像是生死决斗一般，第一次，两个男人都拼上了全力。两人都毫不心慈手软，招招狠厉，都朝对方的要害直击。或许是凌澜的武功略胜一筹，又或许是影君傲的内伤更为严重，在一番搏斗以后，影君傲被击得身子斜斜滑出老远，重重摔在地上。

凌澜苍白着脸，吃力收起掌风的同时，看到蔚景转过身，缓缓蹲下，拾起地上的匕首。那匕首是方才她刺向马背上那柄，一直放在她衣袍的袖子里，方才衣袍被他所撕，匕首便连同衣袍一起掉在了地上。凌澜一眨不眨地盯着她，不是因为那把匕首，而是女人的背。因为刚才她一直面朝着他，所以没有看到，现在她如此背过身去，一览无余。光洁的背上一条长长的血痕殷红刺目。那是什么？他骤沉了呼吸。显然是被人用刀子划过的痕迹。

是谁？是谁这样对她？肯定不是影君傲，虽然他恨那个男人，但是，那个男人的心思他还是明白的，他怎可能会伤蔚景？是谁？她经历了什么？他不在的这段时间里，她到底经历了什么？而他，刚刚还打了她！这个认知让他的一颗心又痛又慌起来，他颤抖地解了自己的袍子，虽然也是早已褴褛不堪的袍子。

"蔚景……"他走过去，哑声唤着她，蔚景正好直起身子，他将手中的袍子披在她的身上，作势就要抱她，"走，跟我回去……"他在她的耳边轻声说。话还没有说完，胸口猛地传来一阵尖锐的刺痛，他瞳孔剧烈一缩，随即就意识到了什么。缓缓垂眸望去。果然！在他的胸口，一把匕首刺入，殷红的鲜血瞬间濡湿了他白色的中衣，晕染开来。匕首的刀柄上，颤抖的小手还握在那里。沉痛划过眸底，凌澜缓缓抬眼，看向小手的主人："蔚景……"

他佝偻了身子，脚步微踉，所幸手臂还搭在蔚景的身上，所以，也不至于倒到地下去。

"痛吗？"蔚景同样看着他，轻声开口。凌澜没有回答，痛苦的神色纠结在眸子里。女人不会武功，且根本没用蛮力，只是浅浅刺入，所以，要说痛，并不浓烈。痛的是里面。是胸腔的里面，痛得他颤抖。

"痛就对了！"眸子里的潮意越来越浓，越来越重，她冷冷凝视着他，眼睛一眨不眨，任由湿意将她的眼眶聚满，一字一顿，"你知道这把匕首是谁的吗？就是你刚才问的那个撕了我衣袍的男人的，既然是那个恶人的，我为何要留着？因为它是殷伯伯临死之前给我的，给我用来防身之用……"

临死之前？凌澜眸光一敛，再次伸手抓了她的手臂，急急问道："你说谁临死之前？"

"殷伯伯！"蔚景说完，眼眶终究承受不住眸中的湿意，泪，漫眸而出，她朝他低低地嘶吼,"就是那个救了你的命,也救了我的命的殷大夫!"

凌澜身子一晃,要不是伸手扶住了边上的一棵大树,他绝对倒了下去。震惊、难以置信地靠在树干上,他眸色痛苦地看向她,艰难开口:"发生了什么?"

在他离开的这段时间发生了什么?这个女人的衣袍被人撕了,背被人用刀子划了,殷大夫死了……到底发生了什么?气息沉到了极致,他觉得有什么东西将自己裹得死紧,裹得他透不过气来,连呼吸都是痛的。

"发生了什么想知道吗?"蔚景问。

男人没有吭声。他当然想!只是他发现,他似乎连想的资格都没有了。他一直以为蔚景跟影君傲离开是因为看到了他跟铃铛在山洞里,她生气,所以,才如此。他甚至还发她的火,用言语伤她,不仅如此,他还……打了她。这是他第一次打她,他真是受不了她那般作践自己的样子和语气。他不许任何人轻贱她,包括她自己。他错了,他的猜测错了,他的做法也错了,错得离谱。原来,这个女人竟然承担了那么多。

"蔚景……"他看着她,第一次发现,除了唤她的名字,再也找不到其他语言。

"一批官兵过来抓人,将我当成了那人,跟相府那夜一样,让我当众脱衣验身,殷伯伯为了救我,被他们杀了,就是用的那把匕首……"蔚景伸手指着他的胸口,缓缓而语,说得轻描淡写,却其声恍惚。凌澜一震,如果说刚才那个女人刺在他胸口的这一下让他痛的话,此刻女人的话更是让他痛上百倍千倍。官兵……眯眯,眸中寒芒乍现。

而蔚景似乎又蓦地想起什么,朝影君傲那边跑去,连搭在肩上的他的衣袍滑落在地,她也不管不顾,依旧只着兜衣奔上前去。此时的影君傲还倒在地上,他几次试图从地上站起,却都无能为力。他知道,他不行了,他已经透支到了极致。蔚景蹲身。他以为她要扶他,将手递了过去,谁知蔚景没有接,而是将手伸到他的领口,抓起他披风的带子猛地一拉。他脸色一变,想要阻止都来不及,披风已经解开,随着蔚景带起的力度,委顿在地。

于是,他的中衣就暴露在空气中,也暴露在大家的视线里。凌澜震惊了,说实在的,蔚景自己也震惊了。虽然一路血腥浓郁,她知道他受伤严重,却没想到会重到如此。影君傲的中衣是什么颜色的?她已经忘了,现在也看不出。因为现在已经尽数被血色染红,这样的浓艳,让她想起了新婚之日的大红喜袍。

泪,再也止不住,就像是决堤的海肆意漫出,她转眸,看向靠在树上一脸苍白的男人:"所以,凌澜,放过我们吧,我已经害死了殷伯伯,我不能再害死影君傲,他快死了,再这样耽搁下去,他真的会死的,放我们走吧,好不好?"

凌澜皱眉,痛苦的神色纠结在眸子里。她虽然在哭,虽然在乞求,但是她语气中的清冷和淡漠,他不是听不出。她心死了。他完蛋了。虽然曾经他不是没有过这样的认知,记得在他将易容的她当成弄儿,出手伤她,她离开相府的时候,他有过这样的认知;在啸影山庄的缠云谷里,他救下了蔚卿和鸷颜,让她承受了镇山兽的袭击重伤时,他也有过这样的认知；那夜在皇宫的石山里面，他错将她当成了鹜颜，带着铃铛离开，让她独自善后，她被禁卫所擒的时候，他同样有过这样的认知；还有前不久在灵源山上，他跟锦弦一人一句针锋相对，假装失忆的她突然出现时，他也有过这样的认知……

但是，没有一次像这次这样的强烈。他完了，他跟她之间完了。不仅仅是因为在她最需要他的时候，他不在，更因为他们之间隔了无法逾越的东西。殷大夫的死，影君傲的伤。他真的完了。

她将话都说到了这个分上。凌澜，放过我们吧，我已经害死了殷伯伯，我不能再害死影君傲，他快死了，再这样耽搁下去，他真的会死的，放我们走，好不好？他如何能说不好？如何能？一个殷大夫已经成了永远的伤，如果影君傲再有什么三长两短，她不仅会内疚一辈子，记住影君傲一辈子，也会恨他一辈子。他别无选择，他只能说好。

唇在抖，嚅动了半天，愣是说不出那个字。好字一出口意味着什么，他也比任何人都清楚。他怕，他在怕。他怕从此天涯，也怕从此陌路。一转身，或许就是一辈子，一放手，或许永无回头路。他不能赌，他不能这样，他不能说这个字。

"不好！"斩钉截铁说出两字，他从树干上直起腰身，连胸口的匕首都没有拔下来，就跌跌撞撞往两人那边疾走，边走，边从袖中掏出一个小瓷瓶，"不就是医伤吗？我这里有药，我会医，我先给他包扎便是……"

他只要救下影君傲，只要救下他，或许……这样想着。来到两人的面前，在影君傲的边上蹲下，他刚伸手，却被影君傲手臂蓦地一挥拦住："外伤能包扎，内伤怎么办？我也是医者，自己的情况自己很清楚，所以，多谢费心，不必了，你还是自己先管好自己的伤吧！"

影君傲说得在理，回得决绝。的确，他的伤很重，他的伤也不轻。只不过，影君傲的伤是为了救蔚景所得，而他，却是为了阻拦蔚景所得。这就是区别！这就是他的伤再也走不进蔚景的眼的原因。他的手未及收回，手中的瓷瓶被影君傲一挥之下，也从手上掉下，惊起一声脆响竟也没摔破，只是"骨碌骨碌"滚到了路边的草丛里。他没有去捡，只转眸看向蔚景。蔚景却没有看他，听得影君傲如此说，便伸手将影君傲扶了起来。

"我们走！"她说。

凌澜心里说不出的难受，他已记不清这是今日第几次她说我们，他只记得她好像一直在说。

影君傲站起的同时，拾了地上的披风，抖开，轻轻裹在蔚景只着一件兜衣的身上。原本，他用这个披风就是为了掩盖身上的伤，不想让这个女人担心，没想到，终究骗不了她。既然已经发现了，也好，他也不必一路隐忍得那么辛苦。

凌澜依旧保持着蹲着身子的姿势，不是他不想起来，是他尝试了一下起不来。蔚景扶着影君傲从他身边经过，衣袂轻擦的瞬间，蔚景忽然转眸看向他。他一激动，猛地从地上站起，却不知是因为用力过猛，还是根本没有力气，往后趔趄了好几步，才险险稳住。

他听到她说:"快去通知你的女人,官兵已经发现了她,难保锦弦不会怀疑到她头上。"

蔚景说完,扶着影君傲先上了马,随后自己再上去,依旧坐在前面,坐在影君傲的怀里,支撑着影君傲。凌澜好半天没在她的那句话里回过神。什么叫快去通知你的女人,官兵已经发现了她,难保锦弦不会怀疑到她头上?骤然,他瞳孔一敛,蓦地意识过来什么,愕然看向马上的人儿。而此时,黑马已经开始缓缓走了起来。

不。凌澜脸色一变,快步上前,伸手拉了马儿的缰绳,急急道:"蔚景,你听说我,在洞里我只是替铃铛疗伤,我跟她……"

"我知道,"蔚景很平静地将他的话打断,没有让他说下去,"我知道你在替她疗伤,她的背被暗器所伤,是吗?不然,那些官兵为何会非要用匕首划破我的背去看看我是不是易了容。"

凌澜全身一震。果然,果然如他所想,刚刚她丢么一句,他就想着会是这样,果然。那些官兵将她当做了铃铛。

"放手吧!"蔚景眼梢轻掠,掠过他紧紧拉住缰绳的手。他拉着不放。她伸手探向他的手。他以为她是要去掰他,却还未感觉到她的手落下,虎口处已经突然一阵细小的刺痛,他一惊,还未反应过来,整只手就已经麻木。被迫松了手中缰绳,他难以置信地看向自己的手,在他的虎口处,一枚银针赫然插入,一截针尾露在外面,阳光下闪着幽冷的寒芒。凌澜一震,愕然看向蔚景。她竟然也会有银针。不是不会吗?

看到他惊愕的表情,蔚景微微一笑,转眸看向前方,轻轻眯了眸子,有些溃散的目光不知落在远处的哪里,她幽幽开口:"很惊讶是吗?我自己也很惊讶,以前只知道穴位,却从不敢用银针尝试,今日竟用了两次,一次是在山洞里封了影君傲的穴位,一次是现在刺麻了你的手臂,两次竟然都成功了。"

果然,人的潜能是无极限的,只看你处在什么时候。说完,也不等被刺的男人做出反应,就侧首看向身后的影君傲:"我们走!"

"嗯。"影君傲点头,瞟了一眼站在马边上的男人,双腿一夹马腹,马蹄嗒嗒走了起来。

这一次男人没有追,只一动不动地站在那里。马儿越走越快,越走越远。一路尘土飞扬。直到远远看过去,变成了一个小黑点,最后小黑点都不见了,山林恢复了一片死寂,凌澜才缓缓将目光收回,再次垂眸,看向自己的手。胃里激烈翻涌,他张嘴,一股血泉从口中喷溅而出。

人的虎口边上有两个穴,挨得很近。一个是麻穴,刺入,会让此只手臂麻木。一个是殇穴,刺入,不仅会让此只手臂麻木,也会让同边的那条腿麻木,更会让人血脉逆流,造成内伤。因为两个穴位实在挨得太近,也容易搞混,所以一般人不会去刺这两个穴,稍稍一偏,就会弄错。蔚景的银针,正不偏不斜地刺在他的殇穴上。

抬手轻轻将银针拔出,他用一只脚挪了挪身子,靠在一棵大树的树干上,缓缓滑下,

第四章 何为生路

坐在地上。待气息稍定，他又抬手握住刺在胸口处的匕首尾柄，猛地一拔，带出一抹殷红，他又连忙点了边上的几个穴位，靠坐在那里喘息。抬头望了望天，头顶枝杈繁密，阳光透过枝杈投下来，斑斑驳驳一片，映入他沉痛的眸底……

　　林间小路，烈马奔腾。影君傲几乎整个人都靠在了蔚景的身上，原本是由他握着缰绳，见他慢慢变得连抓握的力气都没有，却还在强撑，蔚景也不好说让她来，只默默地将自己的手塞进他的掌心，她握着缰绳，他的大掌裹着她的手背。一路前行。

　　"谢谢你，甜海。"影君傲贴着她的耳边轻轻开口。蔚景勉力笑笑："该说谢谢的人是我，如果没有你，今日我可能已经死了。"

　　"不要瞎说。"影君傲佯怒轻责道。蔚景又是牵了牵唇，没有吭声，目光投向前方，山风过耳，两侧景物急速后退。

　　"对了，甜海，你怎么知道他们要抓的人是铃铛？"

　　蔚景怔了怔，淡声道："因为那幅画像。"

　　画像上虽然没有正面，只是一个背影，但是女子的衣袍却画得很清晰。那衣袍她见过，早上在洞里，她出现时，铃铛慌乱地拢起的就是这身衣袍。她不知道铃铛为何会是慌乱的表情，就像凌澜说的，他只是在给她疗伤。疗伤而已。为何要做出那样一副表情？她也不知道，铃铛这个锦弦的贤妃娘娘到底做了什么，会被官兵所伤？又为何会出现锦弦送给她的那枚玉佩？

　　当然，这些只是疑问，答案她却已不关心。是是非非，就这样吧。从此，她再也不要跟这些一个个心怀大志、心思比深井还要深的人有一丝牵绊。再也不要！

　　源汐村一片混乱，因为官兵还在一家挨着一家搜查。虽然遭遇了一男一女的袭击，他们也有不小的伤亡，但是，这是属于突发事件，也是没办法的事。毕竟是他们误会人家在先，人家才反抗在后。那个女人的确不是他们要找的那个人。虽然背影跟画像上的女人有七八分相似，却也仅仅是相似，背上没有伤，也没有易容，这是千真万确的事。

　　凌澜回到殷大夫家的时候，家里已经没有一人。门窗破碎、桌椅横陈，就连屋顶的瓦片都有好几处大洞。到处都是血，到处是乱箭，也随处可见穿着兵士服的尸体。一看就知道不久前这里刚刚经历过一场血战。跨过横七竖八的尸体，跨过小溪一般流淌的血路，他一间一间看着。堂屋、里屋、厨房，每一处都不能幸免，每一处都在告诉着他，这里刚刚经历过一场浩劫。鲜血一路逶迤到后院，后院的情况更糟糕。羽箭更多，尸体也更多。

　　远远就可见一堆柴火堆在山洞的门口，他想起蔚景最后说的话，她说在山洞里，她用银针封了影君傲的穴位。可见他们在山洞里避过。用银针封穴位，是不想让影君傲贸然出来吧？怕连累他，怕连累啸影山庄是吗？所以，她自己出来了？这个傻女人！每次都是这样！每次都想用自己柔弱的肩挑起所有的一切，每次都将自己搞得伤痕累累。

或许他知道影君傲的内伤是如何造成的了，就是逼出银针所致是吗？他是习武之人，也是会医之人，他很清楚在穴位完全被封住的情况下，要用内力逼出银针有多难以及会有什么后果。影君傲做到了。影君傲也是用命在爱着蔚景啊！这个认知让他的心更加慌痛起来。就像蔚景问他的，是谁给了你这样的自信。他想说，他没有自信，从来都没有。如果说曾经跟锦弦比，他唯一自信的地方，就是他可以为蔚景去死，而锦弦不会。可如今有另外一个男人也可以为了她去死，并且在她最痛苦最无助的时候，那个男人还在她身边。他该怎么办？

掩去眸中沉痛，他闭了闭眼，继续往前走。他看到了凌乱在地上，已经被踩得脏污不堪的衣袍，被撕成两半的衣袍。是蔚景的，他认识。早上他离开的时候，她穿的就是这件。弯腰，他缓缓将衣袍拾起，凉滑的触感入手，他五指收拢，紧紧攥在手心，想象着当时的惨烈。不想还好，一想，他觉得自己快要疯了。她经历了什么，他都能想象得出。今日，她提到了大婚那夜相府的事，原来，她一直在意的，在意他的袖手旁观。

一颗心痛得不能呼吸，他将衣袍收起，目光触及到边上一具老人的尸体，他瞳孔一敛。殷大夫。死状非常惨烈，一身的血，而让他痛得几乎站立不住的是，竟然，殷竟然还断了一只手臂。他经历了什么？这样一个善良淳朴的老人经历了什么？而这一切的一切，都在那个女人亲眼目睹下进行的吗？他不敢想。眼角酸涩，他抬头，望了望天，深深地呼吸。那个女人说，是她害死了殷伯伯，可想而知，她是有多自责。或许，这会成为，她今后的人生中，永远也无法忘记的梦魇。是她的梦魇，又何尝不是他的。

在池塘边的槐树下，他找到了那只断臂，那只已然僵硬的断臂，然后，来到殷大夫身边缓缓蹲下，将他的身子抱起。这个赋予他、也赋予蔚景第二次生命的老人，怎能没有葬身之地？

一直到黄昏时分，村子里官兵的搜查还在继续。谁也不知道这个一身是血的男人怎么出现的，就像谁也不知道这个男人是谁一样。只听得"哐当"一声巨响，大门洞开，男人就这样如同天神一般出现在门口。衣袂翻飞、发丝盘旋。正值日落时分，残阳似血，随着男人而入。男人身上的白衣片片成缕，却被鲜红染透，手上是血，脸上也是血，连眸眼都是血红，可，饶是如此，依旧难掩其如画的眉目，以及周身散发出来的尊贵气质。只是，他是谁？突然出现在正在接受搜查的村民家里又是要做什么？

众人没来得及问，因为男人根本没有给这些兵士开口的机会。腰间软剑拔出，银剑如龙，反射着外面夕阳的红彩，男人步履如风，急速移动，而手中长剑亦是出神入化、快如闪电。众人还没反应过来怎么回事，就只见身前一晃，男人已经从门口闪到了里面。手中长剑垂下，曳了一条长长的血线。随着一声一声沉闷的响声，他所经之地的两边，兵士们的身体纷纷重重委地，每个人的脖子上无一例外都有一条细细的划痕。而此时正在里屋搜查的人听到动静出来的，一见此状况，吓得纷纷仓皇逃窜。男人又岂会放过？眼角眉梢尽是杀戮之气，男人紧紧抿着唇，手提长剑，如同一个杀神一般，一步一步逼近……

天地一片血红。

当最后一个士兵倒在地上之后，凌澜才缓缓收起长剑。身体也透支到了极限，他脚下一踉，伸手扶住边上的桌案。徐徐抬眼，他缓缓扫过横陈在地上的尸体，抿了抿唇，正欲抬步离开，就蓦地听到外面纷沓的脚步声传来，且迅速移动四散，一听就知道是将这个屋子团团包围了起来。

还有援兵？凌澜眸光一寒，闪身到窗边，目光朝外一探，第一时间就看到一张熟悉的容颜。叶炫。在叶炫的身后是一排一排装备整齐的禁卫。对，是禁卫。因为只有禁卫的服装是黄色的。凌澜瞳孔一敛，他们竟然也来了这里。按照脚程来算，应该是早上铃铛的那件事传到了宫里面。

凌澜反身靠在墙上，快速思忖着对策，骤然闻见有沉稳的脚步声传来，夕阳的红彩从大门口斜铺而入，映着一个高大的身影渐行渐近。躲显然来不及，微微抿了唇，他攥紧了手中长剑。当来人入得屋内，意识到墙边有人，骤然转身"唰"的拔出长剑的同时，凌澜举剑准备先下手为强，而在四目相对之际，两人却又都同时顿住。

"是你！"来人震住的是没想到会是凌澜。而凌澜怔住的是，来人是叶炫，他这一剑要不要刺下去。

"这些兵士都是你杀的？"环视过屋里横七竖八的尸体，叶炫皱眉，复又看向凌澜。凌澜也不否认，只道："他们该死！"

"你可知道，刺杀朝廷兵士该当何罪？"

凌澜冷冷一笑，很不以为然："我不知道，我只知道，我刺杀当今皇帝锦弦时，都没有想过该当何罪，何况是他们？"

"你——"叶炫脸色一白，咬牙道："那日跳湖让你侥幸逃脱，今日你跑不掉了，这里已经被禁卫包围，你插翅难飞！你还是自己束手就擒吧！"

凌澜闻言，更是低低笑出声来，俊眉一挑道："就凭你？就凭你们？"话音未落，唇边笑容一敛，手中长剑已是以风驰电掣的速度直直朝叶炫而来。叶炫一惊，不意他会如此，却并未用剑去挡，而是快速闪身避过，同时，抓了身前桌案上的一个砚台就朝凌澜砸了过来。"哐"的一声脆响，砚台被凌澜的长剑劈成两半，里面未干的黑墨撒泼出来，溅得凌澜脸上身上到处都是。

外面的禁卫闻见里面打斗的声音，纷纷冲了进来。见到一屋的尸体，众人都大吃了一惊。而当见到跟他们禁卫统领打斗的那人时，更是吓了一跳。无法用言语来形容那人，入眼只有两种颜色，红与黑，脸上身上不是红血，就是黑墨，特别是一张脸，黑不溜秋的只能看到一双眸子冷色昭然。

什么情况？众人却也来不及多想，见自己的统领正与其打斗，便都纷纷拔出兵器加入其中。凌澜见此情形，心知自己已体力不支，不能恋战，便脚尖一点，凭着强撑的一股心火，提着轻功飞身而起，直直冲破屋顶的瓦砾跃了上去。叶炫紧跟其后，飞上屋顶的同时沉声吩咐下面众人："仔细搜查，看还有没有人？"

踏风而行中，凌澜回头，就看到叶炫在后面穷追不舍，他眸光一敛，又加快了速度。胃里的腥甜不断翻搅，他已经快坚持不住了。所幸在这个小村待了半月有余，对周边环境极其熟悉。小村后面就是山。

鹜颜赶到的时候，叶炫正从一间猎户搭建的茅草屋里走出来。见到她的那一瞬，叶炫浑身一震，正准备将长剑插入剑鞘的手就生生僵在了半空中。甚至有那么一刻，他以为是自己的幻觉。天色已黄昏，山中光线更加晦暗不明，他定定望着那个站在山风中衣袂猎猎作响的女人。

她还活着。就这样突然出现在了他的面前。没有人知道他此刻的心情，就像没有人知道这段时间以来他的内疚痛苦和相思成灾一样。

女人依旧轻纱掩面，身形似乎消瘦了不少。

"叶子……"他颤抖出声，声音被山风吹散。鹜颜没有看他，目光落在他手中的长剑上。剑尖殷红，有血滴答。她眸光一敛，抬起眼梢望向他："凌澜呢？"

她接到消息，锦弦派叶炫带领禁卫军来了源汐村，想到凌澜正在此村，便也紧急赶了过来，方才她远远看到，叶炫跟凌澜在追逐打斗，一直到了这座山上。如今为何只见叶炫，不见凌澜，而且他的剑上……

叶炫眸色一痛。他喊她叶子，她问他凌澜，还问得如此直接，连拐弯抹角都不用了吗？沉沉望进她的眼，他一字一顿："凌澜是朝廷钦犯！"

鹜颜一怔，见他声音寒凉，便也一字一句回道："我问他的人在哪里。"

"死了。"叶炫紧绷着下巴，轻飘飘吐出两字。

虽然隔着轻纱，他却依旧明显地感觉到女子脸色巨变："你说什么？"

"我说，你来晚了，就在刚刚不久前，凌澜已经死在了我的剑下。"叶炫一边说，一边抬手拭了拭手中长剑剑锋上殷红的血珠，"唰"一声将剑入鞘，然后，很平静地看着她。

鹜颜轻轻摇了摇头，有些难以置信，秀眉蹙在一起，眸色复杂地看着他。真的很复杂，叶炫一丝情绪都没有看懂。

"要替他报仇吗？"叶炫微微笑。肯定要的吧？记忆中，似乎每一次两人的见面，她都是为了那个男人。各种处心积虑，各种精心设计，都是为了那个叫凌澜的男人。她甚至还不惜牺牲一个女人的清白来帮那个男人。这是怎样浓烈的爱？她是用生命在爱着那个男人吧？如果那个男人死了，她又怎会不替他报仇？

第四章 何为生路

071

见她沉默不语，他又问了一遍："我杀了他，你要杀了我替他报仇吗？"

"是！如果你果真杀了他，我就一定会杀了你！"

他清晰地听到女人清冷笃定的声音传来。身子一晃，他轻轻笑道："我已杀了他！"

女人突然疾步朝他走来。他瞳孔一缩，却也不避不躲，依旧长身玉立在那里一动不动，唇角一抹自嘲的弧度轻弯。他甚至想象着女人是一掌杀他，还是一拳杀他，还是手心有别的利器，还是会拔出腰间长剑。眼见着女人来到面前，他也准备着承受重击，却是见女人陡然身子一掠，越过他的身边，径直往茅草屋里而去。叶炫怔住。

鸳颜一进屋，就看到了草垛上躺着的那人，如果不是真的非常熟悉，她几乎都认不出来是凌澜。衣衫破碎、浑身是血，满脸的黑污，就那样阖着眼睛躺在那里，一动不动。她的心猛地一沉。真的死了？几乎不做一丝停顿，她快步上前，伸手探上他的鼻息。刚开始她真的以为声息全无，探了很久，才能感觉到那微末的一丝气息，若有似无。还好！

还好！虽然微弱，至少，一息尚存。高悬的一颗心稍稍安定，她不知道这个男人怎么会将自己变成这个模样？只知道，他内伤很重，外伤很多，得赶快疗伤才行。忽然，她想起屋外的那人，想起刚才那人说的话，心里说不出来的滋味。默了默，她起身站起，出了茅屋。外面哪里还有人？一个人影都没有，天地空旷，只有风吹树摇的声音。要不是地上细细长长逶迤一路的鲜血，她还真的以为叶炫的出现不过是她的一场梦。

鲜血？她想起他滴血的剑尖。可是，为何是一路？明明她刚才过来的时候，地上没有血，而且明明他滴血的剑已经入鞘，而且就算没入鞘，也不可能滴落成这样，那么……瞳孔一敛，其实，伤的人是他？

"没事吧？叶统领？"

"叶统领，还是先包扎一下吧？"

两个禁卫扶着叶炫坐在凳子上。

"我没事，你们继续搜！"叶炫脸色苍白，淡声道。虽然他知道，可能什么也搜不出来，但是，例行公事还是要的。否则回去如何跟锦弦交差。那个帝王心思缜密又多疑善忌，一般小伎俩根本骗不到他。其实，他很讨厌这样的自己。为人臣者，就是要赤胆忠心，而他，却几次放水。今日又放过了凌澜。其实，今日要杀凌澜，真是易如反掌。凌澜受了非常重的内伤和外伤，被他追到山上后，甚至再也坚持不住地晕死在了山上。

他不知道是谁让他伤成这样，他只知道，伤成这样还能提气飞了那么远，他是他见过的第一人。那时，如果杀他，就跟踩死一只蚂蚁一样简单。但是，他终究还是放了他。他不想做一个不忠之人，他真的不想。但是，凌澜是叶子爱的男人啊。他如果杀了凌澜，就算不杀，他如果抓了凌澜，带回皇宫，锦弦也一定会杀了他。凌澜死了，叶子怎么办？

"我杀了他，你要杀了我替他报仇吗？"

"是！如果你果真杀了他，我就一定会杀了你！"

耳畔又响起女人坚决笃定的声音。他不怕死，也不怕她杀他，他只是怕她伤心。其实，想想，叶子也是相信他的是吗？不然，为何说"果真"，为何说"如果你果真杀了他"？而且，在他强调了几遍他已经杀了凌澜之后，她依旧没有想过跟他动手，而是径直进了小茅屋不是吗？想到这里，他觉得背上受点伤值了。虽然，她的眼里只有凌澜，虽然，她看到他剑尖上的血时，想到的是他对凌澜的不利，虽然，她的眼里看不到他的伤。他还是觉得值了。

是的，背上的伤是他自己弄的。因为他跟凌澜的打斗众目睽睽，而最终，他又放走了凌澜，为了有所交代，他伤了自己。考虑到胸前或者其他地方怕人觉得是自伤，特别是锦弦那样敏感多疑的人，所以，他将剑固定在茅屋的窗台上，用背撞了过去。这些那个女人都看不到。当然，他也不会让她看到。

蔚景跟影君傲赶到啸影山庄的时候，已经是夜里了。影君傲几乎已经昏迷。管家晴雨看到一身是血的影君傲，吓坏了，连忙差人去找廖神医，并吩咐下人去烧热水，还叫起了一批人在门口随时待命。廖神医很快来了，见到影君傲的样子，他也吓了一跳。然后就开始紧急救治。廖神医将所有人都赶了出来，用他的话说，怕吓着大家，而且他要将影君傲身上的衣袍都脱光，大家在不方便。

蔚景跟晴雨便都候在了门外。晴雨不停地指挥着下人这样那样，蔚景就抱膝坐在回廊的边上。一直到事情都安排好，晴雨才来到蔚景的身边，挨着她坐了下来。

"皇后娘娘？"晴雨略带试探地开口。蔚景回过神，反应了片刻，才明白过来。晴雨将她当成了蔚卿呢。上次来啸影山庄，她是顶着鸳颜的脸，这次是她自己的。而她这张脸上次就是蔚卿用的。被晴雨这样一问，她忽然不知道该怎么回答。说是，她明明又不是，说不是，那这脸又该如何解释？

见她迟迟不答，似是有些为难，晴雨弯了弯唇："好吧，就当我没问。我只是看庄主伤成这样回来，又跟皇后娘娘一起，担心是不是跟朝廷扯上什么纷争，想我们啸影山庄，历朝历代，都从不跟朝廷为伍，也从不跟朝廷为敌，我是怕引火烧身。"

蔚景怔了怔。晴雨的担心她是理解的，也正因为她也有这样的担心，所以，才会在山洞里用银针封了影君傲的穴位。但是，他最终还是冲了出来，那一些兵士应该是不认识他的，只希望不要像抓铃铛一样，画像出来。见晴雨都说到了这分上，她要是再三缄其口也说不过去，想了想，道："我不是皇后，我是……"她顿了顿，总不能说自己是鸳颜吧？

"我是甜海。"

龙吟宫，薰香缭绕，锦弦一身明黄龙衮靠坐在龙椅上，骨节分明的大手轻搭着龙

第四章　何为生路

椅的扶手，五指曲起，有一下没一下地敲击。一双深邃的凤眸淡睨着下方跪着的两人。一个是禁卫统领叶炫，一个是身穿兵士服肥头大耳的男人。

两人皆是跪在汉白玉地面上，眼观鼻鼻观心。叶炫是因为心里有事，而肥头男人却是因为第一次见天子。一片静谧，只闻手指敲击紫檀木的"嗒嗒"声异常响亮，一下一下，就像是敲在人的心头上一般。

"听说，我方兵士死伤惨重，去搜查源汐村的官兵，就只有你一人活了下来？"许久之后，敲击声停下，锦弦才不紧不慢地开了口。

肥头男人一震，自是知道锦弦问的人是他，便连忙应道："回皇上话，是的。"

他当然不会说，他也是躲了起来，才幸免逃脱的。不然，肯定会死在那个突然杀神一般从天而降的疯男人手上。一直到见禁卫军到了，他才敢出来，然后做出自己虽然负伤却还在坚持搜查的样子。所以，他被带到了皇宫。是要论功行赏的吧？虽然要抓的那个女人没有抓到，但是，他们也没有让对方的奸计得逞，不是吗？

见自己回了一句之后，帝王许久都没有吭声，他禁不住微微抬了眼梢，偷偷睨过去，却不想正撞上对方凌厉的目光，他一颤，又连忙垂下眼帘，然后便听到男人轻嗤的声音："你叫什么名字？"

肥头男人心中一喜，莫不是真要赏赐了？连忙答道："回皇上话，卑职宋成！"

"嗯，"锦弦点点头，"宋成，将整件事情再原原本本地跟朕禀报一番！"

"是！"宋成颔首诺道，"前日夜里，应该说是昨日凌晨五更时分，我们驻守灵源山的兵士正常巡逻，突然发现有两个人正在我们储藏兵器的那个秘密暗洞的洞口，一人手里拿着玉佩企图打开洞门。巡逻的兵士见状，立即前去抓捕，两人见状，兵分两路逃走，当时天还未大亮，山中又光线晦暗，两人皆都蒙面，看不清脸，但是，很确定，是一个男人一个女人。"

听到此处，锦弦眸光一敛，却也并未打断他的话。宋成继续。

"因为山林茂密，小路众多，最后，还是让两人给逃了，不过，在追赶过程中，我们的兵士用暗器伤了那个女人，伤了那个女人的背。"

锦弦再次瞳孔一缩，却依旧未语。

"后来，上面指示，大面积搜山，并且快速将秘密暗洞里的兵器转移到安全地方。卑职是负责带人搜山抓人的，卑职让会作画的兵士按照见过那女人的兵士的口述，画了一个背影，搜山之时，遇到一上山砍柴的村民，说好像见过这个女人，在源汐村，所以卑职就带兵去源汐村挨家挨户搜查。"

"画像可还在？"锦弦第一次打断他的话，语气里似乎透着一丝急切。

叶炫眸光轻动，或许，他明白这个帝王的心思。以为是那个女人是吗？

宋成摇头："画像在打斗过程中掉了，早已被踩碎踩烂，不过卑职记得画像上的样子，可让画师再画一幅出来。"锦弦面色一冷，稍显失望，侧首吩咐边上的赵贤去找画师，末了，又转眸看向宋成，沉声道："你还是先说吧，为何人没有搜到，结果还将众兵士搞得死伤无数？"

宋成一惊，叶炫也是一惊。只不过，叶炫担心的是，锦弦的前半句，找个画师过来，那个女人会是叶子吗？昨日见她，倒不像是背心中过暗器的样子，但是，衣服遮着，谁也说不准不是，样子是可以强装的，就像他昨日不是也背心受伤，在她面前，他不是也未露半分痕迹？还有一个担心是凌澜，不知道在他将黑墨故意弄到凌澜身上之前，这个男人有没有见过凌澜，毕竟这之前，凌澜杀了那么多的兵士，如果见过，他或许也会让画师画出来，到时，锦弦问起，他又该如何说？

而此时宋成的顾虑是，锦弦的后半句。为何人没有搜到，结果还将众兵士搞得死伤无数？他犹豫着，要不要将认错人那件事讲出来？如果讲出来，那岂不是告诉这个帝王，所有的伤亡都是因为他的误认造成？如此一来，别说论功行赏了，怕是要治他失职之罪，得不偿失。可是，如果不讲，又能找个什么事由呢？而且那些村民保不准乱说，到时，传出来，又岂不是欺君之罪？忽然，他想起什么，眸光一亮。有了。

"回皇上，我们拿着那张画着背影的画像去源汐村搜查，有村民说，这个背影好像他们村里殷大夫家里的一个女子，而且那个女子以前不是他们村的。"

锦弦眼波一敛，似是又来了兴致。宋成继续："我们怕人跑了，就直接包围了殷大夫的家，那个女人听到风声躲起来了，我们就故意抓了殷大夫，放话威胁那个女人……"

宋成顿了顿，他自是不会说，将那个大夫吊起来以及砍断胳膊的事。

"果然，那个女人受不住威胁就出来了，我们看她的背影，虽然换了衣袍，可跟画像上的女子至少有八分相像，而且，如果不是她做贼心虚，她为何要躲起来，既然躲，说明肯定有问题，所以，我们才认为，她就是我们要抓的那个人。结果，这个女人竟然冒充自己是当今的皇后娘娘，还让我们带她来见皇上……"

宋成的话没有说完，锦弦已是"噌"地一下从龙椅上站起："你说什么？"

宋成一惊，虽说冒充皇后，是大逆不道，但是，他还是没有想到这个帝王的反应会是如此激烈。看来，他做对了。将这茬儿说出来，他就不怕这个帝王怪他误认了。因为，他是替他除害。而边上的叶炫，一颗心却是大起大落。如果说自己是皇后，难道不是叶子，而是皇后没有死？

"你再说一遍！"锦弦沉声吩咐宋成。宋成颔首："那个女人跟我们说，她是当今的皇后娘娘，我们自是不信，她说，让我们带她来见皇上，天子龙颜岂是一个乡野女子想见便能见的，我们更是没有理她。"一边说，一边小心翼翼地抬头，见帝王一眨不眨地看着他，宋成连忙垂下眉眼，一手心的冷汗。

"然后呢？"帝王沉声，声音微嘶。

"然后，我们就更加确定这个女人就是我们要找的人，不然，也不会冒着忤逆之罪想要冒充皇后脱身，为了确认其身份，我们检查她的背，我们要找的那个女人背上被

第四章 何为生路

暗器所伤，如果她背上有，那就是铁板钉钉、证据确凿！"

"既然已换了衣袍，衣袍一遮，你们如何知道有还是没有？"锦弦沉眸，眸色深深。

"所以，卑职让那个女人将衣袍脱了。"

锦弦跟叶炫闻言，皆是一震。正值盛夏，只穿单衣的季节，这一举措意味着什么，大家都很清楚。

"然后呢？"锦弦咬牙，一字一顿。

"然后……"宋成顿了顿，他自然也不会将自己对那个女人动手动脚之事说出来，"然后她的背上并没有伤。"

锦弦眸光一敛："所以，你们认错人了？"还未等宋成回答，他又接着冷声道，"你们难道没有听说过，伤可以做假，不伤也可以做假？"

叶炫跟宋成又都浑身一震。同样，叶炫在意的是第一句，"伤可以做假"，因为他背上的伤便是，许是做贼心虚，竟隐隐觉得锦弦就是暗有所指。而宋成在意的是后一句，"不伤也可以做假"，原本他还在想，用刀子划破人家背心的事就不说了，毕竟太暴力血腥，影响自身形象，可见帝王心思缜密至此，他就不得不道了出来。

"回皇上，卑职也听说过，传闻高超的易容术，可以将有伤变成无伤，所以，为了确保万无一失，卑职用匕首划开了女子的背。"

叶炫听得寒毛一竖，锦弦亦是瞳孔剧烈一缩："结果呢？"

"结果……"宋成低了低头，抿唇默了默，才道："结果也并未易容，然后，就不知道从哪里冒出来一个男人，非常高强的武功，救走了这个女人，并且杀死了我们很多兄弟……"一边说，宋成一边再次偷偷抬眼睨帝王脸色，却见他凤眸微微一眯："一个男人，武功高强？"

末了，也不等他说是，就倾身自龙案上取过一个画轴，"唰"一声抖开："可是这个女子？"

宋成抬眸望去，画上一女子亭亭玉立、风华万千，当女子绝美的容颜入眼，宋成惊得下颌都快要掉了下来。可不就是她。

"是，是，是，就是她，就是这个女人冒充当今皇后娘娘！"宋成的头点得就像是鸡啄米一样。看来是个惯犯。如此一来，他也是有功劳的。

锦弦冷冷一笑，有猩红爬上眼眸，缓缓垂下长睫，大手不徐不疾地将画像卷起，置在批阅奏折的案边，再次转眸看向宋成，并绕过龙案，举步朝他走过来："你说这个女人冒充皇后，还让你们带她来见朕，你们火眼金睛，将她的阴谋识破？为了万无一失，确认她是不是你们要找的那个人，你们让她当众脱下衣袍检查后背？恐其易容做假，你们还用刀子划破了这个女人的背？是这样吗？"

锦弦一边说一边踱着步子。宋成不敢抬头，只见金丝银线龙头靴在其面前站定，还有一截明黄龙袍的袍角轻曳。

"是！"他颔首。

"抬起头！"帝王骤然沉声命令。宋成吓了一跳，不知帝王何意，惊愕将头抬起，就看见帝王脸色铁青，眸色猩红，薄薄的唇边一张一翕，森寒的声音从喉咙深处进出："让叶炫叶统领告诉你这个女人是谁。"

叶炫一震，宋成一惊。叶炫抿了抿唇，沉声，一字一顿："此人正是当今的皇后娘娘！"

啊！一句话如同惊雷一般在宋成耳边炸响，宋成愕然睁大眸子，脸色瞬间白如死灰。怎么可能？这时，门口骤然传来女子清润的声音："皇上……

随声而入的是女子袅袅婷婷的身影。是贤妃铃铛。许是没想到殿内还有其他人，贤妃怔了怔，旋即便对着锦弦略一鞠身："皇上有事要处理，臣妾就先不打扰了，臣妾等会儿再来。"说完，便转身退出。宋成还在刚才的那一句话里没有回过神，怔怔看着铃铛离去的背影，骤然瞳孔一敛。是她！

"皇上……"他转眸急急看向锦弦，可锦弦却并没有给他说下去的机会。明黄衣袖一扬，大手五指摊开，重重击向宋成的天灵。

"竟然敢这样对她，找死！"紧随帝王嘶吼之后的是"嘭"的闷响。宋成甚至连哼都没来得及哼一声，就瞬间声息全无。殿里的宫女太监都吓坏了，一个一个脸色煞白如纸。叶炫在边上心里也是说不出来的滋味。

锦弦堪堪收起掌风，五指缓缓合拢，紧紧攥在一起，骨节"咯吱咯吱"作响。唇角噙起一抹嗜血的冷笑，他咬牙，声音喑哑低沉："看来，她没死，他也没死，他们都没死！"

相府，厢房，鸷颜站在床榻边，静静看着榻上躺着一动不动的男人，眉心微蹙。男人身上的伤已经包扎过了，衣衫也已经换上了新的，脸上的墨汁已经尽数清洗干净了，显得一张脸尤为苍白，眼睛轻轻阖着，眼窝处的两团青灰也甚是明显。

鸷颜低低叹出一口气，转身，正欲离开，门却被人轻轻推开了。康叔走了进来。鸷颜顿住脚步，康叔一直走到她的面前，站定，对着她深深一鞠："小姐，这一次行动失败都是我的错，还连累了二爷，都是我不好。"

鸷颜垂眸默了默，皱眉开口："铃铛连武功都不会，你怎么会带上她？"

前夜，锦弦因为云漠即将发起战事，紧急召见她入宫商议。之所以召见她，是因为她的身份是夜逐寒，从中渊到云漠，要经过边国国境，而夜逐寒曾经带领太医去边国参加过医会，对边国甚是熟悉。

在她进宫的时候，接到了一个可靠线人的急报，说找到了锦弦在灵源山秘密储藏兵器的地方，绘在一块布上，给了她。鉴于上次的失败，这个消息对她来说，无疑是雪中送炭。锦弦太过狡猾，也过于警惕，恐夜长梦多，她觉得必须立即行动才行。可她要

第四章 何为生路

面圣，脱不开身，无奈之下，她想到了铃铛。所以，她让铃铛将那块布以及作为兵器储藏地钥匙的玉佩紧急送出宫给康叔，让康叔去源汐村找凌澜，让凌澜去处理。

源汐村正好离灵源山很近，而且，凌澜去做这件事，她也放心。反正在重兵保守的情况下，要想劫走那么多兵器，据为己有，根本不可能，那就干脆毁掉。人多不方便，毁掉这些兵器，凌澜一人足矣。谁知最后又是同上次一样，兵器没毁掉，人还伤成这样。

康叔亦是眉心微拢，低低一叹："其实，我也不知道铃铛会跟二爷在一起的，我依照小姐意思连夜去源汐村找二爷，到的时候已经是下半夜了，在小姐所说的那个殷大夫家里却并未见到二爷，我还给二爷发了信号，二爷亦是未出现，我还看到啸影山庄的庄主了，就是没看到二爷，我等了一个时辰，见再等下去，天都要亮了，而天一亮，事情就不好办了，所以，我决定自己去。

"在出村口的地方，我碰到了铃铛，她说，她是一路尾随我过来的，她的马骑得不娴熟，将我跟丢了，正在找路。她说，她就是想跟过来看看二爷，自从那夜二爷跃下神女湖之后，她就没有了二爷的消息，心中也甚是担心。

"后来听我说，二爷不在，我准备自身前往灵源山，她说，跟我一起去，我当时也是考虑到她不会武功，没有同意，可她说，灵源山，她比我熟悉，上次来祈福，她随锦弦几乎将整个灵源山都转了一遍，哪些地方驻守的有官兵，她大概都知道，我一计较，觉得的确可以帮上忙，就带上了她。"

鸳颜敛眸："那后来怎么又……"

"后来，我们就一起上了灵源山，铃铛的确对灵源山比我熟悉，我们避过了两个官兵的营地，还走了近路，没费多大力气就找到了那个极其隐蔽的暗洞，可正当我们准备用玉佩开门的时候，正好有一路巡逻的兵士经过，就发现了我们。考虑到铃铛不会武功，所以，我说，我掩护，她逃，并将玉佩给她，让她速去源汐村找二爷，让二爷想对策。"

"那些官兵一直对我穷追不舍，还大面积搜山，紧要关头，是二爷赶来救的我，只不过，我们也得到消息，那批兵器已经被秘密转移了。二爷说，他已让铃铛回宫了，让我也先回来，他说，他自己还要回源汐村有事。然后，二爷就跟我分开了，我回府，他回村，谁知道……都是我不好……"康叔声音有些哽咽，抬眸看向床榻之上毫无声息躺着一动不动的男人，眉心皱成了一团。

鸳颜亦是循着他的目光回头看向床榻上的人，片刻，才再度看向他："这事儿不怨你，你已尽力。你身上的伤也不轻，回房歇着吧，这几日上朝一定要谨慎，莫让锦弦那只老狐狸瞧出什么端倪才好。"

"嗯。"康叔点头，再次看了一眼床榻上的男人，眸色一痛，退了出去。

剩鸳颜一人在屋里静静地站着，好半晌没有动。忽然，她又转身走向床榻，定定望着沉沉睡去的男人，许久之后，幽幽开口道："凌澜，醒过来吧，我们再也……输不起了……"

第五章　御驾亲证

　　宋成的尸体很快就被太监们处理掉了，龙吟宫里再次陷入了一片静谧。叶炫依旧跪在那里，锦弦没有叫他起来，而是自顾自回到龙案后坐下，开始批阅奏折。赵贤将画师带来，又被锦弦扬手遣回。赵贤便沉默侍奉在边上。将批阅好的奏折拿下去摆整齐，又将新的奏折打开，放在锦弦手边。不知怎的，竟是一个不小心，将奏折边上放置的那个画卷给带落到了地上。画卷滚动铺陈开来，露出女子眉目如画、浅笑嫣然的容颜。赵贤大骇，连忙跪伏在地上："皇上恕罪，皇上恕罪……

　　这张画像对于这个男人来说有多重要，或许只有一直随侍在侧的他和绿屏知道。每日这个男人不知要看多少遍，上朝前看一次，下朝后看一次，醒来后看一次，就寝前看一次，经常批阅奏折批着批着，又打开来看。如今他竟将此画弄到了地上，简直就是找死。他一边求饶，一边伸手准备将画拾起，却不料，男人已自己倾身，将画卷拾在手上。看也没看画上女子一眼，男人大手快速卷起，然后，朝赵贤面前一递。

　　赵贤又惊又蒙，不明其意。难道是让他放好？伸出双手恭敬接过，正欲摆在桌案上原本的地方，却蓦地听到男人的声音传来："拿去火场烧了。"

　　赵贤一震，愕然抬眸。只以为自己听错了。烧了？

　　见他愣在那里未动，男人再次转眸瞥了他一眼，神情寡淡："朕说拿去烧了。"

　　这一次赵贤听真切了，心中疑惑，不由得望入男人眸底，却见他已经转过去，垂下眉眼，看向手中奏折。

　　"奴才遵旨！"赵贤捧着画自地上起身，对着男人鞠了鞠身，就退了出去。

　　赵贤走后，殿内再次陷入了沉寂。叶炫依旧跪在那里，忽然听到"啪"的一声，奏折被阖上的声音，紧随其后，男人低沉的嗓音响起："去源汐村将那个殷大夫带进宫来见朕！"叶炫一怔，抬眼看去，见男人正望着他，他又连忙垂下眼帘，抿了抿唇，道："回皇上，殷大夫已经被宋成他们杀了，大概是怕担责任，方才这些宋成都没有禀报。"

　　他也是听村民说的，其实村民也没有见到当时的情景，只是有人看到有个长相极俊美的男人抱着殷大夫的尸体离开。

　　锦弦眸光微微一敛："死了？"

"是！"叶炫颔首。

"那就去将他的尸体带进宫来。"锦弦垂目，大手再次拿过一本奏折。

叶炫却是听得浑身一颤。将尸体带进宫来？且不说，尸体已经被人抱走，据村民描述，他猜测应该是凌澜抱去埋葬，葬在哪里没人知道，就单说，这么热的天，尸体根本不能存放多长时间，而且，人都已经死了，将个尸体带进宫来又有何用？皱眉，正欲将诸多不适宜回于帝王，却又忽然听得帝王继续斩钉截铁沉声道："就算已经入土，也要给朕挖出来！"

屋里很静，透窗而入的夕阳余晖也渐渐消失在桌角，光线彻底暗了下来。弄儿推门而入，悄然走到桌案边，将灯盏捻亮，这才发现一直坐在黑暗中的那人。是夜逐寒。确切地说，是鹜颜。穿着一身墨色衣袍，一动不动，斜倚在软椅上，轻轻阖着眸子，不知是醒着，还是睡了过去。床榻上的男人依旧在昏迷。两日两夜过去，男人没有醒，鹜颜就一直陪在边上，除了上朝。

弄儿心中一痛，取了衣挂上的一件披风，走过去，轻轻盖在鹜颜的身上，鹜颜缓缓睁开眼，看着她，弄儿一怔，正欲解释，鹜颜已坐直身子，问："现在什么时辰？"

"辰时。"

"二爷的药煎好了吗？"

"好了。"

"去端过来！"

要不是床头的灯盏也被掌亮，要不是鹜颜坐到床榻边，准备喂药，她都没发现男人已经醒了。几时醒的，她不知道。她只知道，她看过去的时候，他就已经睁着眼睛。鹜颜心中一喜，可见其只是睁着眸子一动不动，定定望着上方的帐顶，她又怔了怔，循着他的视线望上去，除了白白的帐顶，什么都没有。鹜颜蹙眉："你醒了？"

男人终于有了一丝反应，长长的眼睫微微一颤，缓缓转眸，朝她看过来。鹜颜被他眼中蜘蛛网一般密布的血丝吓了一跳。眸色一痛，鹜颜垂目，手握瓷勺搅了搅碗中黑褐色的药汁："先喝药吧。"

当她舀起一勺递过去的时候，男人早已转回头去，只凝视着帐顶上面。她拿瓷勺碰了碰男人干涸起皮，毫无一丝血色的唇，示意男人张嘴，男人没有动。她顿了顿，眉头一皱，直接对着他的唇倒了进去。因为男人没有张嘴喝，黑浓的汤汁顺着男人的唇角溢出来，晕染在男人白色衣袍的领子上，一大片暗污。男人依旧没有任何反应，就像是浑然不觉一般。

鹜颜也不管不顾，继续舀起第二勺喂了过去。没所谓，这两日两夜，她都是这样喂的。他一直昏迷不醒，一直没有知觉，喂进去的药汁一大半都流了出来。她也这样喂过来了。

既然，他麻木不仁，她就当他还未醒。加大剂量，总有喂进去的。

一勺接一勺，一勺接一勺。唇角流下的药汁将领子濡湿了一大片。男人始终没有反应。当最后一勺喂完，当瓷碗里一滴不剩，鸷颜骤然起身，将手中瓷碗掷砸在地上。

随着"砰"的一声脆响，瓷碗四分五裂，瓷屑乱溅。饶是这么大的动静，都没能让床榻上的男人眼波有一丝漾动。鸷颜转身走到房内的梳妆台前，抽开抽屉，取了一方铜镜，又"嘭"的一声将抽屉推关上，动作大得惊人。返身走回到床边，将铜镜举到男人的面上方。

"你看看，看看自己现在的样子，你还认识自己吗？"鸷颜嘶声低吼。男人依旧没有反应，唯一不同的是，原本是定定地望着帐顶，现在是定定地望着铜镜。鸷颜重重闭眼，强自压抑了一下自己的情绪，睁眸正欲再开口，却蓦地发现男人似乎想起了什么，眸光微微一动，紧接着，沙哑破碎的声音低低响起："曾经我也这样待过她……

声音又低又哑，鸷颜仔细辨了辨，才勉强听出他说什么。她自是知道那个"她"指的是谁，他这次几乎死掉也是因为"她"吧？现在捡回一条命，却又一副要死不活的模样，还是因为"她"吧？虽然，她不知道后来在他身上发生了什么，但是，她知道，一定跟"她"有关。一定。这世上能让这个男人这样的，只有那个女人一人。而且，康叔也说过，看到了影君傲不是吗？堂堂天下第一庄的庄主，怎会出现在穷乡僻壤的小山村？也是因为那个女人吧？

"凌澜，你知道你跟蔚景为何会走到今天这一步吗？"

虽然她不知道他们两人之间发生了什么，但是，她很清楚，二十年来，这个男人从未有过现在这般模样，从未，这是第一次，她看到了他的灰败，那种绝望的灰败。男人依旧没有理她。她眸光一敛，将手中的铜镜抛在被褥上，一把抓起他的衣领，将他大力拉坐起身，她弯腰凑到他面前，逼视着他，沉沉望进他的眼。

"我告诉你为何，就是因为你见不得光的身份，就是因为你没有至高无上的权力，就是因为你必须受制于他人！难道你没发现吗，所有的伤害都是他们那些人给的，你根本防不胜防？如果你不受制于人，如果蔚景不受制于人，你们又何尝会走到今天？所以，凌澜，振作起来，将自己变得强大，将受制于人变成让人受制于你，这样，你才能保护蔚景，她才不会被他们伤害，你们……可能有未来……"鸷颜一口气说完，一眨不眨望着男人的眼。

男人同样看着她，许久，许久之后，骤然眉心一皱，干涸的唇瓣动了动，沙哑低语了一句。鸷颜一怔，再次仔细辨了好久，才听出那句话似乎是："三姐，好痛……

影君傲醒过来的时候，已是不知时日。屋子里静悄悄的，意识迷迷糊糊，他有些不知身在何处，直到熟悉的一景一物入眼，他才反应过来，是在啸影山庄自己的厢房里。阳光透过半开的窗而入，照得地上一片明亮，在那一片耀眼光亮中，有细尘飞舞。他微

第五章　御驾亲征

微眯着眸子，昏迷之前发生的事情一点一滴钻入脑海，蓦地，他瞳孔一敛。

甜海呢？顾不上伤痛，他艰难起身，趿了软靴，就跌跌撞撞往门口走。刚拉开门，就与正推门而入的一人撞了个满怀。

"砰"的一声脆响，是对方手中瓷碗未拿稳，跌落在地上摔碎的声音。而影君傲本身虚弱，更是被撞得踉跄后退了好几步，重重跌坐在地上。来人一惊，连忙跨过地上的碎屑，过来扶他。

"庄主，你醒了？"是管家晴雨，激动颤抖的声音难掩满心满眼的欣喜，"伤得那么重，做什么起来？"

"甜海呢？"影君傲哪有心思理会这些。

"她……"晴雨面色微微一僵，有些为难。

"她怎么了？快说！"

"庄主昏迷这两日，她一直守在庄主身边，不眠不休，眼睛都没合一下，早上的时候，大概是支撑不下去了，也晕了过去。"晴雨的话未说完，只见眼前白衣一晃，一抹夹杂着药香的清风拂面而过，影君傲夺门而去。速度快得惊人。晴雨错愕。她记得很清楚，那夜，廖神医说，他尽力，能不能醒来就看这个男人的造化了。可看刚刚那个样子，哪里是昏迷了两天两夜，刚从鬼门关转了一圈回来的人？

"殷伯伯，殷伯伯……"蔚景挣扎着醒来，蓦地坐起，身上黏糊糊的，一身的冷汗。

"姑娘醒了？"女子清润的声音响起。蔚景茫茫然循声望去，脑中挥之不去的是那血淋淋的场面。

"这是哪里？"她抬手抹了一把汗，哑声开口。

"啸影山庄，姑娘早上晕倒了，廖神医说，姑娘是心力交瘁、体力不支所致。奴婢去将熬好的补汤端过来！"女子说完，便退了出去。

啸影山庄？蔚景皱眉，略一回想，蓦地想起什么，就快速地掀开薄被下了床。或许是体力还未恢复，又起得太猛，脚刚一着地，双腿就猛地一软，她想要伸手扶住床头都来不及，整个人就直直朝地上倒去。

"甜海，小心！"随着一声男人的惊呼，一道白色身影如雪般飞身而来。没有等到预期的疼痛，腰身却是一暖，浓浓的药香入鼻，男人已经将她的身子裹在怀里。眸底映入男人苍白的容颜，蔚景惊喜道："影君傲，你醒……"

后面的话没有说完，就被"啊"的惊叫声替代。手臂一痛，她跟影君傲两人同时跌倒在地上。由于跌倒之前，是影君傲抱着她，所以这样摔倒在地，她就几乎等于睡在他的怀里，他的唇甚至轻擦着她的额头。

"对不起，还是没接住你。"男人温热的气息喷薄在面门上，轻撩。蔚景心口一颤，微微后仰了身子，看向他，这样的动作，就于无形中稍稍拉开了一点两人之间的距离。

"影君傲……"蔚景本想责备他两句，伤得那么重，做什么还要想着上前接她，可一开口，哽在喉咙里的湿气就涌到了眼眶。那夜，廖神医那样说，说他可能不行了，她好怕他醒不过来。见她眼睛红了，影君傲一急："是不是摔疼了？"皱眉，作势就要起来。

"没有，"蔚景摇头，红着眼眶笑道："你的手臂垫在下面，我又怎么会摔疼？"

看着她娇憨可爱的模样，影君傲心中一动："怎么办？我起不来了。"蔚景怔了怔，自己试着爬起，却也因为浑身绵软无力，试了两次都失败。

"别浪费体力了，我们就躺着，等有人发现，自会来扶我们，反正大夏天的，地上还有蒲团，又不用担心着凉。"男人闲适的声音传来。蔚景抬眸望过去，就看到男人苍白的脸上笑意醺然，晶亮如星的眸子里却蕴着一抹促狭若隐若现。

"好吧。"蔚景有种英雄气短的无奈，侧了侧身，平躺在地上。而男人的手臂一直未从她的身下抽出去。于是，就算是平躺，依旧是躺在他的怀里。屋中一下子安静了下来。有些许尴尬，可蔚景又不好说让他拿开，怕让他难堪。所以，就一动不动地躺在那里，望着屋顶上方的雕梁画栋。

"听说，你守了我两天两夜没有合眼？"影君傲看着她近在咫尺的侧脸，忽然开口。蔚景怔了怔，没有吭声。

"庄里上上下下那么多人，你做什么要那么傻？"

傻？蔚景弯了弯唇，侧首看向他："再傻也没有你傻！"他为了她连命都不要，她怎么能不守着他醒来？

四目相对，她清晰地看到他的眸中一抹光亮闪烁。

"甜海……"他轻轻唤她，"如果，如果我死了……"蔚景瞳孔一敛，耳膜被那个"死"字刺痛，几乎想都未想，就快速地伸出手指按住男人毫无血色的唇瓣，将他未完的话阻挡。殷伯伯已经死了，她怎么能再让他死？他不能死。没有如果。不能有如果。

见她如此急迫又恐慌的模样，影君傲心中一疼，伸手将她按在他唇边的小手拿了下来，裹在手心，默了片刻之后，终究还是忍不住想将那个问题问完："我是说如果，如果，我再也醒不过来，如果我死了，你会怎么做？"

蔚景怔怔看着他，只觉得这句话似曾耳熟。她想，努力地想，才终于想起，似乎曾经有一个男人也问过她同样的问题。如果我死了，你会不会哭？是这一句吗？她已经记不大清了。似乎已经很久远了，久远得就像是上辈子经历的事。缓缓敛回目光，她定定望进影君傲的眼。

"如果你死了，我也不活。"她听到自己笃定的声音一字一顿道。她从来不是一个轻言生死的人。她想活着，再苦再难，她都想坚强地活着，就算那夜被推下悬崖，就算那日破庙遇险，就算那次被神女湖淹溺，她都没想到过放弃。可是，如果她的活着，需要靠身边每一个对她好的人，用性命来换取，那么，她宁愿不要。

第五章　御驾亲征

影君傲似乎没想到她的答案是这样,有些许震惊,凤眸深深,一眨不眨地凝视了她好一会儿之后,长臂忽然一揽,将她裹入怀中:"甜海……"

沙哑的声音轻颤。颤抖的还有一颗心。他何尝不知道,她是因为感激,她是因为内疚,她是因为自责,才说出这样的话来,但是,他虚荣了,男人的虚荣心第一次急速地膨胀。他虚荣地不去想这些因由,他虚荣地觉得很受用。曾经她说,只要他带,她便敢随。今日她说,如果他死,她也不活。够了。已然足够。

"甜海……"低头轻轻吻上她头顶的发丝,影君傲正欲说话,就蓦地听到门口有脚步声传来。婢女小红端着汤碗,一走到门口,就看到屋里地上躺抱着的两人。她一震,顿住脚步,待看清是一男一女,男人还是他们英明神武的庄主时,更是错愕得下颔都差点掉下来,一时杵在那里,不知该进去,还是该离开。好一会儿才心神稍定,她略一计较,决定当没看见,正欲转身悄声退出,就蓦地听到男人低沉的声音传来:"还愣在那里干吗?还不快扶本庄主和甜海姑娘起来!"

是夜,相府,鹜颜站在书房外面,犹豫了一下,才轻轻推门走了进去。书房内,一豆烛火。灯下垂目看书的男人闻见门口动静,缓缓抬起头来,看到是她,面上未有一丝表情,只一眼,又收回目光,继续看向手中书卷。

鹜颜微微蹙眉。说不出来心里的感觉,她不知道该高兴,还是该难过。自那日呼了一次痛之后,他就基本上不发一言,说他颓废吧,也没有,每日都积极服药,还非常积极地自我治疗,午膳跟晚膳都用的是药膳,药膳的方子都是由他亲自开出交给厨房去办。可是,说他不颓废吧,也不对,沉默寡言不说,成日就待在书房里面,可待在书房里面也不看其他的书,就一门心思扑在一本药膳的食谱上。起先,她还以为他是想让自己快些好起来,所以研究药膳,后来听弄儿说,那食谱是曾经蔚景一直看的,她才真正明白过来。

他的痛,她懂。多年来,一直用着别人的身份活在世人的面前,她几乎都忘了自己是谁。她是,他又何尝不是。她早已习惯了,他叫她大哥,或者叫她鹜颜。那日,那一声"三姐"差点让她肝肠寸断。这个称呼早已被他们丢掉了十几年。是要怎样的痛,才会让这样能隐忍的男人情不自禁地叫出声来。

"凌澜……"她走过去,在书桌前站定,伸手,想要将他手中的书卷接下来。她想告诉他,痛,不是让人沉溺的,而是要让人觉醒。就在她的手刚刚碰到书卷,男人却是忽然将书卷伸到她的面前:"这个字你认识吗?"

鹜颜怔了怔,没想到他会有此一举。瞥了他一眼,见他面色沉静,并未有什么异样,这才垂眸,循着他手指所指的地方看过去。是一个"肟"字。

"不是肟字吗?"她疑惑地看向男人。男人就笑了,笑弯了眉眼:"是啊,是肟字,你看,连你一个不懂医的人都知道,亏她还是会岐黄之人,竟然不认识。"

鹜颜微僵住。原来还是她。

"凌澜，你知不知道，云漠真的打过来了，锦弦准备御驾亲征，因为我曾经带领过太医去边国参加医会，所以，此次，锦弦也让我随行，你看看你这个样子，让我怎能安下心去战场？"鹜颜眸色沉痛地看着他，轻轻摇头。

"那就不要去！"男人淡然的声音传来。鹜颜愣住。

"你想让我抗旨？现在外忧严重，不是撕破脸的时候，如果，国将不国，又谈何其他？"

"这跟你不去有什么关系？"男人面不改色，低垂着眉眼，长长的睫毛遮住了眸中所有情绪，漫不经心问道。鹜颜再次愣住。

"那要……"

"战场又岂是女人该去的地方？所以，我去！"

鹜颜一震，愕然看向男人，就看到男人阖上手中书卷，徐徐抬眼，眸底沉痛掩匿，目光沉静坚毅。

第五章 御驾亲征

山庄的清晨非常宁静。蔚景一人缓缓走在湖边上，虽是仲夏，湖风一吹，竟是有些微的凉。她环抱起胳膊，一步一步往前走着。影君傲的伤眼见着慢慢好起来了，她得好好想想自己的打算。

兀自沉静在自己的心事中，忽然一道火红的身影拦在了她的面前。蔚景一惊，顿住脚步，身影陌生，起先，她以为是个女人，后来细看，才知道他是个男人。肤如凝脂，桃花凤眸，皓齿红唇，看着阳光下的人儿，蔚景只想到这些形容。她突然想起在殷大夫家，影君傲曾问过她，是不是一个穿着大红衣袍，长得比女人还女人的男人救了她？想必就是他了。叫什么来着？似乎是无尘。

"蔚景？"男人微微眯着狭长的凤眸，上下打量了她一番，红唇轻动。

真是妖孽。既然知她是谁，蔚景也不跟他掩饰，微微一笑，颔首道："是，蔚景见过无尘公子。"

"唉……"影无尘长长一叹，只手撩起一缕垂顺至肩前的发丝，绕在指间把玩，冠玉一般的脸上却是愁眉不展，"本公子已经能预见等会儿见到君傲时，自己的悲惨命运了。"

"什么？"蔚景有些蒙了。

"还不是因为你！"影无尘嗔道，"那日你坠湖，那么多人在场，锦弦那狗皇帝也在，君傲那厮就不管不顾地准备冲上去，被本公子阻止，本公子封了他的穴，恐他乱来，还让他沉睡了好几日，本公子自己下湖去找你，没找到你的人，倒是拾到了一块沁木，那曾经是君傲的，我见过，后来听君傲说，送给了你，所以，为了不让君傲担心，本公子就骗他，说本公子已经将你救起，你已平安离开，以沁木为证。哎呀哎呀，现在好了，这个谎扯大了。"

看着影无尘着急上火的样子，蔚景想起影君傲在殷大夫家找到她时，的确跟她说过这些。而且，还咬牙切齿道："好一个影无尘，果然是个大骗子，编故事就像是真的一样，竟然敢糊弄本庄主，简直是不想活了！"然后，似乎还说影无尘的账等他回来慢慢再跟他算。

看来，是一对欢喜冤家。蔚景笑了。见她笑，影无尘就恼了，伸出比女人还要葱白的手指，指着她："呀，呀，你这个女人有没有同情心？怎么说，本公子当初也下湖找过你，你，你怎么可以见本公子有难，笑得如此幸灾乐祸呢？"

"谢谢你！"蔚景缓缓敛了唇边笑意，看着他，真挚道。影无尘一怔，似乎没想到她会如此，眸光微微一闪，撇嘴道："不跟你多说了，本公子找君傲还有重要的事，反正本公子又不怕他，他若敢剥了本公子的皮，本公子就抽了他的筋。"说完，也不等蔚景反应，头一甩，红衣似火动，扬长而去。

龙吟宫，锦弦轻靠在龙椅上，微微阖着眸子，一动不动，似是沉沉睡了去。虽是夏日，可殿内阴凉，且四处都置放了存冰，整个大殿弥漫着一股子寒气。赵贤抬眼瞧了瞧帝王，拿起边上的一件薄毯走过去，轻轻盖在男人身上。

"尸体吊在城楼上了吗？"男人忽然开口，吓了赵贤一跳。赵贤望过去，男人并未睁开眼睛，连长睫都未动，若不是听到这句话问的内容，他还真的会以为，男人是在梦呓。

"回皇上话，吊了。"将薄毯替男人掖好，赵贤恭敬轻声回道。

"消息也散出去了吗？"男人的声音又低低响起。

"散了。"

男人"嗯"了一声，这一次，似真的睡了过去。

当京城皇宫的城楼上，吊着一个断臂老人的尸体时，众人就开始议论纷纷。有人说，此人是个刺客，刺杀当今圣上未遂，被曝尸。也有人说，此人是个什么暗黑组织中的一分子，此次曝尸，是为了引蛇出洞。还有人说，此人就是一普通老百姓，因为在不知情的情况下收留过朝廷钦犯，结果朝廷钦犯跑了，他被抓了，此次曝尸，也是为了引那朝廷钦犯出来。

不管是哪一种，人们都是纷纷摇头叹息。就算有天大的过错，命不是都已经没了吗？死者已矣，为何就非要用如此暴力之举？而且，还是那么一大把年纪的独臂老人，这么大热的天，如此暴晒。真是……

蔚景顺着长长的抄手游廊，直直往影君傲厢房的方向而去。她想了很久，还是决定离开。影君傲的伤已经无大碍了，她也可以走得安心。他对她的心，她懂。就是因为那样满满的、沉甸甸的一颗心，她无以为报，所以更不能留在这里连累他。

这几日锦弦没找啸影山庄麻烦，想来是还不知道她在这里，方才听婢女小红说，晴雨管家严厉嘱咐过山庄众人，庄内之事不可向外人提及一分一毫。她知道，这样做的目的是在保护她，但是，天下没有不透风的墙，锦弦耳目众多，他迟早会知道，到时，以锦弦的狠辣手段，指不定给山庄带来什么纠纷。

这几日她也想了很多，一直以来，就想着复仇复仇，或许，根本方向就是错的，或者说，她根本就是没有方向的无头苍蝇，乱撞乱碰，弄得自己遍体鳞伤不说，还没有一丝成效。她应该先找她的父皇才对。虽然没有一丝消息，可是，有的时候，没有消息才是最好的消息不是吗？找到那个给她遮风避雨的大树，她也不需要一个人这样无助地颠沛流离。她准备先去坊间秘密打探一番江湖上的消息。以前，她跟铃铛经常偷偷溜出宫去茶楼听说书，如何花银子找暗黑组织买秘密小道消息，她知道方法。

主意已定，她就想着来给影君傲辞行。也不知道影无尘跟他重要的事情商量完没有？

想想影无尘，还真是一个活宝。方才，她跟小红打听了一下，小红说，影无尘是八年前老庄主，也就是影君傲已过世的父亲收养的义子，听说救过老庄主的命，被收养后，也随影君傲一起，读书习武，这几年负责打理影家京师的所有药铺。

而嫣儿则是影君傲的大哥影君澈的女儿，听小红说，嫣儿的母亲是一个烟花女子，影君澈对其一往情深，老庄主反对二人来往，影君澈就毅然为了那个女子离开了山庄，与那位女子在外面过了段逍遥的日子。后来，那位女子生了嫣儿，老庄主得知，见事已至此，劝阻也无益，便同意了二人来往，影君澈带着嫣儿和她母亲回了山庄，也过了段甜蜜幸福的生活，后来，不知怎的，在一次出庄赶集的闹市，夫妻二人双双被人暗杀了，老庄主跟影君傲都派人多次查过，都未寻到凶手。那时，嫣儿一岁都不到，现在已经五岁多了，这些年，影君傲这个叔叔就充当了父亲的角色，无微不至地照顾她，一年前，嫣儿得了一场重病，影君傲还亲自去江湖上寻药，几经艰难，才治好了嫣儿。这件事蔚景是知道的，她跟影君傲当时就是因为这件事相识，救嫣儿的九雾草，是她给他的。

不知不觉，已行至影君傲的房前，她收回思绪，抬手，正欲敲门，就听到里面影无尘的声音传来。

皇宫，城楼上，锦弦一身明黄迎风而立，微微眯了凤眸，他看向墙头长长的旗杆上悬挂的老人尸体，薄唇淡抿："叶炫，现在什么时辰？"

叶炫一怔，连忙上前，躬身道："回皇上，巳时，离大军出发还有两个时辰。"

锦弦垂下眸子，勾了勾唇角："两个时辰……有两个时辰……"

叶炫不是很明白帝王的意思，以为他是在说下午御驾亲征的事，连忙回道："皇

第五章 御驾亲征

上请放心，十万大军正在集结……"他的话还未说完，就被帝王打断："你说，两个时辰之内，她，会来吗？"叶炫一怔，这才明白过来，眉心微微一拢道："这个，属下也不知。"

锦弦也没有再问，徐徐抬起眼梢，放眼望去，眼角的笑意连连，眸子里却隐隐透着一丝嗜血的冰冷。

与城楼遥遥相望的是京师最繁华的街道。路边商铺林立，路上行人络绎，车水马龙，好不热闹。在一座茶楼的二楼雅阁，俊美如仙的男人长身玉立在窗边，微微眯着凤眸，遥遥望着远处的城楼。手中弓箭缓缓举起，一点一点拉满弦……

城楼上，锦弦俯瞰着繁华京城。如此热闹，如此喧嚣，阳光普照的街上，人来人往，男女老少。却唯独没有他要等的那个身影。世事真的很奇妙，人的心境也很奇怪，曾经他当将军的时候，无数次站在这个城楼上，也是这样俯瞰着天下，他看到的是江山多娇、街景如画，他就发誓，总有一天，这一切都是他的。他做到了。还有什么不满足呢？为何还要自己找不痛快？

将眸光从远处收回，垂眸弯了弯唇，他缓缓转身。就在他转身的同时，远处茶楼二楼的雅阁里男人拉满弦的大手骤然一松，闪着幽蓝寒芒的羽箭"嗖"的一声离弦而出，破空而去。

"走吧，去军营！"锦弦举步经过叶炫的身边，准备下城楼，可刚走两步，却蓦地发现城楼边上入口的台阶处，露出一截女子的发顶。他微微一怔，顿住脚步。

随着女子拾阶而上，女子的额头进入了视线，慢慢地，可以看到如画的眉眼。当整张熟悉的容颜映入眸底，锦弦瞳孔一敛，浑身僵住。震住的又何止他一人，原本跟在他后面的叶炫亦是。君臣二人就那样一前一后，一动不动地站在那里，等着那人一点一点地走进视线。

女子缓缓而上，一直低垂着眉眼，看着自己脚下的青石台阶，当最后一阶上完，她才徐徐抬起眼帘。四目相对，她停了下来。高高的城楼上，三人的身影迎风而立。一头两男，一头一女，就站在城楼的两边，静静相望。

远处茶楼上，男人动作利索地收回弯弓，他必须在羽箭射中目标之前，赶快离开这座茶楼，正欲转身的瞬间，却蓦地看到城楼上多出来的那个身影。一时难以置信，再转回身定睛望去，一直沉静如水的脸色大变。

城楼上，风过衣袂，衣袍拂动。女子今日穿了一件藕色云锦长裙，黑发如瀑、纤瘦盈盈，头顶的阳光正艳，照得略显苍白的脸色有些透明。女子水眸清漾，盯着锦弦看了一瞬，便缓缓转眸看向墙头旗杆上悬吊的老人，秀眉微微一蹙，朱唇轻启，清冷的声音逸出："我来了，请皇上让他入土为安。"

锦弦低低一笑，目光从女子脸上移开，随后看向城楼下面，下面守卫城楼的士兵正在交接岗，一拨过来，一拨正欲离开。

"蔚景，凭什么你觉得朕如此做是为了等你来换？"再次将目光落在女子的脸上，锦弦强自抑制住胸腔内激烈的震荡，咬牙切齿道。虽然他是，他的确是这样，而且，她终于来了，他终于等到她来了。他的目的达到，他圆满了。但是，他讨厌，讨厌这种感觉，这种被这个女人吃死的感觉。这世上的人和事，只有他掌控，没有别人掌控他。见女子不语，他又道："如果朕不答应呢？"

锦弦的话音刚落，就蓦地听到空气中有一股异流涌动，叶炫也感觉到了，都是练武之人，耳力极好，循声望去，赫然发现是一枚疾驰而来的羽箭。君臣二人皆是脸色一变。但，速度之快、距离之近，想阻止都来不及。几乎就在他们发现的下一瞬，羽箭的箭矢就直直刺向——悬吊在旗杆上的老人尸体上。紧接着，"轰隆"一声巨响。烟雾弥漫、碎片乱飞，老人的尸体就在这一爆炸声中灰飞烟灭、尸骨无存。

好强的火药！叶炫跟锦弦都震惊地看着这一幕，甚至连"护驾"都忘了，也忘了躲避闪开，所幸他们所站的位子，离旗杆较远，火药虽烈，却只是爆破的核心强悍，并未伤及他们。

震惊的又何止君臣二人？所有人都惊愕地看着这一幕，包括女子，还包括城楼下方正在交接岗的兵士。

其中有个身材娇小的兵士更是被眼前的一幕惊得脸色都白了。嗡鸣，耳边嗡鸣。脑子里一片空白。许是被什么牵引，又或者是冥冥中的第六感觉，小兵士惊痛转眸，看向远处街道上与城楼遥遥相对的茶楼。

不知是天气太过好、视线清明的缘故，还是自己眼力太强，明明隔得有些远，竟清晰地看到了茶楼二楼半开半掩的窗户后，那张男人的脸。熟悉的、俊美的、男人的脸。震惊、愕然，难以置信……怎么会？不仅如此，甚至还看到了男人的视线落在城楼上，只是方向不是发生爆炸那里，而是另一头。"他"循着男人的视线望上城楼，就也看到了站在城楼上的女子。当女子眉目如画的容颜入眼，"他"愕然睁大眸子，错愕得半天没反应过来。

事情真的发生得太过突然，谁也没有料想到，就在众人还在这突如其来的状况中没有回过神，锦弦最先意识过来，第一反应竟是急急回头，跟身后的女子道："不是朕！"末了，才吩咐边上的叶炫："速速去查，是何人所为？"

叶炫领命而去。女子面色苍白地站在那里未动，眸色沉痛地望着那空空的旗杆，一眨不眨。锦弦看着她，烟雾散尽的城楼上，便只剩下了他们二人。

"蔚景，不是朕！"事情发生得太过凑巧，他知道她在怀疑他。他前面刚说了一句，如果他不答应呢，后面就发生了爆炸事件，而且，正好又在她现身之后。一边说，他一边举步朝她走过去。女子见状，连忙后退了一步。本就站在台阶的边缘，这样后退，脚下一空，整个人身形一矮，差点摔跤。

锦弦便连忙止了步子。心里面各种情绪激涌，很复杂，很奇怪。那日从宋成嘴里

第五章 御驾亲征

089

得知是她时，他是又欣喜又痛恨。欣喜的是，她还活着，痛恨的是，竟然跟那个男人隐居在偏僻的小山村。枉他一直派人寻找，枉他日夜思念。想他锦弦，一代帝王，想要什么样的女人没有。他真的狠心了。所以，他将画像毁了，他告诉自己，再遇见必不再温柔对待。或囚禁，或强占，或生不如死地折磨，他不必再在意她一分一毫的感受。于是，他下令暴尸。他知道，依照她的性子，她不可能坐视不管。

果然，她来了。在她的心里，原来一个相识不久的老头都比他重要，不，应该说，一具死尸都比他重要。他恨，更加恨，恨不得掐死她。可是，他做了什么？他跟她解释，不是他，他见她后退，连忙停下步伐。也就是到这一刻，他才发现，他终究做不到不在意她的感受。

"蔚景，跟朕回去！"阳光下，他朝她伸出手。女子唇角冷冷一勾："事到如今，你又凭什么觉得我会跟你回去？"锦弦一怔，旋即就明白过来女人的话有两层意思。第一层，就是回驳他的那句"凭什么你觉得朕如此做是为了等你来换？"。第二层，是说如今尸体都被毁了，他已经失去了要挟她的筹码，是吗？

锦弦低低笑，侧首瞟了一眼城楼下面乌泱乌泱的兵士，似乎一部分正快速朝与城楼遥遥相望的繁华街道而去，想来应该是去寻捕方才放箭之人；还有一部分兵士正在列队集合，不知要去哪里。

"就凭他们，"锦弦伸手，随意一指那些兵士，凤眸深深，似笑非笑看向女子，"就凭你插翅也难飞！"

女子脸色一白。锦弦却再次笑出声来，翩然转身，径直举步往城楼下方走。拾阶而下间，他没有回头，声音却沉沉落下："是乖乖听话，还是逼朕用强，你自己选一个。"

女子站在原地静默了片刻，忽然对着他的背影道："跟你回去可以，但是，你不许碰我，否则，我就死给你看，我说到做到。"锦弦微微一顿，只一瞬，又唇角一勾，继续沿着青石阶翩跹而下。女子缓缓跟在后面。

兰竹回到啸影山庄，第一个碰到的人是管家晴雨，正在前院厉声对着几个植花的下人指手画脚。见到她，晴雨半天没回过神，似乎想了好久才想起她的名字。

"兰竹你不是……"

"夫人呢？"兰竹没心思理会这些，急急问道。见晴雨愣住的表情，她又连忙纠正道："右相夫人呢？"

右相夫人？鹜颜？见晴雨皱眉，依旧一脸不解的表情，兰竹急得跺脚"哎"了一声，就径直往庄内赶。留下一众下人和晴雨面面相觑。特别是晴雨，更是脸色一阵青，一阵白。敢情在外面待了段时间，翅膀硬了，不把她这个管家放在眼里了。皮痒了不成？

影君傲跟影无尘正在花园里练剑，看到骤然出现的兰竹，也都有些震惊。兰竹亦是开口就问夫人。影君傲自是知道她问的是蔚景，以为是凌澜故意派其回庄；心中隐隐有些不悦，面色却未表现出来，缓缓收了手中长剑，淡声问道："怎么了？"

"相爷让奴婢带个急信给夫人。"

果然是凌澜。影君傲眸光微微一敛，沉声道："什么急信？"

"相爷说，皇上将殷大夫的尸体悬吊在城楼上，目的其实是想引出夫人……"兰竹的话未说完，就被影君傲轻嗤打断："就这个急信？本庄主早就知道了。"

说完，与影无尘相视一笑。早上影无尘过来就告诉他了这件事，当时，他还想着带人去将尸体劫下来，后来，又听说，锦弦马上就要御驾亲征了，所以，他想，等锦弦走了再行动。当然，这件事，他是不会让蔚景知道的，他已经封锁了所有庄外的消息。

"不是，"兰竹摇头，因为一路小跑，累得气喘吁吁，"相爷让奴婢带的信是，悬挂在城楼上的那具尸体是假的，殷大夫的尸体他已经秘密埋葬在没人知道的地方，让夫人莫要担心，莫要上当！"

"假的？"影君傲和影无尘皆是一怔，这一点倒是没有想到。锦弦为达目的，还真是无所不用其极啊。不过，这个消息对他来说，也是有用的。既然是假的，他夜里就不用安排行动了。

"还有吗？如果这就是急信，那你回去替本庄主告诉相爷，让他放心，既然人在我啸影山庄，我自然会保护好她。"

兰竹闻言，一直高悬的心才总算慢慢安定。她还一直以为会来不及呢。是相府管家康叔送她回来的，一路上马不停蹄，但是，中途有几处山路被洪水冲断，他们不得不绕了很多小路，所以，耽误了时间。急死了。所幸，还好，还好，要是晚了，错过了，后果，她还真不敢想。

她永远也忘不了，早上那个男人跟她交代这件事时的情景。当时，他站在书房的窗前，背对着她。她看不到他脸上的表情。只听到他道："她在啸影山庄，你也回去吧，她身边连个贴心的婢女都没有，你回去照顾她！"他的声音不大，很淡然，不知为何，她却生生听出了几分无奈。然后，他又交代了殷大夫尸体的事情，之后，就让康叔亲自送她回来。

见任务已完成，兰竹对着影君傲一鞠，正欲告退，就蓦地看到婢女小红火急火燎赶了过来："庄主，庄主，不好了，甜海姑娘不见了。"影君傲一震，应该说，在场的所有人一震，包括影无尘，也包括兰竹。

"不见了是什么意思？"影君傲声音略沉，声线却有些微在抖。他刚刚出来练剑的时候，经过她的厢房，从窗外还看到她不是躺在榻上在休息吗？

"甜海姑娘留下一封信，走了。"

影君傲身形一晃："信呢？"

"在屋里的桌上，奴婢没拿过来……"小红的话还没有说完，眼前黑袍如墨动，等众人再看，影君傲已疾步走了老远，直直往蔚景的厢房而去。

第五章　御驾亲征

影君傲冲进厢房，第一反应就是看向床榻之上。粉色的帐幔轻垂，里面薄被被堆拱成一个高度，远远望去，就像是有个人躺在里面。果然是糊弄他的。上午的时候，跟他说，夜里没睡好，想去睡一觉，原来是这个目的。影君傲眸光一敛，转眸看向桌案。桌案上一封信笺静陈。他快步上前，大手拾起信笺，迫不及待地抖开。白色宣纸上，娟秀的字迹映入眼帘。

影君傲，当你看到这封信的时候，我已经离开啸影山庄了，我有很重要的事情要办。非常感谢在我人生最无助和绝望的时候，你陪伴在我的身边，让我重拾坚强的力量。人生的路还很长，我还有很多的事未了，我必须一一去完成。你的心，我懂，你的好，我都知道，也希望你能明白我的心，尊重我的选择，不要找我，不要干涉我。我答应你，我一定会好好的，如果需要帮助，我一定会第一个来找你，一定会！也请你答应我，好好的，好好养伤，好好生活，好好将啸影山庄发扬光大。青山不改，细水长流，后会有期！

甜海

影无尘和兰竹赶到的时候，影君傲一个人站在厢房的窗边，背脊挺得笔直，微微扬着头，一动不动，不知在想什么。影无尘在身后唤了好几声，影君傲才缓缓回过头。正值半下午，光影偏逆，影君傲的脸隐在暗影里，可那一刻，影无尘还是被他眼中的红色吓到。是血丝，还是哭了，他不知道。他只知道，上一次见他这个样子，还是几年前，老庄主去世的时候。

"君傲……"他想安慰两句，影君傲却已将头转了回去，沙哑低沉的声音传来："我该怎么办……"

龙吟宫，锦弦微张着手臂，任由赵贤帮他打理着身上的金盔铠甲。落地铜镜里，男人伟岸身姿映入，风姿伟岸、意气风发。赵贤都不由得惊叹："皇上，这身铠甲真真适合皇上。"

锦弦眼波微微一动，同样看向铜镜里面。身姿英挺，伟岸魁梧，面如冠玉，不怒自威。他仿佛又看到了曾经那个金戈铁马、浴血沙场的自己。原来，他穿得最好看的不是龙袍，而是战袍。战袍他穿了很多年，龙袍才穿了几个月，要不是今日重新穿起，他都差点忘了自己穿战袍的模样。

凤眸轻扬，透过铜镜的一角，他瞥向静静站在殿中不远处的女子。女子低垂着眉眼，面色沉静，不知在想什么。锦弦唇角一勾："赵贤，让你给皇后也准备一套铠甲准备好了吗？"

女子闻言，抬眸朝他看来，两人的目光在铜镜里相撞。他的眸色深深、似笑非笑，她的清冷漠然、秋水淡淡。

"回皇上，已经准备好了。"赵贤转身去外殿，取了一套同样金色的铠甲走了进来。

"没有专门女式的铠甲,重新做已是来不及,所以奴才就挑了一套男式铠甲中最小尺寸的过来,不知皇后娘娘能否合身?"赵贤一边说,一边双手将铠甲呈到女子的面前。女子没有接。锦弦笑着走过去,将铠甲接在手中:"皇后从未穿过这种东西,应该还不知道怎么穿吧?"

说着,大手打开铠甲,准备亲自给女子穿上。女子却是戒备地后退了一步,冷声道:"我说过,不许碰我!我自己穿!"

锦弦笑容微微一僵,女子已经伸手将他手中的铠甲接过,往身上套。一阵叮叮当当的清脆声响。锦弦定定看着她,一眨不眨,忽然,眸色一冷,转过身去,背对着她,沉沉的声音响起:"朕就直说了吧,不许朕碰你,朕可以答应,但是,朕要搞清楚,你是不是果真是朕的皇后?"

虽然能在他一个帝王面前,还如此刚烈的性子,这世上怕是只有蔚景一人,但是,小心驶得万年船,凡事多留个心眼总归是对的。

"你怀疑我不是蔚景?还是不是你的蔚卿?"女子冷冷一笑道。

锦弦脸色一白。这个女人还真是什么都敢说,一点情面都不给他留,赵贤还在呢,竟然直接提蔚卿。

"朕不是怀疑,朕只是确认!"他转过身,再次面对着她,沉声道。

"如何确认?"

"让朕看看你的脸。"

女子一怔,锦弦已缓步上前。这一次,女子没有后退,也没有回避,而是就站在那里,没有动。锦弦抬手,略带薄茧的指腹轻轻抚上女子脸颊的边缘。如丝一般的光滑触感入手。没有隐秘贴合的地方。说明没有贴人皮面具。

锦弦眸光微微一动。果然是蔚景。其实,凭她方才说那些话,他就已经肯定是她了,只是,一来,他想求个心里踏实,二来,已经很久没有跟她近距离接触了,这样地远看着,让他都恍惚觉得她的出现是那样的不真实,而她又说不能碰她,所以……

见他的手指一直在她的脸上来回滑动,女子再次后退了一步,看着他:"皇上确认好了吗?"

因为女子的动作,锦弦的手便停在空气里,顿了好一会儿才放下去。没有回答她,锦弦走到墙边,取了挂在上面的佩剑,系上腰上。这厢,女子也将铠甲穿好:"走吧!"

锦弦转身,却在看到女子的那一刻,脚步顿住。这是第一次,她穿这种铠甲,没想到那冰冷且没有一丝线条的铁片穿在她的身上是这样极致的一种美。特别是配上那如画的眉目,他只想到"天人"这样的形容。见女子戒备地瞪着他,他唇角一勾,走在前面。

锦弦跟女子刚走出龙吟宫,就看到正赶往龙吟宫的铃铛。

"臣妾给皇上送行,祝皇上大获全胜、凯旋而归。"铃铛一边说,一边对着锦弦盈盈一跪。

第五章 御驾亲征

"起来吧！"锦弦上前，对她虚虚一扶。铃铛含笑起身，这才发现站在帝王身后几步远的女子，因女子穿着铠甲，铃铛一时间还以为自己的眼睛看错了。直到看清楚眉目，铃铛才相信是真的，脸色微微一变。锦弦已拾阶而下，女子也只是淡瞥了她一眼，不远不近地跟随锦弦身后。铃铛便站在那里，久久失了神。

康叔风尘仆仆回到相府的时候，鹜颜正在整理行装。

"小姐也要外出？"见鹜颜一身轻便的男儿装，却不是夜逐寒的模样，也不是夜逐曦的模样，康叔甚是疑惑。鹜颜蹙眉，一边别着腰间的佩剑，一边说："我不放心凌澜，我得秘密跟着才行，府中诸事就交给你了。"

"发生了什么吗？"锦弦御驾亲征了，也不用上朝，他一人留在府中倒也能应付，只是，他就送兰竹出去了一趟，回来怎么就……凌澜只是随驾去战场不是吗，又不是单独执行什么行动。而且那个男人，一般情况下，只会比鹜颜更沉着冷静，也更足智多谋，那个唯一会让他不淡定的女人此时在啸影山庄不是吗？又有何不放心的？

"嗯，蔚景也随驾一起。"鹜颜一撩袍角，倾身，将软靴的靴带系紧。她说得轻描淡写，康叔却是听得一怔。蔚景？随驾？她……就是蔚景还是去找锦弦了是吗？看来，他跟兰竹终究是晚了一步。眉心一拢，他明白鹜颜的担心，上次在灵源山，那个女人在锦弦身边，凌澜就几度失控，何况是这次，而且还是上战场经历生死的事。

"既然这样，小姐应该让二爷留下的，小姐是女儿身，不便上战场，我去也是可以的。"

鹜颜低低一叹，直起腰身："我当时也不知道，还是刚刚出门打听了一下才听说这件事。"

早上的时候，那个男人跟她说，锦弦悬挂在城楼上殷大夫的尸体是假的，他怕蔚景上当，所以让康叔送兰竹回山庄，将这个消息带给蔚景，但是，他又恐蔚景已经出庄，跟兰竹她们错过，为了确保万无一失，他要去毁了那具假的尸体。只要尸体毁了，就算蔚景没有得到兰竹的消息，也不会贸然去找锦弦。起先，她不同意，怕又引起什么纠纷，但是，他执意，而且他说，他有分寸，他又不现身，只需远距离射出一箭，用强力火药，炸毁那具假尸即可。她想此法可行，便任由了他去。没过多久，他回来了，很平静地回来了。她问他，事情成了吗？他说成了，然后就默默收拾自己上战场的行装，不再多说一句。这些年，她是了解他的，其实，他的性子是很清冷的，一些不淡定也只是跟那个女人有关，平素，他就是一个很安静的人，所以，他沉默，她也没觉得什么。

直到临出府前，她在府门口送他。他原本都已经下了台阶，准备上马的，却又忽然折了回来，跟她说了一句话："此役回来，必须反了。"

她还记得他当时说这句话的神情，面色依旧很沉静，可眸子里那抹坚毅笃定，她却看得清清楚楚，还有狠，那种眸光里的狠，和于无形之中倾散出来的那种戾气。她都看得一颤，还未来得及多问，他就转身走了。所以，她才怀疑出了什么事。她去宫门口一打听，才知道，果然。蔚景出现了，且已跟锦弦进宫，听说，锦弦此次御驾亲征，也要带上她。这还了得。她不放心，她必须秘密跟着才行。

因为禁卫军军营是离皇宫最近的军营，所以，帝王有令，出征前，十万兵士都在此集合。凌澜到达的时候，军营前面的兵士都已基本到齐，乌泱乌泱一片，整齐罗列，个个铠甲披身、装备精良。就等御驾亲临。

大概未时，明黄仪仗才姗姗而来。两辆马车，皆是奢华精致，明黄帘幔轻垂，高头大马四匹。一直行至众将士的面前，两辆马车才停住。前面的那辆马车帘幔被人自里面掀开，一身金色铠甲的锦弦从里面走出。众人齐呼万岁，声势震天、地动山摇。阳光下，锦弦微微眯了眯子，凌厉眸光一扫全场兵士，扬手。众声止。

"云漠扰我边境，欺我国人，今日，朕御驾亲征，攻打贼人！希望众将士齐心协力，助朕杀敌。朕深信，我中渊大军，必能势如破竹、大获全胜、扬我国威！今日话不多说，只待他日凯旋之时，朕再好好犒劳各位将士！"

全场再呼万岁。锦弦微抿了唇，环顾全场，在看到队伍前面的凌澜时，眸光一顿，笑道："没想到右相不仅穿朝服一表人才，穿上一身铠甲，也是英气逼人啊！"

的确，用英气逼人四字一点都不为过。今日的他着的是一身银色铠甲，银色头盔，阳光下，刀削般的轮廓、俊美的五官，冷漠俊雅的样子就像是天神。只是，他的目光似乎落在第二辆马车上，不知在想什么，连帝王跟他说话，他都好一会儿才反应过来，见锦弦已面露疑惑，他连忙翻身下马，躬身应道："皇上过奖了，微臣一介文臣，还是第一次见这样的场面，不免有些失措，请皇上见谅！"

锦弦这才面色稍霁，朗声一笑："没事，右相虽然是一介文臣，却也文武双全不是，既身怀功夫，就应上战场一展身手，英雄才有用武之地。"

凌澜颔首："皇上所言极是，微臣定会竭尽所能，为国效力！"

锦弦又是一笑，笑得有些似是而非，朝他扬了扬手，示意他免礼，而自己已转身，打开马车帘幔，入了进去。禁卫统领叶炫骑着高头大马紧随帝王马车边上。

战鼓擂，号角响起。大军开拔，脚步声震天。十万大军就在这样一个下午，浩浩荡荡出了京城。走在最前面的是一小支精锐兵士，充当开路先锋，接下来就是明黄马车，帝王的马车在前，皇后的马车在后。

关于此次出征，帝王竟带上一个女人，众说纷纭。有人说，帝王怕皇后又像上次一样，逃跑了，所以，要禁锢在自己身边。也有人说，是因为帝王跟皇后久别重逢，舍不得放在宫里，所以，带在身侧。还有人说，这个帝王擅于阴谋手段，谁知道，带个女人身边有什么不可告人的目的。众说归众说，可人家毕竟是皇后，帝王要带，谁还敢说一个不字。

凌澜跟叶炫两人分别骑马行在帝王马车的左右两侧，一来随时护驾，二来，随时

第五章　御驾亲征

候命。凌澜不时看向身后，长长的队伍绵延几里路。偶尔有风滑过，吹开马车帘幔的一角，就可以看到马车里端坐的女子，女子始终低垂着眉眼，也不知是在小寐，还是在想心事。

　　因为出发的时候，已经是未时，所以，没有行多少个时辰，天色就暗了下来。正好大军也行至一山脚下，锦弦下令全军停下，就地扎营，等天亮再进山。也就是这时，众人才见到跟随帝王一起来的那个女人，那个经历几生几死，依旧活得好好的女人，当今的皇后娘娘，蔚景。只见她一身跟帝王同色的金黄铠甲，头顶同色金盔，肤如凝脂、明眸皓齿，只手打着帘幔，缓缓从马车里走出，帝王伸手去扶，她不动声色避过，自己跳了下来，带起一阵铠甲鳞片碰撞的叮当之声。

　　凌澜眸光微敛，凤眸凝落在女子身上。女子却并未看他，徐徐抬起眼梢，掠了一眼左右，在触及到他的时候，目光一顿也未顿，甚至连眼波都没动一下。凌澜眸色一痛，别过眼。蔚景，你果真决绝至此吗？才短短数日，竟变得连对一个陌生人都不如。

　　女子直接随内侍太监去了士兵为其搭建好的营帐，而帝王则是脸色很不好看地去了旁边一个营帐。

　　帝后二人分帐而睡？众人有点蒙了，凌澜亦是怔了怔。说不出来心里的感觉，很纠结，也很复杂，又疼痛又欣慰。痛她的漠视，痛她的决绝，也心疼她在锦弦面前的刚烈，而欣慰的是，又幸亏她的刚烈，锦弦也不得强迫于她。两人分帐而居，方才下车时，锦弦想扶她，她的抵触和回避，他也尽收眼底。

　　所有的营帐搭好，大军安顿下来之后，天就彻底的黑了。篝火相继燃了起来，再加上夏夜月色明亮，星光灿烂，整个营地亮如白昼。火头军开始忙着给将士们烧晚膳，空气中飘荡着饭菜的香味，将士们或三五成群，或两两相坐，围着篝火聊着天。

　　凌澜从营帐出来，下意识地看了看不远处的两个营帐。一个是帝王的，一个是皇后的。两个营帐都亮着烛火，依稀可见投在帐布上的人影朦胧。似乎一个营帐内，是在看书或批阅奏折，另一个营帐内，女子在对镜梳妆。微微抿了唇，他将目光收回，缓缓拾步走在幽幽夜色中。

　　远处山黑林密，头顶星空斑驳，天地广袤，一个一个亮着烛火的营帐，就像是一盏盏天灯，密密麻麻、遍地都是，随处可见篝火熊熊，人影绰绰。夜是那样美好！为何他却只觉得心中戚戚？沿途遇见认识他的士兵，都给他打招呼，他淡淡回应。走着走着，竟是走出了营地，见边上有条山涧小溪，他便准备走过去。

　　因心不在焉想着心事，蓦地从拐角处冒出一人，他都没有察觉，等意识过来的时候，那人已经直直撞在他的身上，想来是那人跑得太急，这一撞，便产生了巨大的惯性，而他是有功夫之人，这一撞并不算什么，对方显然身子弱小，就被撞得踉跄直直后退了老远，愣是没稳住，重重跌倒在地上。因出了营地，没了篝火，只有头顶的月色和星光，光线不是很强，却也可清晰辨物，只见对方也是一身兵士装扮。

"此时不好好待在营中,私自跑到这里来作甚?"凌澜蹙眉,抬步走过去,准备将其扶起。对方见状,似是很慌张,连忙伏地行礼:"对不起,对不起,我是火头军,出来是为了寻寻看附近有没有水源,因走得太急,没看路,才撞上相爷,并未有意冒犯,请相爷见谅!"

士兵一边说,一边几乎将头埋到了地里,凌澜看不到他的脸,从身形来看,人不高,稍显瘦弱。

"将头抬起来!"见他如此,凌澜也未扶他,只是站在他的边上垂目看着他。他又不是锦弦,又不是什么食人的猛兽,至于吓成这个样子吗?对方迟迟未动。

好吧,世界很大,世界也很小。此时此刻,蔚景才深刻地体会到了这句话的意思。为何世间道路千万条,每一次都能与这个冤家狭路相逢,那次跟影君傲离开源汐村时是,这次,也是。她不过是想偷偷逃跑,竟然也能撞上这个男人。

今日早上,她去找影君傲的时候,在门外听到了影无尘跟影君傲的对话,影无尘说,锦弦将殷大夫的尸体悬吊起来暴晒,目的是想引出她。她已经害死了那个老人,又岂能让他连死后都不得安宁?为了保护她,也为了她不受外界干扰,影君傲封锁了一切外面的消息,可是,她听到了就是听到了,她无法做到坐视不管。所以,她离开了啸影山庄,因为知道山庄的人随时都会将她的行踪报告给影君傲,影君傲绝对不会放她走,所以,她做了一些手脚。她跟影君傲说,自己夜里没睡,想睡一会儿,让他不要打扰她,然后,还易容成一个正生病休息的婢女的样子,才得以顺利出庄。她怕他找她,她也怕自己连累到他,连累到啸影山庄,所以,她给他留了一封信,让他不要找,不要干涉,尊重她的选择。

来到京师后,果然见殷大夫的尸体悬吊在城楼之上,虽心中疼痛,她却也没有贸然前去。她了解锦弦,工于心计、诡计多端,她不得不防。既然能将蔚卿弄成假的她,为何就不会弄个假的尸体?她必须先确认那人是不是殷大夫。正好见守城楼的兵士交接岗,有些混乱,她便乔装成了兵士前去。谁知,最后殷大夫的尸体被面前的这个男人给残忍地炸了,他们这些兵士还被临时紧急集结,一起出征。

中途,她也试着开溜过几次,都未逃成。所幸,此次十万大军中,有不少人是新征入伍的,新面孔很多,所以,她混在其中,也没有人识出来。队伍在编排的时候,一个副将见她生得娇小,就问她会不会烧饭,她说会,对方就让她去了火头军。

其实,她也不算娇小,只是矮了一些。在啸影山庄的时候,为了装得跟那个婢女一样,她身上用了材料让自己变胖了不少,只是考虑到要赶路,也没有凑手的假肢,所以,身材是胖了,身高却还是自己的。如今,这个男人让她抬起头,虽说她戴了面具,可是,他对她太熟悉了,而且这顶面具做得太急,材料也不凑手,做得很粗糙,难保他不会识出。

许是见她半天未抬,凌澜又再次开了口:"怎么?不敢抬头,可是做了见不得人的事?做贼心虚?"略沉的声音中明显透着一丝不耐和不悦。

第五章 御驾亲征

蔚景攥了攥手心，恨得牙痒痒。什么叫做贼心虚？不能自乱阵脚！他不一定认得出来，别说她身材胖了许多，还戴了面具，曾经她啥也没有，就站在他面前，他不是也没发现她的眼睛复明了吗？闭了闭眼，暗自平息了一下心绪，她缓缓抬起头。心跳踉跄中，她朝他看去，本以为会撞上他的目光，谁知道，他竟没有在看她。而是，看向别处。且眸色深深，一眨不眨。蔚景一怔，循着他的视线扭头望去。幽幽夜色下，一抹女子的身影缓缓迎风而行。是她！蔚景瞳孔一缩。就是今日突然出现在城楼之上，与锦弦见面的那个"自己"。

此时的她已经褪了一身铠甲，着一套藕色云锦裙，就跟下午在城楼时一样，长发也是没有扎起来，瀑布一般倾泻在腰际。黑发长衣，夜风滑过，衣发拂动，那一刻，蔚景竟然有一种照镜子的感觉。是谁？此人是谁？竟然装她装得如此相像？而且，那个时候出现在城楼上，应该是想出手救殷大夫的。到底是谁呢？是敌是友呢？是帮她之人吗？她不知道。她只知道，女子似乎满怀心事，一直低着头慢慢朝他们这边走着，像是散步。也好，这个几乎可以乱真的赝品出现，她也正好趁机脱身。

凌澜站着，她跪着，许是因为两人都未动，没有弄出一丝声响，而女子又沉浸心事，所以，一直到走至他们面前，女子堪堪一个抬眸，才蓦地发现他们。只微微愣了一瞬，女子就面色如常，很平静地看了一眼凌澜，又掠了一眼她，略一颔首："相爷。"很大方，也很官方的打招呼。

凌澜一直没有吭声，也一直看着女子。按道理他应该跟女子行礼才对，对方是皇后不是吗？女子似乎也没有想到他是这种反应，怔了怔，却并未打算理会，也未多做逗留，继续抬步往前走。蔚景轻凝了眸光，就着星光和月色，细细端详面前的男人。只见男人紧紧抿着薄唇，下颌有些紧绷，眸子里依稀染上了几许血色，目光一直追随着女子而去。眉心微微一蹙，蔚景将目光下移，虽然铠甲的袖子遮住了他半个手背，却还是可以看到他紧紧攥起的拳头。他在隐忍。极力隐忍。这是她得出的一个认知。果然，似是终究再也忍受不住，男人忽然举步朝女子那边而去："蔚……"

蔚景一急，大喊一声："相爷！"将他未喊出口的名字生生打断。凌澜一震，顿住脚步，回头，朝她看过来，皱眉道："怎么了？"

蔚景这才惊觉过来自己反应有些大。方才那一瞬间，几乎就是本能的反应，见他要喊那个女子蔚景，她心中大骇，想都没想，那声相爷就这样脱口而出。她不知道那个女人是敌是友，她只知道，她的第六感告诉她，那个女人应该并不知道她跟右相夜逐寒的关系，换句话说，应该还不知道，他是凌澜。否则，方才那个女人不该是那种反应，就算再装，也不应该是那种反应，反正说不上来，她就是这样隐隐觉得的。如果该凌澜这样贸然一喊，岂不是自暴目标？

见她喊了他又不说话，凌澜面露不悦："到底何事？"蔚景在心里鄙视了自己一番，不是说，从此桥归桥、路归路，他们的一切再与她没有半分关系吗？怎么又脑子充血了？

他如此能干，他上天入地，他有那么多的帮手，他手段狠戾，他有什么危急是化解不了的？何须她在这里瞎操心！

一颗心逐渐平静，她对着凌澜躬了一下身："若相爷没有其他吩咐，小的就回营去了。"凌澜朝她扬了扬手。她转身，凌澜也转身，两人朝相反的方向走去。她朝营地，他朝着女人。分道扬镳。

蔚景走得极快，说不出来心里的感觉，她也不知道，自己是怕走慢了会反悔，还是不想听到接下来那个男人的一切。走着走着，蓦地就听到一道熟悉的男声响起："原来右相也在这里。"是锦弦。

蔚景抬起头，一抹明黄入眼，锦弦缓步而来。她一震，连忙退到路边，躬了身子。所幸，他的目光跟凌澜的一样，根本没有在她身上停留。一阵微末的衣风拂过，他径直经过她的身边，朝凌澜和那个女人而去。蔚景弯了弯唇，徐徐抬起眼梢，睨了过去。女人站在小溪边，凌澜离她还有一些距离。凌澜面色沉静，朝锦弦躬身行礼："皇上。"

锦弦"嗯"了一声，就径直走向女人："夜里凉，做什么穿那么少就走出来？"女人回头看了他一眼，似是弯了弯唇："的确有些凉，臣妾先回营帐了。"末了，也不顾锦弦微微泛白的脸色，朝其略略一鞠，就返身往蔚景的这个方向走。

蔚景一怔，连忙走在前面快步离开。她不知道，剩下的两个男人后来说了什么，锦弦有没有怀疑什么，毕竟凌澜睁着眼睛说瞎话，撒谎那是信手拈来，而且，锦弦出现的时候，他还没来得及走到那个假蔚景身边去，再则，当时，不是还有一个她也在现场吗？虽然当她是透明的，但是，至少是三个人在，不是孤男寡女。

第五章 御驾亲征

099

第六章　树叶白水

　　因为是临时驻营，所以，烧菜做饭用的灶膛是临时用石头搭建的简易型的那种，十万大军的伙食也不是小事，光灶膛就搭了一两百个，全部燃起来，远远望去，一片热火朝天、气势恢弘的场面。

　　掌勺的都是大厨，其余的人只负责打帮手，她就是打帮手中的一员，就是挑挑菜、洗洗米、切切菜之类，等饭菜好了，还负责派送。整个火头军上上下下，将近千人。所以，她一人失踪一会儿半会儿的，根本没有人发现。只是，想逃就不可能了。四周一直有士兵巡逻，难得被她发现一处不见士兵的，却又撞上那个男人。不过，她现在忽然不想逃了。她要搞清楚那个假扮她的女人是谁。

　　"小石头，赶快将这些大蒜皮剥了。"她刚一回火头军的营地，一个管事的就端了一盆大蒜塞给她。说到小石头这个名字，是她临时取的，也是在大军出发前编制的时候，副将问她叫什么，她一时也没想，看见脚边上正好有颗小石头，便用上了。反正一个代号而已，也用不了多久。

　　只是，眼前的这些大蒜怎么办？堆积如山。完全靠手剥啊。她就不明白了，大蒜比一般的蔬菜要贵上几倍，如今大战在即，十万大军一动，每日的军费都不是小数目，不是更应该节省开支吗？毕竟大蒜也不是一般的饭菜，不是必需品，只是佐料，可放可不放，不是吗？

　　"怎么要那么多的大蒜？"在那个管事的再一次经过她身边时，她忍不住问出了心中疑惑，因为她看到不是她一个人在剥，是很多人在剥。

　　"听说，前面有个镇子发生了瘟疫，那是我们大军的必经之地，军医建议提前预防，说大蒜有消毒之功效，让我们每道菜都必须放，汤里还必须放艾叶。"

　　瘟疫？蔚景眉心微微一蹙。忽然，她又想起，似乎好像有个人天生不吃大蒜的，那这每道菜里都放，而且剂量很大地放，那岂不是要他绝食？不知为何，思及此，她竟觉得心情莫名愉悦起来。

　　因为临时扎营，临时搭灶，所以，晚膳弄好，已是花了一些时间。接下来就没大厨们什么事了，他们这些打帮手的就要去送饭菜了。士兵们的饭菜都是用那种木桶推车装的分发，副将以上就是单独用食盒送。管事的见她长得娇小，根本不是推车的料，所以，就让她送食盒。

她心里祈祷着，可千万别让她送凌澜的。一一盼咐下来，还好，右相被安排了另一个人送，她，送天子的。锦弦的。汗。不过，还好，送锦弦的比送凌澜的强，反正他身边有个"她"呢，根本看都不看她这个小兵一眼。可是，冤家路窄就是冤家路窄，当她提着食盒走进锦弦营帐的时候，凌澜在，叶炫也在。三人正围着一张地图，应该是在商量着行军之事。看样子，如她所想，夜里，她跟那个假蔚景离开之后，他们两个男人并没有生嫌隙。

她躬身走进去，三个男人都没有看她，直到她将食盒放在边上的矮案上，恭敬道了句："皇上，晚膳送来了。"三人才停了下来，纷纷朝她看过来。她将头勾得更低。有脚步声响起，似是朝她而来，她微微攥了手心。当金线龙头靴以及一截明黄袍角入眼，她知道，是锦弦。他在她还有两三步远的地方站定，沉沉的声音兜头压下来："有没有按照军医吩咐，放大蒜和艾叶？"

蔚景怔了怔，连忙应道："回皇上，每道菜都放了。"

"嗯，那就好，去吧！"一阵袖风拂面，锦弦朝她扬了扬手。蔚景再次对其鞠了一躬，转身退出之时，看到叶炫不知想起什么，低低一笑，她一怔，还以为是因为她，锦弦也发现了，问道："叶炫为何发笑？"叶炫似乎这才想起自己的失仪，连忙鞠身道："说到蒜，属下想起一人。"

不知出于什么心理，听到这一句，蔚景没来由地脚步一顿，偷偷抬眼朝三人看去。凌澜似乎眸光微微一动，锦弦挑眉："哦，想起何人？"

叶炫稍稍犹豫了片刻，道："凌澜。记得他被关在皇宫大牢那几日，牢饭只要是宫里吃剩下比较好的，他都不吃，反而那种粗面馍馍，他倒吃了，当时，属下就很奇怪，后来才知道，他是因为不吃大蒜。"

因为已经告退了，也不好站在那里偷听，蔚景走出营帐之前，回头看了一眼，就看到凌澜微微抿起了薄唇。好吧，出门以后，她不厚道地笑了。被叶炫这样一说，他就更难办了吧？原本还可以不吃，大不了绝食几日。可如今锦弦知道他不吃蒜，他为了不被人怀疑，总不能顿顿将膳食原封不动退回吧？这吃又吃不下，不吃又怕引起怀疑。看他怎么办。

半个时辰之后，他们要去各个营帐将食盒收回。因为收跟送不一样，送怕洒泼，所以一人一盒送，而收，就是一人收几盒，营帐挨得近的，就一人负责了。于是乎，锦弦的是她收，那个假蔚景的是她收，凌澜的也是她收，还有叶炫的。她最后来到凌澜营帐的，其他三人的除了那个假蔚景的，吃了一半，锦弦跟叶炫都吃得七七八八。

她进去的时候，凌澜正坐在灯下看书，食盒放在边上，她恭敬地道了声："叨扰相爷了，我是来取食盒的。"

第六章　树叶白水

男人眼睛都没抬，似是正看得兴起处，一边眼睛一直不离书，一边抬手摸索着去拿边上的食盒。骤然"哐当"一声，食盒掉在了地上，里面的饭菜都洒泼了出来，他这才连忙放下手中书卷，一副不小心打翻的样子，蹙眉道："哎，可惜了这些饭菜。"

蔚景抬眸看过去。那些饭菜还真的一动都未动呢。这个男人。打翻就打翻，又担心别人怀疑，还故意要当着她的面打翻，好有个证人，是吗？蔚景忍着想冷笑的冲动，躬身上前收拾："没关系，应该还有多余的饭菜，小的再去给相爷准备一份便是。"

"不用了，退下吧！"凌澜朝她扬了扬手，看也不看她，继续专注到手里的书中，似乎一刻也停不下来。蔚景勾了勾唇："是！"知道他的根本目的就是如此，她也不想跟他多费口舌，收拾完了饭菜残骸，她就行了个礼，退了出去。饿一顿无所谓，难道你顿顿不吃不成？

翌日早上的早膳也是她送过去，当时，她正在想心事，所以也忘了要在帐外先报告，得到允许才能进帐，她直接走了进去。凌澜正在穿外袍，似是没有想到会有人突然进入，他有些慌乱，动作飞快，瞬间将袍子穿好，也瞬间脸色如常。但是，她还是看到了他的伤，胸口处似乎打了几个绷带，绷带上还有血迹，虽一晃而过，可她还是看得真切。她记得那日，她用匕首刺过他的胸口，却并不深，这么多日过去，应该已经痊愈，而方才她看到的那个样子，应该是受过很严重的伤才会那样。后来，他又经历了什么吗？微微疑惑，她却也没有多想，因为，已跟她无关。

"怎么不报告就进来了？"男人声音森冷，眸子里寒气倾散。蔚景一惊，连忙"啊"了一声，做出一副刚刚反应过来的模样："对不起，小的思想开小差去了，糊里糊涂就走了进来，根本没意识到自己做了什么，并非有意冒犯，请相爷见谅！"她只想告诉男人，她在开小差，一直在开小差，不仅误入，也没注意到他方才有什么，他想要掩饰的东西，她都没有看到。

男人脸色依旧沉冷如冰，凤眸眼梢徐徐一掠，扫了一眼她手中食盒："本相牙痛，不想吃东西，你拎下去吧。"

牙痛？还能更会找理由一些吗？是因为早膳的腌菜也是用大蒜炒的吧，而且，小米粥里也放了艾草和蒜粒吧。蔚景唇角几不可察地冷冷一弯，旋即又恢复如常，下意识地看向他的脸，在看到他一边的脸颊真的有些肿起之时，微微一怔。这个男人真是无所不用其极。果然，够狠。对别人狠，对自己也狠。她不知道，一夜之间，他怎么就牙痛肿起来了，她只知道，他会医，他要对自己用点药，让自己哪里肿一肿，轻而易举。

"相爷，小米粥很稀，很软和，直接喝便可以，不需要用牙，所谓人是铁饭是钢，相爷昨夜也没有吃东西，所以，多少还是强迫自己吃一点吧！"不知自己抱着怎样的心思，她听到自己如此不怕死地建议道。

果然是不怕死，因为男人怒了。冷厉眸光如刀，朝她扫来，眸底寒气聚集。她一怔，垂下头。不吃就不吃。饿又不是饿她。等会儿还要长途跋涉，苦的是他自己。趁男人还没有发作之前，她拎着食盒快速退出。

　　大军继续开拔，朝云漠的方向而去。一路走过的都是她曾经远嫁时的经过之地。一景一物，物是人非。

　　午膳，那个男人没用，晚膳，依旧没用。因为他的牙齿痛。看样子右脸似乎是肿得更高了些。第二天早膳继续没用，午膳没用，晚膳，还没用。虽然有时是蔚景送，有时不是，但是，原封不动端回，她是都知道的。她还知道，虽然夜逐寒懂医，说自己牙痛是因为肝火太旺、又有些水土不服所致，锦弦还是另外派了军医过来慰问诊治。答案是一样的，也开了一些药。可是一直不吃也不是办法。锦弦说，可以喝稀粥啊。

　　再一日的早餐是蔚景送过去的。男人依旧看也没看她，就准备开口，这一次她却没有给他机会，先他之前，直接将食盒放到了他的面前。而且食盒还没有盖盖子。里面的小菜和米粥还在袅袅冒着热气。男人正在看书，她这样贸然一放，食盒直接将他的书压住了，也直接挡了他的视线。他眸色一寒，抬眼朝她看过来，她却连给他看的机会都没给，转身就出了营帐。

　　凌澜怔了怔，本欲发火，发现对方竟然无视他，转身就不见了人影。垂眸看向面前的食盒，竟然还直接压在他的书上。还懂不懂规矩？心中怒气更甚，眸光一敛，扬手正欲将食盒挥掉，却在目光再次触及到食盒中的饭菜时，手臂一顿，停在半空中。

　　刚才只是粗粗掠了一眼，见热气腾腾、绿绿葱葱、汤汤水水，还以为是小菜和米粥。什么小菜和米粥？食盒里一个瓷碟，一个瓷碗，一副竹筷。瓷碟里郁郁葱葱，赫然是……手伸进食盒，拾起一片葱绿，赫然是树叶。而瓷碗里热气缭绕、波光粼粼，赫然是一碗白开水。

　　哈……

　　凌澜震惊，不可思议地看着那一碟树叶、一碗白水，好半天反应不过来。这就是他的早膳？竟胆敢如此戏弄于他！薄唇紧紧抿成一条冰冷的直线，他眸色一寒，"噌"地从案边站起，身形一掠，疾步出了营帐。

　　火头军的营地里，几人正在收拾着早膳后的物什，一边收拾，一边聊着天。

　　"早知道有瘟疫，就应该多带些艾草了，现在还要我们临时去采，唉……"

　　"听说，皇上已经传令让太医院再送艾草过来，只是，一个太医院，艾草也有限啊，我们可是十万大军，顿顿汤水里要放，哪里有那么多艾草？"

　　"可不是，除非将京城所有药铺的艾草都收了。"

　　"说到京城药铺，那可大部分都是啸影山庄的，你听说了吗？现在好像由一个姓甜的姑娘接手了，前几日那姑娘还在开铺免费赠药呢。"

　　"听说了，听说大军开拔那日还在赠呢，我们火头军的小石头就是排队去领药，结果差点误了大军出发的时辰。"

　　"早知道我们就应该每人都去排队，然后专门领艾草。"

第六章　树叶白水

"哈哈,每人?兄弟,我们可是十万大军啊!十万个人排队领艾草,亏你想得出来,你这是要吓死京师百姓,还是要吓死那位甜姑娘?"

"甜姑娘才不会被吓死呢,啸影山庄里出来的人,而且能接管那么多药铺的,肯定是见过大场面的人,听小石头说,人可好了,虽然以轻纱掩面,只露眉眼,可听说啊,也是个大美人。"

"哟哟,小石头见了都没做美梦,你都没见到人,就在这里七想八想,做起白日梦来了。"

"人总归要找点想头,这日子才有希望,特别是我们这种上战场的,能不能回来还不一定,为何就不能做做白日梦呢?"

"唉,说的也是,我们都是没有明天的人啊。"

"最讨厌战争了,打来打去,到头来,遭殃的还不是我们这些穷苦百姓。"

"听说啊,此次云漠发起战争,其实也并不是要欺压我中渊,而是气愤我中渊的行径,你们知不知道,皇上之所以能登基,就是因为借云漠……"

意识到话题敏感,几人压低了声音,七嘴八舌,却没注意到身后一道颀长身影已伫立很久。直到其中一个兵士堪堪一个回头,才猛地发现站在那里面色冷峻、微微失神的男人。兵士大骇,连忙碰了碰边上的人,众人停了议论,回头,见到男人,也皆是脸色一变,吓得不轻,慌乱行礼:"相爷。"

男人举步上前,一直走到几人面前站定。几人见状,更是吓得不行,纷纷勾着脑袋,直觉头顶的冷空气沉沉压下来。妄议战争本就是禁止的,他们刚刚还妄议当今圣上,而且妄议的内容还是最最隐晦的、最最不能议论的东西。如果被圣上知晓……

就在几人一颗心七上八下之际,男人骤然沉声开口:"你们刚才说什么姓甜的姑娘?"几人一震,原以为他会兴师问罪,却没想到他问的竟是这个,互相看了看,其中一人回道:"回相爷,我们说啸影山庄药铺的甜姑娘前几日在免费施药给百姓……"话还未说完,就被凌澜沉声打断:"大军出发那日,甜姑娘还在施药吗?"

"是啊,小石头还去跟甜姑娘领药了呢,回来的时候,我们大军已经在集合了,小石头差点没赶上。"凌澜眼波一动,迫不及待道:"哪个是小石头?"

见男人根本提也未提他们担心的东西,几人微微松了一口气,闻见男人问小石头,便都纷纷抬头,东张西望看去:"刚才还在,怎么一会儿人就不见了?"

"可能去哪个营帐收食盒去了。"

就在几个兵士言语之际,一抹人影在营帐门口一晃,看样子是本打算进来的,可看到营帐内的情景,转身就逃。已有眼尖者发现:"小石头,小石头……"

凌澜眸光一敛,回首望去,只见那急速撤离的身影就像没听到叫喊,依旧脚步不停。唇角冷冷一勾,凌澜袍袖骤扬,因为刚刚清晨,铠甲未穿,此时的他穿着一身玄黑绲边长袍,众人只见眼前黑影一晃,再看之时,就看到,营帐门口的那道身影被卷着急速飞了进来，然后重重跌在地上。好霸道的武功。几人目瞪口呆。蔚景却痛得只想骂人。感觉腰都快被撞断了，所幸为了让自己变胖，身上可是有不少材料，还稍稍缓冲了一下，不然，这样被卷进来，砸在地上，不吐血才怪！

"你就是小石头？"男人微冷的声音自头顶沉沉落下来。蔚景没有理他，尝试着从地上爬起来，可，实在是太痛了，她试了两下未果，就干脆作罢。坐在地上也好。坐在地上有好几个好处。第一，不用显示自己的身高，因为她只是易胖了而已。第二，不用跟他面对面，他看不到她的脸。第三，可以示弱。

"知不知道戏弄本相的下场？"男人负手而立，站在她的边上，俯瞰着她。她低着头，委屈道："相爷此话怎讲？小的一个小小火头军，就算给小的十个胆子，小的也不敢……"

"那那些饭菜是什么意思？"蔚景的话还未说完，就被男人沉声打断。末了，也不等她回答，就冷冷一笑道，"莫非你是奉旨办事？皇上让你如此？让本相早膳，吃着树叶，喝着白水？"男人语带笑意，声音却寒凉。

众人一怔，树叶，白水？这是什么跟什么？完全一头雾水。蔚景依旧微低着脑袋，心里其实是想笑的，可是身上痛得却只想破口大骂："当然不是！"

男人没有出声，似是等着她继续。她微微攥了攥手心道："小的是见每次送到相爷营帐的食盒都原封未动地退了回来，结果都是倒掉，太浪费了，如今大战在即，节约很重要，反正相爷每次都不吃，小的就干脆摘点树叶，配点白水送过去，如此这般，退回来倒掉也不可惜。小的并非有意戏弄相爷，小的不敢啊，小的真是一片苦心，请相爷体谅！"蔚景一口气将早已想好的说辞说完，不用抬头，她也知道男人此时脸色的难看。

本来就是，既然他傲娇到宁愿让自己的牙痛，也要绝食。她就干脆让他绝到底。

男人忽然低低笑了起来："苦心？好一个煞费苦心！"一字一顿，带着一丝咬牙切齿的味道。蔚景心里一惊，这话……莫不是发现了什么？不能自乱阵脚，便继续低垂着眉眼坐在那里，眼观鼻鼻观心。

许久的沉默之后，忽然听到男人道："都下去吧！"她一怔，以为这个"都"字包含她，抬眸朝他望去，却见他是对着其余几人说的，末了，又转眸朝她看过来，四目相接，她心口一颤，连忙垂下眼，就听到男人的声音自头顶落下来："本相有问题想单独问问小石头！"

几人行礼鱼贯而出。偌大的营帐内只剩下他们两人。一时间静谧非常。蔚景心跳徐徐加快了起来，莫不是真发现了什么？

"听说，你见过啸影山庄的甜姑娘？"许久的沉默之后，男人总算开了口。蔚景怔了怔，只一瞬，就在他看不到的方向，几不可察地弯了弯唇角。这才是重点。

"是，小的见过！"

"几时？"

"就是大军出发那日！"

"什么时辰？"男人紧紧逼问。

"时辰？"蔚景皱眉想了想，"小的也不知道那时是什么时辰，反正小的领了药一刻也未耽搁地回营，大军都已经准备开拔了。"蔚景一边说，一边抬眼偷偷睨了男人一记，只见他眸光一敛，似是若有所思。

"你可是见到她本人？"男人又问，她连忙低头。

"是！甜姑娘亲自赠药！"蔚景还很花痴地笑了笑。男人声音一冷："可见其真容？"

"没有，"蔚景摇头，声音难掩失落，"甜姑娘一直戴着面纱，不过眉眼跟额头，小的倒是看得真切，很美的，有点像，有点像……"后面的话蔚景没有说完。

"有点像什么？"

蔚景警惕地朝营帐门口望了望，压低了声音道："有点像当今的皇后娘娘。"她清晰地看到男人脸色一变。许久，男人都不再说话，面色冷峻，微抿着唇，不知在想什么。忽然，映入眼底的黑色袍角一晃，蔚景抬头，就只见男人已经转身，脚步翩跹朝营帐门口走去。蔚景忽然想起什么，对着他的背影道："既然树叶跟白水，相爷不喜欢，那小的再重新给相爷准备一份早膳，反正，底粥还有剩的，只是没有放蒜，要不，相爷稍稍等一下，小的放点蒜煮一煮就好了。"

蔚景一边说，一边从地上爬起，将木架上的一个大瓷碗端下来。快走到门口的男人脚步一顿，回头。蔚景端着大瓷碗，又走到旁边放蔬菜的架子上，准备拿蒜。手上却是蓦地一空，装着米粥的瓷碗已被人接过。

"何须如此麻烦？一顿未放蒜而已，无碍。"男人说完，也不等蔚景做出反应，就端着瓷碗，翩然转身，再次往营帐门口走。蔚景怔了怔，略一计较，又对着他的背影道："相爷为何突然问甜姑娘？莫不是也跟小的一样，对甜姑娘……"

男人脚步一滞，蔚景连忙噤声，旋即又讪讪一笑道："甜姑娘的确是个让男人向往的好姑娘，小的都想好了，如果这次出征可以大难不死，小的就再去找她，小的要……"她的话还未说完，就听到男人低低一笑，回头："就凭你？"

蔚景差点被自己的口水呛到，正欲驳他一句，男人却根本未做停留，就只丢了这么一句话，抬步出了营帐。直到男人的脚步声越走越远，越走越远，完全消失不见，蔚景才朝身后放菜的木架上一靠，长长呼出一口气。垂眸看向自己的手心，竟是一手心的汗。相信他如此心思缜密之人，听到这些信息以后，应该知道如今的皇后是假。就算不确定，也应该会有所怀疑。

为了将这个信息传递给他，又不能让他怀疑到自己头上，她挖空心思才想到这招。用树叶和白水惹怒他，将他引过来，让他无意间听到那几个人的谈话，当然，那些谣言是她事先都散布好的，无非就是想告诉他，此时此刻，真正的蔚景还在啸影山庄呢。她容易吗？他竟然还下手那么重！皱眉，试着活动了一下自己的腰，刚一动，就痛得她龇牙咧嘴起来。

早膳结束以后，队伍继续朝云漠进军。因蔚景是在众目睽睽之下受的伤，一个原本押运蔬菜的兄弟见她伤得不轻，就跟她换了，这样，她就不需要走路，可以跟蔬菜一起坐马车。大军在一个荒芜的小镇停了下来。听说，过了这个镇，再走几十里路就是发生瘟疫的那个镇子了，因不明前面情况怎么样，所以，大军暂时停下休整。

正好是午膳时分。蔚景护着腰，提着食盒缓缓走在各个搭好的营帐之间，这次，她被分到给皇后送食盒。那个女人，她每次想给她送，又讨厌给她送。想，是因为她想多接触接触她，看她到底是何方神圣，虽然现在还无一丝眉目。讨厌，是因为那个女人太过谨慎，每次给她送膳，她都先让试吃，生怕谁下毒害她。到底是谁呢？她低头，兀自想着心事，骤然，一个高大的人影拦在了她的面前："小石头。"

她一怔，愕然抬头。是凌澜。毕竟做贼心虚，突然被这样一拦，她脑子里瞬间掠过各种可能，心下却强自镇定，面色如常地对其低头行礼："相爷。"

"给谁送食盒？"男人在她面前站定，距离她两三步的样子。

饶是这样的距离，她还是觉得沉沉的气压压在头顶："回相爷，小的给皇后娘娘送食盒。"蔚景依旧低头不抬，嘴上如常回答，心里面却禁不住暗自腹议，怎么会突然问她这个问题，是吃没蒜的粥吃上瘾了？故意跟她套近乎，想再弄点？没门。三日吃一顿，可以了，饿不死就行。正兀自想着，又闻男人低沉的嗓音响在头顶："皇后娘娘的？让本相看看。"

声音逼近的同时，她听到铠甲的金属缀片轻轻碰撞的清脆之声，男人又朝她面前上前了一步，伸出手。蔚景一震，不意他会如此，低垂的目光落在他的手上。依旧五指净长、骨节分明。虽不明其意，可对方身份摆在那里，既然吩咐，她就只得听从。毕恭毕敬地将食盒双手呈上，心里不禁暗自疑惑，难道早上那一出戏白唱了，他根本没有怀疑那个女人？

手上一轻，男人将食盒接过，她不由得抬头看他，一身银色的铠甲很合体，将原本就高大的身姿越发衬得伟岸，俊美无俦、英气逼人。说实在的，她是因为熟悉，觉得无论怎样的装扮，他都是凌澜。不知道锦弦他们怎么看？记忆中的夜逐寒都是着暗色，这样一身亮闪闪的银色，在他们眼里，难道不会有种是夜逐曦的错觉吗？一抹菜香入鼻，蔚景敛回心神，只见男人已优雅地揭开食盒的盖子，看了一眼食盒里面热气腾腾的饭菜，末了，又将盖子盖上，还给她。就这样？她怔怔将食盒接过，躬身告辞。

"去吧！"男人扬手，目光并未在她的身上停留。她微微松了一口气，低头从他身边走过，竟也忘了腰痛。身形交错的瞬间，他突然喊住了她："等等！"她心头一突，愣是再往前走了两步，才顿住脚步，回头。这样至少可以跟他保持距离。

"本相想知道，本相的午膳不会又是树叶和白水吧？"声音略沉，却隐隐蕴着一抹促狭。蔚景怔了怔，低垂眉眼："自是不会，相爷今日的午膳不是小石头送。"垂眸

第六章　树叶白水

颔首，借着眼梢的余光，看到他唇角似是微微一扬，低醇的嗓音流泻："那就好！"

那就好？是说"不是树叶和白水"所以好？还是"不是小石头送"所以好？不管是哪个好，反正都是有蒜的。在男人转身离开的同时，蔚景同样唇角一翘，转身，继续朝皇后的营帐走去。

蔚景走进营帐的时候，女人正站在营帐唯一的一个小窗口边上，一动不动，不知在想着什么。眸光微敛，蔚景躬身上前，将食盒放在帐中的矮案上："皇后娘娘，午膳送过来了。"

女人缓缓转身，清冷的目光看过来。蔚景垂目，小心翼翼地揭开食盒的盖子，将里面的饭菜一一端出来，摆好。然后，又执起备用竹筷，每一盘菜夹起一筷吃掉，米饭亦是。女人缓步走到矮案边，盈盈坐下。蔚景将备用筷放下，执起皇后专用的玉筷，毕恭毕敬地双手呈上："皇后娘娘请慢用！"

女人雍容伸手，蔚景将玉筷放入其手心。目光在触及到女人掌心的纹路时，蔚景一震。断掌纹？记忆中，她认识的有断掌纹的女子只有一个。可是那人……蔚景难以置信地瞪大眼睛，一时间只以为自己看错了，欲再看究竟，女人已经收手，执起玉筷优雅地吃了起来。心头狂跳中，蔚景躬身退出。

午膳刚过不久，就有兵士提着石灰水给每个营帐消毒。所以，所有人都出了营帐，包括帝王，包括皇后。帝后二人的营帐相邻，锦弦看到女人打帘而出，含笑问道："皇后还习惯吧？"女人看了他一眼，没有吭声，默然站在营帐的外面，一副等里面石灰水洒好了，就进去的样子。锦弦垂眸弯了弯唇，倒也不以为意。她这样的反应，本就是意料之中。这次出来，她从未主动跟他说过话。她恨他，他知道。可是无所谓。只要她在他身边，她就是他锦弦的，谁也夺不走。唇角勾起一抹嗜血的弧度，他将目光从她清冷的小脸上移开，缓缓看向别处。不远处，右相夜逐寒和禁卫统领叶炫也各自从营帐内走出，见到帝后二人站在那里，夜逐寒和叶炫都走过来行礼。

"听说用石灰水消毒是右相的主意？"锦弦朝行礼的二人扬了扬手，徐徐开口。凌澜眼梢微微掠过边上默然而立的女子，颔首道："回皇上话，是微臣跟几个军医商议后的决定，防患于未然，总归是百利而无一害。"

"嗯，"锦弦点头，赞许道，"做得好！瘟疫如猛虎，十万大军不是小数目，我们绝不可以出半分差池。"

凌澜恭敬鞠身，目光再次扫过皇后的颈脖。

"大军一路走的都是山路和偏僻之地，难得来到一个镇上，右相带人去镇上看看，看能否买到一些艾草和石灰粉？朕不担心粮草，担心的就是这些东西不足。"

"是，微臣这就去！"凌澜颔首领命。召了几个兵士，转身便走，在经过皇后身边的时候，目光再次掠过女人交握在身前的纤纤手背。眸光微微敛起。

几人走后不久，帝后二人的营帐也消毒完毕。消毒的兵士刚提着水桶出来，女子就转身进了营帐，招呼都没跟锦弦打一声。锦弦无奈地摇摇头，返身正准备入自己的帐里，就蓦地看到一个兵士火急火燎地跑过来，满脸的惊慌失措："皇上，皇上……"

锦弦眉心微微一蹙，叶炫已经上前将兵士拦住，沉声道："何事如此惊慌？"兵士连行礼都顾不上，就急急道："有人得了瘟疫……"

瘟疫？叶炫一震，锦弦脸色一变，敛眸道："你说什么？"

兵士气喘吁吁地将自己的话又重复了一遍，末了，又补充道："是我们火头军的小石头，他浑身红斑……"

"现在人在何处？"兵士的话还未说完，就被锦弦沉声打断。

"在他的营帐里，我们就是进去洒石灰水消毒才发现的，他死活在营帐里不出来……"

"走，看看去！"锦弦再一次将兵士的话打断，拂袖快步走在前面，一边走，一边吩咐叶炫："快去找军医！"

痒，奇痒，就像有千万只蚂蚁在噬咬。蔚景喘息着，紧紧攥着薄被捂住自己的身子。她不是第一次体验这种生不如死的感觉，所以，她也非常清楚，在自己的身上发生了什么。方才进来的兵士见到她的样子，吓得跑了。因为她的颈脖和手背上都是红斑，他们以为是瘟疫是吗？也是，现在是非常时期，本来就人心惶惶，草木皆兵也是可以理解的。只有她自己知道，不是。不是瘟疫。这种感觉她太过熟悉，曾经她在啸影山庄的时候，就体验过的，分明是过敏的症状。是紫草。她对紫草过敏。紫草沾染并不会过敏，食下才会。她午膳根本还未来得及用，也未食其他东西，就只是在那个假皇后那里帮她试吃过而已。

所以，很明显，假皇后的饭菜里有紫草。而知道她对紫草过敏的人，目前军营里面，只有锦弦和凌澜。这般一想，她就通透了。原来是这样。难怪她给那个女人送食盒的时候，凌澜会拦住她，要看食盒里面的东西。当时，她还奇怪了，为何打开只是看上一眼，就又盖上还给了她。原来，他只需要这看一眼的间隙，足够他神不知鬼不觉地将紫草的粉末撒入饭菜，遇热融化，无色无味。他在试探那个女人，试探那个女人到底是不是她？看来，早上她处心积虑传递给他的信息他收到了。但是，缜密如他，沉稳如他，又岂是听几句闲言碎语，就会相信的人？所以，他要亲自试探，他要搞清楚是吗？

难怪午膳一过，就大规模地用石灰水对营帐进行消毒，听兵士们说，就是他右相的主意。因为对营帐消毒，正好名正言顺地将人赶出营帐是吗？不然，他又不能贸然闯入皇后的营帐。他要看那个女人，他要亲眼求证，他要看那个女人是否有过敏症状是吗？

如今好了。他是求证了。他是知道那个女人是假的了。可是她呢？她怎么办？谁知道那个男人下手那么快，竟然用紫草来试探？早知道，她打死也要跟别人换，让别人

第六章　树叶白水

去送那个女人的膳食。好了，上午还在沾沾自喜于自己的方法，既捉弄了那个男人，又将消息送出去了，还确保了自己的安全。如今，怎么办？原本还想藏着掖着，等人不注意的时候，自己去镇上买点抗过敏药，或者去附近的山上采点抗过敏药就好。谁知，竟是被人发觉。

身上越来越痒，脸上更是，还戴着人皮面具，更加难受得不行。想起人皮面具，她猛地想起，颈脖上、手背上都有红斑，脸上戴着面具看不到红斑，势必会引起怀疑，特别是锦弦那种人。不行。她跟跄爬起，来到桌案边，用平素同营的一个兵士练字用的朱砂胡乱地点在脸上，做出红斑的样子。刚做完这一切，她就听到纷沓的脚步声由远及近，直直朝着她的营帐而来。人声嘈杂，似乎有锦弦的，有叶炫的……

蔚景一惊，快速回到软席上，拉过薄被裹住自己。心里有个认知。完了。营帐门口人影绰绰，声音已在近前，"皇上，瘟疫传染性极强，皇上是万金之躯，断不可贸然进入。"

是叶炫的声音。

蔚景从未觉得叶炫的声音如此好听过，这句话于此刻的她来说，简直就是天籁之音。如果锦弦不进来，只要他不进来……正想着，一抹明黄入眼，锦弦第一个入了帐内。她一惊，希望瞬间破灭。紧接着，就有很多人都随之进来了，只不过进来之人，包括锦弦在内的，都无一例外地用帕子捂着口鼻。当真将她当做洪水猛兽了。蔚景缩在薄被里，一个一个环视过众人。凌澜不在。

一堆人虽然入了帐，但都停在营帐的门口，直到锦弦沉声吩咐军医："快过去看看到底什么情况。"两个军医互相看了一眼，似是都有些犹豫，或者说有些不情愿，可帝王之命，又岂敢违抗，只得捂着口鼻缓缓上前。

蔚景又本能地朝里面缩了缩，不行，不能让军医检查。她自己是医者，她很清楚，虽然过敏跟瘟疫症状极为相似，可那也只是外在症状而已，只要一检查，就一定会发现她是过敏。一旦发现她是紫草过敏，锦弦就定然知道是她。不行，绝对不能让军医检查，绝对不能！可是该怎么办才能拒绝检查呢？两个军医已行至跟前，伸手大力将她攥住的薄被扯了下来。众人唏嘘声一片，甚至有人失声惊呼道："果然是瘟疫！"

蔚景自是知道他们为何这种反应。因为她的脸上是胡乱点了一些，而颈脖跟手上，却是红斑红疹密密透透，她自己看了都发怵，何况这些本就草木皆兵的众人。两个军医更是蹙紧了眉心。其中一个军医一手捂着口鼻，一手企图探上她的脉搏，她大骇，惊惧之下，一把将他的手挥开："不要碰我！"

怎能让他们探脉？一探脉，不仅能发现只是过敏，还能发现她是女人！不能，不能让他们探脉。

军医不意她会如此反应，众人亦是。锦弦眸色一寒，冷声道："你看看你自己的样子，人家军医不嫌弃你，给你探脉已是仁至义尽，你一个小小的兵士，别忘了掂掂自己的分量!"

　　两个军医本想趁此作罢,忽闻帝王此言,又只得再继续。蔚景慌乱极了,一边挥舞着手臂,不要两人的手近前,一边拉起薄被再次裹在自己身上:"不要碰我,我就是瘟疫,我就是得了瘟疫,小心我传染给你们,不要碰我……"蔚景嘶吼着,又慌又乱,又难受又绝望。

　　两个军医互相使了一个眼色,作势上前就要将她按住,这一次她没有去拦他们的手,而是飞快地抓向自己的腕。长长的指甲狠狠地抓向自己腕上的红斑红疹,抓完一只又换一只,动作又快又狠,手腕被抓破了皮,有血水流出来,她也浑然不觉得痛。

　　两个军医都震住了。虽然理解她的动作,虽然知道她此刻正经历着钻心的奇痒,但是,如此不顾一切的疯癫模样,还是着实吓到了他们。而且,这样的痒岂是抓挠可以解决的?只会越抓越痒,越抓越难受。

　　"不要再抓了!"军医企图阻止。蔚景就像没听到一样,一边抓,一边大叫着:"我痒,我太痒了,痒死了……"

　　众所周知,瘟疫最忌讳的就是接触患者的体液,特别是那种斑疹出来的脓血。如今一双腕挠成这样,谁还敢再去探脉?两个军医有些为难,征询的目光纷纷看向帝王。锦弦脸色黑沉得厉害,凤眸嫌恶地睨着那个已然崩溃癫狂的身影,沉声道:"疯子!"

　　末了,又吩咐两个军医算了:"既然他自己不让人检查,那便不要检查了。如今大战在即,要遏制一切可能传染的机会。十万大军不是小数目,一旦感染上瘟疫,都不需要跟云漠打了,直接自取灭亡!"说完,也不等众人做出反应,又厉声喊道:"来人!将这个感染上瘟疫的士兵拖走!"

　　众人一怔,蔚景亦是,怔住的同时也微微松了一口气。拖走就拖走,至少不用探脉了,她到时再伺机去找药。几个兵士领命,七手八脚上前。锦弦忽的又似想起什么,冷声道:"不行!现在非常时期,一丝都不能掉以轻心!反正他已染上瘟疫,横竖是个死字,我们不能留着他再传染给别人,你们将他送到远一点的地方,将他烧了。"

　　蔚景一震,愕然瞪大眸子,还以为是自己听错了。烧了?他说让人将她送到远一点的地方,将她烧了?她又没死,就这样活生生将她烧了?而且还说得如此轻飘飘!敢情尊贵的人,生命是命,低贱的人,生命就不是命。是了,她忘了,他是锦弦,早就在战场上见惯生死的锦弦,心硬似铁、残暴狠戾的锦弦。如果不是视生命如草芥,又岂会血洗皇宫、屠杀那些手无寸铁的宫人,还有她的母妃,她的母妃只是一个毫无反抗能力的妇人,他也不放过。杀则杀矣,还让人身首异处。这样的男人,又岂会去在意一个小小士兵的生死?还有什么事情是他做不出来的?

　　其实,在场的不止蔚景一人震惊,大家都有些震住,包括叶炫都没想到这个帝王会直接下这样的命令。虽然,他的狠,他是知道的。但,毕竟人还未死不是吗?军医也没有明确查探过。就这样将人活活焚烧,也实在有点……

第六章　树叶白水

或许意识到众人的反应，锦弦眸光一敛，又继续道："朕知道你们在想什么！朕又何尝愿意这样。但是，朕，不仅是十万大军的统帅，也是千万百姓的君王，朕要对十万大军负责，也要对千万百姓负责，朕不允许任何对大军生命造成威胁、对此次战役胜利造成威胁的人或者事存在！必须将他烧掉，只有这样，才不会引起恐慌、动摇军心，才能彻底保证别人不被他传上。另外，所有他用过的物品也一起烧掉，且动作要快！"锦弦沉声说完，口气凿凿。

原本跟蔚景共事的几个火头军兵士还准备替蔚景求求情的，可见帝王都将话说到了这个分上，也只得作罢。的确，十万大军不是儿戏，一旦瘟疫蔓延，后果不堪设想。蔚景冷笑，沉默垂下眼帘。理由够冠冕堂皇！送吧，送吧，先离开这个是非之地再说。不是说要送远点烧吗？到时在路上再见机行事。她现在只希望快点。她真是痒得钻心啊，而且心悸也越来越强烈了，她知道这意味着什么。再耽误下去，怕是不用烧，她就先一命呜呼了。

几个上前的兵士连她的身体都不敢碰，直接用薄被将她一裹，抬起软垫就走。她也没有反抗。锦弦又吩咐其他几个兵士清理她用过的物品，还吩咐叶炫随行，说，不许出任何纰漏。

当凌澜和几个兵士带着一马车石灰粉回营的时候，叶炫和几个兵士正驾着马车拖着蔚景离开。叶炫跟兵士都坐在马车外面车夫的位置，几人皆清一色以布罩掩住口鼻以下的部位。凌澜疑惑地看着他们。叶炫甚至来不及跟他打招呼，马车从他身边疾驰而过，带起漫天尘埃。

"出了什么事吗？"望着绝尘而去的马车，凌澜蹙眉，问向附近的兵士。兵士面色凝重："唉，有人染上瘟疫了。"凌澜一震。瘟疫？怎么那么快就有人染上瘟疫？不是还没到那个小镇吗？哪来的传染体呢？而且每日还这样预防。"马车里就是那个感染瘟疫的兵士吗？"

"是啊。"

"叶统领他们准备将那个兵士带到哪里去？"

"皇上下旨，让叶统领将此人送到远一点的地方去烧掉。"

烧掉？凌澜再次一震："人已经死了？"

"没有，皇上担心他会传染给别人，所以下令直接烧掉，包括他用过的物品，都烧掉。"

凌澜眸光微微一敛，却也并不震惊。的确，对于此类传染病患者，烧，是最有效的处理方式。只是，人还没死，不应该是先以治疗为主吗？当然，对方是锦弦。做决定的人是锦弦。所以，他也见怪不怪。

"唉，只可惜了，小石头年纪还那么轻，就这样………"兵士叹息一声离开。凌澜却是听得瞳孔急剧一缩,下一瞬,那个已经走了几步远的兵士就被他拉回至身前。力气之大,动作之突然,吓得那个兵士脸色都变了:"相……爷……"兵士以为自己哪里说错了。

"你刚才说谁?那个感染瘟疫的兵士是谁?"凌澜急急逼问,大手攥着他的手臂却并没有放开。兵士不明白他为何会反应如此之大,疑惑地看着他,一五一十答道:"小石头,就是我们火头军的小石头,相爷应该认识的,早上相爷还将他单独留下问话的,就是他。说来也怪,早上他还好好的,其实,中午的时候也是好好的,不知怎么,给皇后娘娘送完午膳回来,就满身的红斑……"兵士的话还未说完,只觉得手臂蓦地一松,男人已经将他放开,动作突然得就像是刚刚拉他的时候一样。他猝不及防,趔趄了一下,差点摔跤,还未及站稳,就看到眼前人影一晃,等反应过来,就看到男人已经疾步行至刚刚他们赶回的马车旁边。

那里,几个兵士正在将马车上的石灰卸下来。男人上前,一声未吭,直接拔了其中一个兵士腰间的佩剑,挥剑砍下马跟车厢之间的缰绳,没了支撑的车厢,"嘭"的一声倾斜杵地,车厢里面白白的石灰粉被震得扬起一片白雾,几人皆被吓住,还未明白过来他要做什么,就见一片皑皑茫茫中,男人已翩然落在马背上,马儿嘶鸣一声,疾驰出了营地。

马车行得极快,且一路颠簸得厉害,原本身上就痒得不行,又裹着厚厚的让自己变胖的材料,如今一摇一晃,皮肤摩擦,更是生不如死。马车车门紧闭,里面光线极暗,一路摇晃颠簸中,蔚景挣扎着坐起身来,透过被风偶尔吹起的窗幔,依稀可见是行在山路之间。

得想个法子逃。可是前面车门紧闭,而且从车门出,势必会惊动坐在前面的几人。左右瞅了瞅窗,太小,最多只能容一个三四岁孩童的身子爬出。借着透窗而入的光线,她仔细观察车后面的板壁。都是上好的楠木制成,她试着推了推,纹丝不动、固若金汤。她不会武功,就算会武功也不行,劈开会有动静,她还是逃不掉。现在该怎么办?想了想,她开始拍打车门:"放我下来,我要小解。"

人有三急,这个时候,似乎只有这个理由可以用了。她用力拍叫了好半晌,前面才传来一个兵士不耐的声音:"就在车厢里解决,反正等会儿这个车厢也是要烧掉的。"

车厢里解决?蔚景崩溃。亏他说得出来。"我是没所谓,车厢就车厢,你们就不怕熏吗?气味也是传染体哦,到时,你们要是被传染上了,千万不要怪我。"蔚景一边说,一边附耳贴在门板上,细细听着前面的动静。似是几人在征询叶炫的意见。马车逐渐慢了下来,蔚景心中一喜,忍着浑身的奇痒和严重的心悸,又爬回到薄被里躺下。颠簸终于停了,车门被人自外面打开,一抹强烈的光线直直射了进来,蔚景眯了眯眼,艰难地爬坐起身。是叶炫。

第六章 树叶白水

"多谢叶统领！"蔚景朝他讨巧一笑。叶炫没有理她，面色冷峻，只看了她一眼，便后退两步，给她让出车门。蔚景也不以为意，反正早已见惯了这个男人的冷漠。本也生得仪表堂堂、玉树临风，愣是被一张冰片脸给毁了，似乎记忆中，从未见这个男人笑过。顾不上多想这些有的没的，她从车厢里出来。

　　果然是在山上。四周一片郁郁葱葱，远处山峦重叠、起伏连绵，由此可以看出，他们现在所处位置比较高。其他几个兵士早已站得远远，唯恐跟她近距离接触，倒是叶炫，就站在马车旁边，一副寻常模样。蔚景环顾了一下四周环境，就直直朝一块密林里面走。林密适合逃跑，也适合藏身，而且，还可能找到抗过敏的草药。可刚跑了两步，就听到叶炫沉冷的声音："站住！"

　　蔚景脚步一顿。

　　"你去哪里？"

　　蔚景回头，讪讪一笑："去林子里面。"

　　"都是男人，何需如此？"

　　蔚景笑得愈发璀璨："这还不是怕熏到你们，传染。"说完，也不等叶炫回应，扭头继续往林子里面赶。叶炫没有再接话，她以为他就此作罢，谁知，身后不徐不疾的脚步声响起，她一个回头，就看到那厮竟然亦步亦趋地跟着她。蔚景再次崩溃。闭了闭眼，忍住想骂人的冲动，她继续朝林子里面走。后面继续跟着。忽然，她回过头，看向他身后，一脸惊讶："呀，皇上也来了。"

　　叶炫一怔，回头望去，蔚景便连忙以迅雷不及掩耳的速度跑了起来。身后哪里有人，叶炫这才意识到上当，回头，果然就见蔚景仓皇逃窜的身影，叶炫眸光一敛，脚尖点地，飞身而起。蔚景没命地往前跑，蓦地一个抬眸，就发现早已有人立在前头。正站在那里一动不动，眸色沉冷地看着她。不是叶炫又是谁。蔚景彻底绝望，脚步停了下来。

　　"想逃？"叶炫睨着她，开口。

　　"叶统领，你就放了我吧！我不想死，我也不能死，我家里还有病重的老母亲，她就我一个儿子，如果我死了，就没有人照顾她了，我虽然感染了瘟疫，但是，还没死不是吗？我可以吃药，我可以治疗，也不是一定就会死。你放我走，放我离开，我又不回营，大军也不用担心受我传染，这样也算两全其美，好不好？"蔚景可怜兮兮地看着叶炫，满眸乞求的目光。

　　叶炫微微蹙了剑眉，默了一会儿，才沉声道："不行，军令如山，我也是奉命行事！"

　　"奉命？"蔚景低低一笑，声音转冷，"奉那个视人命如草芥的君王之命吗？"

　　叶炫一震，没想到她会说出这样的话来，眸光轻凝了几许，朝她看过来。蔚景也并不为之所惧，站在几步开外的地方，同样回望着他。方法用尽，都无成效，她也不管不顾了。

　　"这世上，因为出身的不同，人分三六九等，有人显贵，有人低贱，但是，在生死面前，人人都是平等的，活着如此不易，每一个生命都值得尊重。就因为他是高高在上、掌握着生杀大权的帝王，就可以随意一句话决定人的生死吗？"蔚景一眨不眨地看着叶炫，眸光灼灼，言辞凿凿。叶炫瞳孔微微一敛，竟有些被她眼中的质问震住。

"说什么将我烧掉，才不会引起恐慌、动摇军心。叶统领有没有想过，越是这样，越是会让军心大乱。特别是在现在这种非常时期，马上就要经过瘟疫小镇，谁能保证，除我之外，就再也不会有人感染上？见到我的下场，每个人都会想，如果是他们感染上了，是不是也会被活活烧死？本已草木皆兵，再这样人心惶惶，叶统领是禁卫统领，也是曾经驰骋沙场的帅将，应该比我更清楚，此番心境下的将士们，战斗力是会更强，还是会变弱？"

叶炫一直没有说话，只微微眯着眸子，探究地看着她。树大林密，阳光透过枝杈间的缝隙投下来，落在人的脸上、身上，斑斑驳驳一片，第一次，他在一个不起眼的小兵身上，看到了一身的风华。

"你是谁？"终于，他沉声开口。他不是第一次上战场，也不是第一个跟兵士打交道。他很清楚，一个普通的火头军，是断然说不出此番话来。就算道理会讲，就算是人求生的本能，但，浑身上下倾散出来的那股气质却不是一个普通人可以拥有的。

"我是小石头。"蔚景笃定而言。叶炫眼波微动，自是知道对方不会轻易讲出，也不强求："小石头，你说了那么多，无非就是想要让我放你离开。话虽在理，但是，每个人有每个人的理，每个人有每个人的原则，而叶炫的原则就是，君为臣纲，身为臣子，听君命、执君旨，这是最起码的本分。所以，今日，对不住了……"话音未落，人已是飞身而起。蔚景皱眉，"愚忠"二字还未出口，对方就已经翩然落在她的面前，长臂一捞，欲直接夹了她就走，却在手臂刚勒在她的胸前时又蓦地触电一般将她放开。

"你是女人？"他震惊地看着她。蔚景一惊，本能地后退两步，戒备地看着他，生怕他下一步，会伸手撕了她脸上的人皮面具。

"你到底是谁？"叶炫沉沉望进她的眼。蔚景微微一笑："相逢何必曾相识，你又何必非要知道我是谁？"

叶炫一震。蔚景垂眸，宛如蝶翼的长睫掩去眸中情绪。她故意丢了一个似是而非的答案，她就不信，活了二十多年，难道就没一个认识的女人？朋友，亲人总有个把吧。一阵山风吹过，林摇树动，几瓣落叶纷扬，一片正好落在蔚景的手臂上，蔚景伸手拈起，随意拿在指尖辗转。她抬眸望向他，就看到他震惊的眉眼。这次轮到蔚景怔住，虽说她故意丢了那么一句，想打感情牌，却也没有想到他会有如此大的反应。他死死盯着她，对，死死，那恨不得将她吞噬的眼神，让她只想到这个词。终究心虚，她略略别开眼，叶炫又看向她手中的叶子，胸腔微微震荡。

这时，忽然传来急遽的马蹄声。马蹄声还未逼近，人声却已先急急响了起来："小石头呢？"叶炫一怔，蔚景脸色一白。是凌澜。凌澜来了。接着就听到几个兵士的声音，

第六章 树叶白水

"小石头在林子里小解，叶统领跟着一起去了。"再接着就听到马蹄声停下，有人下马朝林子而来的声音。

完了。他一过来，她就无处遁形了。不想再跟他有任何纠缠。跑。当脑子里有这个想法的时候，脚已经迈开，她直直朝林子深处跑。很奇怪，这一次，叶炫没有追她。她回头，就看到他长身玉立在原来的地方，一动未动。因为背对着阳光，他的脸隐在一片暗影里，看不到他脸上的表情，但是，可以确定的是，他在看着她，一眨不眨地看着她。当一身鎏金黑袍的男人身影蓦地进入视线，她一惊，扭回头，继续往前跑。

身后传来两个男人的声音。

"小石头呢？"凌澜急切的声音。

"走了。"叶炫淡然的声音。

"走了？皇上不是要烧了她吗？"凌澜更加急切的声音。

"人又没死，或许还有救，所以，我放了她。"叶炫依旧淡然的声音。

蔚景心绪一动，边跑边回头，正好远远地撞上凌澜搜寻过来的目光。她呼吸一室，下一瞬，就看到他眸光一敛，飞身而起，朝她而来，接着又看到叶炫同样飞身而起。所不同的是，叶炫是拦在了他的前面："相爷，终究是一条性命，放过她吧。"

凌澜一把将叶炫挥开，沉声道："就因为是一条性命，所以本相要救她。"

叶炫跟跄两下稳住身子，下一瞬，又再次上前将凌澜的手臂抓住："请相爷把话说明白点。"

凌澜皱眉，一掌将叶炫落在他手臂上的手击落，嘶声吼道："本相会医，本相能治瘟疫，本相能救她，现在够明白吗？"

叶炫一怔，凌澜再次飞身而起。叶炫站在原地怔忡了一会儿，又惊觉过来不对。会医是好事，能治瘟疫也是好事，能救她更是好事！可是，她是女儿身怎么办？她的身份怎么办？脸色大变，他脚尖一点，也飞身而起，朝两人的方向赶去。

没命奔跑中的蔚景，回头一看，竟然两个男人都追她而来，心头大骇，埋头疾跑中，竟也没注意到自己已经跑到一面断岗的边缘。等她意识过来，惊惧之下，想要紧急收住已迈出的脚，却是已然太迟，脚下一空，她整个人直直栽了下去。身后传来男人嘶吼的声音："小石头——"

惊骇的又何止是凌澜一人？望着那抹瞬间跌落、瞬间消失的身影，叶炫吓得连呼吸都忘了。脑子里一空，心头也是一空，视线所及之处，是夜逐寒衣发翻飞的身影，只见他纵身一跃，也顷刻消失在他的面前。什么情况？叶炫有些乱，好乱。脚下未停，身形也未停。就在那个女子跌下去的地方，就在夜逐寒纵身跳下的地方，他，想也未想，同样跳了下去。所有的事情就发生在一瞬间。偌大的山林，再无一人，顷刻之间只剩下死寂一片。

蔚景缓缓睁开沉重的眼睑，幽幽醒转。白云蓝天，阳光刺眼。她怔怔反应了好一会儿，才想起发生了什么。凌澜跟叶炫在追她，她从陡峭的断岗上滚了下来。心头一惊，她翻身坐起，入眼一片葱绿，却并不见一个人影。看来，逃过了。终究逃过了。心中微微一松的同时，她抬头，望了望天上的骄阳，时辰还早，看样子，她也并未昏睡多长时间。身上的奇痒再次传来，她咬牙忍着身上摔划的疼痛，起身站起，快速寻找着四周是否有抗过敏的药草。

不知是老天怜她，还是她运气太好，竟连步子都没有迈出一步，就在脚边发现了可以抗过敏的荆芥，好多。心中大喜，她连忙采过，用袖襟揩了揩叶片上的灰尘，就塞进嘴里咀嚼了起来。过敏不像其他疾病，过敏来得快，只要及时用药，去得也快。没过多长时间，身上的红斑就慢慢消退，奇痒也逐渐淡去。整个人都轻松了下来，她环顾四周，开始找出去的路。

回头，望了望身后的断岗，似乎觉得哪里不对，她记得滚下来的时候，几乎就是失重自由落体，说明断岗非常陡峭，几乎就是断壁一般。可现在看看，其实坡度还好。自嘲一笑，这样的坡度，竟然也能摔晕了过去，她是有多弱不禁风？

没有多想，口中都是荆芥腥苦的味道，难受得紧，见前面有条小山涧，就想着上前去漱漱口。涧水清澈无比，映着她清晰的容颜，脸上点点红斑依旧，她想起那是她用朱砂点上去，恐出去吓到别人，她连忙捧了水，一点一点将那些红斑尽数洗掉。等她做完这一切准备起身，骤然发现，一漾一漾的水面上，除了她，还有一抹颀长的身影静立身旁。她一惊，回头，就看到男人轻轻笑开的眉眼："小石头，总算找到你了。"

凌澜。蔚景心头一撞，脚下正踩在一块石头上，猛地一滑，整个人差点栽到水里去，男人眼疾手快地上前，将她的手臂扶住。她更是大骇，身子的重心刚险险稳住，她就一把甩开男人的大手，戒备地往后退了两步，脑中快速思忖着他的那句话。小石头，总算找到你了。总算、找……忖思是他刚刚才找到这里是吗？那么，她食用荆芥，他有没有发现，她用山涧的水洗去朱砂，他有没有发现？

"你的瘟疫……"男人吃惊地看着她，一副难以置信的表情，"你身上的红斑怎么都没有了？"

蔚景一怔。于是，她得出一个结论。他果然是刚来。果然是什么都没有看到。好险！幸亏没将面皮撕下来洗，不然，就彻底完蛋。心头微微一松，她便也释然了。既然不知她是谁，她便可以继续装下去，再伺机离开。可是，很快，她又发现问题来了。怎样圆过去？说自己也不知道，昏迷醒来，瘟疫和红斑莫名其妙就好了？不行！哪有这么玄乎的事情？如果是这样，他肯定会强行探脉。说自己会医，治疗好了瘟疫？也不行！他也是医者，很清楚瘟疫并非片刻之间能完全痊愈的。那么……

"相爷先告诉我，为何会出现在这里？我就告诉相爷为何红斑没有了。"心中主意已定，她暗暗攥了手心，为以防万一，先探一下虚实再说。

第六章　树叶白水

"怎么？跟本相谈条件？"男人扬眉，凤眸深深，唇角一抹微弧浅浅。他转身，走到边上的一个大石边，大手一撩袍角，坐了下来，好整以暇地看着她。不知是山涧边上湿滑不平的缘故，还是怎么的，蔚景发现，他的腿似乎有一丝丝跛意。

"相爷是不是也来监督我被焚烧的？"被他这样看着，她浑身不自在，心里面也瘆得慌，唯恐被他看出脸上的面皮，她便也不动声色地走到他旁边的一个大石边坐了下来。这样，两个人就由面对面，变成了并排而坐，只是隔得稍稍有些距离。

"不，本相是来救你的。"男人侧首，继续看着她。

救她？蔚景心跳得厉害，却不敢扭头去看他，只得微低着脑袋："相爷打算怎么救？"

"本相是医者，自然是给你看病治疗，不过，现在看来，你已经不需要了。"

蔚景心跳更甚，略一计较，还是问出了盘踞在脑中的疑问："相爷为何要救我？"她只是一介小兵，而且锦弦的旨意是将她烧了，锦弦是帝王，他是臣子，如叶炫所言，身为臣子，听君命、执君旨，是最起码的本分。他又怎么会专程赶过来就是为了救她？

男人垂眸默了片刻，似是在考虑，忽而又抬眸笑睨向她："如果本相说，因为啸影山庄的甜姑娘，小石头信吗？"

蔚景呼吸一滞，愕然抬头。啸影山庄的甜姑娘？心头狂跳中，她不由得侧首看过去，就直直撞入男人漆黑如墨的深瞳，瞳里眼波映着清澈的涧水，荧荧生辉，几分深邃，几分笑意，还有几分她看不懂的情愫轻漾。她心尖一抖，别过眼，呐呐道："相爷的话我没甚听明白，这跟甜姑娘有何关系？"

"因为甜姑娘是本相认识的一个故人，本相很久没有她的消息了，而你，正好给本相带来了她的消息，所以，你也算是跟本相有缘，本相会医，却并不以此为生，也鲜少救人，只救有缘人，于是，本相就来了。"男人侃侃而谈，说得随意，蔚景又看了他一眼，见其眼角眉梢，笑意连连，一时不知他是开玩笑，还是果如其言。

"相爷就为了一个有缘人，不惜违抗圣上旨意吗？"蔚景亦是勾了唇角，侧首，专注地望进他的眼睛。她的确单纯，却不是傻子。这次轮到凌澜别过视线，低低一笑，他看向身前的山涧，道："你非要将事情问得如此清楚明白吗？本相想要将自己说得伟大，说得冠冕堂皇一点都不行。好吧，实话跟你说吧，救你，本相有两个原因。"

蔚景一怔，继续看着他。而他依旧看着前面："其一，稳定军心。现在是非常时期，人心惶惶，而你染上瘟疫，遭遇火焚，这无疑让众将士寒心，继而人人自危。试想，如果，本相医好了你的瘟疫，岂不是给他们注了一剂强心药，他们觉得瘟疫并不可怕，就算染上也会被治好，如此一来，就没有了后顾之忧，从而军心大振。"

蔚景没有说话，只沉默地听着，这个道理她自然是懂，不久前，她还跟叶炫讲过。

"其二嘛，自然是关系本相的仕途，若医治好你的瘟疫，本相不仅在军中威望大增，皇上也定然会另眼相看，如此一来，他又怎会怪罪本相违背旨意？"

果然还是那个心思缜密、权衡利弊、沉稳腹黑之人。蔚景弯了弯唇："相爷就那么肯定能医好我的瘟疫？"

"当然！"男人转过头，再度看着她，唇角勾起一抹动人浅笑道，"本相对自己的医术有信心。也同样相信小石头一定福大命大，不会那么轻易就一命呜呼。"

蔚景一怔。这话说得……也许并无有深意，可终是做贼心虚，蔚景怎么听，怎么觉得意有所指？再次攥了手心，她不动声色别过眼，顺着他的话笑道："小石头的确不会那么轻易就死掉。"

"说吧，说实话！"男人忽然敛了唇边笑容。蔚景心口一缩，"什么？"

"说你的瘟疫怎么好的？红斑怎么没有的？"

哦，原来是回到了最初的问题。一颗心大起大落。这个问题她方才已经想好了答案。抿了抿唇，她略带试探地开口："相爷能答应我听完以后，不治我的罪吗？"

男人深深凝视着她，忽然，哈哈朗声一笑，似是被她的话愉悦到了："小石头啊小石头，你是不是太贪心了一点呢？你难道没有发现，自始至终，本相问你的一个问题，你都没有回答，还不停地跟本相提条件，让本相回答你的问题。"

"相爷就说答应不答应吧？"蔚景不悦地嘴巴一撇。撇完，她就后悔了，因为是本能动作，也没有多想，撇完她才意识到，这个动作对于一个男兵士来说，太娘了，所幸，男人也没甚注意。

"好吧，你先说说看！"

"相爷要先保证不怪罪！"

"看，又来了，"男人却也不恼，低低笑，"好，本相答应你，不怪罪，说吧。"

蔚景这才敢将早已想好的说辞说出来："因为我本来就没有得瘟疫。"

"没有得瘟疫？那你……"男人言语中似乎有些震惊，可是面色却未见一分改变，甚至连眼波都没动一下。蔚景没有看他，自是没注意到这些，闻见他问，便又接着道："红斑是我故意弄的，我不想去打仗，我想回家，家里就只有一个卧病在床的老母亲，没有人照顾，我要回去照顾她。所以，才故意让自己做出瘟疫的症状，想让他们将我赶出军营。谁知道，皇上竟是要将我给烧了。"

"原来是这样，"男人郑重其事地点头，一本正经道，"百事孝为先，听起来，倒似乎情有可原。"蔚景眸光一亮："那相爷会放我走吗？"

"当然不会！"男人想都未想，断然回绝，口气笃定霸道。见蔚景一喜又一凝的表情，男人凤眸中掠过一抹促狭，"虽说百事孝为先，但是，军中战士哪一个不是父母养的，若每人都像你一样，这仗还打不打？先有大家才有小家，若国将不国，那势必会家不成家。"

"所以呢？"蔚景面色黯然，难掩心中失落。

"所以，本相会将你带回去，继续做你的火头军。当然，你放心，你设计逃跑一事，本相会替你隐瞒下去，你只需要乖乖听本相的话，与本相统一口径，就说，本相医好了

第六章 树叶白水

119

你的瘟疫就可以了，本相保你无恙。"

好一个不劳而获、便宜占尽的计策。蔚景心中不悦，却也无奈，低着头闷声不响。
男人看了她一眼，唇角几不可察地一勾，躬身，撩开袍角，缓缓将右脚的裤管卷起："会包扎吗？"

蔚景一愣，怔怔抬眸，朝他看过去，就看到他小腿上面殷红一片，似是被什么东西伤到，皮肉外翻。蔚景瞳孔一敛，摇了摇头："不会。"她不能在他面前暴露会医。
男人却也不以为意，淡声道："你连包扎都不会，又是用什么办法让自己做出瘟疫的假象，难道不是用的药理吗？"

蔚景心头一跳。这个男人真真心细如针，一丝疑问都不放过。这个问题，她还真没想过。

"我一个小小的火头军，懂什么医理？那些红斑都是用朱砂画的，方才你过来的时候也看到了，我正在洗脸不是吗？身上的也都洗掉了。"

"哦……"男人点了点头，尾音拖得极长，似是不信，又似是恍然大悟。

蔚景心跳得厉害。所幸，男人也没有继续深问下去，大手缓缓将裤管放了下来："算了，手头也没有药，回去再包扎。"看着那白色的裤管一大截都被鲜血染红，蔚景眼睫轻颤，没有吭声，心里却忍不住嘀咕道，明明袖中有金疮药，她记得那种精致的小瓷瓶他可是随身携带的，当然，她不能说，她想，他故意矫情，肯定是有他的目的。果然，男人从石头上起身，朝她伸出手臂，"过来，本相为了寻你，脚都受伤了，来扶着本相。我们得赶快上去才行，回营晚了，恐又生出什么纠纷来。"

蔚景未动。

"怎么？不愿意？本相不追究你设计当逃兵一事，还为了寻你受伤，你就……"他的话没有说完，蔚景已沉着脸走了过去。印象中，他是一个惜字如金的人，几时变得如此聒噪？并不是她不愿意扶他，而是，她真的怕。怕被他识了出来。她小心翼翼地挽上他的胳膊，下一瞬却又被男人抽开，他直接毫不客气地将手臂横在了她的肩上。他很高大，她很娇小。如此动作，让男人整个人的重量都倾压在她的肩上。蔚景咬牙，没有吭声。

"走，那边。"男人指了指一个方向。

两人挨得如此近，男人手臂的温度透衫传递在她的肩上，她甚至清晰地感觉到，他熟悉清新的气息就喷洒在她的额头。她忽然想起一件事。似乎，无论他怎么乔装，是夜逐寒也好，是夜逐曦也罢，她都能一眼将他认出来。而他，似乎总也认不出来她。第一次她易成弄儿，他没认出她，甚至还伤了她；第二次，在皇宫石林，他将她当做鸳颜，弃她带铃铛离开，她被锦弦的禁卫所擒；第三次，在殷大夫后院的洞里，她眼睛复明，他同样也未发现；还有这次……然，这次不一样，这次，她做足了文章。以前那么多次，她在他面前晃，他的眼里都没她，都没将她认出来，这次，她如此滴水不漏，他又怎会识出她来？甚好。如此甚好。这正是她希望的，对吧？

第七章　只赌君心

树林里，几个兵士正在焦急地找寻着。

"相爷，相爷……"

"叶统领……"

一声声呼唤响彻林梢。

"整个林子都找遍了，都没一个人影，你们说，不会出了鬼打墙吧？不然，怎么三个大活人，就这样凭空消失了？"

"喂，大白天的，吓唬谁呢？"

"不然，解释不通啊，我们明明看到小石头进这里面来的，叶统领跟着，后来，相爷来了，也是进了里面，根本就没有出去不是吗？现在我们将整个林子都找遍了，都没看到人。不是遇到鬼了，难道他们会遁术不成？"几人正你一言我一语，忽然一个人影出现在林中，其中一人看到，惊喜叫道："看，叶统领，叶统领在那里。"

几人循着他所指的方向看去，果然看到男人缓缓走来，头发有些凌乱，身上的袍子也有几处被钩挂成碎片，脸色黯然。几人连忙迎了上去："叶统领，你可出现了，我们找了很久，都吓死了。对了，相爷跟小石头呢？"叶炫抬眸，面无表情地看了几人一眼，还未回答，就蓦地听到远处传来男人低醇的嗓音："我们在这里！"

几人一怔，皆循声望去，只见密林那头，一高大一娇小两个男人的身影相靠着缓缓朝他们的方向走过来。相靠？叶炫瞳孔一敛，变了脸色，其余几人也是错愕得说不出话来。可不就是相互靠着，他们挺拔伟岸的相爷正倚靠在小石头瘦弱的肩上。怎么回事？小石头不是得瘟疫了吗？怎么现在看来，反而像是他们的相爷不舒服？叶炫更是眸光紧紧，一眨不眨地盯着蔚景。

蔚景咬牙，扶着凌澜，一步一步吃力地往前走着，一个抬眸的瞬间，忽然撞上叶炫看过来的眼神，她一惊，这才想起大事不妙。竟将叶炫已经知道她是女人的事儿给忘了。完了。凌澜这关好不容易蒙混过去，叶炫这边怎么办？而且这人死脑筋，对锦弦忠心耿耿，如果，他跟锦弦说了怎么办？思忖间，已行至几人的面前，几个兵士见到她走近，都本能地后退了两步，可看到她已经无恙的时候，又都停了下来，疑惑地看着她和凌澜。叶炫自始至终都站在原地未动。也就是这时，蔚景才看到他似乎也受了伤，脸上有划痕，衣袍也破碎不堪，就那样站在那里看着她。

气氛有些诡异。几个兵士看着她跟凌澜，凌澜凝视着叶炫，叶炫又盯着她。蔚景心里有些发毛，生怕叶炫忽然开口说她是女的，那她在凌澜面前所有的努力都会白费。好在叶炫只是眸色深深地看着她，并未多想。倒是身边的男人最先开了口："本相将小石头的瘟疫医好了，回营吧，出来这么久，皇上该要担心了。"凌澜轻描淡写地说完，就抬步朝林外的方向走，虽说蔚景是支撑着他，可步子却基本上受他控制，于是就被带着一起往前走。

不行，得找个机会跟叶炫求个情才好，让他不要将她是女人的身份说出去，只是那个一根筋的木头，不知会不会同意？经过叶炫的身边，衣袂轻擦的瞬间，不知怎的，竟是碰上了他的手臂，下意识地垂眸望去，就看到他紧紧攥起的拳头。拳头？蔚景心里一咯噔，不知道他为何是这样反应，不由得抬起眼梢睨了他一眼，只看到他眸底一片复杂深沉。

这样的眼神……微微怔忡，肩上骤然一重，猝不及防的她脚下一软，差点被压倒，强自站稳，她将目光从叶炫的身上移开，看向身侧骤然给她施压的男人，却见男人并未有任何异样，面沉如水，目光平视前方，只是刀削一般的下颌，似乎绷得有些紧。

蔚景皱眉，心里直想骂人。她不是没见过他受伤，比这严重十倍的她都见过，当时也没见他如此，如今只是一条腿伤了，竟像是病入膏肓一样，将整个人的重量都压在她身上。分明是故意的。不是借机表现自己为救她所做出的牺牲，就是借机报复她给他早膳用树叶跟白水。心中气苦，却发作不得。

终于出了林子，叶炫跟几个兵士也跟在后面出来。山道上，马车在，凌澜的马儿也在。

"本相脚伤了，就跟小石头一起坐马车吧！"凌澜一边说，一边毫不客气地夹着蔚景往马车边走。毫不夸张，真的是夹，明明是她扶他，她却感觉到自己被提得脚都几乎要离地了。她就不明白了，这脚伤跟坐马车和骑马有什么关系？马车是坐，马儿不是也是坐，又不需要用脚。想着在狭小的空间里，两人得单独面对很长时间，她的心里一百二十个不愿意。以防出现什么纰漏，得想法子拒绝才行，脑中快速思忖，还未及开口，倒是一直沉默不语的叶炫出了声："虽然相爷妙手回春，将小石头的瘟疫医好了，但是，来时小石头还是染着的，恐马车上有什么残留感染到相爷，还是请相爷单独骑马的好。"

太好了。这是蔚景第二次觉得叶炫的声音听上去如同天籁。与此同时，她也隐隐生出一种感觉，叶炫是故意的。如果叶炫故意支开凌澜，那么，就说明，他在掩护她，不让凌澜识破她的女儿身，由此可见，他应该不会将她是女人的身份暴露出来。这般一想，心里稍稍安定，她朝叶炫投去感激的一瞥，叶炫眸光微微一敛，别过眼。

睨着他的反应，蔚景心里更加肯定了这点。也第一次觉得，这个男人似乎并不是面上所表现出来的那般冷情和铁石心肠。看来，她先前跟他讲的那些道理以及装可怜起到了效果。

凌澜闻听叶炫所言后，果然将手臂从她的肩上拿开了，她心中一喜，见他举步走开，虽有些跛，却并未让她搀。她以为他是走向马儿，却不料，他竟是径直走到叶炫的面前。她一怔，叶炫也是面色一滞，却又见其只是微微一笑道："还是叶统领心细，以防万一，马车的确不能乘了，不然，本相可能会被感染到，小石头好不容易给治愈了，也可能会再次染上，若是那样，岂不是前功尽弃了。所以，还是将马车的车厢弃掉，小石头就随本相骑马吧。"说完，也未等叶炫做出回应，就越过他的身边，去前面牵了自己的马过来。

蔚景满头黑线。对她来说，共骑一马还不如共乘一车呢，车里虽空间狭小，至少有空间，这共骑一马，她怎么坐，坐他前面，他只要一揽她腰，就知道她是女人吧，坐他后面，她的前胸贴着他的后背，稍稍一个碰撞，岂不是也得暴露了出来？不行，不能同骑。

"多谢相爷和叶统领关心，我还是坐马车吧，毕竟我的瘟疫才刚好，会不会传染给人，也不确定，还是防患于未然的好。另外，我听说，感染瘟疫的人就像是得天花水痘一样，只要治愈，就绝对不会再染上，所以，我坐马车应该安全。"一边说，她一边睨着两人反应，清晰地看到叶炫面色微微一松，凌澜眸光略略一敛。

她说的是实情，医书上有记载，虽说瘟疫极难治愈，但是，一旦治愈，就绝对不会再犯。凌澜是医者，不会不知道这些，只能说明一点，他故意的，欺负人家叶炫不懂医不知道。既然是故意的，那他就一定有自己的动机，肯定是他已经看出了什么端倪在怀疑她，想借机试探。所以，她更不能与他一起。

她以为凌澜又会找什么其他的理由来驳回她的话，虽说他不是话多之人，却一定是关键时候，一句话能将人堵死的人，她早已见识过无数次，她以为这次也不例外。出乎意料的，竟没有，他仅仅是在听到她说那番话的时候，眸光敛了敛，其余倒是没甚反应，然后说："好！"便翻身上马，走在了前面。

一颗高悬的心终于落了下来，蔚景对着叶炫深深一鞠，转身上了马车。她想，她的意思，他懂。叶炫兀自站在原地微微失了神，直到其他几个兵士坐在了马车的车驾上喊他，他才回神飞身跃了上来。马蹄嗒嗒响起，一行人往下山的方向而去。

蔚景的回归让整个大军都轰动了。顷刻之间，所有人都知道了，她得了瘟疫，被右相夜逐寒给治好了。于是，如凌澜所讲，果然，他的威望大增，走到哪儿都是颂扬他的医术，帝王锦弦也龙颜大悦，说回朝以后，会对他论功行赏。蔚景不知道他跟叶炫是怎样跟锦弦禀报的，锦弦竟也没有起疑。

大概是想将戏演得更像那么回事，凌澜还让人单独给她搭了一个营帐，说是，虽

第七章　只赌君心

123

已痊愈，却要隔开观察愈后情况。她也乐于接受，毕竟一个女人，混在一堆男人里睡觉，多少有些不方便，如此一来，正好解了她的烦恼。

她依旧在火头军里做事。晚膳她依旧给人送食盒。也不知是真凑巧，还是有人安排，管事的竟然让她送的是凌澜跟叶炫的。送叶炫的正好，她要跟人家道声谢谢，可送凌澜的……不情愿也得送不是。

想着反正有大蒜，凌澜也不会吃的，所以，她先送的叶炫的。她进去的时候，叶炫一人站在营帐的窗边，不知在想什么，帐内一盏烛火摇曳。

"叶统领，晚膳送来了。"她提着食盒走到桌案边放下。叶炫回头看着她。一声不吭，就沉默地看着她，一眨不眨。她原本想跟他说谢谢的，被他这样一看，看得心里直发毛，因为，借着烛火，她清晰地看到他的眸子里裹着火热。

火热？天，怎么这种眼神？难道就因为知道她是个女的，所以……不应该是那种男人吧？正有些惶然，却又蓦地瞧见他举步朝她走过来，一边走，一边凝视着她不放，眸光映着烛火，每一下闪烁都是复杂和激烈。蔚景一惊，心里更是吓得不行，连忙对他鞠了个身告退，就仓皇往外走。

"叶子。"身后传来叶炫喑哑微嘶的声音，蔚景一怔，脚下未停、慌不择路中，竟直直撞在自营帐外进来的一个人身上。鼻梁撞上对方的胸口，她痛得瞳孔一敛，脚下也后退了两步，才稳住自己。

"怎么冒冒失失的，走路也不看路吗？"男人低沉的声音响起，语气明显带着不悦和责怪，蔚景一震，真是冤家路窄啊，竟又是凌澜。抬手捂着痛得都要木掉的鼻子，她没有吭声，忽然想起，方才叶炫好像说什么叶子。显然，进帐的凌澜也听到了，当即就问出了心中疑问："对了，叶统领方才说什么叶子？"

叶炫眸光微微一闪，"哦"了一声，笑道："没什么，就是听说早膳的时候，小石头给相爷送的是叶子和白开水，所以，我在问小石头，不会我这个食盒里面也装的是叶子吧？"

蔚景怔了怔，这是什么跟什么。虽然她听得有些蒙了，但是，有一点她敢肯定，叶炫在说谎，显然，平素不是一个会撒谎的人，以至于说点假话，脸颊就泛红。

"相爷，有事吗？"叶炫一边说，一边打开食盒，将里面的饭菜一一端出来。

"哦，本相过来，就是想跟你讨论一下大军行进的事，"凌澜举步走过去，忽然又想起什么，脚步一顿，回头看向蔚景："本相的晚膳送去营帐了吗？"

蔚景还在想"叶子"一事，骤闻男人发问，才怔怔回神，捂着鼻子摇了摇头，瓮声瓮气道："还没有。"凌澜眼波微微一动，斥道："那还不赶快去送？"

"是！这就马上去！"如同大赦，蔚景疾步而出。

蔚景回到火头军大营提了食盒送去凌澜营帐的时候，营帐里没有人。她想，可能还在跟叶炫商量军事。反正晚膳还是有蒜的，他不会吃，不用担心凉掉了。今日发生的事太多，她不想处心积虑给他弄没蒜的，怕引起他的怀疑。反正今日早膳他刚用过了米粥，稍稍饿上两顿没有关系，前面三日，他粒米未沾也过来了不是吗？将食盒放在桌上，她退了出来。

夜色苍茫，营地外，小溪旁，凌澜迎风而立，空气中骤然一股异流，随着一阵衣袂簌簌的声响，一个黑影翩然落在他的身后。黑衣黑裤黑纱掩面，隐在一片黑暗里，几乎没有存在感。凌澜环顾了一下左右，转过身，凤眸略带促狭地看着来人。

"叶子？原来你在他面前叫叶子，不错，竟然都跟人家姓上一个姓了。"

来人黑纱下的面色微微一白，冷声道："你约我来，就是跟我说这些的？"

"当然不是！我是想告诉你，我尊敬的姐夫大人将别人当成你了，你得赶快想个办法让他知道那人不是你吧。"来人眼帘颤了颤，清丽水眸中同样浮起一抹促狭："当成我便当成我，我不在意。"

"不在意？"凌澜低低一笑，"那今日是谁在见他跳下断岗，也不惜现身跟着跳下去的？"来人面色再次一滞，矢口否认道："我是因为见你这个疯子跳下去了，想要救你。"

"是吗？"凌澜挑眉，凤眸含笑。

"当然！"来人眸光微闪，语气笃定。

"好，就算你是为了我，那你就一点都不担心，他真的喜欢上别人？"

来人轻笑："不担心。何况，有你在，需要我担心吗？你会让除你以外的男人觊觎蔚景？"这次轮到凌澜脸色一白："我有说蔚景吗？"

来人瞟了他一眼："你是没说，但是，我有眼睛。"

其实，这几日，她一直跟在大军的后面，确切地说，是跟着这个男人，今日下午也不例外。密林里，他跟叶炫的纠缠，她自是看在眼里，还有那个叫小石头的小兵栽下断岗之后，他跟叶炫那般奋不顾身的纵身一跃，她也看得真切。

是的，如这个男人所说，她也跟着跳了下去。当时什么也没想，所有人所有事，似乎都在脑后，就这样不计后果地跳了下去。事后她想想，自己都难以相信。热血不属于她，疯狂不属于她，不顾一切更不属于她。如果非是要给自己的行为找个解释，那就是如她所说，因为看到这个疯子跳下去了，她想救他。虽然，事实上，她没救到他，而是救了叶炫。

与其说那是一个断岗，倒不如说是一个峭壁。真的又高又陡。她，凌澜，叶炫都是有功夫的人，全部都受了伤。她的伤最轻，因为她落在了叶炫的身上，而叶炫是因为头撞到了一个大石，所以昏迷了过去。凌澜的伤是为了救小石头所致。小石头一丝武功的底子都没有，如果不是凌澜先坠下去，接住了滚落的她，她绝对不是仅仅摔晕过去这般简单，必死无疑。也就是看到这一幕，她才怀疑，小石头是蔚景。

第七章　只赌君心

125

她不是热血之人，她的这个弟弟又何尝是？能让他如此拼死相救的人，这世上，只有蔚景一个。后来，他的举措，更加让她肯定了这个认知。因为滚落中的碰撞摩擦，小石头脸上的面皮一角脱落，他竟然还趁她昏迷之际，小心翼翼地将其贴好。因为当时叶炫昏迷，她也是急得不行，她这个弟弟反而很冷静，他会医，他探了叶炫的脉搏，说没性命之忧，只是昏迷，她才微微松了一口气。他让她等在那里，看好昏迷的叶炫和小石头，他去采药。很快，他回来了，给了她可以让叶炫慢慢苏醒的药草，然后，抱起小石头就走。

她不知道他要做什么，就问他，他说，他找到了抗过敏的荆芥，刚好那里也是一个小山坡。她永远也忘不了，他说这句话时眸子里的光亮，就像是有一颗一颗的星子落入。当时，她不是很明白，他最后一句话的意思，既然找到了荆芥，为何不摘回来给小石头服用？还有，跟小山坡有什么关系？

想了好久，她才明白过来这个男人的用心良苦。原来，他是要让各自的身份继续维持下去，小石头还是小石头，右相还是右相，小石头并未暴露，小石头是自己救的自己。或许，这是最好的做法，这世上有太多的无奈和身不由己，换个方式相处，或许可以将伤害降到最小。譬如她跟叶炫。她有她的使命，他有他的原则，他们永远都不可能在一起，所以，今日崖下用药草将他救醒之前，她再一次选择了逃避。她想，少一些交集，就会少一些沉沦，少一些沉沦，日后，刀剑相向的那一天，她也不至于心软或者痛苦。

缓缓收回思绪，她轻凝了目光，看向面前的这个弟弟。

"叶子？原来你在他面前叫叶子，不错，竟然都跟人家姓上一个姓了。"

"当然不是！我是想告诉你，我尊敬的姐夫大人将别人当成了你，你想个办法让他知道那人不是你。"

二十年来，他第一次这样跟她说话。她也第一次感觉到，他们是姐弟，有着脉脉温情、可以逗笑调侃的姐弟。秘密碰头在一起，不是讨论接下来的计划，也不是商量对外的计策，不是设局，不是谋划，不是总也想不完的算计，只是单纯地说一个对普通人来说很寻常，对他们来说却很奢侈的话题。她知道，他是开心的。开心这个词或许过于简单，用欣喜若狂，她也并不觉为过，而这一切狂喜激动，都是因为一个失而复得的女人。

或许就是因为曾经失去，才深知得到的不易，所以才会变得谨慎，变得小心翼翼。小石头是蔚景，却又不是蔚景，小石头只是小石头，这样的方式相处，让她没了蔚景的排斥，而这样的方式相处，他依旧可以像守护蔚景一样继续守护她。他是智者。与他相比，她这个姐姐终是懦弱许多。她跟叶炫都逃不过肩上的责任，他跟蔚景又何尝逃得过？这一生的宿命注定他们会相爱相杀。这个道理她懂，所以她一直逃避。他又何尝不懂？可他依旧勇敢。面对这样的他，她还能说什么呢？曾经那些反对、阻止、恨铁不成钢的话，她再也说不出口。

"凌澜，你是怎么知道小石头是蔚景的？"

既然跟随着一起跳下断岗，说明在看到小石头的面皮之前，他就已经知道她是蔚景了。凌澜怔了怔，没有正面回答，只微微一笑道："终是我迟钝，差点再次错过了。"

其实，他应该早就发现的，一个火头军的小兵在他堂堂一个相爷面前，行为怎会如此怪异？但是真正让他怀疑的是，关于她所说的那个啸影山庄甜姑娘的传闻。虽说他不了解影君傲，但是，有一点他却坚信，那就是影君傲对这个女人的爱。试问，一个用生命爱着她的男人，又怎会让她抛头露面去开铺赠药？就算戴着面纱又如何，终究是危险至极。所以，只能说明一点，小石头在撒谎。而这个谎言的受益者是他，因为他从中得到了一个信息，现在的皇后是假的。连锦弦都不知道的事情，一个小小的火头军怎么会知道？

他将整个事情理了理，上下一想，就很确定了她是蔚景。她不敢抬头看他，那夜就在现在的这个小溪边，他准备去追皇后，她着急喊相爷，她用树叶跟白水给他做早膳，她故意说，正好有没有放蒜的白粥……

一切的一切，只有她，只有蔚景。这一些是他去镇上买石灰的路上想的，然后，回来听说，她得了瘟疫，他就更加确定无疑。她对紫草过敏，而他给皇后的膳食里放了紫草，而皇后的午膳是她送的。他差点再一次害死了她，所幸，一切都来得及。不然，他不敢想。

"是不是你们男人，都是这么迟钝的？"鹜颜看着身前小溪潺潺的水流，幽幽问道。凌澜回过神，怔了怔，唇角一勾："这个问题，你应该去问那个天下第一迟钝的男人，反正我最多没认出蔚景，却绝对不会将别的女人当做蔚景。"凌澜说完，就发现不对了，好像似乎他前几日就将现在某个营帐里的尊贵娘娘当成了蔚景，然后，见对方自始至终瞧都不瞧他一眼，还以为她决绝至此，为了博取她的一丝心疼，他甚至几日不吃，还弄肿了自己的牙齿，就是想要让她的目光能够稍稍在他的身上停伫。却原来，表错了情。当然，这些没人知道。

鹜颜瞟了他一眼："你应该庆幸，幸亏那个男人的迟钝天下第一，若不是将蔚景当成了我，你想，依照他那个榆木脑袋，会替蔚景隐瞒她的女人身份？早不知几时就禀报给锦弦了。"

凌澜怔了怔，这方面他不是没想过，只是……低头一笑，他转眸看向鹜颜："你这话是不是承认那个迟钝的木头对你情有独钟？"

情有独钟……鹜颜脸颊一热，好在夜黑，又戴着面纱，倒也不窘迫，鼻子里发出一声轻嗤，她摇摇头："什么情有独钟？他是愧疚，因为'醉红颜'一事，他对不起我。"鹜颜说完，见凌澜睨着她，才蓦地惊觉过来，自己提了一个更尴尬的话题。脸上一窘，她转眸看了看左右，道："夜已深，你在外逗留太久也不好，回去吧，我走了。"话落，转身就走，走了两步又顿住，回头："既然小石头是蔚景，那么，现在的皇后是谁？"凌澜微微眯了眯子："这个我正在查。"

第七章　只赌君心

一般情况下，将食盒送进营帐，都是半个时辰后，再去取回。蔚景拖了又拖，挨了又挨，最终见夜已深，若再不去取，恐人都要睡了，没办法，她才来到凌澜的营帐。帐内依旧亮着烛火，蔚景在帐外静默了片刻，才试探地喊了一声："相爷！"

"进来！"男人低沉的嗓音响起。蔚景低着头躬身而入："我是来取食盒的。"

男人正坐在灯下包扎腿上的伤口，一大截裤管卷得老高，大手执着一个小瓷瓶均匀地将药粉洒在皮肉外翻的伤口上，见她进来，也没抬眼，依旧专注着自己手上的动作。目光触及到男人腿上的那一块殷红，蔚景眼帘微微一颤，默然上前，伸手提过置放在桌案上的食盒。沉甸甸的分量入手，男人果然是没吃。拎了食盒略略低了一下身子，算是行礼，她刚准备转身退出，就蓦地听到男人的声音响起："等等！"

蔚景一怔，顿住脚步，回头。男人朝她招了招手："过来！"

又是一副大爷的霸道模样。蔚景眉心微微一拢，躬身道："不知相爷有何吩咐？"

"本相让你过来！"略沉的声音里明显带着一丝不悦。蔚景眼帘又颤了颤，过去是什么意思？原本两人就隔得不远，他在矮案的那边，她在矮案的这边，再过去还怎么过去？难道越过矮案，到他那边去不成？不明其意，她索性低着头站在那里未动。一声轻响，男人将手中的瓷瓶放在案上，起身站起，绕过矮案，直接走到她的身边。蔚景一惊，不知他意欲何为，心头狂跳中，男人已在她的面前站定。一步之遥，或者一步都没有，她低着头，看到男人银线云头靴跟她的鞋尖不过咫尺。很压迫的距离，她紧紧攥住手中的食盒。

"抬起头！"男人略带命令的口气响在她的头顶。

完了。蔚景呼吸一室，这个男人不会发现了她的面皮吧？不想欲盖弥彰，心下强自镇定，她缓缓抬起头。因为身高的关系，她平视过去，只能看到男人下巴那里，想要看到男人面上的表情和眸中的情绪，她必须微微扬着脑袋才行。头皮一硬，她仰脸朝他看去，就蓦地撞上他凝视着她的深瞳，漆黑如墨、深邃似海，就像是有着飓风的漩涡，让人看上一眼，便能淹没。蔚景心尖一抖，正欲将视线撇开，鼻梁却是蓦地一热，男人温热干燥的指腹就捏上了她的鼻骨。她痛得瞳孔一敛，轻"嗞"了一声。

"还好，没断。"男人略带揶揄的声音喷薄在她的面门上。没断？还好？虽说是她没看路，撞了上去，但毕竟是撞在他身上的不是吗？她的鼻梁都肿了，他却还在这里一副幸灾乐祸的口气。换做寻常，她早拿话回了他，如今不行，这样的相处太压抑了，也太危险，她得赶快撤才行："多谢相爷关心，我没事，夜已深，若相爷没有其他吩咐，我就先告退了。"男人也不执着，将手自她鼻梁上拿开，"嗯"了一声，伸手自袖中掏出一个小瓷瓶递到她面前："这是专治跌打扭伤的药，你睡觉前敷在鼻梁上，可消肿去痛。"

蔚景垂眸。又见精致小瓷瓶。心里的滋味却有些不明，原来还以为，他只会将这些小瓷瓶给她，原来，随便谁，他都会给。抿唇默了片刻，她伸手，将小瓷瓶接过，道了声谢谢，正欲再告退，却又闻男人的声音响起："顺便腰上也敷一敷。"

腰上？蔚景一愣，男人又接着道："早上，本相出手重了些。"早上？蔚景想了想，才明白过来，他说的是，早膳她用树叶跟白水将他引到火头军营地的事，她在门口，他直接用内力将她裹进去，摔在地上。亏他还记得，心里咬牙切齿，面上却是微微一笑："没事，多谢相爷！"

"很喜欢甜姑娘？"男人忽然开口。蔚景心口一撞，手中的食盒和瓷瓶差点没拿住。甜姑娘？这话题也太跳跃了吧？想起早上的时候，她好像说过甜姑娘的确是一个让男人向往的好姑娘，便点了点头。男人低低一笑，从她身边走开，回到矮案边坐下。

"知道甜姑娘为何一直戴着面纱吗？"

蔚景再次心头一突，下意识地看向男人，就只见男人眸色深深、似笑非笑地看着她。

"不知道。"她强自敛了心神，答道，末了，也不知怎么想的，又补充了一句，"既然是相爷的故人，想必相爷知道因由。"

"本相当然知道，因为……"他顿了顿，似是在想那句话该不该说，默了片刻之后，才道，"因为丑啊，奇丑无比！"最后四个字咬得特别重，蔚景瞳孔一缩，他的声音还在继续，"原本背后不应该妄议他人的不是，特别是相貌问题，毕竟一个人的美并不在于她的容貌如何，但是，本相还是想跟你说了实情，主要是不想让你沉溺在自己的白日梦中。没有幻想，就不会失望。"

白日梦？幻想？她做白日梦了吗？她幻想了吗？蔚景想笑，牙齿却恨得痒痒的。虽说两人已成陌路，但毕竟两人共同走过，这样去损一个与自己携手并肩过的女人，这个男人还有没有风度？

"多谢相爷提醒，只不过情人眼里出西施，小石头心里有甜姑娘，所以，无论她长成什么样子，她在小石头的心里都是最美的，无人取代的，而相爷说，甜姑娘是自己的故人，却连'奇丑无比'这样的词都用上了，在小石头看来，只能说明一点，那就是相爷的心里，根本没有这个故人的一席之地。"蔚景一口气说完，眸光灼灼，看向男人，原本男人是笑着，她清晰地看到男人唇角一僵、面色滞住的表情。弯了弯唇，她转身离开，这一次，她未行礼，也未告退，大步出了营帐，背脊挺得笔直。留下帐里的凌澜一人，好半天回不过神。

出了营帐，蔚景走得极快。她也不知道自己在气什么，气他说她丑吗？还是气他背后这样对她？她不知道。她只知道，既然已成陌路，既然各自天涯，他怎么想的，怎么看的，怎么说的，又有什么关系？抬眸望了望天边的明月，她深深地呼吸。忽然身后传来一阵衣袂簌簌的声音，她一惊，回头，只见黑影一晃，还未来得及反应，腰身倏地一重，自己已被对方裹住，她大骇，本能地就想呼救，却在下一瞬嘴巴被大掌捂住。

第七章　只赌君心

"别叫,是我!"随着男人低沉的嗓音响在耳畔,她感觉到脚下一轻,风声过耳,来人已经带着她用轻功飞了起来。她反应了一会儿对方的声音,才意识到,是叶炫。

他要做什么?想起夜里她送晚膳的时候,他眸子里裹着的那一抹火热,她浑身一颤,大惊:"叶炫,你要做什么?"一时情急,连统领都忘了叫。

一直飞出了营地,叶炫才将她放下来,并快速后退两步,跟她拉开了距离。皎皎月色下,她似乎又看到他脸颊微微泛着红润。

"你走吧!"叶炫忽然背过身去,负手而立。声音虽绞着一抹紧绷,却又沉又冷。

走?蔚景一怔,将她带过来,什么也不说,什么也不做,然后,又让她走?还是说,原本是想做些邪恶的事,忽然良心发现,临时改变了主意?顾不了那么多了,既然放她走,她扭头就往营地的方向而去,也就是到这时,她才发现,自己还一手拎着食盒,一手攥着瓷瓶。刚想加快步子,身后又传来叶炫凄凉的声音:"你去哪里?"

蔚景顿住脚步,回头,看了看左右,有些蒙了。他在跟她说吗?不是他让她走吗?她走了,他怎么又问她去哪里?

"回营。"看着已经转过身来的男人,她答道。

"回营?"叶炫冷冷一哼,面若寒霜道,"然后再伺机做出对大军或者对皇上不利的事情?"蔚景一震,难道他发现了什么?心跳徐徐加快,一时不知该如何回应?

"走,趁我还没有改变主意之前,离开军营!"

离开军营?蔚景愣了愣,原来,他所说的走,是让她离开。这人也真是奇了怪了,白日她那样乞求,他都不愿放她走,如今夜里,还专门将她抓过来放她离开。不过,正合她意。她就是想要离开呢,只是一直巡逻的士兵太多,如今被他都带出了营地外,倒是省了她不少麻烦。沉默地将食盒放在地上,她转身朝营地相反的方向走。

待细碎的脚步声越走越远,越走越远,直至消失不见,叶炫都没有动,一直站在那里,任衣发被夜风吹得飞扬。赶她走,非他心中所愿,但是,留下她,却终是危险。对锦弦的危险,对大军的危险,其实,也是对她的危险。作为臣子,他的职责是保护君王,作为将领,他要确保大战的胜利,而作为男人,他要保护她的安全。所以,他必须让她走,让她离开,不管她女扮男装,混于大军之中,有何计划,有何阴谋,他只要她的安全。

他知道今日在崖下,是她救了他,虽然那时他在昏迷,但是,他隐隐约约有些浅薄的意识,虽然真的很浅薄,眼睛睁不开,但是,他感觉到了她的气息,她嘴对嘴将咀嚼好的草药哺进他的口中。如果说在密林里他对她是不是叶子还有一丝怀疑,因为感觉不是很对,似乎是,又似乎不是,那么此刻,他已完全肯定。她就是叶子,小石头就是叶子,只不过她擅于伪装。

其实有她在身边,他是开心的,至少可以经常看到她,不像曾经,每每见面,不是她有目的利用,就是两人刀剑相向,如今,她送饭他吃,他吃完她来收走,虽然很平常，却是他以前想都不敢想的。但是，他也很清楚，她混进军营，绝对不是专门过来给他送饭那么简单，她肯定有着她的目的和动机，他不能放任这样下去，锦弦是什么样的人，他比谁都清楚，一旦，她落入他的手中，只有一个死字。

白日人多，放她走不方便，所以，他只能选择夜里。只是他没想到，她竟是走得如此沉默，竟然一句话都没有说，哦，说了两句话，一句"叶炫，你要做什么？"一句"回营。"再无其他。难道她跟他之间，真的已经淡漠到如此地步？是还在为当日醉红颜一事怪他吧？也是，是该怪的。他不知道，最终她的解药是哪里来的，他只知道，他害了她，他差点害死了她。这也是他要赶她走的原因之一，他怕，他怕再发生类似的事情，他怕若锦弦再逼他动手，他会再次伤了她。

走吧，走吧，就当她从未来过。抬头，他望了望苍茫夜色下的天幕，好像要变天了，他记得刚刚还是月色皎皎，月华满天的，怎么如今黑沉沉的？这样黑的夜里赶路，她……该安全吧？毕竟她的武功不弱的，应该可以防身。会迷路吗？如果走到别的地方倒也无所谓了，若是不小心走到那个有着瘟疫的小镇怎么办？哦，应该也没事，今日她不是说，感染过瘟疫又被治好的人，是不会再被传染上的吗？心头微躁，他转眸看向她离去的方向，失神了一会儿，忽然，举步朝那边疾走。

提着轻功一口气追了好长一段路，凄迷夜色下，没有一个人，天地广袤、视野开阔，一眼可以望见很远。视线所及范围之内，都没有人。她已走了。她终于走了。他停了脚步，落寞而站，许久，才缓缓转身，却蓦地发现身后不远处静立着一人，同样衣发飞扬。他心跳一滞，以为自己看花了眼，直到那人的声音被夜风送了过来。

"既然赶我走，为何又要追过来？是想确认一下我是不是真的走了，还是后悔了想要将我留下来？"

女声，熟悉的女声。叶炫心魂震荡。虽然今日他已经识破小石头的身份，但是，她却一直用着男人的声音，这是第一次，她穿着男人的兵士服，跟他用叶子的本声。

没想到她还没走，且这样直咧咧地出现，叶炫一时不知该如何回答才好。实际上，他也不知道为何会追过来。或许如她说的，想确认一下她是不是真的走了，又或许是真的后悔了，想要……她留下来，还或许是单纯地想要看她最后一眼。

见他不语，女子忽然抬步朝他走来。心跳徐徐加快，他就看着她，看着幽幽夜色下的她越来越近，一直走到他的面前，仅一步之遥，他以为她会站定，却不想，她脚步未停，竟直接走过他的身边，往前走。衣袂轻擦，他的心倏地一空。想也未想，他蓦地伸手抓住了她的腕："叶子。"

女子顿住脚步，回头。似乎在等着他说话。可他不知道该说什么啊。

见他依旧闷声不响，女子垂眸，缓缓抬起另一手，将他落在她腕上的大手拂掉，继续往前走。他一急，再次抓住："叶子，别走！"沙哑暗沉的声音颤抖得厉害。

第七章 只赌君心

女子站着未动,也未回头,叶炫看着她的背影好一会儿,也不知哪里来的勇气,忽然,手臂一拉,将她猛地拉转过身,深裹入怀:"叶子,走吧,军营……不是你一个女人该待的地方,皇上……你……你不是皇上的对手……"本来就不善言辞,特别是在这个女人面前,当熟悉的身子入怀,他更是连话都说不清楚。

女子未响,就任由他抱着,许久之后,才缓缓自他的怀里抬起头,仰脸看着他:"并非我不是锦弦的对手,而是因为锦弦有你这个利器。"女子声音不大,也没带多少情绪,叶炫却是听得身子一晃。果然。

"叶子,关于醉红颜……不是你想的那样……"本能地,他想解释,可是却不知该从何说起,说君命难违?说被君王算计?他是臣啊。见他顿了半天,也没说出个所以然出来,女子垂下眼帘,弯了弯唇角,也静默了片刻,再次抬起头。

"我要留下来!"她开门见山,目光灼灼,口气笃定。叶炫怔了怔,缓缓将她放开,冷声道:"你到底要做什么?"

"放心,这一次,我不会对你尊敬的主子不利,也绝对不会对大军怎样!"

"那你的目的何在?你要做什么?"叶炫同样牢牢望进她的眼。女子似乎并不想跟他对视,略略撇开眼,低声道:"我只是想保护我要保护的人。"

"凌澜吗?"女子的话音刚落,叶炫下一瞬就接上,"要保护凌澜是吗?凌澜也潜伏在我们十万大军之中是吗?"第一次,他咄咄逼问。

女子愕然抬头,有些震惊地看着他。睨着她的反应,叶炫弯起唇角,轻轻笑:"是不是被我说中了?"末了,笑容又骤然一敛,沉声道,"如此这般,你更是不能留下,皇上身边岂能容你们这么多居心叵测之人?"

居心叵测?女子也笑了,轻轻摇头。她都已经跟他言明了,她不会对锦弦不利,不会对大军不利,他还要这样看她?

"在你的心里,我就是这般不堪之人?难道……"

"难道不是吗?"叶炫嘶声将她的话打断。女子一震,叶炫垂眸,笑得落寞苍凉,"每一次找我,都有目的,每一次跟我好,都是利用我,为了救那个男人,为了救那个叫凌澜的男人,你又置我于何地?你置我于不忠的境地,你让我差点害死了皇后,你让我君臣心生嫌隙,为了他,你甚至不惜出卖自己,你跟那些烟花女子又有什么两样?你的廉耻呢?你的心呢?你的心在哪里?"叶炫嘶吼出声。

"啪"的一声脆响,骤然划破夜的空荡和寂寥。女子扬着手,抑制不住地颤抖。男人的声音也在那一记耳光后,戛然而止。她盯着他,他亦盯着她。两人的眸子都一片猩红。最后,女子缓缓放下手,抬眸望了望天,终是将眼里的那一抹潮热逼回眼眶。转眸,再次看着他,她冷声道:"是,我就是这样的一个女人,我就是这样一个为达目的,不择手段的女人,我没有心,也没有廉耻,反正我必须留下来,你要杀要剐,随你!"女子沉沉说完,便转身往营地的方向走。

叶炫脚尖一点，飞身而起，落在女子的面前，拦住她的去路："别以为我真的不会杀你！"

女子停住脚步，看着他，忽然伸手，拔出他腰间的佩剑，塞进他手中，锋利的剑尖对着自己胸口，朱唇冷冷逸出两字："你杀！"

叶炫眸光一敛，没想到她会这样，大手握了剑鞘，腕在抖。见他不动，女子蹙眉，"怎么不动手？你杀啊！"女子一边说，一边双手握在他的手背上，引着他的手让长剑往自己胸口一送。叶炫脸色一变，想要阻止都来不及。利器入肉的声音。他清晰地看到女子眸中瞬间涌上的痛苦。心中大恸，他一把将长剑扔掉，随着"当啷"一声脆响，剑尖上有殷红的血珠四溅。

"叶子！"他伸手将她扶住，难以置信地看着她，痛苦的神色纠结在眸子里。他知道她性子烈，却没想到会烈到这般。这分明就是在逼他。用自己的生死逼他。

女子背脊站得笔直，没有一丝佝偻，纠结的眉宇也缓缓舒展开来，她看着他，平静地看着他，一字一顿道："叶炫，就算你杀了我，我也要留下来！"叶炫点头，一颗心痛到颤抖："好，你留下来，你留下来！"嘴里喃喃说着，心里又慌又痛，他皱眉看着她胸口兵士服上慢慢洇染出来的一朵殷红，急急问道，"你怎样？你感觉怎样？"

女子没有吭声。叶炫眸光一敛，直接将她打横抱起，疾步往营地的方向赶。

"你觉得你这样抱我回去合适吗？"女子骤然开口。叶炫脚步微微一顿，下一瞬却又未停，继续大步向前。

"你是唯恐别人不知道我是女人，还是唯恐锦弦不知道我是跟你有关系的那个女人？"

叶炫身子一僵，就顿在了原地。

"放我下来！"

叶炫缓缓将她放下，怔怔看着她。瞧着他煞白的脸色，慌痛的眸眼，女子眸光微闪，抿了抿唇，沉冷的声音也慢慢柔和了下来："放心，刺得不深，死不了，我自己有药，等会儿上点药就好了，你先走吧。"

叶炫哪里敢走？他用恶语伤了她，还用长剑伤了她，他如何敢走？

见他杵在那里不动，又不说话，就直直盯着她的伤口，女子叹了口气，有些无奈："你先走，我后面走，免得引起别人的注意。"

"不，你先走，我后面走。"叶炫口气坚定。女子怔了怔，说："好！"

转身往前走，走了两步不知想起什么，又停住，回头："叶炫，你放心，我说过这次不会对锦弦跟大军不利，我说到做到。如果你真的为我好，也希望你在这段时间里，不要找我，不要纠缠我，就当我们从不认识，我只是小石头。"

从不认识？叶炫身子一晃，女子转身，抬步离开。

第七章　只赌君心

鸷颜走得极快，脚步微跟，胸口外的伤口传来刺痛，却没有胸口内的疼痛来得强烈。是啊，她可不就是他所说的那种人，没有廉耻之心的女人。每一次见他都是带着目的，每一次对他好都是为了利用。譬如这一次也不例外。

　　方才她就在附近，他跟蔚景的对话她都看在眼里。他以为蔚景是她，将蔚景赶走。她现在的所作所为，不过是让想蔚景留下来。他就这样赶走了蔚景，凌澜又岂会消停？她不想引起任何纠纷。所以，刚刚她趁蔚景不备，将她劈晕，跟她换了衣服，并借用了她脸上的人皮面具。她出来了，以小石头的身份，出现在这个男人的面前。

　　其实，她也想过，直接告诉这个男人，小石头不是她。但是，她怕。如同夜里她跟凌澜说的，如果他知道小石头不是她，依照他的榆木脑袋，以及对锦弦的忠心，他会不会去禀报给锦弦？她不知道。她只知道，她不能赌，不能拿蔚景的命赌，不能拿凌澜的命赌。所以，维持现状是最好。所以，她继续带着目的来做戏来了。

　　她可不就是这样的女人，就连那一剑，她都带着算计。她并不怀疑他对她的爱，就算曾经有"醉红颜"的伤害，那也是因为他有颗对锦弦死忠的心，她不怪他。他心里有她，她知道，不然，断岗之上，他也不会那么义无反顾地纵身一跳。只是他太执拗了，真的太执拗，所以，她必须决绝。她只能利用自己对自己的残忍，来威胁他。那一剑，她故意引他手刺入，他是有高强武功之人，她知道，他会及时阻止。所以，她虽然用了大力刺进，但是，他同样用了大力止住。所以，她没有撒谎，她的确死不了，她的伤不深，只不过伤了点皮肉而已。

　　而他却吓住了。如她所愿，他将她留了下来，也就是将蔚景留了下来。可为了不让留下来却又不知道这一切的蔚景露馅，她还要让他不能跟蔚景有过多交集，所以，她才最后说了那些话，让他若真的为她好，就不要纠缠她，就当从未认识。她知道，他会受伤，他会多想。但是，没办法，只有这样才能维持现状。

　　看吧，她就是这样一个女人。一个如此心机深沉、利用感情的女人。快步走进营地，她要避开他的视线后，再折回去，悄悄将蔚景换回来。

　　营帐内，凌澜坐在灯下，一页一页地翻着手中书卷。上面密密麻麻的黑字变成无数个女子的眉眼。灼灼的眉眼。

　　"多谢相爷提醒，只不过情人眼里出西施，小石头心里有甜姑娘，所以，无论她长成什么样子，她在小石头的心里都是最美的，无人取代的，而相爷说，甜姑娘是自己的故人，却连'奇丑无比'这样的词都用上了，在小石头看来，只能说明一点，那就是相爷的心里，根本没有这个故人的一席之地。"

　　其实，他不过是想着她拿甜姑娘来骗他，他便也用甜姑娘捉弄一下她而已。似乎，他的话有些重了。他想跟过去解释一下，却又怕适得其反暴露了身份。心头微躁，他"啪"的一声合上书卷，正准备熄灯睡觉，却蓦地瞧见一个黑影直直闪身入了营帐。待看清来人是谁，他一怔："你怎么来了？"

　　整夜未眠，满脑子都是女子的容颜和女子说的话语，一直到天亮，叶炫才勉强有了一丝丝困意，可外面却传来兵士的声音，说，皇上紧急召见，有重大军情相商。重大军情？叶炫一惊，一刻也不敢耽搁，披衣而起，连盥洗都顾不上，就赶往锦弦的营帐。

　　营帐里，连帝王在内，有四个人。一个是右相夜逐寒，一个是皇后蔚景，还有一个是此次行军的将军孟河。四人皆是面色凝重，特别是夜逐寒，还满脸憔悴不堪，就像是一夜没有睡觉的模样。叶炫怔了怔，不知发生了什么，怎么都是这样一副表情，而且，竟然连鲜少露面的皇后也在。刚要对帝后二人行礼，就被帝王抬手止了。帝王开门见山，伸手指了指案几上的一封信："刚刚朕收到云漠太子的书信，说，我们的一个叫小石头的兵士在他们手中，约朕与皇后前往云漠大营一见。"

　　叶炫一震，愕然睁大眼睛，只以为自己听错了，一时竟忘了是在天子面前："谁？小石头？"

　　直到帝王蹙眉望着他："怎么？叶统领认识？"叶炫这才惊觉过来自己的失态，连忙敛了心神，躬身道，"回皇上，属下自是认识，小石头就是昨日感染瘟疫，被属下送去焚烧，又被右相医治好的那个火头军的兵士。"

　　"哦，是他，"锦弦点点头，似是想了起来，敛眸道，"用一个小小的火头军兵士来威胁朕，朕真不知道云漠是怎样想的。"

　　锦弦说完，孟河将军便应声道："是啊，皇上乃真龙天子，九五之尊，岂可轻易入虎穴，这云漠太子未免嚣张，一个兵士，还要我中渊帝后二人亲自前往，恐有诈，末将觉得，还是谨慎为好。"

　　"嗯。"锦弦点点头。叶炫一听，就急了，"孟将军的意思是，让皇上坐视不管，只当没收到这封信？"

　　孟河微微一笑："所谓兵不厌诈，叶统领也曾领兵作战，不会不明白这个道理，如今两国交战在即，云漠太子分明引君入瓮，而且，可以掳的人那么多，为何偏偏掳走一个小小的火头军，分明就是羞辱我中渊没人，其心如此，难道还要我们受其威胁，乖乖前往？那皇上的威严何在，我大中渊以后还怎样在各国之中立足？"

　　孟河一番言辞激昂，说得叶炫脸色一白，紧紧抿了唇，一个字都说不出来。昨夜，明明他看着叶子回的营帐，怎么会被云漠掳走呢？如果在帐中被掳走，可能性几乎没有，四周都是巡逻和守卫的兵士，有人潜入，一定会被发觉，而且，叶子自身也是武功高强，虽受了他一剑，可打斗也应该有啊，一旦打斗，又岂会没有动静弄出来？

　　只有两种可能，第一，她后来又出了营外，然后，被云漠军所掳。第二种，就是她故意为之，本就是云漠一伙。虽然对她的底细，他一无所知，但是，他觉得第二种的可能性很小，而且，昨夜，她还明确跟他说过，她不会对锦弦不利，也不会对大军不利。

第七章　只赌君心

135

所以，只有第一种可能。

那她后来出营是为了做什么呢？找药，还是跟谁见面？凌澜吗？跟凌澜见面吗？正浑浑噩噩地想着，又蓦地听到另一个人沉稳的声音不徐不疾响起："皇上，微臣倒觉得，这恰恰就是云漠太子高明的地方。"

是右相夜逐寒。叶炫收回思绪，转眸朝夜逐寒看去。帐内总共五人，除去帝王，还剩四人，皇后又是一个基本不发表意见的人，就只剩下他、孟河和夜逐寒。孟河主张观望，他就指望着夜逐寒了。

"哦？"锦弦挑眉，看向夜逐寒，"右相说说看。"

夜逐寒颔首："皇上你想，云漠为何会掳走一个毫不起眼的小兵？难道他们不知道，这样的人根本不可能给我们造成威胁吗？他们肯定知道。而他们还是这样做了，只说明一点，他们就是要让我们不受威胁。"

锦弦眸光微敛，静静而听。叶炫听得云里雾里，不明其意，这到底是主张去救，还是跟孟河一样主张静观其变啊？夜逐寒的声音还在继续："所以，我们要顺着他们的心思去想。如果我们不受威胁，换句话说，如果不接受他们的邀请，我们置之不理，会造成什么后果？"

"什么后果？"锦弦凤眸微微一眯，似乎已经想到。夜逐寒睨着他的反应，继续道："刚刚微臣过来的时候，听到兵士们都在讲这件事，请问是皇上告诉他们的吗？"

"当然不是！这个时候告诉他们这些，只会弄得人心惶惶。"锦弦沉声回道，脸色极为难看，"云漠是用羽箭将信射进来的，许是怕朕收不到，所以同时射了几封，兵士们不知道是什么东西，就打开看了。"

"嗯，"夜逐寒点头，"所以，问题的关键就在这里，云漠并不是怕皇上收不到，而是故意要兵士们知道。而广散此消息，目的就是要让人心惶惶。十万大军，将帅只是几人，其余全部都是如小石头一样的小兵，试想，如果皇上对此事坐视不管，军中兵士会怎样想？会寒心，会觉得皇上不顾他们这些小兵的生死安危，到时，就不是人心惶惶这般简单，而是军心涣散。所以，微臣才会说云漠此举高明，分明就是陷皇上于两难境地。跟羞辱无关，若要羞辱，方法多的是，此法太弱。"

孟河脸色一白，叶炫心头微松。锦弦微微抿着唇，没有吭声。其实，当这个男人问兵士们是不是他告诉他们的时候，他就想到了这点。云漠，果然狠。

"那现在依右相的意思，朕该如何应对？"

"微臣觉得皇上可以前往营救小石头，此举不仅让云漠看到了我中渊的无惧，也让兵士们看到皇上的仁心，到时军心大振，必势如破竹。"

"属下觉得相爷所言在理。"夜逐寒刚说完，叶炫就迫不及待附和："属下记得，皇上以前一直教导属下，军心所向，胜利所向，所以，我们绝对不能置小石头的生死而不顾。"

"不行！"叶炫的话还未说完，又被孟河沉声打断，"云漠就是吃准了我们会这样想，所以，才用此威胁，皇上前往，如果对方有诈怎么办？那里又是他们的地盘，他们若对皇上不利怎么办？我们根本鞭长莫及！"

气氛有些紧张。锦弦一直沉默不语。叶炫看看夜逐寒，夜逐寒面色沉静，缓缓道："孟将军的担心是应该的，云漠动机不明，我们的确不得不防。但是，既然他们能做初一，我们就做十五，以其人之道还治其人之身。"

闻见此言，四人都朝夜逐寒看过来。夜逐寒继续："既然他们掳走小石头，让我们军中上下皆知，我们就让皇上赴约之事，天下皆知。两国交战，尚且不斩来使，这帝王亲临，他们又岂敢私自怎么样？全天下的眼睛都看着呢，除非他云漠不想在各国立足。"

锦弦"嗯"了一声，点点头。孟河一言不发，沉默地垂下眼帘。叶炫心中一喜，面上却未表现出来。

"你们先退下吧，容朕想一想。"锦弦揉了揉隐痛的眉心，朝几人扬了扬手。

"是！"三人行礼告退，皇后也起身，对着锦弦颔了一下首，作势就要离开，却又被锦弦忽然喊住："蔚景。"皇后顿住脚步。

"云漠信上说，让帝后前往，如果朕决定去的话，你愿意跟朕一起去吗？"锦弦看着她，眸色深深。其余正在出帐的三人闻听此言，也都停了下来，望向女人。女人回头瞟了瞟几人，目光收回后，对着锦弦略略一鞠："一切但凭皇上做主。"

锦弦唇角一勾，笑道："好！"

出了营帐，凌澜走得极快，面色冷峻，薄唇紧紧抿成一条冰冷的直线。

"相爷。"

凌澜顿住脚步，回头。是叶炫。

"有事吗？"凌澜皱眉。就是因为这个愚钝的男人，就是他做的好事，才会让蔚景落入云漠的手中。

昨夜鸷颜赶来他的营帐告诉他这件事的时候，他真想揍这个男人一顿，鸷颜说，她将蔚景劈晕后，将她藏于一棵大树的后面，那里茅草很高，她见极为隐蔽，而且夜里根本无人，所以，她才放心，可是，等她回去想要人换回来时，却发现蔚景不见了。他听到这个消息后，就出营去找，几乎方圆几里都找遍了，没有看到蔚景的一点影踪。早上一回营，就听说小石头被云漠掳走，云漠太子来信的事。

收回思绪，见叶炫喊了他又不说话，他沉声又问了一遍："叶统领有事吗？"

叶炫抬手摸了摸头，讪讪笑了笑："也没什么事，就是觉得方才相爷说的话，很有道理。"

凌澜愣了愣，唇角勾起，绝艳一笑："嗯，本相说这番话的时候，就觉得叶统领肯定跟本相想的一样。"叶炫一怔，凌澜转身离开。叶炫便在那一句话里微微失了神。

第七章 只赌君心

说实在的，要不是昨日在密林，叶子看到这个男人就跑，最后宁愿跳下山岗，也不愿见这个男人，他还真的会以为，潜伏在他们之中的凌澜就是这个男人。又是跟着一起跳崖，又是主张帝王救人。

原本预定天亮开拔的大军因为这件事，依旧停了下来。原地驻营，原地操练。一个上午，帝王都在自己的营帐没有出来，听说是在考虑，还没有做出决定。倒是右相夜逐寒很忙，一直在到处走来走去，看着那些操练的兵士。

发现兵士又莫名少了几人，是在中午集合的时候。点来点去，报数报来报去，人数就是不对。少了五个人。大家四处找遍了，也没有找到人。于是，本来就人心惶惶的大军更加惶恐不安，军中上下，人人自危。众人都在猜，会不会是云漠搞的鬼。

下午的时候，加强了巡逻和防范，但是，傍晚清点人数的时候，又发现少了五人。军中彻底炸开了锅。晚膳后，锦弦再次紧急召见了早上的那几个人，宣布了他的决定："明日朕跟皇后前往云漠营救小石头，你们三人速速将消息广散出去。"

翌日的清晨，锦弦一行人收拾行装准备出发。唯恐云漠用的是调虎离山之计，锦弦原本只让叶炫一人随行护卫，另外挑了一小队精干兵士，而大将军孟河以及右相夜逐寒依旧坐守军中，以防有变。

但是临行前，右相夜逐寒自行请命一同前往。夜逐寒的原因有二，一是帝后前往云漠的消息广散了出去，虽然利是让全天下的眼睛都看着，但是也有其弊端，弊端就是让那些意图图谋不轨的人也知道了帝王的动向，唯恐见隙对帝王不利，所以身边多一个会功夫的人就多一分力量。二是因为，他虽为右相，可终究是文臣，从未领兵作战过，并无实战经验，有经验丰富的孟河大将军一人留下坐镇即可，他留于军中，作用并不大，不过他会医，跟随帝后身边，有个照应，而且，前去云漠，得经过瘟疫小镇，他有治愈瘟疫的经验。众人都觉有理，锦弦便也允了。

帝后二人一人一辆马车，叶炫跟夜逐寒分别打马护在帝后车侧，小队精干兵士分成两部分，几人前面开路，几人后面善后。一行人就在这样一个明媚的清晨出发往云漠而去。云漠大营驻扎在与中渊的边界处，东盟山脚下，所以，他们只需要穿过瘟疫小镇，再走上几十里路就可到达，按照脚程估摸着，到的时候应该是傍晚的光景。

几人都各怀心事，所以一路只闻车轮滚滚、马蹄嗒嗒，没有一个人说话。锦弦坐在车里一直想着两件事，一件事，云漠太子让其前往的目的是什么，议和吗？可是，还未开战不是吗，而且双方优劣势并未见分晓，也是云漠挑起战事的，又岂会轻易议和？还有第二件事，那就是让他前往就让他前往，为何还要求帝后同行，让他带上蔚景又是何意？或许是因为做贼心虚，他隐隐觉得跟当初他设计夺宫一事有关，毕竟此次战役，云漠也是拿这个作由头。

此时，行于皇后马车外面的凌澜也在想问题。昨夜鸯颜跟他说得很清楚，她用自己身上的黑衣黑裤换下了蔚景身上的兵士服，并揭下了蔚景脸上的人皮面具，戴在自己的脸上，且扯下了蔚景头上的发带将自己的头发束起，才得以扮作小石头。也就是说被鸯颜劈晕藏于大树后茅草堆里的蔚景应该是她自己的真容，且是个女人，另外，也未着兵士服。当时蔚景是在营外，云漠太子就算以前没有见过蔚景，也完全跟中渊的兵士联系不起来吧？为何来信说，是兵士小石头呢？

而且，说白了，他是因为知道那人是蔚景，才会如此掏空心思、千方百计地说服锦弦亲往云漠去救人，饶是他说得如此在情在理，锦弦都犹豫了一日，还是他秘密挟走了几个兵士，造成人员失踪的假象，锦弦才迫于形势决定前行。那云漠又是凭什么就觉得一个小小的火头军，可以让帝后亲往？试想，如果没有他呢？没有他的处心推动，锦弦一定不会同意此行。一定不会！就看那日，他要烧死染瘟疫的蔚景就不难看出，他并不会在意一个小兵的生死。

那云漠为何还如此笃定为之呢？他们的动机到底是什么？难道真如他跟锦弦所说的，为了陷锦弦于两难境地，扰乱军心吗？不，不是！如果是这样，中渊这边只要说一声，这些都是云漠造谣，小石头其实是被派去有其他任务去了，随便找个理由，就能说服过去。毕竟，一个活生生的人，在那么多兵士巡逻的营中失踪，本来就是件匪夷所思的事，想要搪塞非常容易。那，不是这个目的，又是什么呢？

云漠大营。

奢华精致的营帐内，男人静坐案前，低垂眉目，一袭月色锦袍，锦袍上四爪金龙栩栩如生，头顶冠玉束发，英姿飒爽，此时，大手正把玩着一枚荷包，荷包的缎面是上好的蜀锦，缎面上绣着一只蜻蜓，蜻蜓下还绣有几个似字非字的符号。指腹轻轻摩挲那几个符号，男人神思悠远，不知在想什么。

一个兵士紧步从帐门而入："太子殿下，中渊帝后已经出发在路上了。"

男人微微一怔，抬起头，有一些震惊："果如那个女人所言，他们还真的来了。"话落，眸光一敛，将手中的荷包拢进袖中，起身站起，"走，看看那女人去！"

在另一个营帐内，蔚景手脚被缚，坐在软垫上。此时的她一身黑衣黑裤，长发未有一丝束缚，漫肩披散下来，一直垂顺至腰际。探头望了望帐外的天色，已经是晌午的光景，缓缓收回目光，她将行动不便的身子往后挪了挪，背脊靠在营帐的帐壁上，轻阖了眸子小憩。帐外传来一阵脚步声，接着便是守在帐门口的士兵行礼的声音："太子殿下。"

蔚景睁开眼睛，就看到英俊挺拔的男人从帐外进来，脚步翩跹，身前的四爪龙随着他的步子，一晃一晃，金光闪闪，就像是要飞到天上去。是云漠太子桑成风。蔚景没

第七章　只赌君心

有动。此时的她想动也动不了。

桑成风一直走到她的面前站定，负手而立，睥睨着坐在软垫上的她。蔚景也不为所惧，依旧保持着倚靠在帐壁上的姿势，水眸清淡地回视着他。桑成风唇角一勾："想知道中渊收到那封信后的反应吗？"

蔚景眼波微微一动，没有吭声。

"没有一丝反应，"桑成风煞有介事地摇头，语带揶揄，狭长凤眸似笑非笑地睨着她，"是不是很失望？"

蔚景笑笑，垂下长睫，依旧只是沉默。桑成风脸色一冷，面露不悦："你怎么这种反应？"

"那太子殿下想要看我什么反应？"蔚景笑着，再次看向面前的男人。

"至少，你该失落，没人来救你，你该绝望，你要成为这场战争的牺牲品了，或者，你该跟本太子求情，让本太子放了你！"蔚景唇角的笑容未变，转眸，她看了一下帐外，"现在不过晌午，我不急。"

桑成风怔了怔，见调侃半天，这个女人还是一副淡然如水的模样，也不想再逗她了。"你为何那般笃定，按照你说的方法将信送出去，中渊帝后就一定会来？"

这次轮到蔚景一怔。他这话的意思……锦弦他们真的来了是吗？因不确定，所以，她故意自嘲道："不是没来吗？"

"来了，在路上，"桑成风也不再跟她兜圈子，"本宫想知道你笃定的原因。"

"因为……"蔚景垂眸默了默，忽然抬起头，粲然一笑，"因为我们中渊的皇上是个爱民如子、爱兵如子的仁君。"蔚景说完，都被自己的话恶心得不行。没办法，虽然锦弦不是什么好人，但是爱国之心，她还是有的，特别是在外敌面前，这点最起码的维护，她还是懂的。

"仁君？"桑成风低低一笑，就像是听到了一个笑话一般，摇摇头，"好了，你好好休息吧，本太子要去准备一下，迎接你们中渊的帝后。"桑成风说完，转身就出了营帐。

蔚景一人又靠在那里失了神。锦弦来了。那么，凌澜跟着一起来了吗？刚刚桑成风问她，为何那般笃定锦弦会因为小石头前来？其实，她哪里是笃定锦弦？那日，她不过状似感染瘟疫，又没确诊，又没死亡，他都狠戾地让人将她送去焚烧，她又怎会笃定他会亲入敌军军营来救她？她笃定的不过是另外两个男人。

昨夜，叶炫让她离开军营，她就走了。可是没有走多远，就被人在后脑勺上劈了一掌。或许是对方有所顾忌，所以手下轻了，又或许对方当时慌乱，所以手下偏了，反正，她只是感觉到了痛和眼前一黑，却并没有晕过去。就在她准备扭头去看是谁，对方紧随掌风一起落下的，还有她的声音，对方说："得罪了，蔚景，没办法，你不能走，你走了，凌澜又得疯。"

这一声让她知道了对方是谁，也是这一声让她决定装晕。是鹜颜。她很震惊，她没想到，竟然鹜颜也跟随大军一起来了。更让她震惊的是，她是一身男装的小石头，而鹜颜清清楚楚、明明白白地叫她蔚景，还说什么，她不能走，她走了，凌澜又得疯。那是什么意思？是不是表示不仅鹜颜知道小石头是她，连凌澜，也是知道的？所以，她闭上了眼睛，倒了下去，她想看看，鹜颜到底要做什么？她想知道真相。

在她倒地之前，鹜颜接住了她，并抱着她来到了一棵大树后，然后，就开始交换装扮，换下她的衣服，换下她脸上的面皮，甚至连头发上束发的发带也解了去。鹜颜要扮作小石头，这是她很快就得出来的认知。心下更加好奇了，扮作小石头要去做什么，是去见凌澜吗？

等鹜颜离开，她悄悄地跟了去。接下来的事，更让她瞠目结舌了。她的确是见了一个人，一个男人，只是，不是凌澜，而是叶炫。

如果不是亲眼所见，打死她都不会将这两个人联系起来。原来鹜颜就是叶炫口中的叶子。原来叶炫将她当成了鹜颜。原来当日灵源山上鹜颜所中的醉红颜是因为叶炫。原来鹜颜的身子是给了这个男人。当然，还有很多事她是不知道的，但是，从两人的口中，可以看出两人有过多次交集。

太震惊了。她真的太震惊了。她以为鹜颜是跟着凌澜的，一直这样以为，没想到竟然是叶炫。这两个人真是八竿子打不着的，一个不惊骇、不惊奇、不骄矜的女人，一个愚钝、木讷、死脑筋的男人，他们……

虽然只看到这么多，只听到这么多，但是，作为一个旁观者，已然可以看出，两人深厚的感情。她第一次看到叶炫那样冷情的男人嘶吼的样子，也第一次看到鹜颜那般铁石心肠的女人流泪的样子。也就是到那时，她才明白过来，鹜颜劈晕她时说的那句话，她不能走。原来，鹜颜做这一切，就是为了让她留下来，让她在叶炫的允许下留下来。甚至不惜用长剑刺入自己的身体。如此看来，凌澜早就知道她是蔚景了，只是不揭穿她而已。难怪他的举措如此怪异。难怪他会对一个小兵士如此上心。当时想想，那日她滚下山岗，也被他挪动过位子吧？当时，她就觉得不对，那么小的一个坡度，她怎么会摔晕？而且，怎么会那么凑巧，醒来，脚边就长着荆芥？不仅如此，还没有一丝压碾过的痕迹。

她站在夜风中想了很久。既然，他不揭穿，既然鹜颜如此用心良苦就是为了将这个局面维持下去，那么，她便也装作什么都不知道。这样对谁都好。所以，在鹜颜被叶炫逼着先回营的时候，她又回到了大树后面，躺在了那里。她知道，等叶炫离开了，鹜颜便会回来换她，然后要不趁她昏迷悄悄将她送回帐，要不会设法让巡逻的兵士发现她，将她带回去。当然，为了不引起纠纷，第一种的可能性比较大。

她静静地躺在那里，等鹜颜来。谁知，没等到鹜颜来，却先碰到了另外一个人。云漠太子桑成风。和他一起的，还有一个随从。刚开始两人都没出声，她就躺在那里，

第七章 只赌君心

闭着眼睛，听到细碎的脚步声，她还以为是鸷颜，后来，听到是两个人的脚步声，才惊觉不对，睁开眼睛的同时，两人也发现了她。她惊住了，他们也惊住了。她清楚地听到桑成风喊她："蔚卿，你怎么躺在这里？"

　　对，是蔚卿，而不是蔚景。如果她戴着面皮还可以理解，可是，她是真容啊，是她自己的脸啊。当时，她的脑子里瞬间有千百个念头闪过，她想抓，却是一个都没有抓住。因为不明状况，所以，也不敢轻易回应。直到他上前将她扶起，似乎这才将她认出，惊讶道："你是皇后蔚景？"

　　当时，她还不知道这两个人的身份，只见两人都衣着华服，特别是跟她说话之人，更是行尊带贵，心知身份定然显赫，便更不敢轻易言语。然后，他便笑了，说竟然让本太子遇到这等好事。接着，就直接点了她的穴道，将她丢上马，带到了云漠军营。也就是这时，她才知道，这个男人是云漠太子桑成风，他跟副将二人是趁夜里前来打探中渊的军情，不想意外遇到了她。

　　他跟她说，他要修书一封，给锦弦，说，中渊皇后在他的手里，让锦弦来云漠营中一谈。她当时心里很紧张，但是，却还是笑了起来。她跟他说，锦弦不会来的，因为中渊的皇后此刻正完好无损地待在中渊的营中，他若不信，大可以去打听一下。桑成风并未有太多惊奇，只反问她："难道你不是皇后吗？"

　　她说，她是，只是被人取代了。她还跟他说，如果他真想将锦弦引过来，倒是有一个办法可行。他问她是什么办法。她就告诉他，让他跟锦弦说，说她是一个叫小石头的兵士，且要约帝后一起，还要将消息散播出去，让营中众人皆知。三个条件全部满足，锦弦必来。

　　其实，她在赌。她在赌两个男人的真心。凌澜的，叶炫的。这也是为何她要桑成风将消息散播出去，让营中众人知道的原因。她要确保锦弦不是一人压下了这些，她要确保凌澜跟叶炫都能得知这些。凌澜既然知道小石头就是她，而叶炫又以为小石头是叶子，他们两个男人得知她被云漠掳走，不会坐视不管吧？锦弦肯定不愿前来，但是，这两个男人一定会想办法让他前来。特别是凌澜，她觉得依照他上天入地的能力，只要他有这份心，他就一定能如愿。她就当，赌他的这份心。

第八章　真假皇后

锦弦一行抵达云漠军营时，已是傍晚时分。云漠太子桑成风带了几名将军和副将在营地门口迎接。一番很官方的寒暄之后，桑成风就将几人迎进了一个事先准备好的迎宾大帐。帝后，右相，禁卫统领四人入内，其余兵士帐外守候。帐内一应俱全，桌椅摆设，瓜果糕点，待几人落座后，又有士兵进来给几人一一看上好茶。

锦弦开门见山："太子殿下，不知能否让朕先见一见小石头？"叶炫端着茶盏的手一顿，凌澜眸光轻敛，桑成风微微一笑："不急，不急，陛下一行一路车马劳顿，先稍作休息，夜里设宴给陛下和皇后娘娘及诸位接风洗尘，小石头明日再见也不迟。"

锦弦眉目微沉，唇角却还是勾着一抹浅笑："说白了，朕今日前来，只为小石头，所以，希望太子殿下能体谅朕的心情。"

"哦？"桑成风英挺的眉宇一挑，脸上笑容愈发璀璨，"看来，果如小石头所说，中渊皇上是一个爱民如子、爱兵如子的仁君。"

听闻此言，几人皆是微微一怔，唯有锦弦眸光轻闪，神色不明。能在他国听到一个最低层的小兵对自己的赞扬，作为帝王，心中的欣慰无以言表，但是，终是受得有些心虚。又还未参透云漠此次做法的动机，只想着是非之地不宜久留，能速速将问题解决了速速离开才好。

"还请太子殿下……"他还想坚持，却被桑成风扬手止住："哎，陛下的心情本太子理解，陛下请放心，小石头绝对毫发无损。"

锦弦闻言，眸色又冷了几分。如此推诿，意思很明显。他便也不想再跟对方客气周旋，直接开口问道："殿下有何条件，尽管提出来。"桑成风眼波微微一动，不意他说得如此直白，没有立即回答，只缓缓垂了眉眼，大手端起身边桌案上的茶盏，一手拈着杯盖，一下一下轻轻拂着杯盏的茶面。

几人都看着他，哦，不，有一人没有。那就是凌澜。此刻，他在想另外一件事情。既然蔚景被云漠所抓时，是女人装扮，且是她的真容，那为何这个云漠太子看到眼前的这个皇后没有反应？按理来说，不应该惊奇吗？毕竟两人长得一模一样。难道蔚景被抓之时已易容？所以云漠给锦弦的信上说的是小石头，所以桑成风看到皇后才没有反应？

如果是这样，一切就都合理了。可是，她根本不可能易容。鹜颜说得很明白，她劈晕了她，就算后面她醒来，也没有那么凑手的易容材料，就算有材料，也没有做面皮的时间。那到底是……

此时的另一个地方，蔚景拖着脚下沉重的镣铐，环顾着四周环境。这个死桑成风，听说锦弦几人到达，就让人将她换到了这个地方。看造型也是一个营帐，只是营帐的架子全部都是玄铁制成，且玄铁的骨架非常密集，连门都是如此，营帐的布不是普通营帐的那种白布，而是黑，漆黑如墨一般的厚布。说白了，就是一个玄铁制作的笼子，笼子外面罩着黑色的布罩。铁门一锁，她不仅插翅难逃，就连外面的视线也全部被挡。难怪将她带到这里后，就将她绑缚手脚的绳索都解了，给了她自由。这分明是更大地限制了她的自由，分明是将她当囚犯来关。

帐内桌椅矮榻倒是都齐全，帐壁上一盏烛台，烛火摇曳，帐内视线清明，只是不知道此时外面是天明还是天暗，是什么时辰。刚才被带过来的时候，虽然被蒙着眼，但是，脚程只是一会儿的时间，由此可见，应该还是在营中。也不知锦弦他们谈得怎么样了，凌澜来了没有？她摔碎了一个瓷碗，想试着用锋利的碗片将黑布割个小洞看看外面，却惊奇地发现，这黑布或许不是布，也不知是什么材质，竟然根本割不破，反而因为她摔碗的响声，惊动了外面守卫的兵士。一侧的帐壁上倏地出现一个杯口大的窟窿，她抬头，就看到有人放大的眉眼出现在窟窿口，接着，就听到粗冷的声音传来："给我老实点！"

原来还有一个专门用来监视里面的小口子。蔚景愣住了。她割了半天没割破，他们当初这个监视口是怎么做出来的？许是见她消停了，那个监视口又自外面被人闭上。怎么办？现在完全跟外面隔绝了，她该怎样将消息送出去呢？原本想了一系列的计划，如今这样，她有种英雄气短的颓然。

这厢，帐内几人还在继续。良久的沉默以后，桑成风终于开口："其实，也不算是什么条件，本宫就是见贵国挨着云漠的最近的几座城池，风景秀丽，地灵人杰，本宫欢喜得紧，不知陛下可否忍痛割爱，赠予本太子？"

啊！几人皆是一震，锦弦更是难以置信地抬眼。几座城池？他的意思是让中渊割让几座城池给云漠是吗？如此猖狂的要求竟然还说得这般轻描淡写，他欢喜得紧，忍痛割爱，赠予本太子……

锦弦胸腔震荡。历来只有战败国求和，或者附属国进贡，才会割让疆土，他云漠太子算是个什么东西，竟然要得如此大言不惭。虽心中气极怒极，但是，锦弦面上却未表现出来，只是嘴角勾着一丝微冷的笑意，朝桑成风道："殿下真会开玩笑。"

桑成风眸光微微一敛："谁说本太子在开玩笑？"锦弦脸色一白，正欲说话，却又再次被桑成风止了："陛下不必急着答应，本太子给陛下考虑的时间，等会儿本太子带陛下一行参观一下云漠的军营，夜里还有一个接风宴，明日陛下再回复本宫也不迟。"

锦弦瞳孔一敛，凌澜和叶炫对视了一眼，又看向锦弦。几人心知肚明桑成风的意思。一般军事部署都是机密，特别是两国交战，更是不能透露半分。而这个男人却公然让他们参观军营，无非就是想要让他们看看云漠的强大，让他们见识见识云漠的厉害。既然如此信心满满，肯定是早已做好了一切准备。而且听闻云漠皇帝膝下有几子，众皇子间权谋斗争也甚是厉害，眼前这人能在这一场残酷斗争中胜出，成为太子，定是有其过人的本领。所以，他们也不能小觑。

锦弦没有吭声，既然明早答复，他也不急着回答，虽然，他心里很清楚，让他割让城池，是绝对不可能！一时间，谁都没有说话，气氛有些冷凝。最终还是桑成风率先打破了沉默，笑着招呼几人："喝茶，喝茶，这可是我们云漠有名的'夏日魁'，各位品品看，怎么样？"一边说，一边带头端起杯盏，送到唇边，小呷了一口。

这时，一个兵士急急忙忙从帐外而入，一进帐就喊："太子殿下，太子殿下……"桑成风皱眉，沉声斥道："懂不懂规矩？没看到本太子正和贵宾在商量着事吗？"

"出……事了……"

见自己如此斥责，对方还一点眼力见都没有，桑成风脸色更是难看得厉害，正欲发作，却又见锦弦几人都看着他们。唯恐对方以为他有事相瞒，遂舒开眉宇，对着兵士沉声道："出什么事了？"言语间，还快速渡了一记眼色给他。兵士怔了怔，道："小的守在外面，她忽然在里面叫，说她饿了，小的说让她稍稍忍耐一下，还没到晚膳时间，她说，她忍不了，太饿了，让小的给她一些树叶、白水、侯石青就可以。"

桑成风微微一怔，凌澜瞳孔一敛，叶炫手中的杯盏差点没拿住掉了下来，所幸他及时反应过来。兵士的话还在继续："然后，小的就蒙了，一个大活人，喝点白水还可以理解，怎么会吃树叶和侯石青？树叶岂能吃的，侯石青不是兽医用在牲畜上的药？小的直觉荒唐，怕她要什么花招，就没理她。谁知，里面忽然传来一声她的尖叫，然后，就声息全无。小的又恐出什么事，便打开监视口望了进去，结果……"

"结果怎样？"桑成风沉声而问，语透不耐。

"结果就看到她直挺挺倒在地上。"

桑成风眸光微微一敛："陛下，你们几位先稍坐一会儿，本太子去看看怎么回事就来。"桑成风起身站起，对着锦弦略一颔首。锦弦点头，朝他优雅伸手，做了一个请的姿势："太子殿下请便。"

"走！"桑成风沉声吩咐那个兵士，便一撩衣摆，快步走在了前面。

待两人出了营帐，帐内除了立在左右的两个眼观鼻鼻观心、随时候命的随侍兵士，就只剩下中渊的四人。锦弦面色冷峻，还在那割让城池的无理条件中没缓过气来。皇后面沉如水，一副置身事外的娴静之态。凌澜垂着眉眼，睨着手中的杯盏，眼神深邃悠远，不知在思考什么。叶炫心急如焚，看看帝王，看看右相，眉头拧成了小山。

第八章　真假皇后

145

四人各怀心事，一时间都没有说话，锦弦端起杯盏，手拈杯盖，拂了拂水面，正欲送到唇边，凌澜骤然站了起来："皇上，等等！"锦弦一怔，顿了手中动作，叶炫跟皇后也都疑惑地朝他看过来。凌澜自袖中掏出一根银针，"毕竟是交战的敌对国，万事还需谨慎得好，让微臣先探上一探，皇上再饮。"

"嗯，"锦弦点头，将手中杯盏放了下来，"还是右相心思细腻，想得周到，的确该防。"一想起，桑成风能如此嚣张地索要城池，锦弦就觉得除了小石头，桑成风肯定还会有其他动作，不然，不会如此跋扈。

凌澜先来到锦弦的面前，将银针置进杯盏的茶水中，试了试。银针无恙。然后，又来到皇后面前，同样探了探，依次下来是叶炫，最后也试了试自己的。都安全。锦弦再次端起杯盏，笑道："云漠的'夏日魁'非常有名，且从不销往他国，只备宫廷所用，既然右相探得无毒，那大家就都尝一尝吧。"锦弦说完，带头第一个呷了一口。帝王发话，岂有不喝的道理？叶炫跟凌澜亦是端起茶盏喝了起来，皇后自是也不例外。

"果然好茶！"凌澜连喝了数口，不免赞叹，可话还未说完，骤然眉心一皱，满目痛苦，手中杯盏"哐当"一声掉在地上，"茶里有毒……居然银针都没有测出来……"凌澜说完，整个人就倒在了边上的桌案上。

其余三人都震惊地看着他，因为他喝得急，喝得多，所以最先发作，紧接着，叶炫也重重倒在了椅子上，晕了过去。帝王锦弦也没有幸免，大手捂着胸口，强撑着准备点自己的穴道，想要让自己清醒，却终是敌不过药力，眼睛一闭，歪倒在桌案上……

最后一抹落日的余晖都被大山掩去，天色暗了下来。桑成风衣发翻飞、步履如风走在前面，小兵士亦步亦趋小跑跟在后面，两人直直朝关蔚景的营帐而去。他倒要看看那个女人给他弄什么幺蛾子出来。

营帐里很安静，他微微拧眉靠近，打开帐壁上的监视口，烛火将帐内照得视线清明，女子就坐在桌案边，灰头土面、神情黯淡。哪有直挺挺倒在地上？桑成风弯了弯唇，其实也是意料之中。

"将本太子引过来，是有什么话要对本太子说吗？"对着女子，他缓声开口。

这厢营帐里，立在左右两侧候命随侍的两个云漠兵士见几人纷纷倒下，有一丝震惊，不过，也只是一瞬，两人对视了一眼之后，便没有过多反应，依旧眼观鼻鼻观心地立在那里。肯定是他们英明神武的太子殿下用的计策。既然，没有跟他们有任何交代，他们就只需要候在这里就行。

倒是另一人惊到了。那就是中渊的皇后娘娘。她也喝了茶水，却并没有中毒晕倒。起先，她以为是药效没到，后来，等了半晌，身体也无一丝异样，她才明白过来，她的那杯就是无毒的。也是，她的怎么可能会有毒呢？桑成风怎么可能也给她下毒？唇角一

146

弯,她从座位上盈盈站起。两个云漠兵士看了她一眼,对着她微微一鞠:"蔚姑娘。"她倨傲地轻扬下颌,眼角斜了两人一眼,便款步轻移,径直朝营帐外走去。可刚走到门口,就蓦地听到身后男人低沉的声音传来:"皇后准备去哪里?"

女人脚步一滞,愕然回头。就看到帝王、右相、禁卫统领全部端坐在自己的位子上,没事人一样,哪里有一丝中毒过的迹象?"你们……"脸色瞬间大变,她难以置信地开口。

"我们怎么了?"锦弦看看边上的夜逐寒,又看看叶炫,最后又看向她,一副懵懂之态,似乎不明白发生了什么,可是一双眸子却冷得如千年寒潭。

"你们没有中毒?"女子犹不相信,满眸震惊。锦弦唇角冷冷一勾:"皇后不是也没有中毒吗?"

女子身子一晃,一个字都说不出来。凌澜垂了垂眼帘,唇角微弧浅浅。饿了,要吃树叶、白水,还有侯石青。侯石青,后是卿,皇后是蔚卿。蔚景啊蔚景,亏你想得出来。你借这个士兵将消息送过来,是送给我,还是送给叶炫?你是笃定我来了吧?难道你就不知道,你这个消息一给我,就等于在我面前暴露了你是蔚景的身份吗?想到这一点,胸腔就禁不住微微震荡起来。抿了抿唇,他抬头,朝帝后二人看过去。

锦弦从座位上缓缓站起,一步一步朝女子面前踱过去。女子脸色愈发没有血色,她本能地后退了一步,攥紧袖中的小手,强自镇定道:"皇上为何要这样看着臣妾,臣妾就是看到你们都晕过去了,臣妾准备去找云漠太子问明缘由,索要解药。"

"是吗?"锦弦眉尖轻挑,薄薄的唇边噙着一丝冰冷的笑意:"看样子,皇后跟太子殿下很熟啊,是云漠的常客。"女子的脸又白了几分:"皇上就这样猜忌臣妾?"

"难道不是吗?蔚姑娘!"

女子脚下一软,愕然睁大眸子。锦弦就盯着她,唇角的冷笑更甚。刚刚夜逐寒近前来用银针测试他的茶水是否有毒时,一边将银针置于杯盏的茶水之中,一边朝他递眼色,并用唇瓣无声跟他说了一个字。当时,他没有明白他的意思,但知道他肯定有所暗示。既然主动提出检测茶水,想必应该跟茶水有关。后见其测出无毒,他便主动提出大家尝尝看。见夜逐寒第一个晕倒过去,他才反应过来,这个男人用唇瓣无声跟他说的是一个"晕"字。后来见叶炫也晕了过去,他就更加肯定了这一点。为探其究竟,于是,他也跟着假装晕倒。就是这个时候,他还以为夜逐寒是在设计拆穿桑成风的什么阴谋,谁知道,他看到了什么,听到了什么?

他看到他的皇后没有晕。当然,茶水里面本来就没有毒,没晕也正常。可是,不正常的是,两个随侍的云漠兵士喊她"蔚姑娘"。堂堂一国皇后,还是他国之后,这两个桑成风的随侍兵士不是应该喊她皇后娘娘才对吗?就算不喊,也没有关系,但是如此一声恭敬的"蔚姑娘"只能说明,彼此关系熟络,绝非一般。

被锦弦这样盯着,女子浑身不自在,袖中小手紧紧攥起的同时,脑中也快速思忖着对策。原来是一声"蔚姑娘"露出了马脚。还好,还好,只是叫蔚姑娘。还有转圜的

第八章 真假皇后

余地。眸光微微一闪，她已想好对应之策。

"不错，臣妾的确认识太子殿下，臣妾曾经幸得太子殿下搭救过，臣妾之所以没有跟皇上说这些，就是怕皇上误会，看来，皇上终究还是误会了。"女子弯了弯唇，垂下眼帘。清冷落寞。也不再多说一字。

锦弦怔了怔，竟一时有些难辨其心中意味。说实在的，要说这个女人通敌，他还真有些不相信。如果说是曾经的蔚卿，这样做还有可能，可她是蔚景。相交三年，他自认为还是很了解她的，就算再恨他，就算要报复，她也定然不会做通敌这样的事。或许真的是误会她了。见她清冷落寞地站在那里，他的心中生出一股潮闷。这次回来，她对他，本就将心门关得死死的，拒绝所有温暖的靠近，如今他若再怀疑她，他们还怎么回到曾经？

"好了，右相出此一策也是为了安全起见，谨慎为重，既然话说开了，也就没事了，朕信你！"锦弦一边说，一边朝女子伸出手。女子站在那里没有动，只是眸光轻轻一转，眉眼清淡，朝凌澜看过来。

凌澜瞳孔微微一敛，起身站起，对着帝后二人一鞠："都是微臣的错，微臣是见方才进来之时，云漠的太子殿下看皇后娘娘的眼神有异，似是相识，微臣只记得前朝七公主跟云漠的太子殿下是熟识，却没想到皇后娘娘也认识太子殿下，一时心中忧急，才出此下策，请皇上和皇后娘娘看在微臣也是安全起见的分上，原谅微臣这一次冒失。"凌澜长睫轻垂，将眸中所有神色全部匿去。好一个锦弦，为了撇清自己，就将他推了出去。

不错，的确是他出的一策。他想，既然在这样艰难的情况下，蔚景还处心积虑借士兵传递"皇后是蔚卿"的消息给他，肯定是有她的用意。再结合桑成风见到跟蔚景长得一模一样的皇后没有一丝反应的表现，他得出一个结论。桑成风知道这个皇后是谁。一个他国太子为何会知道这些？只能说明一点，他们两人有交集。蔚卿是桑成风的人。

如此一来，蔚景的处境就非常危险了。为了让这个假皇后当得理所当然，桑成风可能会将真正的皇后蔚景灭口。就算不灭口，也一定会囚禁，总之，是绝对不会让蔚景再出来威胁蔚卿的地位。他要救蔚景，他只能让蔚卿暴露。只有蔚卿暴露了，且控制在他们手上，桑成风才可能推出蔚景威胁或者交换。

虽然，如此一来，蔚景会再次暴露在锦弦的面前，但是，凡事有利有弊，换个角度想，因为是蔚景，锦弦一定会全力去救。比起不想让蔚景跟锦弦再有任何交集，他更在意的是她的平安。他要她活着。后面的他再想办法应对。总归是有办法的。反正他也做好了此役结束必反的心理准备。

所以，他要告诉锦弦这些，他要揭穿蔚卿的身份，只是，他不能明说。若直接说皇后是蔚卿，锦弦一定会问他为何会知道这些，他并没有证据。也不是没有证据，是没有可以拿到桌面上来，又不会让锦弦对他产生怀疑的证据。他此时是夜逐寒，是对他们几人之间的事毫不知情的夜逐寒，不是凌澜，在这个节骨眼上，他不能有一丝闪失。所以，只能让蔚卿自己露出马脚。他想，既然这个女人跟云漠是一伙的，那么在得知他们都被下毒，而自己安全的情况下肯定会有所举措。所以，才有了此举。

女人果然行动了。只是，他没有想到，锦弦这个生性多疑的男人竟然选择了相信。他刚才还有意丢了一句，只记得前朝七公主跟云漠的太子殿下是熟识，却没想到皇后娘娘也认识太子殿下，难道他都没所怀疑？看来，得想其他法子才行，而且要快。

锦弦瞟了他一眼，沉声道："算了，所幸也没有引起什么问题，不然，真是丢丑丢到他国来了。"话落，朝凌澜扬了扬袖，示意他坐回去，而他自己则是上前径直拉过女子的手，带女子走回到自己的座位。桑成风还没有回来，气氛有些诡异。最后还是锦弦率先打破了沉默，他伸手拈起一块糕点放进嘴里，轻咬了一口，慢慢咀嚼回味了一下，道："嗯，入口即化，甜而不腻，跟我中渊的芙蓉糕有过之而无不及，你们也都尝尝看。"

说完，又似想起什么，侧首看向凌澜："对了，右相需不需要再用银针检测检测？可朕已经食了。"锦弦凤眸弯弯，一脸的兴味。凌澜瞳孔微微一敛，连忙起身，颔首："微臣不敢！"

似是被他的样子愉悦到了，锦弦"哈哈"朗声一笑，朝他扬了扬手，示意他坐下，又伸手拈起一块糕点，递到女子的面前，柔声道："蔚景，一路奔波，午膳你也没用，你也吃一点吧，是你喜欢的甜品。"末了，又吩咐叶炫和凌澜："你们也吃吃看，传说云漠的宫廷糕点都是加了药膳的，对身体很有好处，譬如朕现在吃的这种紫红糕，里面就加了枸杞和紫草，美味的同时还可以补血。"

紫草？凌澜呼吸一室。却并未表现出来。心中也在这一刻有了认知。果然，锦弦还是锦弦，那个谨慎多疑的锦弦。他还以为他相信了，原来不过是为了更深的试探。唇角几不可察地一弯，他伸手拈起一块糕点递给叶炫，自己也拿起一块吃了起来，边吃，边不动声色地看过去。

锦弦依旧保持着伸手将糕点递给女人的姿势，凤眸含笑，满是柔情地看着女人。女人看了看他，又垂眸看了看他手中的糕点，再又看看已经开吃的凌澜和叶炫二人，终于缓缓伸出手，略带迟疑地将糕点接了过去。小手轻轻掰掉一点，送进口中。锦弦看着她，唇角的笑容慢慢扩大，眸底的寒凉却一点一点渗出来。

"知道朕将糕点递给你时，你应该说什么吗？"锦弦骤然开口。

女子一怔。以为他指的是，她应该说谢谢。弯了弯唇，她没有吭声。又不是她要吃的，是他硬要她吃的不是吗？

"你应该说，这个糕点臣妾不能吃。"锦弦依旧是笑着，眼角眉梢笑意连连，可眸子里却是沉冷一片。

女子眉心微拢，疑惑地看着他。锦弦骤然笑容一敛，冷声道："说吧，你是谁？"所有人一震。女子手中的糕点一个没拿住，就掉了下来，在身上滚了两下，又跌落在地上。帐内几人都看着锦弦。凌澜，他面色沉静地静观其变。叶炫，一脸茫然不知发生了

第八章 真假皇后

何事。那两个云漠的兵士,犹豫着要不要出去通知他们的主子。女子亦是。

"皇上什么意思？"

"朕没什么意思，朕只是想说，既然你将蔚景的脾性弄得如此清楚，难道就不知道蔚景对紫草过敏吗？"

他们晕倒，她没晕，云漠士兵喊她蔚姑娘，她准备出门。他都还是准备相信她，相信她不会通敌。因为她是蔚景，他了解其秉性的蔚景。直到夜逐寒的一句"微臣只记得前朝七公主跟云漠的太子殿下是熟识，却没想到皇后娘娘也认识太子殿下"，让他忽然觉得，他是不是一开始就错了。

因为蔚景，所以相信。如果不是蔚景呢？蔚卿跟桑成风是旧识，他早就知道，当时云漠提亲，也是因为两人见过面，桑成风对蔚卿一见钟情。于是，他做了一个大胆的假设。假设她不是蔚景，而是蔚卿。所以，他试探。什么紫红糕里有枸杞紫草，都是他瞎掰的，不过是想看一下她的反应。

蔚景曾经很明确跟他说过，她对紫草过敏。而这件事，他却从未告诉过蔚卿，就算曾经两人亲密无间，他让她扮作蔚景，告诉她蔚景一切生活小细节的时候都没有。现在想想，或许是他潜意识里想要留一手吧。事实证明，凡事留一手总归是对的。

"当然，你不知道也情有可原，这世上或许就只有朕跟蔚景自己知道这件事。"

女子愕然睁大眸子，难以置信，缓缓垂目，她看向跌落在地上的糕点，须臾，又抬眸看向锦弦，强自镇定："不好意思，怕是要让皇上失望了，紫草过敏，那是很久以前的事了，在殷大夫家，他给我用了药，改变了我的体质，我早就不过敏了。"

"是吗？"锦弦挑眉，忽然转眸看向凌澜："右相，你会医术，你可以用药改变一个人的过敏体质吗？"凌澜垂了垂眸，起身站起，对着锦弦一鞠："微臣医术拙劣，没有这个能力。"

锦弦轻轻一笑，又再次看向女子："所以，莫要当朕是三岁孩童，朕了解你不比了解蔚景少，想在朕面前瞒天过海，你还嫩了点，蔚卿。"

帐内所有人都震住了。女子面色煞白如纸，叶炫满脸满眼错愕，两个云漠兵士眉心蹙起。当然凌澜是装的，如此让人意想不到的消息，必须表示一下震撼不是，忽然，女子低低笑，满眸嘲弄地看着锦弦："皇上是不是跟蔚卿扮的我待在一起太久了，如今倒反而将我怀疑成她起来了？"锦弦摇头，眼角眉梢都是轻嘲讽意："蔚卿，到这个时候，你还在做戏。"

"做戏？"女子嗤笑，"我为何要做戏？当时要不是皇上将殷大夫的尸体悬挂在城楼之上暴晒，我又岂会出来现身？后来也是皇上逼我进宫的，并非我愿意。当时，皇上也检查过我的脸不是吗？如果我是蔚卿，那我的这张脸是怎么回事？这可是我真实的脸，我可是没有戴任何面皮。"女子字字句句，言辞凿凿，口气之中满透着笃定和自信。

锦弦不免有些怔住了。的确，当初为了谨慎起见，他是检查过她的脸。确实没有面皮。

不仅没有面皮，后来，他还找机会看过她的腕，蔚景腕上的胎痣，她也有。而且这段时间，她刚烈和清冷的性子，也的确像蔚景，不似蔚卿。难道……

锦弦没有吭声。凌澜听到这个消息却是有些震惊。没有面皮？他微微敛了眸光，起身站起，对着锦弦一鞠："皇上，微臣不是听得很明白皇上和皇后娘娘之间的争执，也不敢妄下结论，但是，说到脸和面皮，微臣倒是想起一件事，就是上次微臣带着太医院的太医去边国参加医会的事，有史以来，云漠国的医术便是天下闻名，当时，云漠国的太医在医会上就展示了高超的换脸医术，他们可以将一个人的脸完全换成另一个人的脸，不需要戴面皮，也毫无一丝痕迹……"

女子闻言，脸色一白。锦弦震住。

"夜逐寒，你什么意思？"凌澜的话还没有说完，就被女子厉声打断，女子伸手一指，直直指向他，"你的意思是，我的脸是换过的吗？"凌澜眼睫轻闪，连忙颔首道："微臣不敢，微臣不是这个意思，微臣只是以一个医者的身份想要告诉皇上和娘娘，世间有此医术……

"没有证据，就不要在这里大放厥词！"女子再一次嘶吼着打断他的话。

眼梢轻掠，见女子脸色煞白，小脸上的五官微微扭曲，边上的锦弦紧紧抿着唇，一声不吭，似若有所思，凌澜眸光微微一敛，连忙恭敬一躬："是微臣多言了，请娘娘恕罪！"话落，便不再多说一个字，颔首垂眸，退到自己的位子坐下。虽然那次医会，他没有去边国，但是他派去换回鸷颜的人，回来后详细跟他报告了医会那几天的始末。他没有捏造，云漠当时的确展示了换脸术。对于锦弦这种生性多疑之人，只需稍稍点到就行。

刚刚落座，就蓦地听到一道清润的声音自帐门口传了进来："相爷没有说错，这世上的确存在换脸的医术。"帐内几人一惊，全部循声望去，就看到一个女子在桑成风的带领下，走了进来。此时天已经擦黑，帐外光线不明，帐内烛火摇曳。当女子的眉眼清晰地映入几人的眼帘时，几人全部震惊。

女子一身黑衣黑裤，满头乌黑的头发没有任何束缚，一直垂顺到腰际。

蔚景！锦弦眸光敛起，皇后脸色难看，凌澜紧紧抿起薄唇，叶炫脸上露出错愕的表情。所有人都一眨不眨地看着这个被桑成风带进来的女子。看着她盈盈而入，看着她在几人面前站定，看着她目光一一掠过几人，最后落在跟自己长得一模一样的皇后身上。

两个蔚景！锦弦微微眯了凤眸，凌澜缓缓攥起手心。叶炫有些蒙。看来，皇后果然是假的，是吗？

锦弦忽然低低笑出了声，将目光从黑衣女子身上收回，转眸看向身边的皇后，咬牙，一字一顿："蔚卿，如今你还要说自己是蔚景吗？"皇后身子一晃，差点从椅子上滑下来，小手紧紧攥着椅子的扶手，一个字也说不出。凌澜自始至终目光都落在黑衣女子身上，一刻都未移开，而黑衣女子只是进来之时，看了他一眼，在四目相撞后，就将目光

第八章　真假皇后

151

撒开了去，然后，就一直盯着皇后。

锦弦起身站起，举步走向黑衣女子，黑衣女子却本能地后退了一步，退到了桑成风的身后："皇上果然还是一如既往的有眼无珠！"

几人一震，锦弦蓦地顿住脚步。有眼无珠？凌澜敛了眼波，锦弦脸色青白。黑衣女子冷笑："你身边的那个皇后没有骗你，她的确是蔚景，而我，才是蔚卿。"

什么？所有人再次惊愕。她是蔚卿？锦弦满目不可思议，叶炫一脸震惊，就连一直面沉如水的凌澜亦是露出微愕的表情。最最难以置信的，当然是那个跟她长得一模一样的皇后。皇后愕然睁大眸子看着她。

黑衣女子却已不再看她，而是盯着锦弦，唇角一抹冷笑嫣然："没想到我还活着吧？"

全场没有一个人接话。桑成风只是面色晦暗地看着这一切，高大的身躯护在黑衣女子面前。

见锦弦停在了那里，黑衣女子才缓缓从桑成风的身后走出来，目光再次一一掠过众人，在凌澜的脸上微微一顿，下一瞬又很快移开，清冷的声音继续："知道你们为何在这里吗？因为我！因为我蔚卿要跟你们讨回公道！所以我让太子殿下将你们约了过来。"

"你是小石头？"锦弦愕然开口。

"是，我是小石头，"黑衣女子也不否认。

叶炫一震，惊愕抬眸。凌澜眼波一动，依旧没有过多表情。

"你做这一切的目的是什么？"锦弦凤眸微微一眯，眸中寒芒乍现。

"报复！"黑衣女子唇角一弯，轻飘飘吐出两字，却又在下一瞬，笑容骤然一敛，猛地伸手一指，直直指向锦弦："我如此全心全意对你，你却害得我这般下场，所以，我要报复！"

所有人一震，女子的声音还在继续，只是缓缓低了下来："所以，我女扮男装，扮成小石头，潜入军营，我故意染上瘟疫，想要传染给大军，却不想被这个男人给治愈了。"女子说着，手指的方向，又从锦弦身上离开，恨恨指向凌澜。

凌澜眸光一顿，她的手又垂了下来："我每天给你们送膳食，给你们下毒轻而易举，但是，我没有，让一个人死太简单了，让一个人生不如死，那才叫痛快，所以，我只给一个人下了毒，那就是她！"女子垂落的手再次扬了起来，指向的赫然是锦弦身后的女子，皇后。皇后脸色一白。黑衣女子低低笑："既然皇上那么在乎她，那我就让皇上尝尝看着她死的味道。"

"你——"锦弦同样变了脸色。叶炫摇头，一直轻轻摇头，难以置信地看着这一切。黑衣女子依旧笑容璀璨："她身上的毒是我让云漠的用毒高手配制的，你们休想拿到解药。好了，我的话说完了，成风，你有什么条件尽管跟他们提，他们皇后娘娘的命捏在我们手上不是？"女子说完，转眸看向一直沉默不语的云漠太子桑成风。

"不——她在撒谎，她不是蔚卿，我才是蔚卿！"女子癫狂的嘶吼声骤然响起，是坐在锦弦身后的皇后。她一边激动出声，一边起身站起。话音未落，意识到所有人的目光都落在她的身上，这才惊觉过来自己的反应太过激烈。不过，她也顾不上这些了。特别是看到由于她起身站起的动作，那个黑衣女人大概以为她会对她不利，又躲到桑成风的身后，而桑成风还真的护着那个黑衣女人时，她就更加不能淡定。

"成风，莫要相信她，我才是，我才是蔚卿！"

桑成风没有吭声，眸色依旧黝黑深邃。凌澜唇角一翘，很快又恢复如常。黑衣女子轻轻攥了桑成风的衣襟："成风，不能相信的是她，她就是听到我说给她下毒了，想要拿到解药，所以才故意说她是我的。"

"你胡说，明明我是蔚卿，成风，你还记得我送给你的那个荷包吗？"皇后目光殷切看向桑成风。

"成风，我送给你的荷包上绣着小蜻蜓，是不是？"黑衣女子也毫不示弱。

"还有成风，我的脸，我的脸还是你换的呢。"

"那我的脸呢？我的脸又是从何而来？"

"因为你本来就是蔚景。"

"笑话，你凭什么这样说？"

"就凭我是蔚卿！"皇后面白如纸，气得不轻。

"呵！"黑衣女子嗤笑，不可理喻地看着她，摇摇头，似是不想再跟她多言，末了，又转眸看向锦弦："在如今的这些人里面，皇上应该是最熟悉我的人，就让皇上说说，到底谁是蔚卿？皇上若能抛开个人恩怨、公正直言，我蔚卿跟皇上的仇恨也一笔勾销，而且，皇上若能辨别真假，也算是帮太子殿下解了惑，殿下一定会记皇上一个人情，到时……"黑衣女子的话没有说完，就顿在那里，但是意思再明显不过，到时一切条件都好说，是吗？

锦弦微微眯着眸子，看着这一场两个女人之间的闹剧，面色晦暗不明，深邃的目光在两人的身上盘旋，没有应允，也没有拒绝，一声未吭。黑衣女子眸光微微一闪，继续道："皇上还记得我诈死让蔚景代替我嫁给太子殿下一事吧？"

皇后脸色一白，有些心虚地睨了睨桑成风，桑成风依旧面无表情。黑衣女子也根本不屑理她，定定地望着锦弦，继续道："皇上应该也记得远嫁云漠的蔚景坠崖后，我代替蔚景待在皇上身边，帮助皇上顺利登基一事吗？还有，皇上登基后，我依旧顶着蔚景的身份，与皇上携手并肩、恩爱缱绻、帝后同尊，这些经历皇上也应该不会忘记吧？还有前段时间，我被司乐坊的凌澜所擒，在九景宫被炸一事，皇上还记得吧？锦弦，你知道我为什么恨吗？为什么要报复吗？我为了你杀兄弑父，背叛国家，而你，却背叛了我，还将蔚景寻到了身边，将我抛到了九霄云外。虽然当初我瞒着你设计蔚景代嫁，是

第八章 真假皇后

153

我不好，但是，我也是为了能跟你在一起，你怎么就忍心用炸药置我于死地？"

锦弦面色微微一滞。皇后脸色更加煞白，再一次嘶吼出声："你胡说，蔚景代嫁并非我一人主意，明明锦弦……"话还未说完，猛地意识过来上当，眸中一乱，慌惧地看向桑成风。果然，就看到桑成风凤眸如刀，正一眨不眨地盯在她的脸上。

"她说的这些事，你果真做过？"喑哑低沉的嗓音缓缓响起，桑成风终于开口，说了自这次进来以后的第一句话。声音不大，就像是寻常而问，可是语气中倾散出来的冷冽却是让人不由得心头一颤。皇后身子一晃，没有说话。

见她沉默，桑成风轻笑摇头："原来，你一直都不想嫁给我，你一直都在骗我，曾经代嫁的时候是，后来想让我帮你的时候也是。你跟我说，你在嫁给云漠的途中，被锦弦和蔚景设计，坠下悬崖，你毁容了，你让我帮你换脸，你让我帮你复仇，却原来……下悬崖的人不是你，原来，你也是阴谋的制造者，杀兄弑父……怎么做得出来？"桑成风有些痛心疾首地看着皇后，失望之色纠结在眸色里。

皇后脚下一软，后退了两步，伸手扶住椅子的扶手，才没让自己跌倒，垂眸默了默，再次抬眼时，她亦轻轻笑开："好吧，既然话说到了这个分上，我也不指望故意用蔚卿的身份来骗太子殿下拿到解药了。"末了，又转眸看向桑成风身后的黑衣女子，叹息道："我也不跟你争了，当初被你设计掉下悬崖，没有死，我蔚景已经算是捡回了一条命，如今再次被你下毒陷害，生死有命、富贵在天，有无解药，就随缘吧。"话落，再度看向身边的锦弦："皇上，别管臣妾，莫要受云漠的威胁。"

什么情况？众人再次怔住。这位刚刚死争活争说自己是蔚卿的人，又承认自己是蔚景了？真是瞬间万变啊。锦弦说她是蔚卿的时候，她非要说自己是蔚景，当黑衣女子出来说自己是蔚卿的时候，她又争着说，自己是蔚卿；如今又反口再说自己是蔚景。

好乱，好晕。叶炫原本就在黑衣女子说自己是小石头的震惊中没有回过神来，根本没心思听这些一会儿这样一会儿那样的，完全一头雾水。锦弦眸光又轻敛了几分，依旧没有吭声。凌澜薄唇淡抿，眸色深深。黑衣女子轻轻扬着唇角，好笑地睨着皇后。桑成风亦是睨着皇后，一眨不眨，只是眸子里的失望之色愈发浓盛。

其实，刚刚他说那一段话的时候，他还在心里告诉自己，如果这个女人勇敢地跟他承认，他或许还是会选择原谅。毕竟她受的伤，他是看到的。

他永远也忘不了，那日她到云漠来找到他时的模样，大半个脸都被毁掉，如同一个丑陋狰狞的鬼魅。皇宫的禁卫不让她进，她就守在宫外，冒死拦住了他出巡的轿辇。要不是她说自己是蔚卿，要不是她能说出两人在中渊初遇时的点滴细节，要不是她还记得曾经送给他的荷包，他真的不相信眼前的这个人就是当初一眼万年，惊为天人的女子。她说自己被锦弦和亲妹妹所害，她要复仇。她要他帮她换脸，她要他帮她讨伐中渊。他心疼她，所以，应允了，甚至不顾朝堂的反对，发兵挑起战事。却没想到，她的伤不过是狼狈为奸的两个人反目造成，也没想到，自己不过是她用来报心头情仇的一把刀。

但是，只要她承认，只要她忏悔，他想，他还是会原谅。却没想到，她竟变得如此之快。马上就又倒到锦弦那边，说自己是蔚景。她的用心，他其实明白。刚才拼命承认自己是蔚卿，不过是见他跟另一个说自己是蔚卿的女人一同前来，且将这个女人护在身后，她怕他不认她，怕拿不到解药，所以，才会如此迫不及待。如今，见谎言被拆穿，解药无望，就又投入锦弦那边，还装得大义凛然。因为她知道，锦弦不会置蔚景的生死不管，是吗？睨着帝后二人，桑成风轻轻笑。

忽然，帝王锦弦朝皇后伸出手。众人一怔，皇后亦是。眸子里明显一喜，面上却未怎么表现出来，皇后缓缓将自己的左手递了过去，正欲放进男人的掌心，却不料男人没握，反而伸手抓起了她的右腕。皇后一惊，不明其意，在看到他企图打开她的手心时，猛地意识过来他的目的，连忙大骇着挣脱。可一个不会武功的女子又岂是一个功夫高强的男人的对手？锦弦毫不费力地掰开了她的五指，摊开她的掌心。一条清晰的手纹赫然横切玉白的掌心。智慧纹和感情纹合二为一，是为断掌纹！

锦弦冷笑出声，在女子惊惧的目光中，大力将她的手甩掉："断掌，蔚卿，你将蔚景身上所有的特征都做到了自己身上，却独独忘了要将自己身上的特征抹光去净。"

皇后猝不及防，差点被他甩推在地上。几人原本并不知锦弦何意，在听到断掌二字时才明白了过来。就是蔚卿的右手纹是断掌纹是吗？她才是真正的蔚卿。皇后才是真正的蔚卿？凌澜和蔚景唇角一勾。叶炫却是猛地脸色一变，也顾不上君臣礼仪，忽的从座位上站起，冲到女子身边，同样抓起女子的右腕，目光在触及到女子的那只手时，脸上露出震惊的表情。

"原来你就是那个懂音律、擅乐理的嬷嬷！"

九景宫爆炸那夜，他出宫找叶子的时候，在宫道上撞倒了一个嬷嬷，也就是那个嬷嬷告诉他，叶子送给他的丝绢上绣的符号是"她已安全，拖住叶炫，挟持皇后，去九景宫"。他将嬷嬷扶起来之时，发现她就是断掌纹。当时他还奇怪了一下，不仅仅是因为断掌纹很少见，更因为她的手很年轻，跟她当时脸上的苍老以及佝偻弱不禁风的样子极为不配。不过，当时，他一心沉浸在被叶子欺骗的伤痛中，所以也没有多想。如今被锦弦这么一提，他才想起当日之事。

"什么嬷嬷？"锦弦皱眉看向他。叶炫这才意识到自己反应过大，想到反正那方丝绢已经被他烧毁掉，而且锦弦也知道这件事情，便也不惧，朝锦弦回道："宫里的一个老嬷嬷，属下见过，也是这样的手，也是这样的断掌。"

叶炫的话还未说完，就被一声女子的声音打断："原来在神女湖边上，企图用藏有炸药的火折子炸死我的人，是你！"

神女湖？炸死？锦弦震惊，凌澜眼波大动。所有人都循声望去，说话之人是那个黑衣女子，此时的她已经从桑成风的身后走出，目光灼灼盯着蔚卿。

"我们虽不是一母所生，却终究是同一个父皇，你身为姐姐，屡次要置我于死地，

第八章 真假皇后

155

你的心是什么做的？"蔚景一边说，一边缓缓抬步朝蔚卿走去。面色早已土灰的蔚卿本能地朝后退，可身后就是椅子，退无可退，她就颓然跌坐在椅子上。

锦弦瞳孔微缩，凌澜眸光转寒。叶炫又陷入了怔忡。父皇，姐姐？这个黑衣女子是等于承认了自己是蔚景是吗？也就是皇后是前朝七公主蔚卿，小石头是前朝九公主蔚景？这……怎么想，他怎么都无法接受这样的事实。可是越无法接受，他却越觉得这可能就是真相。

他记得，那次叶子利用他营救天牢里的凌澜，现在想想，凌澜当时劫持的那个皇后是蔚卿，而锦弦让他去看未央宫有没有皇后，那个应该就是蔚景吧？叶子救凌澜，蔚景救凌澜，所以，叶子是蔚景？还有灵源山，醉红颜那次。当时所有人都在集合检查，皇后却晕倒了，听赵贤说，皇后就是中了醉红颜，被锦弦救了。难怪他拿到解药后，叶子没有现身，而再次见到叶子时，她还活得好好的。因为叶子就是蔚景？

可是，也不对啊，醉红颜那次，叶子明明是第一次，明明是完璧之身。难道……这个帝王从来都没有碰过蔚景？这怎么可能？脑子里乱作一团，见蔚景已经走至身边，他呼吸一滞，耳热心跳中，连忙退到自己的位子上。

蔚景也没有继续往前走，就在离蔚卿还有两三步远的地方站定。她看着蔚卿。凌澜和锦弦看着她。黑衣黑裤，没有一丝色彩，没有显腰的上衫，没有优雅的裙摆，很简单、很男性的正统夜行装，脸上没有一丝粉黛，头上没有任何发饰，可就是这样的她，这样清雅若莲的她，静静往那儿一站，却是一身的风华。

锦弦忽然起身，蔚卿见状，条件反射一般，也从座位上站起来，以迅雷不及掩耳的速度越过蔚景的身边，跑到桑成风的面前："成风……"轻拉着桑成风的衣袖，蔚卿红了眼眶。

桑成风眸光轻凝，定定望进她的眸眼。所有人都看着他们两人，包括蔚景，也转过身来。良久的对视，桑成风缓缓抬起手臂，锦袍的袖边光滑如丝，随着他的动作，蔚卿的手从他的袖边跌落下来。蔚卿脸色一白，桑成风移开视线。却在下一瞬又听到桑成风略显苍哑的声音传来："蔚卿留下，你们带蔚景离开，城池本太子不要，双方退兵休战。"

众人一震，齐刷刷看向他。蔚卿更是愕然睁大眸子，难以相信。前一刻，他还那般淡漠地将她落在他衣袖上的手挣掉，她还以为……

看着他，她心里说不出来的滋味："成风……"桑成风没有理她，只凝眸看向锦弦："不知本太子的提议，陛下意下如何？"

锦弦自是心里乐开了花，当然，他没有表现出来，而是微微皱了俊眉，面上一副凝重思忖之态。将军出身的他自是很清楚，此次战役对中渊不利。他登基不到半年，根基并不稳，国家也处在休养生息的阶段，本就不适合战争，而此次与云漠之战，战线又拉得特别长，十万大军一动，每日的军费粮饷都是巨额。而且云漠的军事力量一直很强，虽不是几个国家中最强大的，却也绝对不比中渊差，能在没有任何损失的情况下休战自是再好不过的。

最最重要的一点，是桑成风的第一句话，"蔚卿留下，你们带蔚景离开"。留下绊脚的，带走想带的，没有比这更让人满意的提议了。此次云漠之行，当真收获颇丰啊。揪出了潜伏在身边李代桃僵的蔚卿不说，他踏破铁鞋无觅处的蔚景也再一次出现在他的面前。而且，蔚景还站在他这边，帮他解决危机。这是他以前想都不敢想的。凤眸的目光凝落在那黑衣黑裤的女子身上，他胸腔震荡。

见他半天没吭声，桑成风唇角微微一勾："怎么？陛下不同意吗？"锦弦回过神，眸光轻轻一转，略带征询地看了看凌澜和叶炫，见两人纷纷点头，这才转眸看向桑成风，说："好！战争本就不是什么好东西，只会让百姓遭殃，生灵涂炭，若不是贵国主动来犯，朕也不会发起战事，百姓安居乐业，各国和平相处，才是我们这些做帝王的应该推崇。既然太子殿下有意修好，朕自是求之不得。"锦弦笑说着，带着赞许和期待的目光再次凝向蔚景，蔚景将视线掠开。

她知道他赞许的是什么，期待的又是什么。此次帮他实属无奈之举。她岂会轻易让自己暴露在这个男人的面前，暴露在他面前意味着什么，她再清楚不过。但是，没办法，她只不过是想自救，也想停止战争。现在想想，她的办法其实一直在赌。昨夜，她躺在大树后的茅草堆里等鹜颜，桑成风看到她的第一眼，喊她蔚卿。脱口而出，是一个人最本能的反应。当时，她心生蹊跷，却没有反应过来，在被桑成风打马带回的路上，她才忽然想明白。

她记得给那个冒充她的皇后送饭时，发现过那个女人的右手是断掌纹。当时她就怀疑女人是蔚卿，因为记忆中，她身边的人，只有蔚卿是这种手纹。只是，她有些难以相信，她一直以为蔚卿已经死了，死于九景宫的爆炸中。桑成风的一声"蔚卿"，让她彻底肯定了心中所想。皇后就是蔚卿，而皇后是顶着她的脸，所以桑成风看到她时，第一反应，自然就以为是蔚卿了。不仅肯定这点，她还肯定的是，桑成风肯定跟蔚卿熟络，连冒名顶替这样的事情都知道，就表示绝非一般关系。

所以，当桑成风提出，他要写信给锦弦，说中渊皇后在他手中，让锦弦来云漠大营一谈时，她笑了。她故意说，锦弦不会来的，因为皇后还在军中，其实，她心知肚明，桑成风只是嘴上这样说说，绝对不会这样写信给锦弦，绝对不会将她在他手上的消息透露出去，因为真实的皇后若存在，那不就是告诉别人军中的那个皇后是假的吗？他又岂会将蔚卿置于危险？

所以，她告诉他，若要锦弦前来，可有另一个方法。让他告诉锦弦，说她是一个叫小石头的兵士，且约帝后一起，且将消息散播出去，让军中上下皆知。她还笃定地告诉桑成风，此三条件满足，锦弦必来。她知道，既然他不会说她是蔚景，她又告诉他有可行之法，他必定会如此做。

第八章 真假皇后

说自己是叫小石头的兵士，且将消息散播出去，是想告诉凌澜跟叶炫，自己被桑成风所擒，他们一定会设法救她，而约帝后一起，她有两个目的，第一，既然蔚卿是桑成风的人，将蔚卿带在身边，等于中渊就多一个筹码，到时，她在桑成风手中，而蔚卿在锦弦跟凌澜手中，双方持平，谁也不比谁有优势。第二，她想揪出蔚卿这个潜伏在中渊大军里的内贼。中渊跟云漠大战在即，蔚卿借殷大夫暴尸一事以她的身份来到锦弦身边，这不得不让人对蔚卿的动机产生怀疑。虽然她恨锦弦，但是，她爱中渊，她不能让中渊被别国所灭。

既然敢冒充她，且不被不仅熟悉她，而且也熟悉蔚卿的锦弦识出，说明蔚卿做了许多功课，想要自己不现身，又能揭露其真面目并非易事，所以，她让锦弦将蔚卿带到了云漠。她要让她自己暴露，或者设计让她自己暴露。她被桑成风囚禁，靠她肯定不行，她必须依靠凌澜。可是，消息根本送不出去，无奈之下，她才想到了让看守她的士兵传递消息。

她故意疯言疯语，说自己要吃"树叶，白水和侯石青"，她知道，光这一点，士兵只会将她当成疯子，她还装死来吓唬士兵，她是重犯，且关她的营帐又不能轻易打开，士兵无法自己进入查看，就必定会前去禀报。桑成风正在会见中渊几人，他去禀报桑成风等于将消息给了凌澜，她相信，睿智如他，一定会参透其中深意。

果然，士兵去了，一切顺风顺水，桑成风也被她成功引来。

而决定自己出去对峙，其实是临时起的意。原因有二，一，虽然她坚信凌澜在，但是，终究得不到确认，心里还是有些虚，如果，她想，如果凌澜没来，她这个消息送出去，充其量就是让叶炫知道是她小石头而已，绝对想不到皇后是蔚卿这样的层面上来。如果是这样，蔚卿不会暴露，锦弦还有可能因为她只是一个小小的兵士小石头，而不尽心救她。

第二个原因，是她想借机让桑成风看清蔚卿的真面目，或许可以免去一场战争杀戮。因为在被劫来的路上，她听到桑成风跟那个副将两人的对话，虽然有一句没一句的，听得不是很明白，但是，有一点可以肯定，就是此次战争是因为一个女人，而且云漠皇帝和朝臣都是反对的，桑成风执意讨伐。她原本就怀疑，这个女人是蔚卿，后来在大帐内，她坐着，他站着，她看到他宽大的袍袖里拢着一个荷包，颜色的鲜丽一看就知道是女人之物，虽视线不是很清明，只能看到一截，但是，她还是看到了荷包上面绣的蜻蜓。她记得蔚卿的乳名就是小蜻蜓，她以前还见过她的丝绢，上面就是绣着这一模一样的蜻蜓，所以，她更加肯定了，此次战争因蔚卿而起。

而跟桑成风接触下来，从他跟她的言语，从他跟副将交代军中部署，从他对兵士的态度，从他应变事情的能力，她发现这个男人并不是莽撞之辈，他有心计，有城府，有谋略，也绝不是沉溺女色之人，更不是喜欢杀戮的残暴之人。

他将她从中渊带回云漠大营的路上，为避男女之嫌，甚至自己跟副将同骑一马，让她一人单独一马，只是点了她的穴，并且他替她拉着缰绳。回营以后，除了绑缚了她的手脚，也未对她有任何伤害，吃喝都照应周到，且不许任何兵士碰她。分明是个谦谦君子。所以，她很怀疑，这样的男人，这样的人中龙凤，怎么会为了一个坏事做尽的蔚卿如此疯狂？

当然，爱情会让人痴狂，爱情也没有道理可言。但是，最起码的明辨是非的能力应该有。难道是被蔚卿所骗？所以，她想试他一试。他问何事，她便跪在了地上。她求他，求他不要将她在这里的消息告诉中渊来的人，要说，就说小石头，然后，还请求他帮忙准备一些做面皮的易容材料，她不能让他们看到她的脸，不然，她就死定了。

桑成风有些惊讶，说，你不是中渊皇后吗？他们看到你，揪出冒名顶替者，还你这个真身公道，岂不更好？她说不，他不了解情况，现在的那个皇后是她的姐姐蔚卿所扮，蔚卿心狠手辣，曾多次对她下毒手，想置她于死地，曾经让她代嫁嫁给他，后来又在东盟山上将她推下悬崖，以为她死了，蔚卿从此就用了她的身份，成为了锦弦的皇后。前不久，她被宫里的一个叫凌澜的乐师作为人质拖进九景宫，发生了爆炸，所有人都以为她死了，可失踪了一段时间以后，她又出现了，又出现在锦弦的身边。

为了独霸锦弦，蔚卿不让锦弦选妃，除了为掩人耳目，封了她曾经的一个婢女铃铛为妃，锦弦身边再无其他女人，蔚卿若是知道她还活着，一定会想方设法置她于死地。

当时，她就看到桑成风露在监视口里的脸色都变了。他冷笑，他说，是这样吗？她说是，不然，她为何不愿意出去见他们，这样好的证明自己，又能救自己的机会，她为何不要？桑成风沉默了好半晌，说，本太子怎么听到坊间传闻，说是你这个妹妹，害自己亲姐姐的？

果然！就这一句，只这一句，就印证了她心中的猜测。蔚卿对他撒了谎，毕竟知道当时那件事真相的人不多，除了她，锦弦，蔚卿，凌澜，所以想要捏造事实很容易。确认了这一点，就好办了。她也不想再跟他兜圈子了，直接开门见山，说，什么坊间传闻，太子殿下是听蔚卿说的吧？仅凭她的一面之词，殿下就大肆展开战争杀戮？桑成风听完就怒了，说，原来你的目的是想要挑拨本太子跟蔚卿的关系，休想！

她笑，说，殿下何必掩耳盗铃，难道殿下不想知道自己付诸真心的女人到底是怎样的真面目吗？只要殿下带我同去，必定让殿下看到一切真相。桑成风也笑了，说，你当本太子三岁孩童啊？既然你已知蔚卿是本太子的人，本太子将你这个真身带去，岂不是告诉大家，蔚卿是假的？本太子会做这种搬石头砸自己的脚的事吗？

他的反应意料之中，她脑中早有对策。她让他放心，她说，她前去，不仅不会说自己是蔚景，还会承认自己才是蔚卿，这样他的蔚卿绝对安全，她也好全身以退。

桑成风犹豫了很久。终究还是将她带了出来，但是，他塞了一粒药丸进她的嘴里，说，她已中毒，解药只有他有，所以，她要遵守承诺，不能暴露蔚卿。她说好！于是，才有了刚刚的那一幕。

总算解决了一场危机，她微微松了一口气。收回思绪，锦弦、凌澜、叶炫三人正

第八章　真假皇后

159

起身告辞，桑成风客气地挽留，说天色已晚，又近晚膳时间，明日再走也不迟，被锦弦婉言谢绝。桑成风也不强求，缓缓走到蔚景身边，自袖中掏出一粒药丸，递给她，只说了两个字："谢谢！"

蔚景怔了怔，伸手将药丸接过，送于口中，咽下之后，朝着他粲然一笑："殿下客气，该说谢谢的人是我。"桑成风亦是笑笑，没有再说什么。

所有人都看着他们两个，虽不知那药丸是什么药，但大概也能猜到几分，锦弦眸光微敛，凌澜抿起薄唇，叶炫还沉浸在蔚景是叶子的震撼中难以自拔，整个人浑浑噩噩。蔚卿看看锦弦，又看看桑成风，眸光微闪，缓缓垂下长睫。

"走吧！"锦弦笑着走过来，伸手作势就要握了蔚景的手，被蔚景不动声色地抬手捋发，轻松避开。锦弦唇角笑容一僵，倒也识趣，没再强求。轻轻将垂坠在额前的秀发捋于耳后之际，蔚景眉目低垂，眼角余光所及之处，是凌澜深凝的眸眼，她心尖一抖，看向别处。

一行几人拜别桑成风，就准备打道回府，可还没走出营帐的帐门，就猛地听到"嘭"的一声沉闷之响来于身后，紧接着就是桑成风低呼"蔚卿"的声音。几人循声回头，就看到蔚卿倒在地上，桑成风蹲身去扶。

见他们回头，蔚卿伸出手指，直直指着蔚景，面色苍白，气喘吁吁："你……你竟然真的给我下了毒……"

蔚景一怔，这才想起，方才出来的时候，为了引这个女人主动承认自己是蔚卿，她不仅故意躲在了桑成风的后面，做出一副小鸟依人，跟桑成风关系匪浅的样子，还说，她给她下了云漠用毒高手调制的毒药。可是，那是她瞎掰的呀，她从未对她下过毒。几人也都惊住，全部齐刷刷朝她看过来。她皱眉，笃定道："我没有。"

"你没有？"蔚卿已经被桑成风扶到椅子上坐下，大汗淋漓，似是在忍受着极大的痛苦，一双眸子却依旧死死地盯着蔚景不放，"你自己刚才都说了……给我下毒，现在……现在又否认，那我身上……"

"不要多说话，让我看看，"桑成风将她的话打断，伸手探上蔚卿的脉搏，凝神静探中，眉心微拢，少许，将蔚卿的袖管放下，又转头吩咐随侍的兵士："快去宣韩太医过来！"

看桑成风的神色，似乎很严重。于是，几人也走不了了，只得等在那里。蔚景抿了抿唇，她怎么也没想到，自己随便一说，蔚卿还能真的中毒。凌澜看了看蔚景，又用征询的目光看向锦弦，锦弦明白其意，点了点头。凌澜上前，对着桑成风略一颔首："不知太子殿下能否让本相替……蔚姑娘把脉试试看？"

"嗯。"桑成风直起腰身，朝他做了一个请的姿势。蔚卿也没有拒绝，此时的她早已面色惨白如纸，额头上汗珠密密透透，早已将头发濡湿，连薄薄的衣衫都能看出汗水打湿的痕迹。

大手轻轻挽了一小截袍袖，凌澜小心翼翼探上蔚卿的脉搏。脉搏时缓时急，时而苍劲有力，时而弱得几乎探不出。的确是中毒。且是很奇怪的毒。他也没有见过。

韩太医很快就来了，凌澜起身替他让了位子。蔚卿痛得一副快要晕厥的样子，她攥着韩太医的衣襟，"素闻韩太医……是云漠太医院中最擅长用毒和解毒的高手……韩太医一定……定要救救我！"

"姑娘放心，我定当竭尽全力。"一番望闻问切下来，韩太医起身，对着桑成风一鞠："启禀太子殿下，姑娘是中的'青莲'。"

青莲？有三个人脸色一变。一个是桑成风，一个是凌澜，一个就是蔚景。这三个人都懂医，且都知道此毒。青莲，青莲，实则是亲连。因为此毒没有解药，必须靠服用亲人的血来解毒，且还必须服上一月，才能彻底解掉。因生死跟亲人连在一起，故得此名。

锦弦虽不懂医，但是，看几人都变了脸色，自是知道问题棘手，沉声问向太医："敢问这'青莲'可有解药？"

韩太医叹息："唯一的解药就是每三日服上半碗亲人的鲜血，持续一月，才可解毒，否则，中毒之人不仅会痛得肝肠寸断，身体的一些能力也会逐渐丧失，譬如行走、坐立、视力、听力……"韩太医的话还没有说完，就被蔚卿嘶声打断："蔚景，你好狠的心啊，你明知道我父母都不在了，竟然给我下这样的毒药，你分明就是想要让我死！"

"我没有！"蔚景也不为所惧，所谓人正不怕影子斜，这没做亏心事，还怕鬼敲门不成。没下就是没下。她还不知道哪里弄到这种毒呢，一直都是江湖传闻云漠国有，她也没有真正见识过，今日也是第一次。

韩太医看了看蔚景，眸光一亮："父母不在，兄弟姐妹亦是可以，看这两位姑娘长得一模一样，想必是孪生姐妹，这样的血再好不过。"

所有人一震，蔚卿停止了哀号，凌澜和锦弦转眸看向蔚景。蔚景连忙笑着朝韩太医解释道："太医有所误会，我们不是孪生姐妹，我们只是同父异母的姐妹。"

"是吗？"韩太医闻言，似是有些吃惊，"同父异母的姐妹竟然长得如此一模一样。"

帐内几人都没有吭声，气氛有一丝丝尴尬。蔚景正微微松一口气，又骤闻韩太医的声音响起："同父异母的姐妹也可以啊，只要有血缘关系都成。"

啊！蔚景、凌澜、锦弦、叶炫全部怔住。这……不是意味着她每隔三日都要放半碗血给蔚卿，并且还必须坚持一月？

没有人说话，就连桑成风都没有吭声，只轻垂着长睫，不知心中意味。最终还是蔚卿打破了沉默："如此看来，妹妹需要留在云漠陪姐姐一月了。"蔚卿小脸上的五官都痛苦地皱在了一起，声音虚弱无力，我见犹怜。

"不行！"三道斩钉截铁的男声同时响起。笃定坚决，沉稳有力。

蔚卿一怔，桑成风亦是，皆循声望去。声音出自中渊三人，帝王锦弦，右相夜逐寒，禁卫统领叶炫。桑成风眸光微微一敛，说实在的，锦弦不同意，在他的意料之中，可是，

第八章 真假皇后

这另外两个男人的反应，还实在让人有些意外。

锦弦也没有想到凌澜和叶炫会跟他异口同声，侧首瞟了瞟两人，叶炫这才惊觉过来，自己的失态，连忙垂了目，没有吭声。而凌澜却是面色如常，对着锦弦一鞠："微臣是觉得，此毒来得蹊跷，并非微臣多疑不相信云漠，只是现在非常时期，将中渊的皇后留在云漠，知道的还好，会说皇上皇后是为救人，有颗仁心，那些不知道的世人，肯定会以为我们将皇后留下做人质，所以才换来两国的退兵，这样，悠悠众口难堵，皇上还怎么威严于天下，我中渊以后还怎么在各国之间立足？"

锦弦面色冷峻，紧紧抿起了薄唇。夜逐寒说的没错，这些都必须考虑，其实，就算不考虑这些，他也绝对不会让蔚景一人留下来："太子殿下，要不这样，让蔚卿也跟我们一起走，朕跟殿下保证，一月之后，定将蔚卿完好无损地送到云漠。"

"不要，不要，"锦弦的话还没有说完，就被蔚卿急迫地打断，她抓着桑成风的衣摆，痛得眼泪直流，"成风……不要答应他，我跟他们回去……一定会没命的，成风，救我……而且，明明是他们理亏，蔚景若不给我下毒……又怎会落得这样？"

桑成风还没有吭声，蔚景却是突然低低笑了起来："我可爱的七姐，我最后再跟你说一遍，我没有下毒！"

最后几个字，蔚景几乎是咬着牙，一字一顿。她一边说着，一边拾步朝蔚卿走过去，在蔚卿的前面站定，她倾身，继续道："不错，你的妹妹是笨，笨到几次都差点被你害死，但是，俗话说，吃一堑长一智，我就算再恨你，再想给你下毒，也断然不会给你下'青莲'这种毒，让你喝我的血，让我陪你一个月，我是吃饱了撑着了吗？"话一出，所有人都被震住，蔚卿原本就苍白的小脸更是没有了一丝血色。睨着她的反应，蔚景唇角一勾，直起腰身。

边上的韩大夫见气氛不对，连忙道："哎，接下来要怎么处理，你们可以慢慢商量，但是眼前救人要紧，还请这位姑娘，先取了半碗血出来救姐姐，下一次用血是三日之后，你们有很长的时间可以做决定。"韩大夫一边说，一边转身自桌案上取了一个瓷碗，递给蔚景。

"不行！"刚才三个男人异口同声的盛况再一次在营帐内发生。

这一次锦弦也没有顾得上去看自己的两个臣子，就走到韩大夫面前："皇后身子一向虚弱，这样一下取出半碗血，岂不是要了她的命？"

韩太医有些为难地看了看桑成风，又看了看蔚卿，蔚卿眸光一闪，韩太医又转眸看向锦弦，对着他微微一躬："可是，现在也是人命关天不是。身子虚最起码还可以用药调理，可若中毒者不服血，必死无疑。"

锦弦还欲说话，凌澜也举步走过来，蔚景见状，连忙伸手将瓷碗接过："不要再多说了，我取便是。"

"蔚景！"

"娘娘！"

这一次，还是三人同声，只不过称谓不同，锦弦一人喊的是蔚景，两位臣子喊的是娘娘。蔚景没有理会三人，再次转眸，灼灼看向蔚卿："蔚卿，看在你是我姐姐的分上，我取血给你。但是，我救你，并不表示，我承认是我下毒了，我只是不想你死。我知道毒是你自己下的，你在陷害我，你我心里都清楚！"她的声音不大，缓缓而语，可是一字一句都真真切切地敲进了在场每一个人的心里。

蔚卿面色一滞，眸底掠过慌乱："你血口喷人！你说你给我下这种毒，是吃饱了撑的，我又难道是吃饱了没事干想找死，给自己下这种没有解药的毒。"蔚景没有接她的话，不想跟她再纠缠下去，只是唇角冷冷一勾，转眸看向韩太医，平静问道："请问是取腕上的血吗？"

韩太医怔了怔，点头："是的。"蔚景又抬眸，环视了一圈屋内，想要找到一把利器，后来见只有两个随侍兵士腰间挂着长剑，正欲走过去，一个高大的身影拦在了她的面前。

"用这个吧！"随着男人低醇的嗓音落下，一把精致的绘满图腾的匕首伸到她的面前。熟悉的样子和图案入眼，蔚景瞳孔一敛。这把是在源汐村那个歹人留下的，殷大夫死于这把匕首，却将这匕首交到她手中让她防身，后来，为了摆脱一个男人的纠缠，她用这把匕首刺在了那个男人的胸口上。原来，他一直留着。垂眸看了一会儿，她伸手正欲将匕首接过，却又被对方手一缩，避开。

"割脉取血并非易事，稍有不慎，会造成生命危险，微臣是医者，若娘娘信得过，就让微臣来为娘娘取血吧。"凌澜毕恭毕敬垂眸颔首。两人仅隔一步之遥，蔚景甚至能闻进他身上倾散出来的淡淡的墨竹清香。她没有回答，倒是边上的锦弦出了声："对，让右相帮你取！"

第八章 真假皇后

163

第九章　我能解释

　　蔚景依旧没有说话，低头，素手轻轻撩起黑衣的袖管，叶炫连忙上前，将她手中的瓷碗接过，端在她的腕下面。凌澜看着她，看着她平静无波的淡然脸色，缓缓垂眸，看向她纤细的手腕，眉心微微一拢，长睫遮住眸中所有情绪，他抬手，轻轻将她的小手握住。锋利的刀口轻轻来到她腕上，他竟微颤了手。跟着一起颤抖的，还有一颗心。刀子没有落下，他抬眸，再次看向她。

　　蔚景始终低头看着自己的腕，可她还是知道，他在看她，因为她的手背被他裹在掌心，她甚至能清晰地感觉到他的颤抖。他的掌心一如既往的温暖干燥，较他的颤抖，她反而很安定。终于，她抬眸，看向近在咫尺的男人。四目相对，她微微一笑："没事，相爷不要有顾虑，开始吧。"众目睽睽，她不想引起什么纠纷。

　　"会很疼，娘娘忍耐一下。"男人轻声道。

　　"嗯，"她点头，"没事。"

　　凌澜这才再度执刀来到腕上，见叶炫双手捧着瓷碗，还抖得厉害，他唇角禁不住一勾，低声道："叶统领，你可要接好了，没接住，或者接偏了，可是会浪费娘娘鲜血的。"

　　"是！"叶炫双手死死将瓷碗抱住，蔚景转眸朝他望去，发现他竟是满头大汗。睨着他的反应，蔚景忽然想起另一件事来。天。她记得刚才她跟众人说，她就是小石头。这个男人肯定是将她蔚景跟叶子鸷颜又画上了等号。哎，这关系乱得……该怎样跟这只呆头鹅说清楚呢？

　　正沉浸在自己的思忖中，腕上骤然传来一阵刺痛，她瞳孔一敛看过去，凌澜已经将她腕上的脉划开，有殷红的鲜血汩汩流出，涓涓细细地顺着腕，流进叶炫端的瓷碗里。

　　凌澜依旧握着她的手没有放。为避免尴尬，她也没有抬眼，两人都看着腕上那正在往外淌着血的伤口。鲜血滴滴答答落在瓷碗中，就像是此刻缓缓流淌的时间。帐内很静，没有一个人说话。

　　不知过了多久，叶炫叫道："够了，够了，半碗了。"众人看向碗中，哪里有半碗，最多三分之一的样子。凌澜跟蔚景都睇了一眼叶炫，叶炫低下头，不再吭声，脸颊隐隐透着一抹可疑的红润。

终于有半碗了，凌澜用指腹按住她的伤口，又让她将腕朝上举起，韩太医见状，也连忙自药箱中取了止血绷带上前，欲给蔚景包扎，却还是被凌澜接过："还是本相来吧，你去让蔚卿服下。"

"你没事吧？感觉如何？"锦弦亦是上前，轻轻揽了蔚景的肩。蔚景蹙眉，很抵触这样的动作，但是锦弦却没有放开的意思，凌澜眸光微闪，伸手指了指边上的椅子，建议道："娘娘刚刚取了那么多血，此刻正虚，还是去椅子上坐着吧，让微臣帮你包扎。"

闻言，锦弦便将她扶到椅子上坐下来。因椅子的两边都是桌案，凌澜上前，锦弦见没地方可站，只得将位子让给他。蔚景一个堪堪抬眸，似乎看到凌澜唇角微微一勾。她怔了怔，男人温热的气息逼近，凌澜已经倾身，小心翼翼地将绷带缠在她受伤的腕上。动作缓慢又轻柔。蔚景只觉得一颗心徐徐加快起来。

"会不会太紧？"他忽然开口问。

"什么？"她一时没明白过来，很快又意识到他问的是，绷带缠得紧不紧，遂摇摇头，"不紧。"

"那是不是太松？"他又问。

蔚景就崩溃了。照这个方式问下去，下一个问题是不是"会不会不松不紧？"真想堵这个无聊的男人一句，考虑到场合，她只得忍住，微微一笑道："很好，正合适。"

终于包好，用了很久，那厢蔚卿也已经将她的血饮了下去，她一个抬眸，正好看到蔚卿刚刚饮好，唇角的血渍还没来得及擦去。苍白的面色，配着唇角的那一抹妖娆赤红，纵使此刻是跟她一模一样的脸，她还是想到了食人魔鬼这样的形容。很奇怪，桑成风就站在蔚卿旁边，也没有伸手替她接下空碗，更没有掏帕子给她。还是韩太医上前，将空碗接过，蔚卿自己自袖中掏出帕子揩了揩唇角。

似乎鲜血饮下，蔚卿的毒就很快得到了控制，原本皱在一起的五官也慢慢舒展开来，一丝红润爬上两颊。现在又回到最初的那个问题了。蔚景去留的问题。不知为何，作为主人，也作为维护蔚卿的男人，桑成风一直很沉默。凌澜用帕子轻轻揩着匕首上的殷红，亦是沉默。最后，还是锦弦最先出了声："如果太子殿下不同意蔚卿先跟我们回中渊，朕还有另外一个提议，蔚景跟蔚卿的三哥和六哥还在，朕立刻让人通知此二人前来云漠，救治蔚卿，蔚景此次就随朕回去……

"不行，成风莫要答应他，他们是奸诈小人，这分明是缓兵之计，等他们走了，我们到哪里去找他们，就算我三哥跟六哥赶过来，从中渊到云漠，三日时间根本不行。"锦弦的话还未说完，已是被蔚卿急声打断。

的确，中渊到云漠，路途遥远，马不停蹄，日夜兼程，三日也不行。那现在怎么办？事情又再次陷入了僵局。蔚景一直没有说话，也不急，她知道，有人会替她做主。偌大的帐内，又是声息全无。就在锦弦刚准备说，毒非蔚景所下，蔚景也没有必须留下来救

第九章 我能解释

蔚卿的义务，无论云漠同意不同意，他都必须带走蔚景的时候，坐在那里好转不久的蔚卿又骤然呼痛起来。

"啊——"她痛苦地号叫着。这一次，似乎比刚刚那次严重，她双手捂着自己的眼睛，叫着："好痛，我的眼睛好痛，痛死了……"

几人都被这突如其来的一幕吓住，韩太医更是连忙上前，再次探上她的脉搏。啊！韩太医脸色大变。

"怎么了？韩太医，我这是怎么了？"双眼就像是有千万枚细针在扎，痛得她完全睁不开，她伸手摸索着抓住韩太医的手腕，紧紧逼问。韩太医没有回答，而是转身又去取了她刚刚饮血的那个瓷碗，里面还有几滴残剩。末了，又自药箱里取出一根银针，走回到蔚卿的身前，"蔚姑娘，让我取一滴你的血。"

"我的血？"蔚卿一怔，见眼睛痛得恨不得挖下来，她也没有多问，将手伸给韩太医。因为只需要一滴，所以也不需要在腕上取，韩太医只用银针自她手指的指尖刺破，取了一滴。指腹捻起那滴血，韩太医又是闻，又是看，又是伸出舌尖轻噬，另一手拈起瓷碗里蔚景的血，同样的动作做了一遍。最后，在众人的注视下，他慌乱地给众人宣布了一个震惊的消息。

"这两个姑娘没有血缘关系，一点血缘关系都没有。"

什么？一句话如同惊雷一般划过所有人的耳畔。蔚卿震惊，蔚景同样震惊。虽是不同母亲所生，却最起码是同一个父亲啊。怎么可能，怎么可能一丁点血缘关系都没有呢？难道她跟蔚卿其中有一个人不是父皇的女儿？不，这不可能！

锦弦对这个消息亦是非常吃惊，他示意凌澜也去检查检查看。凌澜眸光微闪，领命上前。同样在蔚卿的手指上取了一滴血，然后对比碗中蔚景残剩的血，得出的是跟韩太医一样的结论。蔚景的确跟蔚卿没有丝毫血缘关系。

"那怎么办？现在我要怎么办？韩太医，我的眼睛痛死了，啊，成风，成风救我，我痛死了，我的眼睛痛死了……"蔚卿已经处于崩溃癫狂的状态，她紧紧闭着眼睛，双手乱抓着，不知是想要抓住韩太医，还是想要抓住桑成风。韩太医也同样慌乱不堪："'青莲'一毒，若没有亲人血液饮下，毒素会越来越严重，但是，若乱饮其他非血缘关系的血液，更是会加剧毒素的蔓延，我……也无能为力……"

蔚卿闻言，彻底不能淡定，嘶吼道："你身为太医，你怎么能够无能为力呢？你必须救我，必须救我……成风，成风你在哪里？救我，救我啊！"蔚卿激动地从椅子上起身，摸索着想要找桑成风，却是不想，脚下一滑，她整个人栽倒在地上。紧接着，就听到她的惨叫声传来："啊，啊——我的眼睛……我的眼睛已经看不到了……"

众人一惊，蔚景亦是循声望去，就看到她趴在地上，仰着头，眸子睁得大大的，满满的都是惊恐和无助，却唯独没有一丝光亮。蔚景被她的样子吓住。锦弦敛眸，凌澜眸光微闪，缓缓垂目。桑成风缓缓上前，在蔚卿的身边蹲下，蔚卿感觉到了，连忙伸手将他的衣襟攥住，失声痛哭道："成风……成风救我！"

泪流满面的样子，真是让人无法不动容。桑成风面色冷峻，不言不语，只伸出双臂将她从地上抱起。起身站起，桑成风缓缓看向众人，目光在蔚景的脸上微微一顿，凤眸深深，最后又落向锦弦，淡声开口："你们都走吧，本太子有事，就不远送了，明日本太子就会撤兵回云漠，也希望陛下不要忘了自己的承诺，从此跟云漠和平相处。"桑成风说完，抱着怀里的蔚卿，大步走了出去。韩太医见状，眉头一皱，亦是拿了药箱，疾步跟了过去。就留下帐内几人面面相觑。

蔚景更是半天回不过神。她记得，自蔚卿中毒，桑成风让人去请太医之后，他一直沉默不语，这是他说的第一句话，也是最后一句。她还以为会有很大的一场纠纷，谁知道竟是这样。就这样放他们走了吗？她似乎有些不相信。那蔚卿的毒……是，她跟她没有血缘关系，她留下也于事无补。可是，至少，也应该让锦弦派她三哥蔚佑观或者六哥蔚佑博过来吧？难道不解了吗？不是说不解就是一个死字吗？那……她还在那里怔忡，锦弦开口道："以防夜长梦多，又生什么变故，我们还是速速离开的好！"

于是，几人就这样离开了云漠大营。同来时一样，帝后乘坐马车，右相和禁卫统领骑马，士兵一半在前开路，一半善后。右相护在皇后车旁，禁卫统领行在皇帝车侧。一行人就这样摸黑上路了。其实也不算摸黑，毕竟夏夜的月光还是很明亮的，这样的光线，辨物还是绰绰有余。

车轮滚滚、马蹄嗒嗒。山路的两旁都是翠竹苍梧，不时有伸展出来的枝杈打在马车上的声音。蔚景坐在车里，心里面说不出来的感觉，虽然云漠同意退兵，虽然事情总算圆满了，但是，她怎么办？跟锦弦回宫，真的是心里一百二十个不愿意。可是如今这样的阵势，她想逃也逃不了。怎么办？外面传来"唰"的一声，拔剑的声音，是凌澜。她一怔，正想着他要作甚，下一瞬就听到树枝被砍的声音。

她听了一会儿，就明白了他在砍沿途伸展出来的那些枝杈，不让它们再碰打在马车上。其实，打在马车上而已，又不是打在身上，不痛不痒的，完全不必去砍掉。可是，她又不想跟他说话，就随了他去。

山路崎岖，车身摇摇晃晃，见反正现在想逃也逃不了，她正准备阖上眸子小憩一会儿，蓄精养锐，醒来再想办法，却是骤然"嗞——"的一记布帛撕裂的声音响起，与此同时，视线也倏地一亮。她一惊，转眸望去，就看到马车一侧的窗幔竟是被一根粗大的枝杈钩挂住，生生撕扯了下来。

窗外映入一马一人。那人挥剑将枝杈砍掉。枝杈和枝杈上钩挂的窗幔一起跌落在地，男人转眸看向她。

"对不起，娘娘，微臣动作慢了点，没来得及砍下。"他笑着，道歉道。蔚景坐在车里，透过已经没有窗幔的窗户看过去，背景是夜空苍穹，他骑在马上，白马黑衣，逆光下，只看到他一双含笑的眸子就像是落入了星辰，璀璨生辉。蔚景没有理他，别过眼。

第九章 我能解释

肯定是故意的。绝对是故意的。

云漠，营帐，桑成风将蔚卿放到矮榻上躺下，正欲起身，却是被蔚卿攥着衣襟不放，"成风……成风别离开我！"蔚卿面色苍白，满脸的泪痕，一双眸子睁着又圆又大，却再也没有了昔日的光彩。因为她的拉扯，桑成风保持着倾身的姿势，他缓缓垂眸，看向她落在他衣襟上的小手，指节泛白，她用了大力，甚至在抖。

桑成风伸手将她的手指掰开，拂掉，小手跌落，蔚卿大骇，挥舞着想要再次抓过来，却是已被桑成风直起腰身避开："蔚卿，你可知道，什么叫自作孽不可活？"他轻声开口，语气寡淡，一如今夜他对她的态度，蔚卿却是听得浑身一震，挥舞在半空的手就生生僵住。

"本太子就不明白了，到底是怎样的仇恨让你宁愿自己冒这样大的危险，也要嫁祸于她？"

蔚卿面色如土灰："我……我不明白你在说什么。"

"不明白？"桑成风鼻子里发生一声哼笑，转身，看向紧随其后入到帐内的韩太医，负手而立："想必韩太医明白。"

韩太医闻言，"扑通"一声跪在地上，不说话。见他不说话，桑成风也不急，举步不紧不慢地踱到他面前，居高临下地睥睨着他，唇角一勾道："看样子，似乎韩太医也不明白，那本宫就告诉你们，让你们明白。青莲之毒是韩太医所制，蔚姑娘从韩太医之处所得，自己服下，嫁祸中渊皇后。正逢两国交战之际，你们二人此举真可谓'舍己为国'，你们说，想要本太子如何奖励你们？"韩太医脸色一白，跌坐在地上。

一路颠簸得厉害。虽然看不到，但是蔚卿还是能感觉到是在盘山而上，马蹄嗒嗒，马鞭甩得"啪啪"作响，背后是男人的胸膛，男人拉着缰绳的手臂环绕着她，以至于她虽然痛得有些难以自抑，但是也不至于从马上摔下来。一直，他都没有说话。她不知道他要将她带到哪里去。她只知道，他生气了。

就因为她陷害蔚景吗？明明没有陷害成不是吗？明明蔚景好好的，受到伤害的那个人是她不是吗？她就不明白了，蔚景到底是有什么魅力，让一个一个的男人都为她肝脑涂地？譬如锦弦，她为他不顾一切，她为他倾尽所有，就像桑成风说的，她为他甚至杀兄弑父，可到头来，他怎样对她？想一包炸药结果了她。

又譬如身后的这个男人。他跟蔚景相识才多长时间？一日。一日而已。而她呢？虽说时间也不长，从初遇到现在才半年，中间她一直以蔚景的身份待在锦弦的身边，跟他无任何往来，只是最近一个月才到云漠来找他，但是，至少，比他认识蔚景的时间长不是吗？可就一日时间，一日时间这个男人的胳膊肘就往外拐。竟然帮着蔚景一起来设计她。

蔚景躲在他的身后，他没有走开，蔚景用手拉着他的衣襟，他也没有拂掉，蔚景说对她下了云漠高手制作的毒，他更没有否认。如果不是他，如果没有他的配合，她又岂会轻易上蔚景的当？

是，对自己下毒然后陷害蔚景是她不对，但是，有谁想过她的感受，有谁想过她为何这样？她真的恨，好恨好恨。如果不是因为蔚景，锦弦又岂会这样对她？曾经他也是爱她的不是吗？曾经他们两人还一起陷害蔚景不是吗？就是因为蔚景的再次出现，就是因为蔚景对锦弦要了什么手段，锦弦才会移情别恋，才会对她这样狠心，才会想要她死。她家破人亡，她一无所有，她原本就只剩下锦弦，这个她当做生命的男人。当这个男人都将她舍弃，她便只剩满腔怨恨。

她要报复，她要报复这一对男女。她要蔚景死，她要锦弦痛失一切，江山，女人，她要他从最高处摔下来，她要他跪在地上求她。所以她才如此处心积虑，所以她才跟桑成风撒谎，所以她才要挑起云漠跟中渊的战争，所以，她才会用如此破釜沉舟的方式给自己下"青莲"。

都失败了。她所有的设计都失败了。还弄得现在这般在生死边缘徘徊。蔚景跟她没有血缘关系，她们怎么可能没有血缘关系呢？是蔚景不是父皇的女儿，还是她不是父皇的女儿？是她吧。难怪这些年来，她的那个父皇眼里只有蔚景，没有她，蔚景做什么都是对的，做什么都能得到表扬，就算是犯了再大的错，也能得到原谅。而她，不管多努力，不管多用心，做什么都不对，稍有不慎就会被责罚，也因为这个父皇态度的关系，在大家的眼里，她处处都比蔚景差。原来，她们不是姐妹。

好痛，全身都痛，五脏六腑、四肢百骸，哪儿都痛，只有眼睛不痛了。她已经盲了，她很清楚。再这样下去，会聋，会哑，会不能行走，会不能坐立，会死……

"成风……"她伸手抓住男人环在她的身侧拉着缰绳的手臂，就像是抓住了最后一根救命稻草，"成风，好痛……"她不知道他现在是不是去找谁救她，她只知道，烈马狂奔，永无尽头，而她，快要坚持不住了。男人没有理她，她也终于眼前一黑，晕了过去……

似乎没过多久，她又醒了过来，确切地说，是痛醒了过来。只是，没有了颠簸，没有了马蹄嗒嗒，她，好像躺在一个床榻之上。眼睛看不到，身上疼痛难忍，四周又静得可怕，她一惊，翻身坐起："成风……成风，成风，你在哪里？"

有脚步声传来，由远及近，她以为是桑成风，心中一喜，可紧随脚步声逼近的还有一个苍老的声音："姑娘醒了？正好，快将药喝了。"

蔚卿一震。谁？一抹灼热光滑入手，是一个瓷碗，热气袅袅萦上鼻尖，是汤药腥苦的味道。桑成风就是带她来找这个老者救治是吗？

"太子殿下呢？"捧着碗，她没有喝。

"风儿已经走了。"

第九章　我能解释

走了？蔚卿手一抖，瓷碗里面滚烫的药汁洒泼出来，溅在手背上，火辣辣地灼痛。桑成风走了？丢下她不管了？不要她了吗？

"风儿有事，将你送到就走了，姑娘放心，老夫已经答应风儿，一定会将你身上的毒解掉。"

蔚卿怔怔回神。解掉？

"不是说'青莲'无解药吗？除非有亲人的鲜血，否则就是必死无疑。"

"是啊，世人当然没有'青莲'的解药，但是，老夫不一样，'青莲'一毒是老夫研制出来的，老夫自然就有对付它的办法。"

他制的？蔚卿再次震惊。

"不是宫里的韩太医制出来的吗？"

"那个臭小子，老夫就不应该将'青莲'的配方教给他，净给老夫惹麻烦。"

"你是韩太医的师父？"蔚卿有些难以相信。

"是啊，老夫不仅是那个臭小子的师父，也是你们云漠太子风儿的师父。"

蔚卿浑身一震。那也就是……也就是韩太医跟桑成风是师兄弟？太意外了。

其实她在云漠换脸期间，专门打听过韩太医的，知道他会制"青莲"一毒，知道他的医术承自一个高人，知道他至今单身，所以，她才故意接近他，成功引诱了他，她给了他身子，他给了她好几味奇毒，包括这个"青莲"。她倒是从来不知道他跟桑成风的医术竟是师出一门。难怪桑成风得知她中了"青莲"毒之后一直一声不吭，难怪桑成风会知道是她跟韩太医合谋陷害。那……成风知不知道她跟韩太医那方面的事情？如果他知道，如果他知道的话……

心头一慌，她得去找他，她得叮嘱韩太医不要瞎讲才行。

"这碗里就是解药吗？"还未等老人回答，她已经端起瓷碗，仰脖一口气将里面腥苦的药汁饮尽。抬起衣袖揩了揩嘴角，对方将她手中的空碗接了过去。

"解药是解药，只是，这解药必须坚持服用三年才可以彻底将毒素清除干净。"

"三年？"蔚卿惊呼出声，以为是自己的听力已经出现了问题。

"嗯，三年，且必须每日不间断。"老人的声音笃定淡然，清晰传来。

三年？三年！蔚卿半天回不过神来。那是不是意味着她必须在这个山上待三年？天。她怎么待得住？她怎么能待三年？

忽然，她想起一件事来。如果，她先每日食用刚刚这个药汁将毒素暂时控制住，保住性命，然后，让桑成风想办法逼锦弦派她三哥、六哥前来，到时，她只需饮血一月，不就好了，完全不需要三年那么长的时间。虽然，虽然，有可能她三哥跟六哥也同她没有血缘关系，但是，那也仅仅是她一个人的猜想，是与不是，要检测一下才知道不是吗？说不定，孽子不是她，而是蔚景呢。这般想着，她又重新燃起希望，迫不及待地问道：

"'青莲'的解药不是饮亲人的血也可以吗？"

"是可以，但是，饮亲人鲜血一月或者饮老夫配制的草药三年，这两种方法，只能选其一，一旦用了一种，另一种就不能用，用了只会发生药力之间的排斥，加重病情。"

什么？蔚卿不知道该怎样形容自己的心情，大起大落、大喜大悲、大希冀大失望……就是想要活着，她就必须在这里待三年是吗？三年？呵，她微微苦笑。人生有几个三年，特别是她，她的人生有多少个三年？这才一年不到，她的人生已经沧海桑田，若是三年过去，她又会变成怎样？

"我的眼睛会好吗？"

"除了眼睛，老夫可保你其他的都无恙。"

蔚景坐在车里，浑身不自在，虽然是夜里，虽然光线不强，她还是总感觉到男人的目光透过没有帘幔的窗口，一直盘旋在她的身上。好在这种情况没有持续多久，路过一个山边客栈时，锦弦让车停了下来。原因是已过晚膳时间，大家都还没吃东西，最主要的是她还被取了那么多血出来，更需要喝点补汤，休养休养。因是山脚客栈，位置偏僻，行人极少，所以，客栈也没什么生意，为安全起见，锦弦将整个客栈都包了下来。

不想跟锦弦相处，也不知怎样跟凌澜面对，所以一下马车，蔚景就借故头晕，想睡会儿，直接选了一间厢房将自己关在房里面。

第九章 我能解释

将厢房的门关上，闩好门闩，又随手将两扇窗都阖上，凌澜才取下腰间佩剑放在桌案上，自凳子上坐下来。伸手撩开长袍的袍袖，腕上一个殷红的口子赫现，皮肉外翻，就像是孩童咧开的嘴巴。难怪一路还流着血，当时下手仓促，竟割了那么重。所幸是夜里，而且他穿的又是墨色衣袍，鲜血染在身上也基本上看不出来。自袖中取出金疮药，正欲撒在伤口上，却骤然发现门口一个黑影晃来晃去。

凌澜眸光一敛，快速将瓷瓶拢进袖中，握了长剑，起身，猛地打开门，才发现是叶炫。叶炫似乎徘徊了很久，正欲离开。听到开门的声响，又回过头来，脸色极为不自然。凌澜看着他："有事吗？"

叶炫垂眸默了一瞬，转身，直接越过他的身边，走进他的厢房里面。凌澜怔了怔，关上门。叶炫伸手探进胸口的衣襟，掏出一个小瓷瓶，置在桌案上，没有抬眼看他，只闷声道："这是上好的金疮药。"

凌澜又愣了愣，就站在门后边看着他，忽然有些明白过来，唇角一勾道："给本相？"

叶炫抬眸睨了他一眼，迟疑了片刻，重重点了一下头："是的，相爷应该用得着吧？"

今日在云漠，取蔚景血的时候，或许别人没有看到，当时，他端着碗接血，可是看得清清楚楚，真真切切。男人割了蔚景的腕，同样也割了自己的腕。瓷碗里一大半是这个男人的血。他当时有些震惊，不过很快就明白了过来，因为双方在蔚景的去留问题上僵持不下，他如此做的用意，他懂。

凌澜睨着叶炫，低低一笑，抬步走到桌案边，坐下，大手执起瓷瓶，眉眼弯弯："那就多谢叶统领了，本相还真用得着。"说着，似乎又想起什么，接着道："对了，还要感谢叶统领今日在云漠给本相的掩护，本相第一次发现，叶统领不仅武功高强、领兵有道，这脑袋瓜子竟也转得如此之快。"

叶炫怔了怔，才意识到他说的是，在放血之时，他给他的掩护。是的，在发现这个男人的举措时，他心中大喜，又唯恐被人看到，不仅故意将瓷碗往男人的广袖里挪了挪，还站在了正好挡住众人视线的位子。他跟夜逐寒都身形高大，两人一站，差不多就将蔚景遮个严严实实。抬手摸了摸后脑勺，叶炫朝凌澜讪讪一笑："没有相爷转得快。"

也只有这个男人会想出如此绝计吧。

凌澜依旧笑得绝艳，笑得意味深长，大手摩挲着瓷瓶上的图案，没有吭声。叶炫站在那里，看凌澜一直没有上药的意思，终于忍不住道："要不，我来给相爷上药？"

"不用了，多谢叶统领。本相是想用完晚膳、沐浴以后再上，免得浪费了这么好的金疮药不是。"叶炫一听要那么久，就禁不住微微急了："没事的，伤口要紧，这满满的一瓶呢，足够相爷现在上好，沐浴以后再上一次，就算等会儿相爷给皇后娘娘换药时，用这个药，也是绰绰有余的。"

凌澜唇角一斜。重点总算来了。徐徐抬起眼梢，他看向叶炫，凤眸一弯道："幸亏叶统领提醒，本相差点忘了要给娘娘换药，走，随本相去看看！"五指一收，将瓷瓶拽在掌心，凌澜起身站起，阔步往外走，未作一丝停顿。那急迫的样子，让叶炫一怔。就好像……好像是专门在等着他提议似的。

心中微微一感，却也没有多想，见夜逐寒已经拉开门走了出去，他便也连忙举步跟了过去。也好，反正他也是等着这一刻不是吗？单独见没有理由，毕竟一个是皇后，一个是臣子，想要送药前去就更不可能。如今倒是能沾点夜逐寒的光。他毕竟是医者。见病人理所当然。

两人一前一后来到蔚景的房前，房门紧闭，里面也没有一丝声响。凌澜回头看了看叶炫，叶炫心虚地垂下眼，凌澜又唇角一勾，转回来扬手，轻轻叩上门扉。未等里面的人做出回应，他已一边叩门，一边朗声说道："皇后娘娘，到换药时间了，正好叶统领这里有一瓶上好的金疮药，送过来给娘娘，微臣给娘娘敷上，伤口也可早日痊愈。"

叶炫闻言，脸上一热，急急喊了声："相爷……"

明明他是送过来给这个男人的，怎说他送过来给娘娘？虽然，根本的目的的确如此。但是，他掩藏得极好不是吗？想了很久，他才想到这招"醉翁之意不在酒"的，难道这个男人猜透了他的心思？

闻见他喊，凌澜回过头来，看着他。他却又不知该说什么了，难道说自己不是送过来给娘娘的，那屋里的那人不是也听得真切？正有些无措间，"吱呀"一声，房门自里面被人拉开，女子盈盈立在门后边，看着两人。

原本凌澜是回头看着叶炫的，骤闻这一道声响自是知道蔚景开了门，唇角微微一勾。转回来看向蔚景的时候，唇角的笑意已是敛去。一本正经，他鞠身："微臣过来给娘娘换药。"

他知道，依照先前两人之间的纠葛，如果他一人来找，她未必开门，所以他带上叶炫，还将这个信息透露给她。旁人在，依照她顾全大局的性子，定然不会不开的。果然。门虽开了，却又恐她借故推辞，所以在躬身丢下一句"微臣过来给娘娘换药"之后，他也不给对方说话的机会，直接举步入了厢房。

蔚景怔了怔，不意他会如此举措，站在后面的叶炫，更是对他的"不顾君臣之礼"吃惊不小。蔚景无奈地蹙了蹙眉，也让叶炫入了屋。门，没有关，甚至还拉得更开，她走回房中，看向两人。

"多谢相爷跟叶统领的关心，本宫的伤无碍。"此话虽是推脱，可也确实是实情。她是医者，她刚才自己解开绷带检查过自己的伤口，根本没事。只是，她不禁奇怪，取血那时，她正在想叶炫跟鸷颜的事，心不在焉也没注意，伤口竟然那么小，居然能在那样的时间内，放出半碗血，简直不可思议。

她沉浸在自己的思忖中，这厢，凌澜就像是没有听到她的话一样，朝她做了一个请的姿势："请娘娘坐下，让微臣来替娘娘换药。"

"本宫说了，无碍。"蔚景皱眉，语气不自觉地就蕴了一抹不耐。凌澜依旧微伸着手臂，保持着那个请的姿势，张嘴正欲再说什么，却是被蔚景抢了先。

"我很累，我很困，我想休息，我想睡觉，可以吗？"蔚景一口气说完，抬眸直直望进凌澜的眼，面色清冷，声音微嘶。

凌澜怔了怔，叶炫被她的样子吓住。竟然连本宫都省了。她用的是我。她生气了。叶炫眸光轻轻凝起，有些无措地看向凌澜，凌澜微微垂目，长睫低敛，不知在想什么，片刻之后，上前一步，将手中的瓷瓶放在桌案上，再次对着蔚景一鞠，也未说什么，就默然转过身，朝门口走去。

叶炫站在那里蒙了又蒙，见凌澜已经出了房门，而房中女子微微抿着唇，脸色不好看，一副也不打算搭理他的样子，他也连忙躬身告辞。走到门口的时候，他又骤然想起女子身上的伤，顿住脚步，头皮一硬，回头，沉声道："那是宫廷秘制的金疮药，无论是刀伤，还是剑伤，都很有效。"

说完，也不等女子做出反应，调头就走。可不知是太过慌乱，还是走得太急，脚下竟是被门槛一绊，他猛地一个踉跄，差点栽倒下去，所幸，他是会功夫之人，反应快，连忙伸手扶了门框，稳住自己的身子，这才没有丢丑。其实，还是丢丑了。面红心跳，他不敢回头，仓皇离开。

蔚景怔怔站在房中，叶炫的狼狈她尽收眼底。微微拢了秀眉，她转眸看向凌澜放

第九章　我能解释

在桌案上的药瓶，叶炫的话又在耳畔响起："那是宫廷秘制的金疮药，无论刀伤，还是剑伤，都很有效。"看来，这块木头真将她当成鸳颜无疑。无论刀伤，还是剑伤……眼前又浮现出那夜，鸳颜引着这个男人的手，将他的长剑送进自己胸口的情景。也不知她怎样了。

心里有事，实在没有胃口，蔚景喝了两口汤，便歇下了。很困，昨夜一整夜在马上颠簸，桑成风将她带去云漠。白日身在敌营，又一直想着脱身，也未睡。今夜又是连夜赶路。她真的很困，可就是睡不着。

山里的夜很凉，她拥着薄被，在榻上翻来覆去，辗转反侧，很想让自己睡过去，却越睡越清醒，脑子里各种思绪沓而至，一会儿是跟凌澜的纠葛，一会儿是跟锦弦的仇恨，一会儿又是被叶炫的错认，一会儿又是桑成风跟蔚卿……

她跟蔚卿明明是姐妹，怎么会没有血缘关系呢？是她的身世有问题，还是蔚卿的身世有问题？也不知蔚卿怎么样了，会不会死？眼前又掠过桑成风落寞孤寂的背影。她知道，他心里的伤，从此落下。她想，她是不是太残忍了？可真相就是这样残酷。如果撇开自救和想停止战争，让她再选择一次，她或许还是会这样做。因为，她觉得，如此睿智果敢、痴情沉稳的男人，是值得有人全身心去爱的。

正浑浑噩噩胡思乱想着，门口忽然传来轻轻的敲门声。她怔怔回神，仰头瞟了一眼门口，没有吭声。已经快四更的天，这么晚了，还来找她，想来不是锦弦，就是凌澜。她不想理会。

许是见屋里没有动静，敲门声也停了下来，好久都没有再响起，蔚景以为人走了，正欲翻过身继续睡，却又蓦地听到男人低醇的声音传来："我知道你没睡。"

蔚景心口一颤。果然是凌澜。这个男人疯了，锦弦在，还有那么多兵士在，他竟然就这样来找她。所幸她挑的这间厢房是最里面的一间，边上是无人住的茶水间还有杂物间，与其他人的厢房隔着挺远的距离。可就算这样，不怕一万，就怕万一，依旧很危险不是吗？

心头狂跳中，男人的声音再度响起："我知道你在生我的气，很多事情已经发生，我多说也无益。我只是想告诉你，殷大夫我已经葬了，葬在一个没人知道的地方，城楼上的那个是假。"

蔚景呼吸一滞，愕然睁大眸子。城楼上的那个是假的？那个被炸得尸骨无存、灰飞烟灭的是假的？眼前又浮起茶楼的窗前，男人缓缓收起弯弓的样子。因为是假的，所以他用藏有炸药的羽箭射过来将其毁掉，那么，他的目的……不要她现身去找锦弦吗？胸腔震荡，她更紧地拥住了薄被。幸亏是假的，幸亏是假的……殷大夫本就是因她而死，如果再因为她连一个全尸都没有，她一辈子都不原谅自己。

门口男人喑哑低沉的声音还在继续："另外，你也不要纠结自己跟蔚卿没有血缘关系的问题，你没有问题，只不过，我在你的血里做了一点点手脚而已，你不要瞎想。"

蔚景再一次震住。她没有问题。只是在她的血里做了一点点手脚而已。难怪，难怪呢。她就想她的父皇如此疼爱她，她怎么可能不是他的女儿，而蔚卿虽不得父皇宠爱，可蔚卿却是所有姐妹中长得最像她父皇的一个公主。所以，她们怎么可能一丁点血缘关系都没有。原来，原来是被这个男人做了手脚。

可是，一点点手脚是什么手脚呢？那样的情况下，那么多人盯着，他又不能未卜先知，准备什么药物在身边，他是如何做到的呢？想问他，却又不想理他，忍了忍，她继续无视。

外面好一会儿没了声响。没有听到脚步声离开，她知道，他肯定还站在那里。小手紧紧攥着被面，她的心里说不出来的感觉。让他一直站在那里不是她所想，而开门放他进来，又绝非她所愿。心中乱作一团，她拉过薄被蒙住头。谨慎如他，绝对不会不知道，这样站在她的房前，说着这些隐晦的秘密，是一件多么危险的事情。或许他在赌。赌她的不忍心，赌她的顾忌。故意将自己置身危险之中，逼迫着她为了安全起见，不得不去开门。她不上当。

就在她侧过身，准备面朝里而躺的时候，沉寂了许久的门口再次传来男人的声音。

"如此深更半夜，右相为何会站在这里？"

蔚景心口重重一撞，暮地翻身坐起。不是凌澜，是锦弦。是锦弦的声音。担心的事还是发生了。蔚景闭了闭眼，心跳慌乱中，连忙屏住呼吸，凝神静听外面的动静。

"微臣……微臣……"是凌澜的声音。只是他"微臣"了半天，没有说出一个字。蔚景秀眉都皱成了小山，心里就像是被猫抓一样。这个男人平时不是挺会随机应变、见机行事的吗？黑的能说成白的，方的能说成圆的，那份巧舌如簧哪里去了？

"如此吞吞吐吐，分明做贼心虚，难道右相跟曾经的凌澜一样，也觊觎皇后不成？"锦弦的声音不大，却如同惊雷一般在蔚景耳边炸响，蔚景呼吸一滞。天。他说什么？做贼心虚，曾经的凌澜？莫不是看出了什么？怎么办？脑中快速思忖着对策，她心急如焚。目光触及到腕上的绷带，她眸光一亮。

就说，伤口痛得厉害，她去敲夜逐寒的门，想要拿点药，结果，夜逐寒睡了，让她先回房，说，马上送过来。对，就这样。现在就是送过来。反正那厮袖中一直揣着小瓷瓶。刚好可以配合。这般想着，就没有一丝犹豫，连忙起身下床，三步并作两步，拉开厢房的门。正想开口说话，却惊讶地发现，门口竟然没有人。

没有锦弦，也没有凌澜。一个人都没有。

蔚景蒙了又蒙，什么情况？难道是她的耳朵出了问题，明明她听得那么清楚。微微探了头，她看向走廊的前面，想要看看人是不是走了，却猛地感觉到身后一阵风拂过，一个人影自她身边一晃，闪身进了屋。她一惊，回头，还没看清来人，腰身上就骤然一紧，一股外力将她一裹，直直将她裹进了屋。门"砰"的一声关上，背脊撞上一片冷硬，

第九章 我能解释

等她反应过来，来人已经将她抵在门后面。

熟悉的俊脸入眼，蔚景瞳孔一敛。是凌澜。

"你——"她惊呼，下一瞬就明白了过来。原来刚才是他一人在唱双簧呢。凌澜是他，锦弦也是他。他会口技，她竟忘了。太坏了，这个男人！如此捉弄于她，还害得她担心得要死。一时心中气苦，她猛地伸手，一把将他大力推开。男人身形往后一跟，却在下一瞬，又长臂一拉，将她抱住。她要挣脱，他不放，她推他，他将她压抵在门板上。高大的身形倾压下来，她根本无法动弹。

"凌澜，你卑鄙！"蔚景气结，怒骂道。

"卑鄙就卑鄙，谁让你不理我？"

原本想着在云漠，她那样送消息给他，一句"树叶、白水、侯石青"，他以为她已经原谅了她。可夜里他跟叶炫一起来给她上药，她那样的态度，他才知道，她终究是对他筑着冷漠的心墙，他回房后想了很久，他必须和她说清楚。

"夜深了，一个臣子跑到皇后的房里来，你觉得这样合适吗？"见挣脱不掉，蔚景也不想浪费力气，只靠在门后面，仰视着他，冷声道，"要是被谁看到，你不要脸皮，我还要呢。"

"脸皮？"男人轻笑，炙热的气息喷洒在她的额头上，"命都可以不要，要脸皮作甚？"

蔚景微微一怔。因为背对着桌案上的烛火而站，他的脸隐在一片暗影里，凤眸漆黑如墨，深邃似海。她看到他唇角轻扬，薄唇轻动，她听到他说："难道你还真准备跟锦弦回宫做这个皇后不成？"

"不然呢？"她怔怔开口。走，走不了，逃，逃不掉。

"只要你信我，我一定会想办法带你离开。"男人笃定道。

只要你信我？蔚景弯了弯唇，她也想信啊，她也信过啊，可好像每一次她好不容易卸下心防，他都会给她沉重一击。不是不信，不是不想信，是不敢信。她信怕了，她真的怕了。缓缓垂下眸子，她幽幽道："算了，凌澜，不要再折腾了，你的路你走，我的路，我自己走。对于你的大计，我帮不上忙，你也没必要再为我犯险，就这样吧。"

蔚景的话还未说完，下颌忽的一重，男人的大手钳在她的下巴上，逼迫着她再次抬起头。他专注地看入她眼底，声音低沉，缓缓道："你，什么意思？"

"我的意思是，从此以后，你莫要管我，我也不干涉你……"

"你休想！"她的话再一次被他打断，"难道这一次，你舍命帮他，就是为了重新回到他的身边？"一眨不眨盯着她的眼睛，凌澜微皱了眉心轻轻摇头。那一刻，蔚景看到了他的眸底同时掠过很多很复杂的表情，当然，她看得最清楚的是冷色和怒意。

"随便你怎么想。"蔚景抬手，将他落在她下颌的大手拂掉。他的话让她不舒服，他这样捏着她，也让她不舒服。很不舒服。这就是他们，他，永远也不懂她。可他的手刚被拂掉,后脑却又猛地一重,男人直接扣住她的脑袋往自己面前一拉,低头,将她吻住。

蔚景猝不及防,愕然睁大眼睛。她心里的那份屈辱和潮闷,噌地一下直直往脑子里一冲,她闭眼,重重咬下。他闷哼一声,却并未将她放开,口中有血腥弥漫,他依旧不管不顾,她呜咽着,伸手抓他的手臂,想要摆脱他对她的禁锢。他紧紧扣着她的后脑不放。她大力掰他的腕,脚下也死命踢他。

终于,在再一次听到他的闷哼声之时,他总算将她放开。他后退一步,皱眉喘息地望着她。她靠在门板上,同样气喘吁吁地瞪着他。彼此的眸子绞在一起。他眉头紧锁,深邃的眸子里隐隐透着血丝,她紧抿着唇,眼眶里慢慢腾起雾气。

鼻尖萦绕的血腥味越来越浓,蔚景眼帘微微一颤,视线下移,只见他略显苍白的唇上一点殷红妍艳。她咬破了他的唇,她知道。她不知道,只是咬破了唇而已,为何血腥味浓烈得让人呼吸都困难。直到她看到有殷红血迹从他的袍袖上滴滴答答溅落在地上。蔚景瞳孔一敛,转眸看向男人的脸:"你受伤了?"

凌澜没有回答,只是依旧一眨不眨地盯着她的眼睛,似乎想要将她看透一般。蔚景怔怔看了他一会儿,见他不声不响,便也不再问,略略别过视线,蹙眉道:"凌澜,你知道吗?我很不喜欢你这个样子,你除了会这样对我,你还会什么?"每次不是强抱,就是强吻,他想过她心里的感受吗?他在意过她心里的感受吗?

"我还会解释,只要……信。"凌澜再次上前一步,伸手,指腹轻轻拂过她的眼角。温热的触感,蔚景浑身一颤。一起颤抖的,还有那颗早已乱作一团的心。他说什么?他说,他还会解释,只要她信?缓缓转眸,她再度看向他。

"我跟铃铛并不是你想的那种关系,那日在洞里,我只是在给她疗伤。"男人轻声开口,声音略显苍哑。她没有说话,就看着他。这个她知道,他早已跟她说过。这就是所谓的解释?

"之所以在你出现的时候,我让铃铛不要吭声,是因为……怕。"男人依旧抚着她的脸,看着她,继续道。长如蝶翼的眼睫轻轻一颤,蔚景迎着他的目光:"怕什么?"

"怕你误会。"他是真的怕。第一次怕,第一次害怕一个人误会。对方是铃铛,不是别人,如果是鸷颜,他一定不会这样。铃铛曾经是她的婢女,是她一直不能接受的一个背叛,而且,他曾经还当着她的面带走铃铛,将她一人留下被禁卫所抓。种种的种种,让他当时的第一反应,就是不让铃铛说话。可是,世事就是这么可笑,越是怕什么,越是发生什么。他不想让她误会,却让她误会更深。她什么都看到了。

是他粗心了,一门心思都想着要赶去救康叔,却忽略了她的眼睛,他压根就没想到她的眼睛会复明,头一天夜里晚膳的时候,他检查过她的眼,情况恶化了,当时,当着影君傲和殷大夫的面,他不动声色,本想着第二天私下里跟殷大夫商量一下诊治办法,却不想,她竟然奇迹般地好了。

当然,现在将这些说出来,已经没有任何意义。没发现就是没发现,伤了她就是

第九章 我能解释

伤了她，而且，殷大夫也不可能死而复生。他不是一个会解释的人，也从来不向任何人解释，哪怕是鸳颜。他只做他认定的事情，别人怎么看，怎么想，那都是别人的事情，跟他无关，他不想理会，也无所谓。而面对她，特别经历那么多以后，再一次面对她。他生出一种感觉，如果再不解释，就完了。这是他最后的机会。他必须解释。不是为了证明什么，也不是为了推卸责任，他只是想要她重拾信心，她对他的信心。

"还有这个。"他伸手探进自己胸口的衣襟，掏出一个东西，缓缓摊开掌心。蔚景疑惑地看过去。赫然是一枚玉佩。红绳绿玉！

蔚景眸光一敛。那是她再熟悉不过的东西。是她曾经贴身戴了三年的东西。也是在东盟山上她被人推下悬崖之前，被人取走的东西。点点血色爬上眸眼，她缓缓将落在玉上的目光移开，徐徐看向他。他抓起她的手，将玉佩放进她的掌心："没亲眼见过锦弦送给你的那枚玉佩，所以，我也不知道，这一枚是不是跟你那枚长得一模一样，但是，这的确不是你那枚。"

蔚景一震，愕然抬眸。男人目光坦然，口气坚定。蔚景迫不及待地执起玉佩仔仔细细地端详。一样的红绳，一样的玉面。一样的质地，一样的图案。忽然想起什么，她将玉佩反过来看向背面。当一片光洁入眼，她心跳跟跄。犹不相信，她伸出手指，指腹一点一点摩挲过玉佩的背面。

果然不是她的那枚。她的那枚她曾经在背面刻了一根细小的琴弦，她曾经还跟锦弦说过，那琴弦代表他，她还给取了一个好听的名字，叫温柔的弦。这枚没有。虽然对于玉器，她不是很懂，但是，当时她去宝玉轩刻弦的时候，那里的工匠告诉过她，在玉上刻上图案可以，想要抹掉图案又不留痕迹就不可以了，所以让她考虑清楚。

没想到，这世上，这样的玉佩竟然有三枚。曾经锦弦跟她说，是他们锦家祖传的，只有两枚。凌澜为何会有？当然，这个不重要。重要的是，不是她的那枚，不是她被人推下悬崖之前被取走的那枚。微微一笑，她将玉佩还给了他。

凌澜自是不知道她心里所想的这些，见她突然这么一笑，又将玉还给他，却依旧一声不响，心里面瘆得慌，也不知道她还是不是在误会，便也顾不上去接，而是先急急问道："怎么样？"

"嗯，不是。"蔚景道。凌澜闻言，面色一喜，这才伸手将玉接过来。

蔚景默了默，问道："还有什么要说的吗？"凌澜一怔，见她敛了笑容以后的小脸依旧一片清冷，想了想道："还有，就是我炸毁殷大夫的尸体，是因为我知道那个是假的，我怕你上锦弦的当，所以，干脆就毁……"

"我知道，还有吗？"蔚景将他的话打断。这个刚刚他在门外，告诉她尸体是假的时，她就想到了。

"如果没有，就请回吧！"她转身，拉开厢房的门。

"蔚景……"男人凝眉看着她，似是没想到她会如此。

"我真的很累，从被桑成风劫走到现在，我眼皮子都没有眨一下，我想睡了，你能成全我吗？"蔚景同样蹙眉看着他。再一次四目相望。这一次，凌澜先撇过眼。他垂眸弯了弯唇，说："好！"

没再多说一字，他越过她的身边，举步迈过门槛。他前脚刚迈出去，她后脚就迫不及待地将门"砰"的一声关上。闩上门闩，她返身靠在门板后面，微微喘息地看着地面上的那一摊殷红血渍，怔怔失了神。她的心里很乱。太多的意外，太多的震撼，突如其来。她只想让自己静下心来沉淀一下。

而且，她必须赶他走。刚刚在他伸手接回玉佩时，袍袖随着他的动作微微起落的瞬间，她看到了他腕上的伤。只一眼，她却看得真切。虽然知道他受伤了，虽然知道那些血是来自于他的腕，但是，那一刻，她还是被震住了。

明显是刀伤，伤口极大，皮肉外翻，整只手腕都被尽数染红，应该是割破了脉，所以鲜血仍在往外淌。也就是在那一瞬，她明白了男人在门外所说的，他在蔚卿喝的血里做了一点点手脚是什么？就是割破自己的腕，取自己的血是吗？难怪她还奇怪，她那么小的伤口，怎么能放那么一大碗血出来？原来是他的。

说不出来心里的感觉，乱了，原本就凌乱的一颗心更加的凌乱。她不知道，对于他这样一个只做不说、惜字如金的男人专程过来跟她解释，有多不易。她只知道，他的伤口再不包扎，后果会很严重。而他却又是那种宁愿自己死撑，也不让人看到他隐伤的人。

她问他是不是受伤了，他没有回答。甚至在意识到她的目光瞟向他的腕时，他快速缩了手，让袍袖轻垂，生怕她看到一般。既然，他如此，她便也不揭穿。只希望，他回去，能够包扎才好。深深叹出一口气，她从门板后面起身，正欲走向床榻，却又再次听到敲门声传来。

无力抚额，她以为是去而复返的凌澜。本想隔门斥责他几句，后又想，这个疯子不会回去也不包扎吧。他也是医者，应该比她更清楚事情的严重性，可还不是不知死活地跑到她的屋外来唱双簧。这般想着，她就拉开了门。门外人影快速闪入："叶子。"

蔚景一震，这才看清来人。是叶炫。今夜这是怎么了？一个接一个地来。又是来解释或者表白的吗？可她不是叶子啊。

"叶统领，你听我说……"蔚景刚开口，骤然闻见远远地有兵器交接的声音传来。似乎是在客栈的院中，很多人。蔚景一惊，叶炫亦是脸色一变，拔腿就欲出门，却迎面撞上，急急而入的一人身上。那人黑衣黑裤黑布蒙面，手持银剑，剑尖上还有殷红的鲜血在滴滴答答。猝不及防的叶炫被撞得后退了两步，黑衣人便趁此间隙，快速来到蔚景面前，拉住她的腕就走。

事情发生得太突然，蔚景根本没来得及搞清楚状况，就被黑衣人大力拽着朝门口而去。稳住身子的叶炫见状，眸光一敛，疾步上前，挡在门口拦住了两人的去路。腰间佩剑拔出，剑尖直指着黑衣人，叶炫冷声道："你是何人，胆敢对皇后娘娘不敬？"

第九章 我能解释

蔚景这才得空朝身侧黑衣人看去。黑衣黑裤，黑布不仅蒙面，还将整个头都包住了，只留一双眼睛露在外面，根本看不出来是谁，甚至是男是女都看不出。见叶炫如此，黑衣人也毫不示弱，快速将蔚景朝自己面前一拉，举起手中长剑就架在了蔚景的脖子上。

叶炫大骇。黑衣人同样声音寒凉："不想看到你们的皇后死，就给我让开！"叶炫拧眉看向蔚景，满眸担忧，犹豫了片刻，才缓缓后退了一步，手中长剑却并未放下，依旧一副高度戒备的样子。

"走！"黑衣人推着蔚景越过叶炫的身边出了门。可刚走到门口，就又蓦地顿住，脚步声纷沓顺着走廊而来。一袭明黄入眼，是锦弦，面色冷峻，急急而来，在其身后紧跟着的是数个手持兵器的兵士。瞬间就将他们围住。

"放开皇后！"锦弦并未太靠近，在离黑衣人几步远的地方站定，凤眸冷冽，盯着黑衣人，沉声命令。黑衣人瞳孔微微一缩，却也不为所惧，手中长剑又朝蔚景的颈脖里送了一分。

院中兵器交接的声音依旧远远地传来，颈脖处冷硬的触感若有若无地触碰，蔚景强自让自己冷静，脑中快速梳理着所有信息。虽不知对方是谁，可有几点可以确认。第一，来人是一拨人，而不是一个人；第二，来人的目标是她，而不是锦弦；第三，来人是要劫走她，而不是要杀她。第四……

就在她想着这么大的动静怎么不见凌澜的时候，凌澜便出现了，同样手举银剑，剑尖上亦是有血，看样子应该是在院子里经历了一番打斗。蔚景朝他望过去，刚想从他那里得到一点信息，这厢锦弦骤然下令兵士们："给朕抓住这个逆贼！"

蔚景一惊，不仅是她，叶炫同样变了脸色，就连黑衣人亦是有一丝愕然，都没有想到锦弦此时会完全不顾及她的安危。兵士们得令，手持兵器扑了过来，叶炫也顾不上太多，急急道："皇上，娘娘还在他们手里。"

锦弦快速朝他做了几个手势。叶炫瞳孔微微一敛，是手语。锦弦的意思是，对方不是刺杀，只是劫持，说明对方劫走皇后肯定有目的，既然有目的，就不会动手杀了皇后，而且如果杀了皇后，他们手上将一个棋子都没有，更是逃不出去，死路一条。叶炫虽心中忧虑，却还是相信这个帝王，这么多年，驰骋沙场，经历过多次生死，随机应变的能力是他可望而不可即的，而且，这样胜算也大些，总不能眼睁睁看着这伙人将叶子劫走不是。这般想着，他便也加入了兵士的队伍中，手里长剑如虹，直直朝黑衣人刺过去。

黑衣人不意这些人会如此，本就有些措手不及，而且一手还要钳制着蔚景，根本应接不暇，加上叶炫的出手，黑衣人更是敌不过来，很快便只能光守不攻。场面一片混乱。凌澜见状，亦是脚尖一点，飞身上前，只不过，他不是加入战斗，而是趁黑衣人跟众人打斗之际，寻得一个机会，快速将蔚景抢了过来，护在身后。

叶炫跟那帮兵士，见人质已经救下，便也没了顾虑，放开了手脚厮杀，叶炫更是银剑如龙，快如闪电，变化莫测，招招狠厉，朝黑衣人要害而去。黑衣人拧眉，黑布下的唇瓣紧紧抿成一条直线，且迎且避中，手腕翻转，长剑挽出一个剑花，骤然改变方向，直直朝站在外围观战的帝王锦弦刺去。

事情变化得太突然，谁都没有想到，就连锦弦自己都没有，而且黑衣人的速度快得惊人，锦弦手中又并无兵器。眼见着黑衣人闪着寒芒的剑尖就要不偏不倚地朝着他的眉心而来，他面色一变，本能地想要闪身躲避。而就在这千钧一发的时刻，有两个人紧急做出了反应。

一个是右相夜逐寒。"皇上，接剑！"一尾银龙从空中划出幽兰的轨迹，快速飞向锦弦，是夜逐寒大力掷出自己手中的长剑给锦弦，让锦弦防御。本是好心之举，可对于此时的锦弦来说，反而坏事，因为他本是有功夫之人，虽然对方骤然出剑来势汹汹，让他有些措手不及，但是，借着轻功躲过一剑，还是可以的，可是，这样被夜逐寒一扔，让他分了心，他本能地伸手去接。而就在他伸手去接剑的这个间隙，黑衣人的剑尖已经行至面前。

说时迟那时快，众人都惊骇地看着这一幕。时间仿佛在这一刻停止，所有人都忘了呼吸。就在众人以为事情再无转圜之地，他们的天子必逃不过时，形势忽然发生了翻天覆地的变化。而这个变化的根源，源自另一个同时跟右相夜逐寒做出反应的男人。那就是叶炫。

"皇上，小心！"几乎跟夜逐寒同时出声，叶炫直直扑了过来，用自己高大的身躯挡在了帝王的前面。这一幕亦是发生得非常突然，突然得就像刚刚黑衣人猛地转变方向刺向锦弦时一样，让人措手不及。

众人甚至还没来得及看清楚发生了什么，就只见黑衣人的剑尖并没有刺进帝王的眉心，而只是从帝王的头顶划过，削掉了帝王头上所束的公子髻，束发的冠玉被削碎落在地上，发生一声令人心悸的脆响，帝王满头墨发披散下来。

啊！众人惊呼。而让他们更震惊的是，叶炫的长剑，那个以身护主的禁卫统领叶炫的长剑，竟直直刺在了黑衣人的胸口。

怎么回事？就是本想刺杀帝王的黑衣人剑法不准，没有刺到龙体，只刺到帝王头发，反而他们的叶统领不仅在以身护主的同时，还快速出剑，扭转乾坤，刺到了黑衣人，是吗？

太振奋人心了！

就在叶炫准备用力，再次大力刺入的时候，黑衣人快速后退了一步，染血的剑尖拔出，黑衣人眸色痛苦，微微佝偻了身子。众人欲上前将其生擒，骤然传来一道女子的声音："皇上，你没事吧？"

是他们的皇后娘娘蔚景。只见她突然从右相夜逐寒身后跑出，经过黑衣人身边，往锦弦的方向跑去。跟黑衣人衣袂轻擦的瞬间，黑衣人忽然伸手，欲再次将她擒住。叶炫见状，脸色一变，连忙伸手去拉蔚景，与此同时，同样出手相救的，还有夜逐寒，并抢了先，蔚景再次被他安全拉了回去。而就是趁叶炫跟夜逐寒两人都去救蔚景，众人又

第九章 我能解释

还没来得及反应过来的间隙，黑衣人已经飞身而起，踏着轻功快速逃逸。几个纵跃，便不见踪迹。

跑了？众人一怔，纷纷看向帝王。此时的锦弦披头散发，一副狼狈之态，脸色铁青。

"他受伤了，跑不远，给朕追，格杀勿论！"锦弦咬牙，森冷的声音从喉咙深处出来，浑身寒气倾散，隐隐透着血丝的凤眸里戾气吞吐。削发！他几时受过这样的侮辱？想劫走蔚景，而且，在自己被围攻那样危险的情况下，还不伤蔚景一毫一厘，或许，他知道那人是谁。凌澜是吗？他要凌澜死！他要他死！

既然帝王有令，众人也不敢耽搁，叶炫看了一眼被夜逐寒救下的蔚景，见已安全，心也随之放下，转身吩咐兵士们："走！"脚步声纷沓，快速朝黑衣人离开的方向追去。

"右相留下，保护好皇后！"锦弦沉声吩咐夜逐寒，"朕要亲手杀了那个逆贼！"话落，亦是提了夜逐寒丢给他的长剑，疾步跟了过去。长长的走廊上，最后只剩下凌澜和蔚景两人。

"蔚景……"见人已走光，凌澜回过头看向蔚景。话未说完，就被蔚景警惕地环顾着四周打断："我知道。"

锦弦带着几个兵士再次折回客栈的时候，在客栈的门口碰到了正提剑急急而出的右相夜逐寒。此时的夜逐寒一身的狼狈，满脸的血污，连右边的袍袖都被撕碎了，片片成缕，露出一截臂腕，臂腕尽数被鲜血染红，腕上一处大伤口皮肉外翻，显然是被刀剑所割。一见到锦弦，夜逐寒就"扑通"一声跪在地上。

"出了什么事？"锦弦皱眉，心里却已然猜到了几分。

"皇后娘娘被他们劫走了！"

锦弦身子一晃。所幸身边的兵士眼疾手快上前，将其扶住。果然如他所料，果然是调虎离山之计。这也是他追到半路，忽然改变主意，只让叶炫带了几个人继续追，而自己带了一些人回客栈的原因。

他就是想到了，对方可能就是这个目的。他跟所有人都倾巢而出，客栈里只留下夜逐寒跟蔚景两个人。夜逐寒武功虽不弱，却终究只是一人之力，而且，蔚景本就心不向他，一心只为凌澜，方才在走廊上，她突然跑出来，问他有没有事，或许别人会以为那是她对他的关心，只有他心里清楚，她这是给那个黑衣人制造重新挟持她的良机。只不过，被身手快的夜逐寒给抢先拉了回去，虽没让黑衣人得逞，却终是让他逃脱。

所以，他想想不对，他就怕那些人还潜伏在客栈附近，就等他们离开，然后趁客栈里只有夜逐寒一人，而再将蔚景劫走。为以防万一，他又带人折了回来，可是，终究是晚了一步。

"皇上，娘娘在臣手上被劫，是臣保护不周、办事不力，臣定当拼死将娘娘追回。皇上是万金之躯，不可再轻易犯险，就请留在客栈，等臣消息，臣一定将娘娘安全救回，到时皇上再治臣的罪！"夜逐寒一边说，一边从地上起身，末了，又吩咐几个兵士，好好保护锦弦，也未等锦弦做出回应，就提剑飞身离去。锦弦披头散发地站在原地，久久没有动。

叶炫身轻如燕、踏风而行，而其他兵士轻功没他好，所以，跟了一路，就被远远地甩在了后面。叶炫一刻不停，继续在翠竹苍梧中疾驰，前面，依稀可以看到黑衣人同样踏风而行的身影。许是受伤的缘故，黑衣人明显有些不支，速度也渐渐慢了下来。他瞳孔一敛，再提了几分内力。看他还往哪里逃？

说实在的，在客栈里，见这个黑衣人进门拉起蔚景就走，他的第一反应是凌澜，他以为他来带走叶子。可是，当他看到对方拿剑横在蔚景的脖子上时，他又否定了自己的猜测。想起在灵源山上，凌澜拼死也现身出来跟锦弦要醉红颜的解药，他想那个男人肯定不会做出用剑架着叶子的脖子，用叶子的命来威胁的事。他倒要看看到底是何方神圣，劫走叶子又为哪般？

风声过耳，景物后退，苍茫夜色下，他看到黑衣人停了下来。终于坚持不下去了吧？叶炫唇角冷冷一勾，又飞了一会儿，在距离黑衣人几步远的地方翩然落下。黑衣人缓缓转过身。因背对着月光，又黑衣黑裤，黑布蒙住头脸，若不是一双眸子在暗夜里荧荧发亮，几乎都看不出那里站着一人。

"今夜你跑不掉了，束手就擒吧！"面对着黑衣人的方向，叶炫沉声而语。黑衣人正欲张嘴说话，却猛地闻见树林里传来纷乱的脚步声，黑衣人瞳孔一敛，转身就准备离去。

见对方竟然冥顽不灵，又要逃逸，叶炫举剑直直刺了过去："想逃，找死！"

黑衣人回头。

"不要——"一道女子的惊呼声自林中响起。

但是，已然太迟。随着"嘶"的一声，利器入肉的声音，原本准备刺向黑衣人背心的长剑却由于黑衣人的回头转身，再一次刺进了胸口。叶炫握着剑柄，闻声看向林中，林中有数个黑衣人快步而来，而跑在最前面的，赫然是一脸惊恐的蔚景。

叶子？

蔚景一边朝他们这边疯跑，一边颤抖着声音喃喃："不要，不要……"叶炫莫名，就在这时，忽然有女子痛苦喑哑的声音响在耳畔："叶炫……是我！"叶炫浑身一震，愕然转眸。

第九章 我能解释

第十章　我的女人

　　是谁？是谁的声音？是谁的声音响在咫尺？直直撞上黑衣人沉痛的眼眸，他又清晰地听到她说："是我！"

　　那熟悉的声音……难以置信地瞪大眼睛，叶炫双眸欲裂。怎么回事？到底怎么回事？她是叶子？黑衣人是叶子？不，不是！他又再次转过头看向树林里正疯跑而来的蔚景，她才是，蔚景才是，不是吗？血腥味越来越浓，叶炫再次怔怔转眸，看向面前佝偻着身子、微微抽搐的女人。他看着她，她亦看着他。

　　"你是……叶子？"他艰难而又缓慢地开口，沙哑颤抖的声音被夜风吹散。对方没有回答，只眸色痛苦地、牢牢地望着他不放，似乎是要将他的样子篆刻进心里一般。

　　眼前一片血光，耳边嗡嗡作鸣，叶炫仿佛一下子被抽走了所有生气，缓缓垂眸，慌痛的视线落在自己的手上，他的手此刻还在握着剑柄，而剑尖的另一头深深刺在面前那人的胸口。鲜血，殷红的鲜血，顺着锋利的剑锋，汩汩往外冒，滴滴答答，滴滴答答，溅落在两人脚下的一块山石上。心中一空，脑中亦是一空。叶炫摇头，痛苦地摇头。老天，他做了什么？他都做了什么？

　　"叶子……"心在抖，身在抖，手在抖，连声音都在抖，他又慌又痛又乱，喃喃地唤着她，却不知道该怎么办。直到女子终于坚持不住，脚下一软，在眼见着要跌倒在地的那一瞬，他才猛然意识过来，连忙惊惧伸臂，将她抱进怀，"叶子……"

　　这时蔚景也跑到了跟前，看到这一幕，脸色比纸白，颤抖嘶声："叶炫，你怎么可以这样对她？"末了，又慌乱蹲下，抓了女子的手，急急问道："你怎样？鹜……"鹜颜的颜字还没有出口，对方骤然扬袖拂过叶炫的脸，袖风过，一股异香扑鼻。

　　迷香。蔚景一惊，连忙捂住口鼻。而叶炫早已神识浑噩，哪里能防到有这一招，而且，这一招本就是直冲他而去，所以，在女子无力垂下手臂的下一瞬，叶炫已是眼睛一闭，晕倒在地。女子本是被他抱在怀中，他这样一倒，女子便重重跌在他的身上。

　　听到女子低低的闷哼声传来，蔚景大骇，再次慌乱上前："你坚持住，我现在就给你止血包扎……"一边说，蔚景一边快速撕扯着自己衣袍的布料，腕，却是蓦地被女子抓住。女子的手冰凉，凉得蔚景心口一颤，她皱眉，抬眸望去。女子躺在叶炫身上看着她，虚弱道："不用了……没事，快……先带我离开，药力一过……很快就会醒来，不能……能让他知道我是……鸳颜……"

蔚景一怔，这才明白过来，刚刚这个女人对叶炫用迷香的原因。因为她情急之下，差点喊了她的名字是吗？也是，一旦知道她是鸳颜，牵扯出来的可不是一点点，包括夜逐寒，夜逐曦，以及整个相府，都要被牵连。而且这个男人又是一根筋的愚忠，指不定做出什么惊人的举措来。只是，她的伤，真的很严重，非常严重。如若再不及时止血，怕是……

抿了抿唇，蔚景担忧地看向她的胸口，那里长剑还刺在上面，鲜血依旧在往外淌。知道这个女人跟凌澜一样，是个说一不二，有时理智到几乎冷血的人，她也不坚持，遂吩咐几个黑衣人将鸳颜平抬着赶快走，在没用止血药包扎之前，长剑暂时不要拔下。几人依言，抬起鸳颜往密林深处走。

蔚景最后看了躺在地上的叶炫一眼，低低一叹，也转身快步跟了上去。也不知道凌澜脱身了没有，几时赶过来。有没有危险，锦弦会不会怀疑？鸳颜的情况太严重了，命悬一线，生死也不一定。虽然她会医，却并没有多少实践，何况面对如此重症，她心里完全没有底。鸳颜是为了救她而伤，她一定不能让鸳颜有事。

其实，今夜在客栈，刚开始，她还真的不知道是谁。鸳颜全副武装，又用的是男声，她根本没有识出来。直到锦弦让那些兵士动手，众人围攻而上的时候，她才怀疑此人是鸳颜，因为当时情况真的很危险，对方处于非常被动的劣势，却也未伤她分毫。当然，那时，她也仅仅是怀疑而已。直到最后，她清晰地看到，这个女人刺向锦弦眉心的那一剑，因为叶炫的突然以身相挡，而不得不紧急偏离方向，改成了削掉锦弦的束发，她才肯定了这一点，就是鸳颜。

只有鸳颜才会宁愿自己深受紧急收剑的内力回噬，也不忍心伤了叶炫一分一毫。但是，叶炫那个木头却看不到这些，不仅看不到，反而还伤了鸳颜。当时她惊呆了。鸳颜没刺他，他竟然刺了鸳颜。惊惧间，第一反应，她是看向站在自己身前的凌澜，果然看到他袍袖下的手紧攥。她知道，鸳颜已身处生死绝境，他肯定会出来相帮，但是，一旦他出来，意味着什么，意味着彻底的暴露，夜逐寒的暴露，相府的暴露，所有人的暴露。所以，在见他欲举步上前的那一瞬间，她连忙先他一步冲了出来。

从她那里到锦弦那里，必须经过鸳颜的身边，她故意丢一句话提醒鸳颜，她过来了，她知道以鸳颜的睿智和应变能力，一定会将她抓住做人质。果然如她所料，鸳颜出手了，只不过，叶炫那个木头也出手了，幸亏凌澜脑子反应快，同样出手了，争夺间，才给鸳颜创造了逃脱的机会。谁知叶炫那个死脑筋竟然追杀过来，又给了鸳颜一剑。

没过多久，黑衣人就将鸳颜抬进了一个山洞。要不是几人直接往那里走，她都不知道那里有个洞，因为洞门被可以移动的藤蔓所盖，非常隐蔽，从外面根本看不出来。看几人轻车熟路的样子，以及山洞里面有软席，有铺盖，洞壁上还有烛台，就可以看出

第十章 我的女人

这些都是他们事先准备好的。难怪凌澜吩咐黑衣人将她带走的时候，说，在那里等我，我很快就来。那里，就是指的这个洞里吧。果然，他们的势力遍布各地啊，这可还是云漠的地界。

　　几人将鸷颜小心翼翼地放在软席上躺着，洞内烛火尽数燃亮。鸷颜已经陷入了昏迷，蔚景上前，将她蒙在头脸上的黑布解开，尽量保持她的呼吸通畅。接下来就是拔剑了。

　　可是有个很严重的问题，她身上并未带止血药，叶炫给的那瓶还在客栈的桌子上，当时太匆忙，也没有想那么多，就也未带。可是，鸷颜的情况，只要拔剑，必须要用大量止血药，否则，原本就失血过多，再猛地将剑拔出，血必然止不住，后果不堪设想。问了几个黑衣人，也都说没有。无奈，她只得紧急去附近采些止血草药才行。

　　听闻她要出去，其中两个黑衣人说要一同前往，他们说，因为爷交代，必须时刻保证她的安全。她当然知道他们口中的爷指的是凌澜，心绪一动，也未多言，便一行三人准备出洞，刚走到洞门口，就听到走在前面的那人惊喜的声音："爷来了。"

　　蔚景一震，果然就看到一身狼藉、满脸血污、手提银剑的男人走了进来。瞧见他的模样，蔚景心口一颤，以为他经历了什么，男人却已然开了口："我没事。"话落的同时，伸手握了一下她的手背，然后，就越过她的身边往洞里走，"鸷颜怎样了？"

　　蔚景略略怔忡了一瞬，连忙跟过去："失血过多，已经陷入了昏迷，我没带止血药，正准备去外面采点……"

　　"这是怎么回事？"蔚景的话还没有说完，就被男人沉声打断。蔚景微微一愣，见其目光落在鸷颜胸口的长剑上，为了不让伤口承受剑身的重量，她让一个黑衣人在旁边一直轻扶着剑柄。

　　微微一叹，蔚景只得实言相告："叶炫追上来，又刺了她一剑。"凌澜眸光一敛，愕然看向她，脸上露出难以置信的表情。蔚景抿了唇，也不知道该说什么好。

　　"那个混蛋！"咬牙吐出四字，凌澜眸中寒芒一闪，转身，疾步上前，蹲在软席边，轻轻唤了两声鸷颜，见毫无反应，便连忙弃了手中长剑，伸手自仅剩的左袖中掏出一堆杂物。瓶瓶罐罐，布条绷带，银针匕首，竟然还有一截秸秆。看来，他已做好了一切准备。眼帘微微一颤，蔚景走过去："我给你打帮手。"男人看了她一眼，说："好！"

　　"这是麻药，虽然她已经昏迷，可骤然拔剑可能还是会将她痛醒，怕她会承受不住，你用水将药化了，先给她服下，我先给她施针，然后准备拔剑。"将其中的一个小瓷瓶递给她，男人面色凝重。

　　"嗯，好！"蔚景点头，将瓷瓶接过。可是，洞里无水，也没有盛水的器皿。蔚景想起刚刚过来的时候，洞口不远处就有一处山泉，便吩咐了一个黑衣人将洞外现成的竹子砍一截做容器，去取一竹筒山泉回来。与此同时，凌澜正一根一根用银针封住鸷颜身上的几个大穴。

　　山泉很快取回，蔚景将药粉倒入化开，小心翼翼地喂给鸷颜。可是鸷颜已经完全陷入昏迷，根本无一丝知觉，所以也没有了吞咽的能力，入唇的药水顺着嘴角都流了出来。蔚景见状，有些颓然，抬眸看了一眼面前正专注施针的男人，想起曾经在宫望山的小屋里，他给她喂醉红颜解药时的情景，垂眸看了看手中竹筒里的药水，端起，猛饮了一口，俯身，贴上鹜颜的唇瓣，轻轻将嘴里的药水，哺进鹜颜的口中。

果然还是这个方法有效。哺好一口，再饮下一口，再来。一个堪堪抬眸的瞬间，就猛然看到男人震惊的眸眼。凌澜不知几时在看着她，一眨不眨。除了凌澜，洞里数人亦是一众惊愕的目光。

她当然知道他们错愕的是什么，是她用嘴给鹜颜喂药是吗？因为同为女人。可是，至于吗？在生死关头，救命才是第一位。

"很惊世骇俗吗？"她开口问向众人。众人自是不敢乱回，她又看向凌澜，"这事儿必须我来吧，这是麻药，我被麻了，没关系，顶多你少个帮手，你要是被麻了，就没人拔剑救鹜颜了。"

虽有些调侃，可说完，蔚景就后悔了。分明很酸。好像她这样喂的目的，是不让他用这种方式喂一样。其实，她根本没想那么多。想要解释一下，又怕欲盖弥彰，而且，现在也没有心思在意这些，敛了心神，她继续饮药哺药。凌澜一直紧绷冷峻的脸色稍霁，唇角略略一勾，他也撇回视线，继续专注在自己手中动作上。

药水饮下，大穴已封，然后就是拔剑了。凌澜让那些黑衣人全部都走了之后，才对蔚景说："我等会儿快速拔出，你快速用这个捂住她的伤口。"

"好！"蔚景将他手中涂好止血药的棉布接了过来。其实她很想说，多一个人多一份力量，就像刚刚，截竹筒，取山泉，他们在，总归能帮上忙。

似是了然她的想法，男人睇了她一眼，说："拔了剑以后，得给鹜颜上药，她的伤在胸口，这些人留在这里不方便。"

那倒也是，都是一群男人，的确不好。只是，他不也是男人吗？当然，在一个医者的眼里，只有病人，没有男人女人之分。而且，他跟鹜颜，这也不是第一次。她记得大婚那夜，鹜颜抢走名册，杀了公公全福，却被一个禁卫的铁砂掌伤在胸口，凌澜也给她疗过伤。这般想着，心里竟泛起丝丝涩然。其实，她真的搞不懂他跟鹜颜的关系，曾经她以为是相爱的两人，那夜她却看到鹜颜为叶炫落泪，可如果说是盟友，却又绝对不会那么简单。鹜颜对他的感情，他对鹜颜的感情，让她觉得，甚至比相爱的人更深。

"蔚景。"凌澜骤然出声，她猛地回神："嗯？"

"我要拔了。"

蔚景惺惺忪忪睁开眼睛，入眼便是洞口的光亮，有阳光透过遮掩在洞门口的藤蔓洒进来，斑斑驳驳一片。天已经亮了。洞里的烛火依旧没有熄灭，空气里充斥着浓浓的血腥。她记得昨夜凌澜将鹜颜的剑拔下来之后，鹜颜又出现了大出血，凌澜又是用药，

第十章 我的女人

187

又是包扎，又是用银针刺穴，她就在旁当帮手，两人费了好大劲才总算给鹜颜止住血。

叶炫刺了两剑，两剑都刺在鹜颜的左胸口，离心脏只差分毫。整个止血的过程，都是褪掉了鹜颜一侧的兜衣，很奇怪，他未觉半分不妥，她竟也未觉丝毫不适。那一刻，他是最好的医者，拼尽全力救治病人的医者，她亦是。不仅没有不适，她反而生出一种感动，一种对生命尊重的感动，一种与心爱之人并肩作战的感动。

包扎完后，已是五更，鹜颜依旧没有醒。凌澜让她在边上的软席上先休息一下，他出去联系一下隐卫送些日用物什过来。连续两日两夜的折腾，她已是疲惫至极，一躺下就睡沉了过去。洞里那么安静，难道他还没回来，或是也睡着了？撑着身子坐起，她下意识地看向鹜颜那边。

鹜颜依旧一动不动地躺在那里，显然还在昏迷，凌澜躺在她身边，确切地说，是趴躺在鹜颜的手侧。果然睡着了。显然累得不轻，这样的姿势竟然也能睡。蔚景收回目光，正欲起身给他腾软垫，却又蓦地惊觉不对，再次转眸看过去。他的身上已经换上了一套干净的月白色袍子，看来，他的人已经将日用品送来，只是，左边的袍袖为何是那种颜色？

殷红，一片殷红。目光触及到他手边上的一截秸秆，蔚景瞳孔一敛，蓦地意识到什么，大骇跃起，快步奔了过去。

"凌澜，凌澜……"她慌乱唤他。

果然男人没有反应。她吃力地将他的身子翻转过来，男人依旧毫无知觉，他脸上夜逐寒的面皮已经撕掉，露出凌澜本身的容颜，只是平素俊美无俦的一张脸，此刻却苍白得如同一张白纸，紧紧抿着的薄唇亦是毫无一丝血色。蔚景抱着他，一颗心慌乱极了。

这个疯子，这个疯子竟然将自己的血就这样直接导出来输给鹜颜。他难道不知道输血也要讲究吻合不吻合吗？他难道不知道在云漠给蔚卿的半碗血，以及长时间没有包扎的右腕伤口流血不止，已经让他失血过多吗？

鹜颜受血那只胳膊的袖子还未放下，而他自己取血的那只胳膊也未包扎，秸秆跌落一旁，显然，是在输血的过程中，他坚持不住晕了过去。那么坚强的一个人，那么能隐忍的一个人，在这样的情况下竟晕了过去，只能说明，他的身体真的是已经到了极限。

"凌澜……"心里揪得死紧，她颤抖地探上他的鼻息。所幸，气息和脉搏还在，虽然微弱，却一息尚存。一颗心又慌又痛，她将他沉重的身子抱拖到她睡的那方软席上躺下。他的腕还在流血，她得给他止血。对，她得给他止血。手忙脚乱地在那一堆杂物中，快速翻找着止血药，绷带，然后给他包扎。

包扎完左手，又包右手。看着那皮肉外翻的伤口，她的一颗心都颤了。昨夜在客栈，她将他赶回房后，他果然还是没有包扎。后来又一直在抢救鹜颜，竟也将他的伤给忽略了。

"凌澜……"一圈一圈缠着绷带，她的手抖得厉害，温热一点一点爬上眼眶，她不知道他能不能醒来，她也不知道鹜颜能不能醒来。都是她，所有的人都是因为她。如果他们有个三长两短,如果他们有任何一个有个什么三长两短,她该怎么办?不,他们不能有事,她必须不能让他们有事。

两人的血是止住了,得给他们补血才行。只是,这荒芜的山洞什么都没有……然她想起夜里凌澜说,让人送日用物什过来,细心如他,定然会想到这些。果然,在洞里有两个包袱,一个里面是衣衫,女人的、男人的、还有锦巾,另一个大包袱里面,有米、有药材,甚至还有一口吊锅和几副碗筷,还有一个煎药的小药壶。药材她看了看,也都是当归、地黄、何首乌、枸杞、人参之类补血的药。太好了。抱起小药壶,她就出了洞,她要去取山泉水回来,然后,用石头搭个小灶,就可以给他们煎药了。

清晨的山林一片寂静,偶尔传来几声虫叫和鸟鸣,阳光透过参天的翠竹苍梧投射下来,洒下一地斑驳的金黄。蔚景快步穿梭在密林之间,骤然,远处的一个人影跃入眼帘,她一惊,本能地闪身躲在一棵大树的后面。心头狂跳,她微微探了脑袋,朝人影看过去。竟然是叶炫。叶炫正低头看着脚下,所以也没有发现她这边,看其面色苍白、一脸憔悴,想来昨夜也是整夜未睡。还在找鸳颜吗?他勾着头,直直往她的这个方向走,而她的这个方向,正好就是去山洞的方向,她呼吸一滞,他怎么知道……

目光触及到地上和草丛上的殷红,她猛地明白了过来。是血迹。昨夜那些人抬着鸳颜走过的路上,一路都留下了鸳颜的血迹,叶炫就是循着血迹而来。天。如果让他看到了鸳颜,如果让他看到是鸳颜跟凌澜……

不行。鸳颜拼死都不让他知道,她又怎能让他寻到洞里?脑中快速思忖着对策,她伸脚,将面前地上的血迹试着踏了踏、搓了搓,泥土倒是可以将其险险覆盖。如法炮制,她一边警惕地观察着叶炫那边,一边快速地将地上好长一截的血迹踏踩掉。然后,又扯了自己腕上的绷带,见那一个小口子早已不出血了,身上又没有利器,头上发簪都没有,她只得拾了一截尖锐的树枝,忍着剧痛,将那个伤口刨开刨大、刨出血来。

她痛得浑身颤抖、冷汗直冒,却也顾不上护痛,急急忙忙就将鲜血接着被她踩踏断掉的那一地方开始,洒向跟洞口不同的另一个方向,也是往山泉的那个方向。

之所以选择这个方向,她有几方面的考虑。第一,她本来就是出来取泉水的,第二,比较近,她也不需要流太多血,第三,到了山泉这边,血迹突然没有了,叶炫也不会起疑,如果是山路,忽然没有血迹,肯定不行。

取了山泉,又用刚刚撕下来不敢乱扔的那些绷带随便缠了缠伤口,不让它流血,她就快速折回到了洞里。先将洞口附近的血迹踏抹了去,她才开始捡石头搭灶。不敢在外面暴露目标,灶也只能搭在洞里面,所幸山洞很大、很开阔,在里面生火煎药也没有太大关系。药煎好,已是一个时辰以后。凌澜和鸳颜依旧没有醒。

当洞口的藤蔓骤然被人自外面移开,一大片阳光猛地倾泻进洞里的时候,蔚景正用嘴给凌澜哺着药。不知是不是因为俯身视线被挡,还是因为太过专注,以至于她竟然没有意识到,一直到闻见有人的脚步声响起,她才惊觉过来。一惊一骇间,嘴里腥苦的

第十章 我的女人

药汁不仅没哺进凌澜的口中，反而自己给吞咽了下去，一时呛得她扭头咳嗽了起来。边咳边抬眸望去，就看到男人高大的身影僵立在洞口，一脸的错愕。

叶炫。蔚景瞳孔一敛，猛地从凌澜的胸口直起腰身，连手中的瓷碗都来不及放下，慌乱中，本能地扑向一旁的鸷颜，用身子挡住叶炫视线的同时，快速将黑布掩住鸷颜的面容。瓷碗滚落在地上，发出一声令人心悸的脆响，药汁尽数泼出。她也顾不上拾捡，强自凛了心神，转身看向叶炫，冷声开口："你怎么来了？"

她不是已经改变血迹的方向了吗？以他这种榆木脑袋，又怎么会找到了这里？

叶炫没有回答，也没有动，就站在那里，怔怔看着她，又怔怔看向躺在软席上的凌澜，最后，目光凝落在她身后的鸷颜身上。

蔚景暗自庆幸，幸亏凌澜用回了自己的脸，不然，他看到是夜逐寒，后果不堪设想。也幸亏他进来的时候，她正在跟凌澜嘴对着嘴，做着亲密的动作，成功地吸引了他的视线，以至于他还没来得及看向鸷颜，否则，后果同样不堪设想。

只是，如今，后果还是很严重。因为会武功的两个人都躺在那里，只剩下她一个不会武功的，怎么对付叶炫？只能用巧计了。对付这种一根筋……蔚景脑中快速思忖着对策，见叶炫忽然举步，她吓得扬手一止："别过来！"

可对方哪里听，脚下不停，她一急，又厉声补了一句："如果想叶子死，你大可以继续！"

叶炫的脚步就生生顿住。

果然有效。蔚景心中一喜，面上却不露声色，缓缓从鸷颜的身边站起，她拾步朝叶炫走过去："你知道吗？就因为你的两剑，你那致命的两剑，叶子到现在还没有醒。"

一眨不眨地盯着叶炫，蔚景清晰地看到他的身形一晃，她继续向前，声音也不停："她能不能醒来我不知道，我只知道，就算你这样对她，就算你要了她的命，她却还在为你考虑。昨夜，她用迷香迷晕了你，他们的人要杀了你替她报仇，被她拦住，她说，她用香迷晕你，不过是不想让你为难，作为一个对帝王忠心不贰的臣子，她是你的敌人，杀她放她，你都痛苦，所以，她用香晕倒你，自己逃，就算禁卫们寻过来，你是被人设计了，你也好交差。其实，迷晕你之后，她就晕了过去，晕之前，她求我两件事，第一，若你再寻过来要杀她，不要阻止你，也不要怪你！第二，若你想要看她容貌，让我先一剑将她杀死，因为她不想让你知道她是谁，至少在她还活着的时候。"

蔚景一边说，一边细细观察着叶炫的脸色，见他原本就颓然的面色更加苍白，整个人似乎也瞬间矮了一截，眸中的灰败毫不掩饰，倾散而出。蔚景趁热打铁："所以，如果你来，是为了第一件事，要杀她，那么，我既然答应了她，就必不阻拦你，可以再在她的胸口添上第三剑，这一剑保证让她必死无疑。而如果，你是为了第二件事，想要看她是谁，那么，对不住了……"蔚景弯腰，拾起地上凌澜的长剑，摆弄着，"我答应她的事不能食言，我会在你揭下她面纱之前，替你添上第三剑，让你看到她死后的容颜……"

"不——"这一次，蔚景的话没有说完，就被叶炫嘶吼着打断。

对，嘶吼。那痛苦嘶哑的一声号叫，那苍白的脸色，那猩红的眼眸，让蔚景想起受伤的野兽这样的形容。她知道，她很残忍。她说得太残忍了。但是，没有办法，她必须保护鸳颜，保护相府，保护所有人。攥了攥手心，她继续冷声道："既然不是，既然你也不希望叶子死，你就应该知道怎么做。走吧，离开这里，就当你从来没有来过，我一定会将叶子救醒的。"叶炫泛着血色的眸子空洞地转，缓缓从鸳颜的身边离开，怔怔看向蔚景。

"走吧，叶炫，听我的，这样对你好，也对叶子好！"蔚景同样看着他，语重心长道，心里却是痛得不行，为鸳颜，也为他。这是怎样的孽缘啊。

叶炫又默然站了好久，才摇摇晃晃转身，一步一步沉重地往洞外而去。

直到那个落寞苍凉的背影彻底消失在洞口，蔚景才重重吁了一口气，垂眸看向自己的手心，竟是一手心的冷汗。猛地想起药还没有喂完，她又赶紧重新拿了一个瓷碗，将药壶里的药汁倒进碗里。骤然，洞口再次传来脚步声，她一震，抬眸望去，就看到男人衣发翻飞、步履如风，疾步入了洞口，直直朝鸳颜而去。赫然是去而复返的叶炫。

啊！蔚景大惊，连忙起身站起，想要去阻止，可根本来不及。叶炫已经走到软席边，伸手探向鸳颜的脸。

"叶炫——"蔚景大骇，惊呼。

"我必须知道她是谁，我也绝不会让你杀死她！"叶炫哑声笃定而语，大手已经拈上鸳颜脸上的黑布。

他偏要看看，她到底是谁，到底是什么样的身份，到底是怎样见不得人的身份，让她宁死也不让他知道。昨夜伤成那样，还能对他用迷香，幸亏他想到天亮可以凭血迹来寻，等在那里没有离开。还妄想制造假的血迹来误导他，他又不是傻子，新旧血迹都分不出来吗？旧的已经干涸，新的分明刚刚弄上去不久。他那般不容易地找了过来，他为何要放弃离开？管她是谁？管她是什么妖魔鬼怪，他一定要搞个清清楚楚、明明白白。

心跳加快，呼吸急遽，他拈着黑布，作势就要大力扯开，骤然，右边的肩胛处一痛，连带着他伸出去的右手瞬间一麻，他大骇，回头，就感觉到一道掌风带着风驰电掣的速度迎面而来，他本能地将头一偏，掌风就轻擦着他的脸颊而过。

好险！他瞳孔一敛，这才看清掌风的主人，赫然是刚刚还死人一般躺在软席上一动不动的凌澜。

"混蛋！"没有给他过多的反应时间，凌澜又勾起一拳，直直朝他的脸上砸过来，他一惊，见已然闪躲不开，便连忙伸手握住了凌澜的腕。入手是鼓鼓囊囊的触感，与此同时，他清晰地看到凌澜痛得眸光一敛。腕被绷带所缠？受伤了？右腕受伤！叶炫微微怔忡，就在他这一怔一忡间，被凌澜反手抓了手臂，直接往洞口外面拖。

第十章 我的女人

也不知道这个男人哪里来的力气，明明刚刚还不省人事，明明一张脸比纸还白，明明虚弱得似乎一推就能倒，可五指的力道却好似铁钳一般，他竟也挣脱不得，硬生生被拽到了洞外。蔚景就端着瓷碗错愕地站在那里，错愕地看着两人。

看叶炫刚刚的架势，还以为这次再也躲不过了，做梦也没想到凌澜关键时刻醒了过来。真的是电光石火之间，醒得太及时了。只是，这不早一分、不晚一分的及时，让她不得不怀疑他真正醒过来的时间。不过，她现在也没有心思去想这些，这两个男人碰到了一起，怕是免不了一场厮杀。眉心一皱，手中的瓷碗都忘了放，她就也追出了洞外。

果然，两人在洞外的空旷之地，打得难舍难分。两人都是武功高强之人，虽都没有兵器，只赤手空拳，可拳脚功夫依旧可谓上乘，而两人似乎又都拼尽了全力，对对方毫不留情，你招式狠戾，我招招致命，一副不死不休的模样。蔚景喊了两声，想要他们停止，他们就像没听到一般，痴缠打斗，如火如荼。衣发翻飞、身影晃动、飞沙走石、树摇林动……

凌澜刚刚苏醒，身体虚弱到极致，哪经得起这样折腾，所以，也没讨到好，连挨了叶炫几下闷拳。而叶炫整夜未眠，心中又被伤恸、自责各种情绪塞得满满，神志一直处在游离状态，所以，也吃了不少亏，胸口连吃凌澜几掌。

蔚景在边上看着急得直跺脚，想要近前去劝根本不行，两人倾散出来的内力在各自周围形成了巨大的漩涡气流，她根本靠近不了。

"我打死你这个混蛋、蠢猪！叶子如此对你，你却几次三番置她死地！上次醉红颜，她差点死掉，这次又连刺两剑，到现在她还生死未卜。今天不杀了你，我难解心头之恨！"凌澜咬牙切齿，凤眸中冷色昭然，浑身戾气倾散。

而叶炫显然受的刺激不轻，原本言辞笨拙的他竟也毫不示弱，他红着眼睛，冷冷笑："混蛋蠢猪的人是你，是你凌澜才对，是，我不好，我对不起叶子，可是你呢？你又何尝对得起她？叶子所做的一切都是为了你，劫狱为你，偷地图为你，甚至帮你劫女人……"叶炫边打，边瞟了一眼不远处的蔚景，愤懑而语，"结果呢，结果她还在昏迷不醒，你却在边上跟别的女人恩爱缠绵！"

眼前又浮现出，他进山洞的时候，女人伏在男人身上，嘴对着嘴哺药的情景。虽然那是喂药，他知道，但是，不是很亲密的关系，绝对做不出那样的举措来。而且，他记得曾经在灵源山上，众目睽睽之下，这个男人也要带走这个女人，这个已经是中渊皇后的女人。后来，这个女人坠湖了，他，凌澜，也跟着跳了下去，全然不顾还在被醉红颜摧残的叶子，不是吗？

"叶炫，你长没长脑子？"

"我就算没长脑子，也比你这个没长心的人强！"

"心？笑话！一个几次三番差点杀死她的凶手，有什么资格跟我谈心？"

"就凭我一心一意，就凭我不会朝三暮四！"

"一心一意？一心一意还会将她认错？一心一意会觉得小石头是她？一心一意会以为蔚景是她？一心一意会对她连刺两剑，让她到现在还醒不过来？"

两人你一言我一语、言辞激烈，拳脚也越斗越猛、互不相让。蔚景看到数个回合下来，两人都脚步微踉，而且凌澜的唇角甚至有殷红的鲜血渗出来，她终是再也抑制不住，直直奔了过去。顾不上强大的内力气场会不会伤到她，更管不了拳脚无眼会不会将她打到，脑中只有一个意识，制止这两个疯子。

意识到她冲过来，凌澜一个晃神，叶炫趁此间隙，五指一勾，如铁爪一般落向他的手臂，凌澜回神紧急回避，却已然太迟，一只袍袖生生被叶炫给扯了下来。一起扯落的还有腕上包扎伤口的绷带。婴儿嘴巴一般咧开的伤口就毫无征兆地暴露在空气里，也直咧咧暴露在叶炫的视线中。

叶炫浑身一震，僵立在当场。而此时，凌澜劈出的掌风来不及收回，就不偏不斜、重重击打在叶炫的胸口上。一声闷哼，叶炫的身子被击得斜斜飞出老远，重重砸在边上的一棵大树的树干上，又跌落下来，溅起一地的尘土。

"噗——"叶炫张嘴，一股血泉从口中喷溅出来。

蔚景还未近前，看到这一幕，惊得也是顿住了脚步。入眼是凌澜光赤的右臂，右臂上在云漠给蔚卿取血时的伤口赫然。她心头狂跳，脑中有个意识。完了，这次完了。

果然。

"你是他？"沙哑破碎的声音在一片静谧中响起，来自于跌倒在树下的那个男人，叶炫。此时的他，依旧倒在地上，眸子里的猩红比方才两人打斗时更甚，妍艳浓烈，似乎下一瞬就要滴出血来。他一眨不眨地盯着凌澜，死死地盯着凌澜，苍白的唇瓣在抖，沙哑的声音喃喃，"你是他？你是右相夜逐寒？"

蔚景脑子一嗡，刚刚还在庆幸鸢颜躲过了，却不想，更可怕的还在后面。退一万步说，如果鸢颜暴露了，至少，还可以骗这个男人说，鸢颜只是潜伏在相府里面而已，至少可以将其他人，将相府撇开。而如今，夜逐寒暴露了。等于整个相府都暴露了。

凌澜似乎也没有想到事情会变成这样，有片刻的怔住，但是，什么大风大浪没有见过，只一瞬，他就面色如常。垂眸看了看自己因为叶炫粗鲁撕下绷带，导致又在流血的腕，末了，又徐徐抬起眼梢，朝叶炫看过去，唇角一勾，也不否认，反而冷嘲道："没想到，叶大统领的脑子这次没锈掉。"

叶炫摇头，轻轻摇头，难以置信地摇头，痛苦的神色纠结在猩红的眼眸里。虽然看到他腕上伤口的那一瞬，他已心知是他，但是，他依旧心存侥幸。或许，或许只是他也同样腕上受伤了，也同样割了一个一模一样的伤口呢？可是，凌澜的反应让他连最后的一丝希望都破灭。

难怪，难怪锦弦也一直觉得凌澜就潜伏在他们身边，对他们了如指掌，原来，他就是位高权重的相爷夜逐寒。缓缓撑着地面，他摇摇晃晃地站起来，抬起手背，揩了一下嘴角的血沫，他直直看着凌澜："又是司乐坊掌乐凌澜，又是右相夜逐寒，你知不知道，你犯的是什么罪？欺君、犯上、忤逆、谋反……"

叶炫一字一句，森冷地吐着那些罪名，眼梢轻掠，扫了一眼蔚景，又补了一句："还有惑乱宫闱、私通天子的女人，你知不知道，这任何一项罪名，都是株连九族的死罪？"

凌澜耐心地等他说完，嗤然轻笑，似乎很不以为然："多谢叶统领提醒，我想作为一国相爷，应该比你更清楚中渊的律法。"

"那你为何还要知法犯法？"未等他的话说完，叶炫已经嘶吼出声。

蔚景一震，没想到叶炫的反应那么大，连凌澜亦是微微愣了一下。

"你现在是以什么身份来质问本相？是禁卫军统领，还是锦弦的忠犬？"

"你——"叶炫脸色铁青，气得一个字都说不出来。半晌，也不知是触到了哪根神经，又骤然嘶吼出声，"你死没有关系！你死一千次一万次都跟我无关，我只是不想看到鸯颜被你连累，为你赴死，一个男人一直让自己的女人冲锋陷阵，算是个什么男人？"

那一刻，风停了，树静了，所有的虫鸣鸟叫都销匿不闻，只有叶炫痛苦的嘶吼声在山林里回荡、盘旋，久久不散。

凌澜震惊了，蔚景震惊了。只有叶炫一人轻轻笑，笑得摇摇晃晃。

用什么身份质问？他不是质问，他是慌惧，他是惶然。他不是以禁卫统领，也不是以锦弦的忠犬，他以的不过是爱着洞里面躺着的那个女人的一颗心。没有人知道他的心情，就像没有人知道他此时此刻的恐慌一样，那份远远比震惊来得更猛烈的恐慌。

如果他是夜逐寒，如果凌澜是夜逐寒，那么……那么他第一次进山洞时，看到的那一眼就是真的。当时，他以为是在做梦，当时，他以为自己看花了眼，当时，他以为他的视力出了问题。因为他看到了一动不动躺在软席上，一身黑衣黑裤都还未换下的女人，赫然是相府夫人鸯颜的脸。

他震惊了。他也难以置信了。所以，他僵立在洞口，他告诉自己这是梦，他惶恐地想要找到梦的证据，他看向边上一对正在嘴对嘴的男女。脑中一片空白中，他看到女人用黑布遮住了鸯颜的脸，他听到女人跟他说了很多话，很多狠话，女人让他走，说就当从来没有来过，这样对谁都好。他走了，浑浑噩噩地走了。

可是，一个地方可以当做从来没有来过，人的心呢？也能当她从来没有走进过吗？明明她已走进他的心里深处，明明她已在里面留下了那么多不可磨灭的痕迹。他怎么可以当做从来没有来过？所以，他又回来了。他要搞清楚，他要搞清楚是谁，他要搞清楚那个在他的心里走来走去，他却还不知道真面目的女人到底是谁，曾经他以为是七公主蔚卿，后来以为是小石头，再后来他以为是皇后蔚景。每一次他都震撼狂乱，每一次他都心惊肉跳，每一次他都觉得他们越来越远。

真的是鸯颜吗？是相国夫人鸯颜吗？他不相信。或许又像曾经一样，只是易容了而已呢？他心存希望地想。直到知道凌澜是夜逐寒，他才不得不接受这个残酷的事实。

难怪叶子为了凌澜如此出生入死，因为叶子是鹜颜，凌澜是夜逐寒，鹜颜是夜逐寒的妻。他们是夫妻。那么他呢？他叶炫又是什么？棋子？工具？利器？

她明明是人家的妻，却还要来招惹他，让他身心沦陷，让他不能自拔，让他痛苦不堪，让他在迷途中越走越远。叶子？鹜颜？呵，他低低笑出声来。

忽然，他想起什么，抬眸看向一脸震惊站在原地的男人女人，猛地伸手一指，直直指向蔚景，而他凌厉猩红的目光，却牢牢锁在凌澜的脸上："你跟她什么关系？"

蔚景一震，凌澜徐徐转眸，看了蔚景一眼，再转过去迎上叶炫的目光，唇角一勾道："你进洞里的时候，看到了什么，我们就是什么关系。"

看到了什么？蔚景反应了一会儿，才意识过来，叶炫第一次进山洞的时候，她正在用嘴给他哺药，想到这里，她脸上一烫，方才心中的怀疑也得到了证实。果然，这个混蛋，果然早就已经醒了。竟然还在那里装，竟然让她一个人面对突然闯入的叶炫，在那里急得要死。要不是叶炫走了以后又折返回来，要不是叶炫想要解开鹜颜脸上的黑布，他是不是打算一直装下去？愤愤地瞪向凌澜，而此时凌澜的目光却落在叶炫的脸上。

见叶炫一副没有听懂的样子，他又补充了一句："怎么？不明白吗？不明白，那我就告诉你，她，蔚景，"凌澜一边说，一边走到蔚景的身边，伸出手臂揽住她的肩，猛地往自己怀里一扣，"是我凌澜的女人！"声音之笃定，手臂力道之大，让蔚景一怔，猝不及防的她，鼻梁都差点撞上他的胸膛。

叶炫脸色一变，虽早有心理准备，却不想对方如此恬不知耻，嘶声道："你怎么可以这样？"

"我如何就不能这样？"凌澜挑眉，很不以为然，忽而又似想起什么，"哦"了一声，"你是不是又要说我惑乱宫闱、跟天子的女人私通？"

叶炫定定地瞪着他，没有吭声，胸口却急速地起伏，显然气得不轻。蔚景有些尴尬，在凌澜的怀里微微挣扎了一下，凌澜看了她一眼，倒也没有强迫，缓缓松了手臂。蔚景默然跟他拉开了大约两步的距离，在他的旁边站定。凌澜也不以为意，再次转眸看向怒气冲天的叶炫："既然事情已经到了这个地步，我也不妨直接告诉你，蔚景，从来都不是你们天子的女人，你们尊贵的皇后娘娘，一直是顶着蔚景的脸、顶着蔚景的身份的另一个女人，那个女人你也见过，就是此时还在云漠的蔚卿。"

叶炫眸光一敛，依旧没有吭声，虽然有些惊讶，却并未有太大反应。这个消息他不是第一次听到，在云漠的营帐内，两个真假蔚卿争辩之时，就说过了，当时，他听得有些云里雾里，但是，大概意思是听明白了。他不知道这些人之间有什么纠葛，他也不关心。他在意的不是这个男人跟天子的女人苟且，他在意的是，这个男人如此行径，又置死心塌地对他、一心一意为他的鹜颜于何地？

这厢，凌澜的话还在继续："不然，你以为每个人都像你，随便是谁，你都能将她当做是你的叶子，不仅奋不顾身地跳崖，还明知道是个女人，依旧将她留在大军里。

第十章 我的女人

我跳，那是因为她是我的女人，我说服锦弦去云漠，是因为我要救我的女人，我割腕放血给蔚卿，是我不愿将我的女人留下，同时也要让欺负我女人的人付出代价。你呢？为了你的主子，你对她用醉红颜，为了你的主子，你对她连刺两剑，现在，你是不是又要去跟你的主子禀报，夜逐寒是凌澜、叶子是鹜颜，让你的主子端了相府？"

凌澜一口气说完，语速越来越快，沉沉逼问。叶炫轻轻摇头，忽然，"嗷"地号叫一声，勾起一拳，就直直朝凌澜扑过去。

不意他会如此，凌澜猝不及防，也来不及闪避，鼻梁上就重重地挨了他一记。一声破碎的闷响，凌澜被击后退了两步，才稳住自己的身子。

蔚景一惊，不知为何叶炫会突然有此反应，上前正欲去扶凌澜，却被叶炫拉开，与此同时，叶炫的另一手又勾起拳头，再次朝凌澜砸过去。只不过，这一次，凌澜早有防备，在他的拳头还未落下之时，已经抓住了他的腕。

叶炫挣脱，猩红的眸中怒火滔天："你这个混蛋，你口口声声，你的女人，你的女人，你可曾想过，那个真正为你出生入死的女人？她为了你，出卖自己的感情，她为了你，出卖自己的身子，她为了你，出卖自己的灵魂，她……"

"不许你这样说鹜颜！"叶炫的话没有说完，就被凌澜厉吼一声打断。他抬手抹了一把鼻孔里面流出来的温热，垂眸一看，手背上都是血，他也不在意，再次抬眸凝向叶炫，眸中冷色昭然，"你有什么资格这样说她！"

叶炫却不为所惧，忽然咧嘴轻轻一笑："怎么？还不让人说？她是你名正言顺的妻子，她为了你却被别的男人欺负，凌澜，你还是不是个男人？"

"混蛋！"这次是凌澜猛地朝叶炫扑了过去，叶炫也不闪躲，直接迎上。两人又打了起来。凌澜显然暴怒到了极致，一边毫不留情地出拳，一边怒吼着，"这世上任何人都可以说她，就你不行！我今天就替她打死你这个没心没肺的傻子！"

"没心没肺的傻子是你，她如此对你，你却连她是你的女人都不敢承认！"

"因为她是我姐！"凌澜嘶吼出声。蔚景一震，叶炫更是震惊地忘了手中动作。伴随嘶吼一起落下的，还有凌澜的拳头，直直砸在叶炫的面门上。叶炫被砸得踉跄着后退好几步后，终于还是没有稳住，跌倒在地。与凌澜一样，叶炫的鼻骨也破了，殷红的鲜血顺着鼻孔流下来，他却也顾不上擦拭，就急急抬起头，难以置信地问向凌澜："鹜颜是你姐？她是你姐？"

心跳踉跄，说不出来的感觉。鹜颜竟然是凌澜的姐？可是，鹜颜不是夜逐寒的夫人吗？他们不是夫妻吗？也是，如果是夫妻，鹜颜又怎么会是完璧。他记得六房四宫失火那日，在未央宫前面检查，太医就说鹜颜是完璧，而且，那夜在山洞里，她的第一次千真万确是给了他的。

那么，是不是表示，其实，鹜颜只有他一个男人，是吗？是不是表示，她是他叶炫的女人？可既然是姐弟，就算是为了掩人耳目，同样可以以姐弟相称啊，为何要扮作夫妻？犹不相信，他再次问向凌澜："她真的是你的亲姐姐？"

凌澜没有回答，只瞟了他一眼，就默然转身，朝山洞里走去。偌大的空地上，就剩下蔚景和叶炫。一人站着，一人坐着，各自失了神。

蔚景回到山洞的时候，凌澜已经又换上了一身干净的袍子，略深的藏青色越发显得他脸色苍白，他正坐在软席上，眉眼低垂，一圈一圈给自己的腕打上绷带。蔚景不知道该说什么，见补血的药汁两碗都洒了，得重新再煎，就端起药壶，丢了句"我去取泉水"后，便出了山洞。

洞外，叶炫依旧保持着跌坐在那里的姿势，目光定定地望着一处，一动不动，不知在想什么。蔚景看了他一眼，低低一叹，转身离开。她知道，这么多的信息量，一下子丢给一个人，换谁都会一时接受不了，何况还是一个一根筋的人。她也知道，此时，洞里洞外的两个男人其实同样纠结。对凌澜来说，叶炫知道了他们的秘密，这件事情有多严重，她很清楚。换做常人，他铁定早已一剑结果了，但是，他不是常人。他是叶炫，是鸢颜深爱的男人。杀他，鸢颜会痛，不杀，可能会带来灾难。

而对叶炫来说，一边是他效忠的主子，一边是他深爱的女人，要让他选择，怕是他自己都不知道该选择谁。自古情义两难全。对于他这种只认死理的执着之人，更是难上加难。所以，她很理解鸢颜，理解鸢颜为何不让他知道她的真面目。鸢颜不是不相信他的爱，而是因为更了解他这个人。

哎，世间之事，为何总有那么多的无奈？蔚景深深叹出一口气，躬身舀起一壶泉水，站起，刚转身准备离开，就直直撞上一人。她惊呼一声，想要避开，可迈出的脚根本来不及收回，她一个身形不稳，好在对方连忙伸手握住了她的手臂，将她重心不稳的身子拉了回来。

"想什么那么专注，身后有人都不知道？一点警惕心都没有。"男人略沉的声音响在头顶。蔚景这才识出是凌澜。也不知几时来的，几时站在身后？想起在山洞他明明醒了，却在那里装昏迷，保不准，此刻他也是故意的，便没好气地道："明明是你自己走路没有声音，我又没有超强的耳力，关警惕心什么事。"

对于她的不善语气，凌澜倒也不在意，唇角一勾，伸手接过她手中的药壶："走吧！"话落，便转过身，带头走在前面。蔚景怔了怔，没有动。

意识到她未反应，男人又顿住脚步，回头看向她："怎么了？"

"没什么，只是觉得一壶水，我还是端得起的。"

叶炫走没走，她不知道，她只知道，鸢颜还没醒，应该守在那里不是，专门跑过来，难道就为了帮她端水？

"我怕你走了，所以跟过来看看。"男人黑眸深邃，凝在她的脸上，轻声开口。蔚景眼帘微微一颤，没有想到他会这样说，撇开男人黏稠的视线，垂眸默了默，道："鸢

第十章 我的女人

颜还没醒，我不会走的。"末了，就抬步朝他走过去，经过他身边的时候，也没有停，继续往前走。

"那鹜颜醒了之后呢？"男人喑哑的声音响在身后。蔚景脚步顿了顿，却终是没有停下来，好半晌，她听到自己说："不知道。"

她是真的不知道。她不是娇情的人，她只是迷茫。她不是傻子，也不是木头，这个男人为她所做的，她都明白。但是，就算鹜颜是他的姐姐，还有铃铛，还有锦溪，不是吗？她不知道，她不走，将以什么身份留在他的身边。而且，她还要去找她的父皇。身后脚步沉沉，她知道，他已经跟了上来。

忽然，脚步声加快，男人蓦地追上她，并越过她拦在了她的前面。

"蔚景，答应我，不要走！就算鹜颜醒了，也不要走！"他看着她，微微喘息，漆黑如墨的深瞳里蕴着一抹乞求，蔚景甚至从他的话语里听到了一丝低声下气的味道。那是她从未见过的样子。本想断然回绝，却又生出几分不忍来。

"凌澜，不要逼我，暂时，我无法明确回答你，我说过，我自己也不知道。反正，鹜颜没醒，我肯定不会走的。"蔚景同样回望进他的眼睛，一本正经道。男人眸光轻凝，看了她好一会儿，忽而，唇角一弯，绽放出一抹动人心魄的浅笑，说："好！"

这时，头顶忽然传来"轰隆"一声巨响，原本晴好的天色瞬间暗了下来。两人都下意识地抬头望去，凌澜皱眉："要下雨了，我们回去吧。"

望着原本碧蓝的天空迅速被黑沉的阴霾聚集，蔚景点了点头："嗯。"

两人快步往山洞的方向而去。可是，盛夏的天，孩子的脸，说变就变。雷声刚过，豆大的雨点就哗哗啦啦落了下来。凌澜一手端着药壶，一手将蔚景望自己身侧一拉，抬起手臂遮在她的头上。蔚景见状，连忙又将他的手臂拉了下来："你的手臂上有伤，不可以淋雨。"

"无碍。"疾步前行中，男人又将手臂横在了她的头上。

所幸，他的身材高大，她娇小，他的这个动作，倒也不是很吃力。蔚景皱眉，她是医者，那伤口本就耽误了上药包扎，伤口还那么大，怎可以还这样淋着？再次将他的手臂拉了下来，见男人作势又要举上去，她就干脆紧紧拉着他的手不放。见她如此，凌澜也不再强求，唇角一勾，反手将她的手背裹住。

翠竹苍梧的密林里，男人女人手牵手，小跑了起来。身侧是不断后退的景致，头顶是越来越暗沉的天色，密集的雨点，透过枝杈的间隙，打在两人的头上、身上、脸上、眼睑上……凌澜侧首看了看身侧早已淋湿的女子，忽然好希望，能一直这样迎着风雨跑下去。

等他们跑回山洞的时候，发现叶炫竟然还坐在那里，石化一般，任倾盆大雨冲刷着，浑身湿透，凌乱的头发也贴在脸上，鼻孔里还在流血，又是雨水、又是血水，满脸狼狈，而他好似浑然不知，一动不动。经过叶炫身边的时候，蔚景顿了顿，还未等她开口说让他进山洞避一避雨，凌澜已是大力拉着她，看也没看叶炫一眼，直接将她拉回了山洞。

两人都已浑身湿透，凌澜放了手中药壶，转身就拿了一条干锦巾，走过来将她的身子扳着面朝自己，给她擦拭头发。好久两人没有这样近距离地面对面过，而且夏天衣服本就穿得单薄，被雨水一淋，贴在身上，就像是没穿一样，垂眸能看到自己里面的兜衣若隐若现，抬头便是男人结实宽厚的胸膛，蔚景有些窘迫。

"我自己来吧。"抬手，她想要接过男人手中的锦巾，却被男人手一扬避开。男人也不说话，只沉默地给她一寸一寸地擦拭，动作轻柔，且鲜有的耐心。见他执意，蔚景便也不再坚持，只低敛着眉目，任他一点一点将她湿漉漉的头发擦干。

洞外雨水哗哗，洞里很静，蔚景能清晰地听到自己的心跳扑通扑通。要说他跟叶炫说的那些话，她不震撼，是假的。他说，她是他的女人，这句话不是第一次听到，曾经在啸影山庄的时候，他也跟影君傲说过。只不过，彼时，她是鸳颜，她是夜逐寒。第一次，在一个外人面前，他是凌澜，她是蔚景，他说这样的话。而且，也直到今天，她才知道，那日她滚下山岗，他竟然也跳了下去，叶炫也跳了下去，叶炫以为她是叶子，而他早已知道是她。

"凌澜……"她抬眸望向他。

"嗯？"男人手中动作未停。

"让叶炫进来避避雨吧，如果鸳颜此刻是醒着的，她也定然不会让他这样，对不对？"男人的手微微一顿，下一瞬有清淡的声音响在头顶："对别人倒是同情心泛滥，我怎么不见你对我这般心软过？"蔚景没有吭声，只垂下眼，弯了弯唇角。

"好吧，你先换身干净的衣服，我去让他进来。"头发也差不多擦了个半干，凌澜转身将手中的锦巾放下，取了一套衣服给她，便抬步往洞口的方向走。

"凌澜。"望着他的背影，蔚景忽然开口。男人脚步停住，回头。

"不要再打了，你是鸳颜的弟弟，他是鸳颜最爱的男人，你们都是她最亲最亲的人，她肯定不希望看到你们这样。"

男人鼻子里发生一声轻笑："打他是轻的，如果鸳颜不能醒来，我一定会杀了他。自己三番两次将人认错，还一再伤害鸳颜，竟然还有脸一副正义，要替鸳颜讨回公道的模样。"

"你在说你自己吗？"蔚景看着男人。男人明显一震，笑容也瞬间僵硬在了唇边。蔚景缓缓将目光收回，弯了弯唇，"你自己不是也一直将人认错吗？所以，凌澜，不要怪他了，不要再打了……"一边说，蔚景一边徐徐抬眼，再次看向他。男人没有出声，只深深地凝视着她，静看了好一会儿，才默然转过身往外走。

望着他的背影走出山洞，走进雨中，蔚景怔忡了片刻才回过神，转身走进洞里深处，将身上湿透的衣衫换了下来。

第十章 我的女人

好久，两个男人才一前一后地回了山洞，那时，蔚景已经将药都煎上了。她不知道凌澜用什么方法让叶炫进来的，她只知道，两人的脸色都不好看。凌澜回到洞里后，就一声不响地换着衣衫，而叶炫则是木桩一般站在洞口，望着洞外面的雨幕成帘，不知在想什么。

蔚景见两人如此，也不便多说什么，就一人坐在石灶旁边、抱着胳膊，看着摇曳的柴火失神。凌澜衣衫换好后，又坐到鹫颜的身边，替她把脉，检查她的情况。也就是到这时，叶炫才回过头来，看着他，希望能从他的脸上看出一点什么来。

"怎么样？"蔚景走过去。凌澜眉心微拢，转头看了看洞外的雨幕，道："等雨停了，我出去看看附近有没有夜绽。"

蔚景心下沉了沉，她是医者，自是听说过夜绽。此物只夜间开花，如夜来香一样，但是，花期却比夜来香短，只开放瞬间，故得来此名"夜绽"。此花捣碎温水冲服，可做强心之用。蔚景抿了抿唇，面色凝重地点点头，末了，又忽然想起另一件重要的事情来。

"你们昨夜整夜未归，现在还不回去，锦弦会不会起疑？"

凌澜怔了怔，眼梢轻抬，掠了站在洞门边的叶炫一眼，缓缓起身："如今鹫颜生死未卜，也顾不上那么多了。"蔚景下意识地看向叶炫，见他收回目光又转头看着外面。

"要不，你们都回吧，我留在这里照顾鹫颜。"反正她已被人劫走，不需要再出现，而且她也会医，可以照顾好鹫颜。

"你又不会武功，若发生什么事情，你怎么对付？"

"那不是还有……"话说了一半，蔚景猛然顿住，侧首看了一眼叶炫，后又想，反正他现在什么都知道了，也没什么好掩藏的，方才接着说了下去，"那不是还有隐卫吗？你派几个人来。"

"还是不放心。"凌澜走到石灶旁边，抬手揭开药壶的盖子，看了看里面已经煎沸的汤药，复又将盖子盖上，转过头看向她，"这些事，你就不要担心了，我自有分寸。"

见他这般说，蔚景便也不再强求。

夏天的雨来得快，去得也快。才没多长的时间，雨便停了，阴霾扫尽，天空竟还露出了太阳。蔚景见药已煎好，便倒在瓷碗里，心想着，趁着晾凉的空隙，她正好去取些泉水回来烧粥。从昨夜到现在，几人可都是粒米未进。

等她取了水回来，却不见了凌澜，而叶炫竟然在给鹫颜哺着药。对，哺，就跟她一样，蹲在软席的旁边，用嘴，一点一点将瓷碗里的药喂进对方的口中。见到她突然回来，显然吓得不轻，差点跌坐下去，手中的瓷碗也险些没拿住，掉在地上，幸亏会功夫，眼疾手快地接住，才幸免。

"娘娘……"许是意识到这个称呼不妥，他红着脸顿了顿，又改口道："你……你回来了？我……我见药凉了，所以……"见他窘迫地想要解释的样子，蔚景"扑哧"一笑，"没事，你喂吧，我趁火还没熄，得赶快去加柴才行。"找了个理由搪塞了去，蔚景正欲借机离开,却又想起什么,顿住:"对了,凌澜呢?"如果那厮在,这个男人如此哺药,不被打死才怪。

"他,好像是去采药去了。"

采药?蔚景微微一愣,夜绽不是只有夜间才开放吗?这个时候去采药?

"哦,知道了,药要凉了,你快喂吧,我去外面拾点柴火。"

因为刚下了一场大雨,树枝都被淋湿,蔚景转了一大圈,没看到有干的,便也没捡。其实,拾柴火是假,出来给叶炫腾空间才是真。那个男人脸皮竟然比女人还薄,动不动就红脸,她若是在,怕是剩下的药,他喂不下去的。漫无目的地在林子里转着,雨后的树林,透着芬芳的泥土气息,清新好闻。蔚景一直往前走着,兀自想着心事,直到猛地看到另一个小山洞,她才回过神来。确切地说,是看到山洞门口大石上的那人。

凌澜。此刻,他正盘腿而坐,双手摊开,轻放在两腿上,眯眼轻阖,一动不动,似是在调息打坐,又似在想着事情。跑到这里来?蔚景怔了怔,轻轻走了过去。

不知是对方太过专注,还是她的脚步声太轻,她走到他的面前站定很久,他都没有感觉到。直到她轻轻唤他:"凌澜。"他才缓缓抬起眼帘,见到是她,眸底掠过一丝讶然,他看了看她身后,问:"你怎么出来了?"

"那你怎么又出来了呢?"蔚景微微偏了脑袋,不答反问。

凌澜微微一笑,朝她伸出手。蔚景愣了一下,才意识到他是想拉她去石头上,稍稍犹疑了片刻,便将手递给了他。挨着他的旁边坐下,蔚景才发现,这块大石真是个好地方,后面还有一块大石可以靠背,前面视野也开阔,可以看到树林很远的地方。

"你是想给叶炫跟鸷颜留空间,所以出来的吧?"蔚景侧首看向身侧的男人。

"谁说的?"男人矢口否认,"我只是想让他近前亲眼看看,看看他将鸷颜害成了什么样子。"

蔚景笑笑。这个男人永远是嘴巴不饶人。便也不揭穿他。

"你采的药呢?"她问。男人回头,指了指山洞的洞门顶上。蔚景循着看过去,就果然看到了一株夜绽,碧绿的叶子,缠缠绕绕的藤蔓。

"所以,我在这里等,我等夜里花开。"男人淡声道。

不知为何,听到这一句的时候,蔚景脑中掠过的是那日在宫中御花园里,这个男人跟锦弦对话的情景。当时这个男人跟锦弦说,他们在采集花开的声音,锦弦问,花开有声音吗?这个男人说,有,只要用心凝听,就能听得出,只不过世人都没有等待一朵花开放的耐心。心神竟是为之一动,她忽然道:"我陪你等,我也想听听花开的声音。"

男人明显身形一震,愕然看向她。蔚景不明白他为何反应这么大,疑惑地看着他:"怎么了?"

"没什么,"凌澜唇角一弯,摇头,末了,又似漫不经心问道,"蔚景,你小时候的事,你都记得吗?"

第十章 我的女人

"小时候的事？这话题转换得可真快。"

凌澜转眸定定凝望进她的眼。睨着他的样子，她的心中更加疑惑了："小时候有什么事吗？"

凌澜收回目光，垂眸默了默，没有直接回答，而是又问了另一个问题："那你了解过中渊的历史吗？"

"这个……"

"没有，怎么了？"他怎么一直问一些奇怪的问题。

"没什么，就是问问。"凌澜浅淡而笑，抬头看了看天边的太阳，"你真的决定陪我坐在这里等？天黑可还得有一段时间。"

蔚景亦是笑笑，算是作答。其实，她也没有想到，他们两个人还能如此平静地坐在一起。她跟影君傲离开源汐村的那日，她真的觉得，此生再也不想见到他。谁知世事捉弄。

"凌澜，在客栈里的时候，你既然已经去了我的房间，为何不告诉我，鹜颜会来劫我走？事发突然，我都差点不知道是谁？"

"我也是在你的厢房里被赶出来以后才知道的。"

赶？这个字……蔚景脸色窘了窘，所幸男人倒也不在意，继续道："我回房，就看到鹜颜在我房里，她告诉了我计划，原本是打算我将信息传递给你后才动手的，不知为何，她突然提前动手了。"

"我知道为什么。"

"为什么？"凌澜侧首看着她。

"因为她看到叶炫进了我的房间，然后，我也正准备跟叶炫说，我不是叶子，所以，鹜颜出来了。"蔚景又回想起昨夜的情景，叶炫冲上去护住锦弦，鹜颜紧急收剑，却反而被叶炫刺上一剑的情景，蔚景低低一叹，幽幽道，"终究是因为心中有爱，她爱他，鹜颜爱叶炫。"

"那么你呢？"专注地望进她的眼，凌澜忽然开口问。蔚景一怔，男人的声音还在继续，"你的心里呢？有没有爱，又爱着谁？"

第一次被人问这么直白的问题，而且那人还是他，蔚景不知道该怎么回答，心跳却莫名加快，一下一下，强烈得似乎要跳出胸腔。脸上一热，她别过视线，没有吭声。下一瞬，却是下颌一重，脸又被男人大手给扳了回去，迫使她不得不面对着他。他凤眸深邃，眼波潋滟，一眨不眨望进她的眼，似乎想要将她看穿一般。

两人挨得很近，呼吸交错。蔚景皱眉，有些反感，刚想说，泉水边他答应过她不逼迫她的，刚张嘴，男人却是先她一步出了声："饿吗？"蔚景蒙了蒙，下一瞬，男人的大手也已将她的脸放开，"从昨夜到现在，一直没吃东西，你饿不饿？"

蔚景这才想起，原本她说要煮粥的，结果出来拾柴火，竟然将煮粥的事给忘了。

"我先回山洞去煮点……"蔚景一边说，一边作势就要起身，却又被男人的大手按得坐下："不用，吃这个。"就像是变戏法一般，男人举着两个果子递到她的面前。

"哪里来的？"蔚景探头看了看他身后。

"过来的时候路上摘的，已经洗过了，放心吃吧。"

蔚景伸手只接了一个："你也吃，若是有毒什么的，不至于我一个人死。"

方才她看了看他身后，什么都没有，想来应该一共也只有两个。凌澜笑笑，也不以为意，拿起剩下的那个野果子，送到嘴里，咬下一口，甚是享受地咀嚼起来。蔚景亦是唇角一勾，拿起果子，轻轻咬下。一股甘甜入口，竟是从未尝过的味道。

"好吃吗？"

"嗯，"蔚景点头，"知道吗？长这么大，我从来没有吃过野果子。"

奇珍异果倒是吃得不少，独独没吃过野果子，想不到味道竟是如此的好。

"跟你相反，我是吃野果子长大的。"凌澜淡声道。蔚景怔了怔，想起这姐弟二人的隐忍，心中竟是微微一疼，看着他，轻声问道："你小时候一定吃过不少苦吧？"

凌澜眼波一动，没有吭声，静默了片刻，又问她："这果子甜不甜？"

蔚景毫不掩饰地点点头，笑道："挺甜的。"

"所以，小时候也不苦，有甜果子吃不是吗？"

蔚景唇角笑容一僵，不知道该接什么好。男人淡然一笑，转过视线，眯眼望着远处的天边，口中缓缓咀嚼。蔚景心里却是说不出来的滋味。她很清楚，他跟鹜颜肯定经历过很大的变故，不然不会像今天这样。一个男人强大坚定、深沉隐忍也就算了，鹜颜只是一个女人，却也过得如此隐忍。有时候，她觉得自己已经够能承受了，可跟鹜颜比起来，相差甚远。

"你猜我这颗果核扔出去，一下子可以砸到几棵树干？"男人慵懒地掂抛着吃剩下的果核，问她。蔚景看了看前面的树，道："这又不是打水漂，一下子当然只能一棵树，不过，若是撞上树干弹回来，凑巧碰到另一棵也不一定，那最多也就两棵树吧。"

"两棵？看好了！"男人凤眸微微一眯，骤然扬袖一抛，果核脱手而出，一一擦着并排而立的几棵树而过。声响一下一下数过来，六棵。毕竟树木不是后天人工所栽，是野生长成，所以，想要笔直一排肯定不可能，可就算不是笔直的，那抛出去的果核，依旧像是长了眼睛一样，可以走弧线。蔚景目瞪口呆了。

"你也试试看。"男人侧首看着她。

"我？"蔚景撇撇嘴，"我又不会武功。"

"这跟武功没有关系。"

"那你是怎么做到的？"

"练啊，每天练，吃完果子就砸。如果你将这些树当做你的仇人，你这样对着他们砸上三年五年，保证会跟我一样。"

第十章 我的女人

"仇人？蔚景怔了怔，想起某一个男人，那个曾经在她心里如同天神一般，如今却只剩下狰狞嘴脸的男人。扬手，将手中的果核狠狠地扔了出去，拼尽全力。

"咚"的一声，砸到了最近的一棵树上，许是力气太猛的缘故，果核撞上树之后，又直直反弹了回来。

"小心！"伴随着一声低唤，男人长臂一捞，将她拉过，猝不及防的她一个重心不稳，就直直倒了下去，连带着他也一起。反弹的果核当然是没有砸过来，但是两人却都倒了。她倒在下面，他压在上面。

"你没事吧？"男人问。

蔚景躺在大石上，仰望着他近在咫尺的俊颜，惊魂未定地摇摇头，作势就要起身，可男人却没有放开她的意思，依旧伏在她的身上，还伸出一只手将她脸上的几缕碎发拂开。

"蔚景。"他唤她，声音像低醇的美酒，跟他手中的动作一样的温柔，他凝视着她，眸子里亦是满溢着粼粼波光，就像是落入了星子，璀璨耀眼。

当炙热的气息逼近，蔚景才意识过来他要做什么，刚想扭头避开，男人温热的大掌却是捧住了她的脸，让她逃无可逃。

"凌澜……"蔚景惊呼，可话还未说完，就被男人尽数堵在了喉间。连同声音一起吞没的，还有她的呼吸。薄唇覆上她的唇瓣，需索辗转。

也就是到这时，蔚景才惊觉过来上当。一个果核而已，一棵树干而已，又不是皮球，又没有弹性，就算是因为力的作用，反弹回来，弹回的距离根本不会太长，就一定会掉落下去的，怎么可能会砸到她？这个死男人，在山洞里的时候明明醒了，装睡骗她，如今又骗她。心中气苦，她伸手推拒着他。

男人缓缓放开她的唇，却并没有从她身上离开，只是深深地看着她。

"你这个骗子，放开我！"蔚景怒道。男人却也不恼，反而眉尖微微一挑，一副无辜的模样："我哪里骗你？"

"在山洞里，你明明醒了，却还在那里装死，你知不知道，叶炫冲进来的时候，我有多慌乱？"蔚景委屈极了，当时，她可是吓出了一身冷汗，挖空了心思说狠话，这个男人倒好，指不定还躺在软席上听着乐呢。

"我本来是要起来了，后来听到你说得很好，就干脆不打断你好了，叶炫也听你的话走了不是吗？"

"什么叫干脆不打断？那叶炫走了之后，你为何还在那装？要不是叶炫去而复返，你准备装到什么时候？"

"你觉得呢？"

"我不知道。"蔚景没好气地道。男人凤眸一弯，唇角浅笑摄人心魄，忽然，在她的唇瓣上啄了一口，道："当然是你将药给我喂完以后。"

"你——凌澜，你卑鄙！"蔚景挥手打他，却被他轻松钳住，压过头顶，他再次倾身，对着她喋喋不休的嘴吻了下来。明明在泉水边答应过她，不逼迫于她的，可是，不知道为何，他就是控制不住自己。一旦沾染上她的气息，他就贪心地想要得到更多。有多久没有这样对过她了？想想似乎也没有多久，可是这一次对他来说，却像是过了一辈子。他以为，他们之间完了，他以为，她再也不会属于他了。他说，让她不要走，她说，不知道。其实，就这三个字，他已然满足。她没决绝地说，不行。说明他们之间还有希望。她心里有他的，他知道。

鼻尖肆无忌惮充斥的都是他墨竹般的气息，口腔里满满的亦是他熟悉的味道，蔚景本来是要推开他的，可是在他柔情的攻势下，却渐渐失了抵御的力道。

"别……凌澜……青天白日的……"蔚景乞求地看着他，一双黑白分明的眸子就像是滴得出水来，唇瓣被他吻得有些红肿，微微嘟着，说不出的娇嗔可爱。凌澜微微粗嘎了呼吸，低头亲了一下她的唇角，耐心地诱哄道："没事，深山老林，不会有人来的。"

"那我们怎么来了？我们不是人啊？"蔚景对于这个回答很是不满。不仅青天白日，而且两人现在这样，一丝遮挡都没有，也太……

男人却根本不以为意，轻松挣掉她的手，依旧折磨地动作着。蔚景气喘吁吁地求饶："凌澜……你别……还伤着不是吗？"

"我伤的只是腕。"男人一边亲吻着她，一边口齿不清地含糊道。

"可是，你输了那么多血啊。"也就是这时，蔚景才想起来，难怪他输血给鸷颜呢，原来是姐弟。她当时还在想呢，他的医术远远在她之上，不可能不知道输血也要吻合才行。趁她失神的间隙，腰上忽的一松，男人已经轻车熟路地解开了她裙裾的罗带。

蔚景一惊，彻底慌了神，挣扎起来。许是见她反应太过激烈，男人终是放开了她。可是下一瞬，男人又轻盈跃下大石，她还未来得及撑着身子坐起，就被他打横一抱，直接从大石上抱了下来。

"你做什么？"

"去隐蔽的地方！"

随之，蔚景只感觉眼前视线一暗，原本入眼的白云蓝天被黑暗的洞顶取代，男人竟然将她抱到了山洞里面。找了一块干燥的地方，男人将她放下，先脱了自己的衣袍铺在地上，将她放在上面，便迫不及待地倾身而下……

蔚景一觉醒来，入眼一片漆黑，好一会儿，她都不知道自己身在何处。直到头顶男人低醇的嗓音传来："醒了？"她才想起之前的事情来。他跟她，他们在山洞里……身酸痛得厉害，她也懒得动，打了一个呵欠问道："我们现在在哪里？什么时辰了？"

"我在大石上，你在我怀里，亥时。"男人言简意赅，语气轻松，似是心情不错。蔚景却是在听到亥时二字时，一下从他的怀里弹坐起来。动作之猛，速度之快，差点撞

第十章 我的女人

205

上男人的鼻梁，所幸他反应灵敏，连忙仰身避过。

"夜绽呢？夜绽开了没？"她急急扭头看向山洞的洞门顶上。

"嘘——"男人竖起食指，朝她做了一个噤声的姿势，低头，凑到她的耳边，轻声道，"正开着呢，你不是要听花开的声音吗？"

当蔚景和凌澜两人拿着夜绽踏着星光夜色，回到山洞的时候，山洞里竟是漆黑一片。

"怎么没有掌灯？"蔚景皱眉，疑惑地问。叶炫不是在吗？凌澜松开她的手，摸索着找到了火折子，将洞壁上的烛火点亮。眼前视线一明，两人惊喜地发现鹜颜竟然靠坐在软席上。

靠坐？醒了？蔚景难掩心中激动，快步奔过去："鹜颜，你醒了？"

凌澜站在烛火下没有动，如此不喜形于色的男人，亦是眸中熠熠生辉，心中每一下跳动都是激烈，他望着鹜颜，没有出声。相反，鹜颜很平静，脸色透着失血过多的苍白，虚弱地看了看蔚景，又转眸看了看凌澜，干涸的唇瓣轻动："他是不是来过？"蔚景怔了怔，自是明白她口中的他指的是谁。

"他是不是什么都知道了？"鹜颜抓住她的手。她的手冰凉，凉得蔚景一阵心惊，感觉到她的颤抖，蔚景反手将她的手背裹住，艰难地点了点头，末了，又道："本来他在这里的，不知怎么不见了。"一边说，蔚景一边看了看四周，都未见人影。

"他肯定是走了，应该是见鹜颜醒了，便走了。"凌澜淡声开口。鹜颜点点头："嗯，醒来之前，我的意识模模糊糊，应该是他。"

"那他……"蔚景隐隐有些担心。

"他不会出卖我们的，如果出卖，当初在源汐村就不会放我离开，这次出征，也不会让你小石头留在大军之中，而且，我们也不可能安然无恙地在这个洞里待上两天。只是……"凌澜顿了顿，微微一叹，"只是他也不会出卖锦弦，所以，以后，怕是免不得要刀剑相见。"

蔚景一震，看向鹜颜，只见她原本面白如纸的脸色越发苍白得厉害。

第十一章　右相休妻

当凌澜换回那身断袖的墨袍，狼狈不堪地回到客栈的时候，天已经微微亮。东方的鱼肚白皑皑铺进院子，远远地就看到人影绰绰，凌澜凛了心神，快步而入。院子里整齐而站的是御驾随行的兵士，在兵士的前面，一张太师椅，一身明黄的俊美男人，端坐其上，在他的旁边，站着眉目低垂的叶炫。这架势……

凌澜眸光微敛，举步上前，对着明黄男人撩袍一跪："微臣有辱圣命，未能救回皇后娘娘，请皇上责罚！"许久，锦弦都没有出声。凌澜便一直保持着跪着抱拳微微垂目的姿势。锦弦只手闲闲搭在太师椅的扶手上，食指一下没一下地轻轻敲击着扶手，一双深邃的凤眸，略带审视地凝视着凌澜。清晨的院子，静得出奇，只有晨风吹过院门口挂着的布幡的声音。

就在凌澜暗暗做着种种猜测之际，锦弦却是忽然从太师椅上起身，走到他的面前，对着他虚虚一扶："起来吧，此事不怪右相，终究是奸人太过狡诈，才使得我们中计。右相受伤不轻，也算尽力了，功过相抵，朕就不计较了。"

凌澜长睫轻掩下的眼波微微一动，心中凝起一抹疑虑的同时，对着锦弦恭敬一鞠："多谢皇上开恩。"

"嗯。"锦弦点头，末了，又转眸看向身后众人，朗声道："准备出发回营。"

回营？凌澜心中略一计较，便上前一步，躬身道："那皇后娘娘她……"

"朕看前夜情景，奸人意在劫持，而非谋杀，所以，皇后虽落在奸人之手，目前应该还是安全的，奸人既如此做，必有如此做的目的，想来是想通过皇后，来威胁朕满足他们的一些要求。右相追了奸人一日两夜，未能追上，禁卫统领寻奸人也才刚刚回来，连你们二人都无能为力，旁人就更不用说了。所以，朕觉得还是静观其变，坐等奸人提条件的好。右相觉得呢？"

锦弦扭头看向凌澜。凌澜颔首："皇上英明。"

相府，蔚景端坐在铜镜前，轻轻将鸷颜的面皮贴在脸上，然后，用手指一点一点将边缘的褶皱抚平，直至看不出。然后又拿出胭脂，用粉扑稍稍沾上一点，均匀地拍打在两颊上。人皮面具因为没有毛细血管，所以面色只有一种颜色，稍稍上点红晕，才更可以乱真。看着镜中的自己，她心里滋味早已不明。她不知道，这样是对还是错。兜兜转转，似乎一切又回到了原点。是的，她回来了，回来继续做鹜颜。而鹜颜继续做夜逐寒。是夜逐寒吧，还是夜逐曦？

正兀自想着失神，骤然背上一暖，男人温热的气息逼近，她一惊，抬眸，就看到镜中自身后抱住她的男人。男人双臂环在她的腰间，下颔抵在她的肩窝上，同样看着铜镜里，眉目含笑。蔚景见他一身墨袍，心中明白了几分，却还是眼角一斜，明知故问道："夜逐寒？"

"难道你想夜逐曦？"男人不答反问。忽然伸手"嘶"的一下将她脸上的面具给揭了下来。蔚景猝不及防，一阵火辣辣的痛感遍布满脸，她怒道："我好不容易贴上去的，你做什么撕下来？"

"不习惯。"男人随手将面具丢在梳妆台上。蔚景更是气极："我又不是第一天戴，当初也是你让我戴的，现在倒不习惯了？"

"是，现在看惯了你的脸，不习惯你戴着别人的面具。"男人依旧抱着她不放，眸光凝落在镜中她的脸上，一本正经道。蔚景怔了怔，也是，自从那夜在石林，他跟铃铛离开，她被禁卫抓住后，她就一直是自己的脸。在锦弦的身边是，在源汐村殷大夫家也是，虽然在军中用了小石头的脸数日，终究在云漠还是自己的脸。

"既然你不习惯，那以后我就不做鹜颜了。"蔚景一时兴起，想闹他一闹。

"那你做什么？"

"随便啊，可以是被你赶回啸影山庄的兰竹，也可以是失踪又出现的小石头，还可以是……"蔚景想了想，侧首笑睨着他，"还可以是当今的皇后娘娘！"

"你敢！"男人环在她腰间的手臂骤然用力，她被勒得"咯咯"笑了起来："你这个人真是奇怪，说不习惯的人是你，将面具撕下来的人也是你，那我要用我自己的脸，你又不同意，你说，我应该做什么？"

男人没有回答，忽然松了手臂，大手将她的身子扳过，面对着自己。

"蔚景，相信我，不会太长时间，我会让你正大光明地生活在世人的面前，你就是你！"声音凝重、笃定。蔚景抬眸望进他的眼，那一向深如潭水的眼眸此刻波光粼粼，就像是秋日的湖面，闪着坚毅的光。许久，蔚景点了一下头。男人面色瞬间一喜，双手猛地捧起她的脸，往自己面前一拉，重重吻住她的唇。

"蔚景……"他哑声唤着她的名字，结结实实将她占据……

太庙，榕树下，浓荫一片。锦溪坐在树荫下的石椅上，身前的石桌上放着一只鸟笼，笼子里一只长着五彩斑斓羽毛的小鸟，上蹦下蹿。锦溪一边吃着零嘴，一边逗弄着鸟儿。边上秋蝉手执芭蕉扇给她扇着风。

"看来啊，还是这小东西比人靠得住，你看，本宫给它一点鸟食，它就对本宫摇头摆尾，本宫对二爷那么好，竟也未见他来太庙看本宫一次。"

"许是二爷忙，抽不开身。"秋蝉小心翼翼道。

"忙？"锦溪嗤然一笑，"皇兄御驾亲征那么多日，早朝都不上，他有什么可忙的？难不成每日替皇兄处理国家大事？"

秋蝉便不再吭声了。她很清楚，再吭声就会惹祸上身。抱怨夜逐曦，是这个女人每日必做的事情，比每日念经诵佛还寻常。刚开始，她还劝劝，替夜逐曦说话，找点理由。其实，她不是真的帮夜逐曦，说白了，也不过是想让这个女人心里好过一点、好受一点而已。结果，最后都是这个女人勃然大怒。女人说她胳膊肘朝外拐，说她如此帮夜逐曦说话，是不是也喜欢他，是不是跟他有一腿？后来，她就不劝了。不劝也不对。见她不吭声，女人也会生气，说她是聋了还是哑了，又或者是做贼心虚了，怎么站在那里一声不响的，是不是心里有鬼？然后，她就不知该怎么办了。

再后来，女人再抱怨夜逐曦，她就也跟着一起。女人说男人不是好东西，她就附和，是啊，不是好东西，女人说，夜逐曦眼里根本就没有她这个公主，她就说，是啊，不然，太庙那么近，怎么说也应该来看看。结果，好了，女人更是怒不可遏，骂她懂什么，一个下人竟然胆敢如此非议自己的主子，是不是活得不耐烦了。

怎么做，都是错。怎么说，都是生气。所以，后来，每每这个女人抱怨的时候，她都回应一句，就一句，一句之后，就再不多说一个字。

"秋蝉，你说他今日会来吗？"涂满大红蔻丹的手指拈起一粒松子送入口中，"咯嘣"一声咬开，又随手将松子壳丢掉，锦溪扭头看向秋蝉。

"这个……"秋蝉眉心微拢，今日的抱怨升级了，变成问问题了。

"这个奴婢也不知道。"

"这也不知道，那也不知道，你还知道什么？"锦溪愤然而起，骤然甩手将掌心的一把松子大力掷在她的脸上。一阵细密的疼痛自脸上传来，秋蝉"扑通"一声跪在地上，心下委屈，却还不得不低头求饶："公主息怒，公主饶命！"

"是谁如此胆大包天，惹我们溪公主生气啊？"一声略带揶揄的男声骤然响起。主仆二人皆是一震，循声望去，就看到一袭明黄入眼，俊美如神的男人脚步翩跹，踏着阳光走来。锦溪面色一喜，连忙提着裙裾奔了过去："皇兄，皇兄……"

"慢点跑，都嫁做人妻了，怎么还一副不收敛的性子？"锦弦皱眉，语带责怪。

"还不是见到皇兄了，心情激动，我才这样，"锦溪已跑至锦弦的跟前，也不行礼，直接娇嗔地挽起了锦弦的手臂，"再说了，虽然我嫁是嫁人了，但是，人家也没将我当人妻看啊，我都在这个破庙里待了那么久，他都一眼没来瞧过。"锦溪鼓鼓嘴，一脸的委屈。

"休得无理！破庙也是你说的吗？这是太庙，岂能容你这般不忠不孝？身为公主，你能不能注意一点自己的言行？"锦弦不悦斥道。锦溪瞟了他一眼，吐吐舌头，眯眼一

第十一章 右相休妻

笑:"好了好了,妹妹我知道错了,皇兄大人大量,莫要跟小女子一般见识。"锦弦无奈地摇摇头。两人一起来到石桌边坐下。

"这可是朕送给你的那只鸟儿?"锦弦目光落在石桌上的鸟笼上。

"可不是!多亏有皇兄这只鸟儿,我才得以打发时日,不然,待在这个什么都不方便、什么都不能做的破……"庙字还没出口,见锦弦眼睛朝她一瞪,连忙改口道,"太庙里,我真的会疯掉的。"

"想不想回相府去?"锦弦抬眸看向她。锦溪一震。"想啊!可是三个月还没到。"

"也没差几日了不是吗?"

"皇兄的意思是可以让我提前回相府了是吗?"锦溪眸光一亮,有些难以相信。

"嗯。"锦弦含笑点头。

相府,前厅,菜香袅绕,饭香四溢。蔚景记得这是第一次一家人坐在一起用晚膳。早膳好像用过两次,两次都不欢而散,一次是被锦溪陷害,弄了红殇;一次就是凌澜中了媚药,她弃他而去的第二日。这一次依旧是四个人,只不过锦溪换成了康叔。所有的下人都被遣了下去,厅里就剩下他们四人。康叔忸怩了半天,不肯落座。一直到凌澜起身,直接将他按坐在椅子上:"这段日子,我们都不在府里,你又要对内,又要扮作我们对外,你辛苦了。"康叔才不得不承接。

一桌的好菜,红红绿绿,凌澜夹了一块鱼到蔚景碗中:"多吃点鱼。"蔚景正想说谢谢,他紧接着又补了一句,"听说吃鱼会让人变得聪明。"于是,蔚景的那一句谢谢便生生卡在喉咙里。

"敢情是嫌我笨来着。"

"没有,"凌澜眉眼弯弯,同样夹起一片鱼放进鹜颜碗中,"女人笨一点也未尝不是一件好事。"

"什么没有?你换一句,还不就是说我笨。"

于是,某个男人笑得愈发得意起来,忽然,又笑容敛起,一本正经道:"其实,也不是太笨,太笨的人是绝对想不出,树叶、白水、侯石青的。"

蔚景气结,恨不得直接将手中的筷子扔过去:"你取笑我!"

"不是取笑,是佩服!真的,那绝对不是一般人能想出来的,譬如,要是鹜颜,就肯定不会。"

"你——"

见两人闹成这样,鹜颜跟康叔都禁不住笑起来。

"算了,你如此聪明,那你还是少吃鱼吧,不然,我有压力。"凌澜一边说,一边又将他夹到她碗里的那块鱼夹了回去,自己吃了起来。

"哪有你这样的?"蔚景哭笑不得,几人却朗声哄笑。

"哎，好久没有吃到这么香的饭菜了。"凌澜一边吃，一边感慨道。

"谁让你矫情，一点蒜而已，竟然绝食。"蔚景嗤之以鼻。

"若我不绝食，哪有你处心积虑给我准备白粥。"

蔚景冷哼："我那是怕你饿死了。"

"你为何怕我饿死了呢？"凌澜转眸，一眨不眨望进她的眼。

"我……"

蔚景这才惊觉过来，又上这个男人的当了："你……"

又是一阵哄笑。整顿晚膳都在一顿欢声笑语中进行，连一向不苟言笑的康叔也少有的话多。

"你们总算都回来了，你们不知道，我这些天过的什么日子，提心吊胆，生怕朝中哪个官员找我去议事，我这莽夫，充其量议议府中的账本，那已是挑战我的极限，要议国家大事，那还不得丢丑露馅。"

"康叔不错啊，挑战极限，一挑就是这么多年。"凌澜一句话，又引来一片笑声。

因为受伤，鹜颜话不多，吃得也不多，脸色苍白得厉害，不过，看她的样子，也很喜欢这样的氛围，时不时笑出声。就在大家用完，准备招呼下人来收拾的时候，门口的守卫急急奔了进来："相爷，二爷，公主回来了！"

公主？几人皆是一震。这个时候回府？不是三月之期还没到吗？想必此时回来，定是经过锦弦同意的。几人面色凝重地互相看了看，鹜颜看看凌澜，凌澜看看蔚景，蔚景轻轻垂下眉眼。

"你这个为人夫的也的确有些不像话，别说人家是一国公主，好歹也是你的妻子，她在太庙那么久，你竟是一次都没去看过。"鹜颜冷瞟了凌澜一眼，嘀咕道。凌澜倒也不以为意，微微笑道："这不是这段时间太忙了吗。"

"太忙？"鹜颜冷嗤了一声，"我看你，以前还能做做戏，后来，是索性连戏都不做了。你可给我听好了，三月未满，锦弦就让她回府，此事必有蹊跷，你愿意也好，不愿意也罢，都必须给我稳住她。"鹜颜说完，抬步走在前面，刚走到门口，又猛地想起什么，停住，回头："我们两人身份换回来，你做你的夜逐曦去。"

蔚景抬眸朝凌澜看过去，不想正撞上他深凝过来的目光，虽心里百般滋味，蔚景还是唇角一弯，给了他一个安心的笑容。什么事可为，什么事不可为，什么事必须为，什么事不得不为，她想，她还是知道的。

"走吧。"鹜颜走在前面，凌澜跟在后面，蔚景走在最后。

"还是回家的感觉好，太庙简直不是人待的地方。"锦溪的声音伴随着哗啦啦的水声自屏风后面传出来。凌澜坐在房中的桌案边，大手执着一个茶盏把玩，眉目低垂，看着茶盏内琥珀色的水面，一漾一漾，不知在想什么。许是没有听到外面的反应，里面

第十一章 右相休妻

211

的水声停了停，"二爷还在吗？"

凌澜一怔，徐徐抬眸，应了一声："在。"

"我马上好了。"里面水声继续，又过了一会儿，再次传来锦溪的声音，"二爷。"

凌澜循声望过去，锦溪从雾气缭绕的屏风后盈盈走出。竟只着一件单薄的兜衣和一条短短的衬裙，一大半的身子都露在外面。见凌澜在看她，她也不急着上前，只手扶在屏风上，缓缓躬身，似是想要提起布鞋的后跟。可就是因为她躬下去的动作，让兜衣形同虚设，身前的旖旎风景一览无余，也让原本短得不能再短的衬裙越发往上，几乎等于没穿一样。凌澜岂会不知其心思，唇角略略一勾，大手优雅地端起手中茶盏送到唇边，轻呷了一口，放下茶盏，也顺势收回眼。

锦溪见状，缓缓直起腰身，朝他走过来，二话不说，就歪倒在他的怀里面。男人阳刚的气息传来，锦溪直觉得一颗心都醉了，她展臂勾上男人的颈脖，宝玉般的眸子里波光流转："二爷这段时间都在忙什么？"

相对于她的情迷，男人似乎很淡定，一直轻勾着唇角，手指随意拈起她垂搭在肩上的一缕湿发慵懒慢绕："没忙什么。"

"啊，没忙什么也不去太庙看我，二爷心里是不是根本就没有我？"锦溪不悦地嘟嘴，身子在男人的怀里轻蹭。

"我是为了避嫌，你想，你是公主，你在受罚期间，若我前去探望，别人会怎么想？我是为了维护你以身作则的形象。"

"切！"锦溪轻嗤，心里却好似乐开了花一样，娇嗔道，"每次你都有理由，油嘴滑舌，好了，所幸现在回来了，就不跟你计较了，说，有没有想我？"

凌澜低低笑。

"你笑什么？说嘛，我要听，快说，有没有想我？"锦溪面若桃花，娇媚地摇晃着凌澜。凌澜笑得愈发绝艳。锦溪不肯罢休，"快说嘛！"一边撒着娇，一边仰起身子，红唇蹭上他的嘴角。

蔚景抱膝坐在窗台上，轻轻阖着双目，任夜风透过洞开的窗吹在脸上。夜风很凉，带着夜露的潮湿，可饶是这样，依旧带不走她心头的燥热和潮闷。鸳颜说，愿意也好，不愿意也罢，都要先稳住锦溪。什么叫稳住？怎样稳住？唤她锦溪是稳住，牵她手是稳住，抱她是稳住，说甜言蜜语是稳住，那么，此刻，两人回房那么久，夜深人静、孤男寡女，又怎样稳住？接吻？还是……毕竟两人是名正言顺的夫妻，毕竟小别胜新婚，毕竟……

正浑浑噩噩地七想八想，一声轻叹来自头顶："做什么坐在这里吹冷风，吹病了怎么办？"

蔚景一震，愕然抬头，就看到白衣胜雪的男人站在面前。是凌澜。男人伸手，将窗门关上，便将她抱了下来。好一会儿蔚景以为自己是在做梦。直到男人熟悉的墨竹清香夹杂着女人陌生的脂粉味钻入鼻尖，蔚景才惊觉过来，猛地一下子将他推开："你过来做什么？"

男人被她推得后退了一步，有些惊讶地看着她。其实她自己也没有想到，她会反应那么大，连忙别过身子，沉声道："夜已深，你出现在我的房里不合适。锦溪刚刚回来，你应该陪着她。"

男人看着她的背影片刻，问道："这是你的真心话吗？"

"是！"蔚景笃定答道，却还是没有回头看他。男人垂眸弯了弯唇："我知道了。"

接着，蔚景就听到男人脚步离开的声音，她心口一痛，猛地转过身，男人也正好回头。四目就这样相撞。沉默了好一会儿，男人轻笑着开口："我以为你懂我的。"蔚景一怔，男人又再次转过身。

"我当然懂，我只是不懂我自己，怎么会变成这个样子？"对着他的背影，蔚景忽然恍惚出声。

男人脚步顿住。蔚景默然转身。她不懂她自己怎么会变得如此小气，如此矫情，如此不可理喻？不就是身上有那个女人的气味吗？这又说明不了什么，她作何这般生气，这般难过？

"蔚景，"背上骤然一暖，温热的气息逼近，男人自身后将她抱住，"我知道你在意什么。"蔚景眼帘颤了颤，缓缓垂眸，看向环在她腰间的大手，没有吭声。男人又将她的身子扳过去，面对着自己，一眨不眨地凝视着她。起先蔚景还能受得住，可男人一直盯着她不说话，她就忍不住了。

"做什么这样看着我？"蔚景不悦道。

"蔚景，相信我，我有分寸。"男人声音微哑，透着坚定。蔚景定定望进他的眼，好一会儿，忽然伸出手指戳向他的胸口："你的身上都是她的味道，我讨厌！"

凌澜一蒙一震又瞬间一喜，恍然大悟道："哦哦哦。"

睨着他甚是愉悦的模样，蔚景更是来气了："你哦什么哦？是不是春风得意啊？"

"哈哈！"凌澜笑得更欢了。几时见过她这个样子？记忆中，她都是喜欢将所有的心事深藏，然后就算有意见，有委屈，也都是放在心里面，自己一个人默默承受着，然后就在那里一个人瞎猜瞎想，问她的话，也问不出几句真话，总是口是心非。几时像现在这样明确表示自己的在意和讨厌？

凌澜黑眸晶亮，三下两下将身上的袍子脱下来，开门不知交给外面的谁，又反身折了进来，将她拥住，轻笑道："你也知道，这世上不是每个女子都跟你一样，天生丽质，不施粉黛，人家脂粉抹浓了一点，我一抱，难免就沾染在了身上。你放心，我们绝对什么都没有。真的，这样没有，"一边说，男人一边在她脸上捏了一把，惹得蔚景惊颤低呼，转过身刚想骂他，他又趁势在她的唇上狠亲了一口，然后道，"这样也没有。"

第十一章 右相休妻

"你——"蔚景脸上一烫,下一瞬,却又被男人猛地推着后退几步压抵在墙上。背脊撞上冷硬的墙面,男人滚烫的胸膛压下,蔚景忽然想起下午两人在梳妆台上的情景,一张小脸顿时红了一个通透。而男人还偏生不让她好过,低头,温热的唇瓣贴在她的耳珠上面,轻声吐息:"这样的也没有,当然,下午我们那样的更是没有。"

蔚景身子一阵薄颤,一起颤抖的还有一颗纷乱的心。

"没有就没有,又说又动手的,言行如此轻佻,让人家怎么信你?"蔚景撇嘴,语气不善,心里却是欢喜的。

"那要不我们一起去跟当事人对质?三人面对面说清楚?"男人挑眉建议道。

"要对自己对去,你不要脸皮,我还要呢。"见男人越扯越没正经,蔚景也懒得理会。"你这样跑出来,她不会起疑啊?"

鸳颜说得对,现在非常时期,一切都需谨慎。

"她,此时正快活着呢。"男人眉眼弯弯,坏坏笑。

"什么?"蔚景听不懂。快活?这个词……

"这些你就不用管了,对了,我过来是有件很重要的事情要说,鸳颜应该还在书房,走,我们过去。"

见男人骤然凝重了脸色,又说很重要的事情,蔚景不免一惊:"怎么了?"

"问题有些棘手,去书房再说!"

夜色苍茫,鸳颜环抱着胳膊,缓缓走在院中的花径上。抬头望了望天,天上星光斑驳,圆月如盘,绵长清辉流泻,将院子的一景一物照得格外清楚。或许是身上大伤还未彻底痊愈的缘故,她第一次觉得是那样疲惫。全身心的疲惫。这些年,她从未觉得如此累过。她发现,人,真的是贪心的。如果一直苦着,似乎也就不觉得苦,可一旦尝过别的滋味,便会甘之如饴。她就是这样。她跟叶炫没有未来,她知道。她们一家人以后不可能再像今夜这样在一起吃饭,她也知道。但是,她想,她真的想。

拾步走上游廊,她朝书房的方向而去,在经过锦溪的房间时,发现里面的灯还是亮着的。她垂眸默了默。看来,今夜不能入眠的人不是她一个。也不知道凌澜会怎么做。她又何尝不知,曾经他还能做做戏,那是因为无所谓,因为心是空的,可如今心里面住了人,再让他做戏,还真是难为他了。当然,更苦的还有另外一个女人。此时怕也没有睡吧?

无声一叹,她继续往前走,刚走两步,身后厢房的门却倏地开了,她本能地顿住脚步回头,就看到一个高大的人影从门内闪身而出。人影急急而出的同时,快速悄声带上房门,转身正欲离开的瞬间,才蓦地发现有人,脸色一变,本能地就提起了掌风,可很快,就发现是鸳颜。鸳颜同时也认出了他,皱眉低呼道:"高朗?"

高朗是她跟凌澜手下那些隐卫的头目,有什么事,他们也是第一个先找他。深更半夜从锦溪跟凌澜的房里出来，作甚？鹜颜瞟了瞟紧闭的房门，又满眸疑惑地看着他。高朗低着头，对着鹜颜恭敬一鞠，末了，转身就走，步伐之慌乱，差点撞上边上的廊柱，下台阶的时候，还差点栽倒下去，要不是鹜颜眼疾手快上前，将其扶住。

"多谢小姐。"高朗声音微哑，未曾抬眼看她，但是鹜颜却感觉到他有丝丝颤抖，正准备询问究竟，高朗却已是脚尖一点，飞身而起。看着他的身影消失在院子里，鹜颜站在那里静默了片刻，也大概明白过来发生了何事。眸光一敛。凌澜那厮，竟然……

望了望紧闭的厢房房门，鹜颜无奈地摇了摇头，抬步离开，可经过窗边的时候，目光却不由得被挂在窗台上的一只精致鸟笼吸引了过去。鸟笼里一只五彩斑斓的鸟儿正在啄着鸟食。她记得，这是锦弦送给锦溪的，锦溪一直带着，去太庙也带了去，然后，这次又带了回。

"大哥，"不远处传来男人的轻唤。鹜颜一怔，循声望去，就看到凌澜跟蔚景一前一后朝她这边走来，皆是一脸凝重。她眉心微微一拢，连忙抬步迎过去："怎么了？"

"书房说。"

早朝，金銮殿，文武百官左右分开两列而站，一身明黄的帝王威严坐于高座上的龙椅之上。这是御驾亲征后的第一次早朝。因为十几日没上朝，所以政事也挺多，百官们一一禀报，锦弦听了一会儿，见都是一些不痛不痒的事，就让大家止了，然后让赵贤宣读了一份嘉赏圣旨。赏赐之人就是此次随驾出征的右相夜逐寒和禁卫统领叶炫，因忠心为国、有功社稷，两个各自赏黄金千两、绫罗绸缎百匹。

夜逐寒跟叶炫领旨谢完恩，锦弦正准备宣布退朝，忽然，一个小太监急急走了进来，在赵贤身侧耳语了几句，赵贤面色一凝，又躬身来到锦弦身边低声禀报。众人都不知道发生了什么，只见帝王脸色先是稍稍一怔，旋即又恢复正常，最后，等赵贤说完，帝王才徐徐抬眼朝堂下看过来。应该说，朝堂下的夜逐寒看过来。

"听说，右相休妻了？"锦弦的声音不大，却如同一粒石子扔进平静的湖面，激起不小的波澜，朝堂之上顿时就传来一片压抑的哗然。休妻？连夜逐寒本人脸上都露出微讶的表情："皇上怎会知道此事？"

锦弦脸色一沉："人家都在宫门口击登闻鼓喊冤告御状了，你说朕怎么知道？"

击登闻鼓、喊冤、告御状？原来刚刚进来的那个小太监是过来禀报这件事的。众人再次唏嘘，纷纷看向夜逐寒。

"鹜颜吗？"夜逐寒脸上更是露出不可思议的表情。

"右相有几个夫人，不是她又能是谁？"锦弦没好气地道。

"她怎么……"夜逐寒皱眉，对对方的行径似乎还是不能理解。

"将鸣冤之人带来金銮殿。"锦弦沉声吩咐左右。左右两个侍卫以及那个小太监领命而去。所有人都等在那里。从宫门口到金銮殿是有一段路程的，可就在这一段等待

第十一章　右相休妻

的时间里，殿内无一人开口。帝王不问，夜逐寒自是也不吭声。当事人不吭声，旁的看热闹之人更是不好说什么。整个金銮殿里气氛沉沉。

好一会儿，一个女子终于在两个侍卫的带领下缓缓走了进来。女子一身素色布衣，脸色略显憔悴，眼眶红红，似乎是哭过，瘦弱的肩头，还背了一个包袱，显然一副被赶出门的模样。在站的文武百官基本上都识得，正是右相夜逐寒的夫人、曾经风月楼的头牌鹜颜。女子低眉顺目，一直被带到堂前，在经过夜逐寒身边的时候，眼角轻挑、愤然看了其一眼，众人都瞧得真切。对着锦弦，女子盈盈一跪，伏地行礼："鹜颜参见皇上，皇上万岁万万岁！"

锦弦凝眸看了她片刻，也未让其平身，眼梢一掠，又看向夜逐寒，沉声开口："到底怎么回事？"

夜逐寒撩袍一跪："回禀皇上，因为鹜颜她不守妇道、行为不端，微臣才愤然休妻的。"

"不是这样的，皇上，这些都是没有的事，请皇上为鹜颜做主。"夜逐寒的话未说完，就被鹜颜略带哭腔的声音打断。

"你还有脸让皇上为你做主？"未等锦弦做出回应，夜逐寒已是嗤然冷笑，看向鹜颜。

"我行得正坐得端，我有什么不敢让皇上做主的？倒是相爷你，听到风就是雨、薄情寡义，心虚了吧？"

"笑话，本相堂堂一个男人，休掉一个你这样的女人，那还不是本相一句话的事，何来心虚？"

众人都目瞪口呆地看着这一对针尖对麦芒的夫妻，哦，不对，现在不能说夫妻，都看着这一对男女。天子当前，还吵得如此不可开交，简直视天威于无物。果然，帝王脸色越来越难看，终究看不下去了，厉喝一声："够了！"两人这才骇然住口。

"金銮殿何等神圣之地，岂能容你们市井混混一般在这里撒泼吵闹？"

两人又是一惊，连忙伏在地上。见两人如此，锦弦方才脸色稍霁，冷声道："本来你们夫妻之事，并不应该闹上朝堂，但，既然是击了登闻鼓告御状，朕又不能坐视不管。"话落，伸手扬袖一指，指向鹜颜："你是鸣冤者，你先说！"

"是！"鹜颜颔首，似是平复了一下激涌的情绪，才缓缓开口，"其实，此事说来，鹜颜也是一头雾水，就是昨夜，不知相爷从何处听闻，说鹜颜跟奸人凌澜有染……"

凌澜？此言一出，殿内顿时传来一阵不小的骚动。凌澜他们可不陌生，曾经是司乐坊的掌乐不说，后来此人胆大妄为，几次公然对付帝王，在众人的心里早已是风云人物。不过，他不是死了吗？在灵源山脚下的神女湖边，他们可是亲眼看到其投湖自尽。难道又跟上次九景宫爆炸一样，死而复生？看来，又有好戏看了。

众人一个一个凝神看向女子，女子的声音继续："鹜颜虽出身勾栏，但那也是生活所迫，而且，也只是卖艺而已，自从嫁入相府，鹜颜恪守妇道、严己宽人，自问从未做过一件对不起相爷之事，可是相爷却宁愿相信外人挑拨，也不愿相信鹜颜，非要逼鹜颜承认，鹜颜虽曾是下等之人，可终究是有脸有尊严，没做过的事鹜颜怎会承认？相爷便直接一纸休书，将鹜颜赶出了门。鹜颜斗胆来告御状，不是鹜颜在乎右相夫人那个名分，而是鹜颜心中的那口气难平，鹜颜不怕穷、不怕苦，就怕被人冤枉，所以，还恳请皇上替鹜颜做主，这其中是非曲直，鹜颜只求一个清清楚楚、明明白白！"

一席话说得恳切，声情并茂。女子说完，再次对着锦弦深深一鞠。锦弦凤眸深深，眸色晦暗不明，片刻之后，将凝落在女子身上的目光收回，他又看向夜逐寒："右相有什么要说的？"

"微臣自认为并不是一个没有主见的人，又岂会随便什么人挑拨就能挑拨了去？微臣自是相信有这一件事，才会如此做，再说，休妻而已，微臣还真不屑去弄个什么莫须有的罪名强加在一个女人头上。"夜逐寒也是义正词严、语气凿凿。

听起来似乎都有理，众人互相看了看，又都齐刷刷看向帝王。帝王眸光微微一闪，道："你们一人说有，一人说无，都是红口白牙一说，可有证据？譬如，右相是听何人所说，还是亲眼所见？"众人纷纷点头，是啊，凡事都讲究证据，只要有证据，胜过一切雄辩。

"亲眼所见微臣倒是没有，但是，微臣是听二弟逐曦所说，若是旁人，朕必不相信，逐曦是这个世上微臣最信任的人，而且，微臣也了解他，绝不是信口雌黄之人。"

夜逐曦？原来，他是听他弟弟讲的。于是，众人目光的焦点又瞬间移到了同样站在文武百官之列的左相夜逐曦身上。锦弦亦是，他挑起眼皮，睨向夜逐曦："都说，宁拆十座庙，不拆一桩婚，何况对方还是自己的大哥大嫂，左相为何要这样做？"

夜逐曦撩起朝服的袍角，同样跪在了地上："回皇上，微臣也是不得已而为之，微臣听到这个消息的时候，也是纠结了良久，要不要告诉大哥，微臣想了很多，且不说微臣不想大哥被一个女人蒙在鼓里，更重要的是，那一个男人还是奸人凌澜，众所周知，凌澜坏事做尽，是朝廷的要犯，微臣是恐因此大哥被连累，相府被连累，所以，才告诉大哥的。"

众人纷纷点头，的确，对凌澜这样朝廷通缉的要犯，谁还敢跟其沾上关系？避之都唯恐不及。换做任何一个正常人，都会像夜逐曦这样做的。

锦弦没有出声，女子却是开了口："二爷所作所为皆情理之中，鹜颜只是想问一句，二爷又是如何知道我跟凌澜有关系？"女子一边说，一边转眸，目光灼灼看向夜逐曦。

"自是有可信之人告诉我，而且此人非常肯定，她说，她亲眼所见。"

亲眼所见？众人一听有证人，顿时更是来了精神。而女子却并未为之所惧，依旧紧紧逼问："那也就是说，二爷其实也是听他人之言，对吗？"

"是！"

"那可否请这位亲眼所见的证人当面一问？"

第十一章 右相休妻

众人再次表示出赞同。几人在这里说来说去，都是从别人那里听来的而已，让证人前来，对面对峙，一切不是就水落石出了吗？可是，夜逐曦却表现出了为难："这……"欲言又止中，夜逐曦抬眸看了看帝王，帝王没有吭声，薄唇轻抿，眸色深幽。夜逐曦便没有讲下去。

"怎么？是证人不愿意作证，还是其实，根本就没有什么证人，是你们兄弟二人故意捏造？"女子灼灼逼问。

"当然不是！只是这个证人……"夜逐曦还是有些犹疑。

最后还是夜逐寒沉声道："二弟，昨夜我问你，你也一直不肯说，现在都闹上了朝堂，到底是谁，你说出来，皇上在此，必定会为我们做主。我也想知道，到底怎么回事？"

夜逐曦才不得不道出实情："是公主，是公主跟我说，大嫂跟凌澜有问题，她亲眼所见。"

公主，左相夜逐曦的妻子溪公主？就在众人怔愣之际，女子又开了口，只是这一次不是对夜逐曦，而是对着帝王："皇上，鸳颜自认为问心无愧，没有做过就是没有做过，不知公主何来有此一说，还说是亲眼所见？鸳颜斗胆，恳请皇上让公主前来当面一问。"女子说完，再次行了一个大礼，埋首地上，一副如果锦弦不答应，便磕头不起的样子。

文武百官的目光齐刷刷看向高座上的帝王。哦，有一人没有，那就是腰夹长剑站在帝王身侧的禁卫统领叶炫，他从女子进殿以来，目光就没有离开过女子的脸，面色凝重、眉心微拢，不知在想什么。帝王沉默了好一会儿，面无表情、不知心中意味，在众人的注视下，终是朝赵贤扬手："派人去宣溪公主速速进宫！"

"是！"赵贤领命而去。于是，偌大的金銮殿再次静谧了下来。也出现了今日的第二次等待。

帝王高坐龙椅之上，一双深邃的凤眸不时扫向殿下，掠过眼观鼻鼻观心的众人，最后在跪着的三人头顶盘旋。三人都低眉垂目。众人皆大气不敢出，四下静得出奇。

在良久的等待以后，锦溪终于来了，妆容精致，一身的雍容华贵，毕竟是公主，当今帝王的妹妹，也未见一丝胆怯，直接进了殿。见殿内众人皆站，独独夜逐曦三人跪着，锦溪心下一惊，不知发生了何事，连忙对着锦弦欠身行了个礼："皇兄，他们……"

见她一脸的茫然，锦弦沉声开口："你在相府，难道不知道右相休妻之事吗？"

休妻？锦溪一震，愕然看向跪着的夜逐寒和鸳颜。夜逐寒休了鸳颜？几时的事？她还真不知道呢。难以置信地将目光收回，她转眸看向锦弦，摇了摇头。

未等锦弦开口，夜逐寒已是先出了声："也是刚刚早上才发生的事，休书给鸳颜让其出府，我就来上朝了，见公主还睡着，还没来得及告诉公主，原本是想着下朝后回府再说的。"

锦溪点点头："昨夜……"顿了顿，她眼角瞟了一记跪在边上的夜逐曦，两颊一热，有些不好意思地吞吞吐吐道,"昨夜……睡得有些晚,早上就没起得来……"锦弦皱眉,没有让她的话说完:"知道右相为何休妻吗?"

锦溪再次摇头。虽然她盼星星盼月亮,早就盼望着这个女人下堂,可真听到这个消息,她还是有些震惊,昨夜她回府的时候,看两人不是还好好的吗?

"为何?"她问。她也很想知道。

"让你的夫君告诉你!"锦弦沉声道。

锦溪莫名,转眸看向夜逐曦,夜逐曦也抬眸回看了她一眼,然后才缓缓开口道:"昨夜公主跟我说,大嫂跟朝廷通缉的要犯凌澜有染,原本我是不信,但是公主言辞肯定,说自己亲眼所见,并拿项上人头保证,此事绝对是真,所以,我想想,觉得事关重大,不仅仅是关系大哥幸福的问题,还关乎整个相府,以防引火烧身,我就将这件事告诉了大哥,大哥一怒之下就休了大嫂。"夜逐曦一口气说完,锦溪也一直听完,才明白,原来是因为这个。

"锦溪,左相所言可是属实?你有没有说过那样的话?"锦弦眸光微闪,开口问道。锦溪点头,坦然承认:"说了。"一副很不以为然的样子。场下一阵压抑的唏嘘声。

"既然公主说得如此肯定,又是亲眼所见,又是拿人头保证,那鸳颜敢问公主,公主几时亲眼所见,又有何证据?"出言之人是鸳颜,口气明显不善。锦溪最讨厌看她这个样子,非常讨厌,顿时,小脸一冷,不屑道:"本宫既然敢说,自是不会空口无凭。"

真有证据?此言一出,一直处在等待观望的众人顿时又来了劲。

"所谓人正不怕影子斜,公主不妨将证据拿出来,鸳颜自己也很想知道,几时跟凌澜好上的?"

"你——不知羞耻!"

"锦溪,"锦弦厉声道:"说正事!"

锦溪原本还想挖苦几句鸳颜,见锦弦脸色难看,便也只得气鼓鼓作罢:"我亲眼见过鸳颜跟奸人凌澜的画像,请注意,是两个人站在一起,画在一张宣纸上的画像,这个大哥也应该知道吧?"锦溪一边说,一边转眸看向夜逐寒。

场下再次传来一阵低低压抑的哗然。原来,还真有证据。虽然一张画像说明不了什么,但,毕竟男女有别,不是一般关系的人是绝对不会画在一起的,何况是两个八竿子打不到一起的人,所以,还是很能说明什么的。然而,夜逐寒却似乎有些茫然:"公主说哪张画像?"

"就是那夜在书房,大哥在看的那张画像,画像上有三个人……"

"公主是说,一个大人和两个小孩的那张画像吗?"夜逐寒一副猛然想起来的模样。

"是!"锦溪点头,心中窃喜。有夜逐寒一起,算不算一个人证?

"可是……这……个是凌澜吗?"夜逐寒一脸的不可思议,"那张画是鸳颜的,当时鸳颜跟我说,另外两个人是她已逝的父亲跟哥哥……公主这么一说,还真是……"

第十一章　右相休妻

"本来就是我的哥哥！"鹜颜笃声将夜逐寒的话打断。末了，又取下肩头包裹，自里面取出一张叠得整整齐齐的宣纸，慢慢展开。宣纸似乎有些年代了，微微发黄，且边缘的地方都有些毛掉了。

"公主说的可是这张画像？"鹜颜将宣纸摊开，举向锦溪。锦溪看了看，点头："正是！"

鹜颜轻笑摇头，忽然对着锦弦一拜，又双手将画像举过头顶："皇上，这幅画像上的三人的确是鹜颜跟家父和家兄，跟凌澜没有任何关系，还请皇上明察。"因为鹜颜跪在大殿的正中间，两边都是百官，而她将画像铺开高举在头顶的动作，百官正好可以清楚地看到那张画像。画像上是一个中年男人以及一男一女两孩童，皆四五岁的模样，虽眉眼还未尽数长开，但是依旧可见其轮廓，女孩恰似如今的鹜颜，男的嘛，眉清目秀，粗一看，还真有几分像凌澜，但，仔细端详，却又全然不像。

不知为何，帝王一直没有让人将画像呈上去亲自查看，只是默然坐在那里，面色冷峻，眸色深深地看着场下一切。众臣交头接耳、低低议论。锦溪看到大家似乎纷纷都在说不是凌澜，心中不免慌了，又是急，又是不相信，快步上前，将鹜颜手中的画像夺过，再仔仔细细地端详。的确，像，又不像。

"如果公主所谓的亲眼所见，指的是亲眼所见这幅画，那么，鹜颜也不想再说什么了，群众的眼睛是雪亮的。"鹜颜跪在那里，灼灼而语。

"你——"锦溪气结，却又不得发作，心里虚得很，毕竟那夜她是看得有些急了，想细看，夜逐寒就收了起来。所幸，这一切她的皇兄也知道，就是他让她这样做的，所以，也应该不会因此责罚于她。

昨日下午，她皇兄去太庙看她，并说可以让她提前回府，还问她过得怎么样，嫁到相府幸福不幸福，夜逐曦对她好吗？相府的人对她好吗？问了她很多问题。这也是自从她嫁人以后，兄妹二人第一次交心谈了那么久。从夜逐曦谈到夜逐寒，从夜逐寒谈到鹜颜，她陡然想起，鹜颜跟凌澜的那幅画，便告诉了他。她清楚地记得，他听完之后说了句，难怪，她问难怪什么，他又不说，就开始数落她，说，你真是傻啊，你有这么好的把柄，完全可以想要什么就有什么，还怕那个夜逐曦对你不好。

她当时不明白，他就拿手指戳她脑袋，说，真是笨得出奇，朕怎么会有你这样的傻妹妹？朕教你，你将这个消息告诉夜逐曦，你要说得肯定，就不要说那幅画了，就肯定地说鹜颜跟凌澜有关系，然后，你说，因为鹜颜是你们的嫂子，为了夜逐曦跟相府，所以，这件事你没有告诉朕。朕保证，今后夜逐曦一定对你百依百顺。

有这般好事，她何乐而不为。所以，昨夜她就跟夜逐曦说了，她皇兄让她不要提画像的事，她就不提，让她说得肯定，她就加了两句狠的，一句是亲眼所见，一句是拿项上人头保证。她告诉夜逐曦，为了他，她没有告诉任何人，包括她皇兄。果然，如她皇兄所料，夜逐曦感激得不行，当场就吻住了她，将她吻得脑子里七荤八素的，还将她抱到了床上，压在身下，激烈地要她。

她还以为，从此以后，她的好日子要来了。谁知道，最终还是闹到了她皇兄这里。闹到朝堂上来，她倒是不怕，她怕的是，夜逐曦会不会又怪她，怪她看到风就是雨、想当然地瞎说？正浑浑噩噩想着，上方一直沉默不语的帝王忽然出了声："所谓祸从口出，锦溪你身为公主，不会连这么浅显的道理都不懂吧？还亏你在太庙自省这么长时间。"

锦溪心中委屈，差点脱口而出，还不是你让我说的，后又马上意识到，如果这样讲出来，那岂不是告诉夜逐曦，她说她没有告诉任何人是骗他的？所以，虽心中不悦，却终究只能哑巴吃黄连，强自忍了下来。

"右相可有什么要说的？"锦弦又看向夜逐寒。

"都是微臣不好，说到底，还是微臣作为丈夫，没有给鹜颜最基本的信任。"夜逐寒说完，一脸歉意看向鹜颜。

"那你这个妻还休不休？"锦弦再问。

"微臣……"

"皇上，"一道女子清冷的声音将夜逐寒的话打断。正是鹜颜。只见其对着锦弦深深一鞠，"多谢皇上为鹜颜做主，还鹜颜清白，鹜颜说过，鹜颜击鼓鸣冤告御状，并不是在意那相国夫人的名分，如今鹜颜愿望达成，别无所求。"

愿望达成，别无所求？什么意思？众人一怔，夜逐寒亦是面色僵住。意思是不是说，就算夜逐寒不休妻，她也不愿意再回相府，做这个夫人？想想也是，对于一个女人来说，最重要的就是名节，夜逐寒又是休妻，又是赶出府，实在过分！而且事情还闹得那么大，都闹到了金銮殿上，作为妻子来说，怎能不寒心？

"金銮殿如此神圣之地，不是鹜颜一介女流和一介草民该来的地方，若皇上没有其他吩咐，鹜颜就先行告退！"在所有人的注视下，鹜颜再次对锦弦毕恭毕敬地行了一个大礼，起身站起，伸手将锦溪手中的画像接过，缓缓叠好，拢进袖中，便转身往外走。在众人看不到的方向，唇角禁不住轻轻一扬。

是的，她是蔚景。昨夜，凌澜过来找她，然后一起去找鹜颜，就是关于锦溪说，知道鹜颜跟凌澜有染的事。她想起锦溪也曾经跟她说过的，就是在未央宫前面给蔚卿做法事那天，她原本是准备告诉凌澜的，后来被禁卫所擒，然后接二连三发生了一堆变故，就也没有说到这件事上来。鹜颜也想起，曾经在书房，锦溪看到过她跟凌澜小时候的一张画像。所以，他们三人分析，应该就是这张画像惹的祸，不然，依照锦溪的性子，她如果有铁证的话，早闹开了，也不会等到那么久。

他们不知道，这件事，锦溪有没有告诉锦弦，毕竟此次锦弦让她提前回府回得蹊跷，但是，他们很清楚，一旦锦弦知道，原本他就已经开始怀疑夜逐寒，只会更加对相府不利。所以，他们三人商量出了今日这一出戏。如果锦溪已经告诉锦弦，他们主动闹，表示心中无鬼；如果锦溪真如她所说，没有告诉锦弦，他们总不能一直被锦溪威胁，而且

第十一章 右相休妻

依照锦溪的性格，迟早会告诉锦弦，与其到时被动，不如先主动，亦证明心中无鬼。

所以，凌澜连夜让人重新画了一幅画像。画像容易，要找陈年的宣纸和陈年的墨很难，听凌澜说，为了这个，他几乎动用了所有隐卫，好在连夜赶制而成了。她袖中揣的这份便是，他们的父亲样貌完全改了，凌澜的画像改了几分，留了几分，又加上当时年幼，五官还未长开，所以，最多也就三分像的样子。一切顺风顺水。而之所以最后让鹜颜拒绝夜逐寒，决绝离开相府，一是为了让戏演得更加逼真，而另一个更重要的原因是，为她以后的安全考虑。

凌澜跟鹜颜都觉得，锦弦已经在怀疑相府，鹜颜这个身份离开相府也好，总之少在锦弦眼皮下出现。就拿最近的来说，两日后为此次云漠之战凯旋而设的庆功宴，本是百官偕同女眷参加的，她就可以不去，也就免了一份危险。蔚景扶了扶肩上的包袱，抬步迈过金銮殿的门槛，骤然，身后传来一声沉冷的声音："慢着！"

是锦弦。蔚景脚步一滞，一脚在门槛外，一脚在门槛内，强自敛了心神，才缓缓回过头。高座上，锦弦轻勾着唇角："这么急着走做什么？那画像朕还没有看不是吗？"隔得有些远，看不到他眸中神色，只看到他胸前金丝彩线绣成的巨龙张牙舞爪，蔚景怔了怔。方才她将画像举在头顶上举得那样辛苦，众人讨论那幅画像讨论得那样激烈，也不见他说要看画像，现在尘埃落定，突然又要看了，所为何意？

众臣也没有想到帝王会有此一举，凌澜跟鹜颜亦是，两人快速对视了一眼，叶炫眉心微微一拧，所有人都看向蔚景。蔚景心下忐忑，面上却平静如常，在众人的注视下，转身款款往回走，边走边自袖中掏出那张宣纸。一直走到方才所站的位子停下，她躬身，双手恭敬地将画像举过头顶。锦弦看了一眼边上手执拂尘的赵贤，赵贤会意，连忙上前，将宣纸接过，呈给他。锦弦凤眸深深看着蔚景，好一会儿，才垂目看向手中画像。

静。偌大的金銮殿声息全无。所有人都看着那个帝王，帝王许久没有吭声，一直垂目看着，好半天，才抬起眼帘，缓缓开口："难怪锦溪会如此肯定，朕，也觉得此人是凌澜！"

一句笃定之语如平地惊雷。众人一震，蔚景愕然抬头。叶炫脸色一变，凌澜瞳孔微微一敛，鹜颜看向凌澜。锦溪同样震惊。方才她也看过那画像，说白了，只要细看，就一定知道那不是凌澜，她不相信她明察秋毫的皇兄会看不出来。这个女人都要走了，又临时让她回来，还如此说，难道是为了帮她这个妹妹？毕竟此事因她而起，而且她还说得么肯定，什么项上人头都出来了，所以，她皇兄现在给她找台阶下？这般想着，心里方才的阴霾尽扫，她忙不迭补了一句："本来就像凌澜嘛！"

蔚景"扑通"一声跪在地上："鹜颜对天发誓，此人只是鹜颜的哥哥，绝非凌澜，皇上若是不信，可以找画师鉴定一下，若鹜颜所言有半句是假，鹜颜愿意接受一切惩罚！"蔚景说得恳切，也说得坚定。声音虽不大，却掷地有声。众人都纷纷朝她投来同情的目光，毕竟画像方才大家都看过，是不是凌澜大家心知肚明。可天子说是，又有谁敢说不是。

"你的意思是朕的眼光有问题，连画师都不及？"锦弦沉声逼问，一双凤眸微眯，似笑非笑。蔚景心里真的很想愤然说是，却终是被强制压抑了下来，攥了攥手心，她耐着性子道："鸳颜不是这个意思，鸳颜只是觉得皇上一向圣明，定然不会冤枉了鸳颜去。"

"圣明？"锦弦低低笑，似是对这个词很是受用，"好一张伶牙俐齿！"可下一瞬，又骤然笑容一敛，冷声道，"你是说朕冤枉你了？"

"鸳颜不敢。"蔚景颔首。见她如此，锦弦将落在她脸上的目光收回，再次垂眼看向手中画像。殿中又一时寂下。凌澜轻抿着薄唇，静静地看着这一切，偶尔眸光凝起的瞬间，有寒芒一闪即逝。众人看着帝王，叶炫跟鸳颜都看着凌澜。

又是过了好一会儿，锦弦才抬起眼，将手中画像交予边上的赵贤，然后目光凌厉一扫全场，才徐徐开口道："朕知道大家此时心里在想什么，不错，画像上的人的确只有三分像凌澜，但，朕为何会怀疑，是因为有两个原因，第一，这张画像年代已久，毕竟，当时他们还小，谁也不能保证，人长大后就不长变吧？一个人跟小时候的长相变了七分也不是没有可能。还有第二个原因，也是最重要的原因，因为凌澜的确有个同伙是女人。大家还记得灵源山上吗？当时窃取兵器地图的就是一个女人，那次，朕只差一点就将她揪出来了，终究他们太过狡猾，被其侥幸逃脱。所以，这一次，朕不得不多个心眼，换句话说，不得不防！"锦弦一边说，一边掠了一眼叶炫，叶炫脸色微微一白。

"皇上的意思，鸳颜是那个女人？"蔚景一脸惊愕。心头狂跳，虽早已见识这个男人的阴险狡诈，却终究低估了他。皇权在握，便可以颠倒黑白。因凌澜跟鸳颜所站的位子是在她左右两侧的后边一点，所以，她看不到此时二人脸上的表情，她也不能回头去看。强自镇定，她暗暗思忖着自己该有的反应。是应该表现惊讶吧？

"皇上就凭这些，就说鸳颜是那个女人？"她又惊乱地重复了一遍。

"当然不是。朕方才也说了，只是怀疑，并不是肯定，毕竟奸人太过狡猾，朕也是慎重起见。放心，朕不会轻易放过一个坏人，也决不会冤枉一个好人，朕会彻查此事，到时一定会给你一个满意的交代。"话落，便扬手示意殿中侍卫上前，蔚景一看急了，大声质问道："事情还没有查清楚，皇上就要这样将鸳颜关押吗？"

见几个侍卫七手八脚上前，众人也惊了，没想到帝王竟如此武断，叶炫盯着凌澜，凌澜紧紧抿着薄唇，朝服袍袖下的大手攥握成拳，鸳颜微微拧眉，垂下眼。

当双臂被侍卫抓住，蔚景忽然冷笑起来："原来这就是皇上的为君之道！既然如此，为何还要假惺惺在宫门口设置登闻鼓，说什么任何人，无论高低贵贱，只要有冤情，便可直接击鼓鸣冤。都是假的，都是做给百姓看的吗？鸳颜现在这样就是击登闻鼓、告御状的下场吗？鸳颜一直深信皇上是明君，看来鸳颜错了，这世上从来都是官官相护、君臣一气，是鸳颜痴了，是鸳颜自不量力，鸳颜不该告御状，不该告相爷。"说到最后，声音越来越小，越来越小，整个人似乎一下子颓然了下来。

众人唏嘘，在震惊于女子大胆的同时，不免也生出几分叹息。忽然有一个人撩袍

第十一章　右相休妻

一跪。众人一看，是刚刚站起不久的右相夜逐寒，也是这个女子的丈夫，哦，不，曾经的丈夫。

"皇上一向圣明，微臣不想因为微臣的家事影响了皇上的清誉，鸷颜这样想，保不准天下百姓也这样想，所以，此事还是慎重为好。要不，微臣先将鸷颜带回府，待皇上彻查此事后，要收押要赦免，再做决断？"夜逐寒抱拳，对着锦弦恭敬道。众人纷纷点头，此法甚好，既然右相出面，自是保证鸷颜的人跑不了，而如此退一步，也不影响帝王彻查。两全其美。

锦弦眸色晦暗，看了夜逐寒一眼，抬臂朝几个侍卫扬了扬手，侍卫松了蔚景，退了下去。就在众人以为，这个帝王是同意了夜逐寒的建议，让其将这个已然休掉的妻子先带回府的时候，又蓦地听到这个帝王道："朕忽然想起了一些事情。就在朕御驾亲征的前不久，凌澜的那个女同伙曾偷袭朕在灵源山上的秘密武器放置点，没有得逞，还被朕的兵士用暗器伤了其背。毕竟距今一月时间都不到，就算痊愈，也一定留有疤痕，叶炫，去检查一下鸷颜的背上有没有伤？"

此言一出，所有人惊了。只不过每个人惊的点不一样。众人惊的是，帝王让一个女人在金銮殿上当着众人的面验背？蔚景惊的是，难道那日在殷大夫家后院经历过的噩梦，还要经历一次？凌澜惊愕的是，让他的女人当着一堆男人的面验背？而且只有他清楚地知道，虽然锦弦说被暗器所伤的那个人是铃铛，但是，蔚景的背那日也被那帮人用匕首划开过。鸷颜跟叶炫惊的，除了让一个女人当众验背外，锦弦竟然叫的是他，让他一个禁卫统领给一个女人验背。现场气氛瞬间沉了下来，叶炫站在那里没有动。

"怎么？朕说的话叶统领没有听到吗？"锦弦转眸，冷冷瞥向叶炫，语气明显带着不耐。随着帝王一起，所有人全都朝叶炫看过来，包括凌澜，包括鸷颜，包括当事人蔚景。叶炫脸上青一块白一块，大手紧紧握在腰间长剑的剑柄上面，骨节发白，半晌，朝锦弦颔首闷声道："皇上，男女授受不亲，让属下验背，恐有不便。"

锦弦还未吭声，已有一人先他一步附和道："是啊，皇上，让叶统领一个大男人做这事儿的确不妥，而且金銮殿是议论国事的庄严之地，在这里给一个女子验背，实在不妥。"说话之人是左相夜逐曦。确切地说，是鸷颜。她是怕凌澜一冲动说出什么错话来，干脆主动。而且，让叶炫去验，也有点……不用想，她都知道，这个榆木脑袋肯定以为蔚景是她。

鸷颜话音刚落，凌澜就出了声："二弟所言极是，请皇上三思，若是鸷颜身上真有伤，一时半会儿也消不了，大可不必非要在此时此刻此金銮殿之上当众验出。"

锦弦低低笑，眼梢轻轻一掠，扫过三人："你们错了，既然是验，既然是找证据，就得大庭广众、众目睽睽才行，如此一来，大家都可以作为见证，免得还以为朕做手脚，冤枉了谁。"话落，再次看向叶炫，沉声道："快去！"

"皇上！"又有两人"扑通"跪了下来，三人异口同声。是叶炫、夜逐曦、夜逐寒。

224

所有人都看着这一幕。锦溪看到夜逐寒跟夜逐曦都跪着，不知道自己要不要跪，可心里实在不想给那个女人求情，想了想，小手攥着衣襟，站在那里没有动。锦弦缓缓转头，看向夜逐寒，一双凤眸深邃如潭，唇角一勾道："看来，右相对这个已然下堂的弃妇还是有情的。"

"皇上所言极是，微臣当然对她有情，若没情，也定然不会不顾其风月楼出身，而将她娶为正室夫人；若没情，也不会在听到她跟别的男人有染的时候，那般生气，一怒之下一纸休书将其赶出门，所以，说白了，就算她已跟微臣脱离夫妻关系，但微臣还是见不得她在这样的情况下，露背给众人看，请皇上能够体谅！"夜逐寒一席话说得至情至真、至理至性。在场不少人都为之动容，连蔚景也没有想到他会如此承认。锦弦眸色越发深沉。

所有人都看着锦弦，等着这个帝王做最后的决断。锦弦抿着薄唇，静默了半晌，开口道："朕也是人，自是体谅右相的苦心，但是，就是因为体谅，所以，才更应该当众验明，相信右相也不希望自己有情之人是个背叛自己，与奸人有染的坏女人吧？朕如此做，不仅仅是为了朕，为了江山社稷，也为了右相，更为了鸳颜她自己，右相可以清清楚楚知道，鸳颜她是与不是真的背叛，而对于鸳颜来说，有就是有，没有也可脱了干系，而且……"锦弦顿了顿，漆黑如墨的凤眸中浮起一丝促狭，"朕记得，曾经在相府，右相不是也主动让鸳颜当众验身过吗？那时，验的地方还是胸口呢，此次只是背而已，右相无需这般紧张。"锦弦说完，又朝叶炫扬袖："去吧！"

蔚景皱眉，凌澜瞳孔一敛，眼梢先后左右一掠，眸光快速扫向站在两侧的众臣。

"皇上，朝堂之上，岂能给一女子验身？"

"是啊，皇上三思啊！"

"而且此女还是击登闻鼓告御状进宫的，恐悠悠之口难平啊！"

"皇上，要不宣一嬷嬷前来，带去偏殿验吧！"

忽然，众臣间，有不少人相继跪了下去。蔚景怔了怔，这是她没有想到过的情景，粗略扫一眼下来，大概有一半人的样子。

锦弦的脸色变得难看。

"怎么？你们这都是什么意思？是在指责朕吗？还是在威胁朕？"森冷的声音从锦弦喉咙深处出来。

"微臣不敢！"众人自是否认。

寒凉目光一一扫过跪着的那些人，锦弦冷哼："既然不敢就要懂得谨言慎行，你们现在这样的行为，分明是忤逆！这件事朕已决定，叶炫速速执行，尔等也莫要再言，否则一律以犯上之罪处置，而且，朕心意已决，也不是你们能说动的。"锦弦语气冷硬，斩钉截铁，一丝商量的余地都没有。众臣见帝王固执至此，纷纷摇头叹息，也不再多言。夜逐寒垂着眉眼，长睫遮住眸中所有情绪，只能看到薄薄的唇边紧紧抿成一条冰冷的直线。

第十一章 右相休妻

见叶炫未动，锦弦又冷声道："怎么？叶统领想抗旨不遵吗？"叶炫这才缓缓从地上站起来，步伐沉重地朝蔚景缓缓走过来。蔚景紧紧攥住自己的手心。所有人都看着叶炫，叶炫看着蔚景，眸色纠结复杂。鹜颜担忧地看了看凌澜，看到他的身子在薄颤，虽几不可察，可是她却看得真切。显然已经隐忍到了极致，似乎下一瞬就要冲出去一般。鹜颜别过眼，清了清喉咙。

这厢，叶炫已经行至蔚景的身边。确切地说，是行至了蔚景的身后。鹜颜看到叶炫也在发颤，紧握在腰间长剑上的大手尤为明显，抖得厉害。眸色一痛，鹜颜垂眸不看。

"得罪了！"伴随着叶炫苍哑的声音落下，"唰"的一声，是长剑出鞘的声音，紧接着，众人就看到长剑如虹，银光闪过数下，又是"唰"的一声，长剑入回鞘中。众人定睛再看，女子背上的布衣就被方方正正截下一块。

蔚景本能地抱着胳膊，见身前的衣服完好，这才缓缓松了一口气。叶炫有心了。不是将她的衣袍褪下，不是将她的衣袍划开，而是仅仅划空了她背上的那一小块。一颗心慢慢放下，她微微挺直了背脊，站在那里没有动。

随着剑收布落，女子细腻如白玉般的背就暴露在空气里，也呈现在众人的面前。伤痕呢？众人找，凌澜找，鹜颜找，连坐在高座上的帝王也抬步下来，踱到女子的身后，凝眸看过去。没有。如同上好的瓷器，未见一丝瑕疵。更别说什么暗器留下的伤痕了。

"敢问皇上，现在能证明鹜颜的清白了吗？"蔚景冷声问。心里再一次感激影君傲那厮，多亏他啸影山庄的什么疤痕灵的药，那厮说，绝对不会落疤，伤好痕消，的确，一点不假，她自己照镜子看过，一丝痕迹都没有。否则，今日就死定了。

所有人都松了一口气，包括凌澜，包括鹜颜，当然，也包括叶炫。只有帝王面色不明，他在蔚景的身后缓缓踱着步子，忽然伸手抚向蔚景露在外面的背。

"皇上！"又有三人同时惊呼出声。锦弦手一顿，停在了半空中，循声望去，赫然还是方才那三人，夜逐寒，夜逐曦，叶炫。

锦弦眯了眯眸，眸色转寒，停在半空中的手终究还是落了下去。温热的指腹落下，带着薄茧的粗粝，蔚景一颤，本能地上前一步，想要避开。众人更是倒抽一口凉气。天。一个帝王怎能在朝堂之上有如此轻佻之举？

"朕只是看看你有没有易容，"锦弦一边说，一边又上前一步，再次将手抚向蔚景的背。这一次，蔚景没有避开，就僵硬着身子站在那里，任他检查。她没有易容，也不惧。锦弦的手指在蔚景的背上探了一会儿，未见任何异常后，这才转身离开，再次回到高座，一甩袍角，坐在龙椅上。

蔚景微微喘息，一颗高悬的心总算放下。凌澜收了目光，垂目看着自己的脚尖，不知在想什么。叶炫也回到自己的位子站定。忽然，凌澜又起身站起，开始脱衣袍。众人大惊，鹜颜变了脸色，蔚景也是骇然。他在脱的是朝服。在天子面前，在朝堂之上，在众目睽睽之下，脱朝服，算是什么意思？

天子同样变了脸色,看着他。却见他先将身上的朝服脱了,接着又脱下中衣,末了,只着一袭里衣的他走到蔚景的身边,将自己脱下的中衣裹在蔚景的身上,将她的背盖住。众人都没有想到他会这样做,蔚景自己也没有想到。她怔怔地看着他,看着他默然将她裹好后,又回去将自己的朝服穿在身上,然后,继续跪在他原来所跪的地方。所有人都瞠目结舌。鹜颜抿了抿唇,叶炫眸光微闪,帝王脸色越发晦暗。

　　"请问皇上,鹜颜现在可以走了吗？"蔚景轻拢着凌澜的中衣,对锦弦恭敬一鞠。

　　"自是……不能！"轻飘飘的四字从锦弦薄薄的唇边逸出,所有人一震,蔚景愕然抬眸:"为何？"

　　锦弦勾唇一笑:"你也不要紧张,朕没有说你就是奸人,朕还是那句话,因为对方真的太过狡诈,朕不得不小心谨慎,朕只是让你在宫里暂时住下,朕派人去查,一旦查得水落石出,朕定会放你离开。"

　　凌澜瞳孔一敛,鹜颜皱眉,叶炫眸中浮起忧色。蔚景难以置信摇头:"皇上,你这是私自关押！"

　　"不,朕说过,你只是暂时在宫里住下,在真相未查出之前,朕一定会以宾客相待,而并不是囚禁关押。"

　　"皇上,此举不妥！"夜逐寒再次出了声。可锦弦却并没有给他说下去的机会,沉声将他的话打断:"好了,休得再说,此事就到此为止,都已经过了午时了,难道你们想,这个早朝就没完没了地上到天黑吗？"话落,骤然起身,拂袖往下走。一边疾步而走,一边沉声吩咐左右:"将鹜颜姑娘请去碧水宫休息,退朝！"然后,也不管不顾众人的反应,就快步离开了金銮殿。

第十一章　右相休妻

第十二章　为她宣战

　　不同于刚才，因为这一次锦弦用的是请字，所以几个禁卫上前也不敢造次，只是对着蔚景恭敬地做了一个请姿势。蔚景环视了一圈殿内，她看到叶炫紧锁的眉心、鹜颜担忧的脸色，还有凌澜……面无表情、却眸色猩红。收了目光，她随禁卫一起抬步往外走。

　　"鹜颜。"身后传来男人喑哑的低唤。是凌澜。她也知道，是叫她。脚步微微一顿，她没有回头，下一瞬，她又继续往前走。她不想让他难过，她也不想自己难过。可没走几步，身后一阵响动，等她意识过来，男人已经站在了她的面前。见他突然拦在前面，还用的是轻功飞过来，几个禁卫以为凌澜要做什么，纷纷戒备地喊他："相爷！"

　　凌澜蹙眉，冷声道："本相只是说一句话而已！"几个禁卫有些为难，帝王不在，当然是请示自己的统领叶炫。叶炫点点头表示首肯。几个禁卫就各自后退了几步，给两人腾出空间。凌澜与蔚景面对而站，彼此望进对方的眼。蔚景淡然一笑："我没事。"

　　凌澜凝眸看了她一会儿，忽然倾身，凑到她的耳边，轻声低语了一句。在场的所有人都看着他们两个，却没有一个人知道他说了什么，只看到女子闻言后满目震惊，而后，男人就直起了腰身，缓步退后。禁卫上前，带着女子离开。

　　一场闹剧就这样结束，文武百官纷纷离开金銮殿。锦溪怔怔地站在那里，心里说不出来的滋味。原本那个女人落得如此，她应该高兴才对，可是，可是……事情搞成这样，夜逐曦又得怪她了吧？见夜逐曦起身，跟夜逐寒两人离开金銮殿，看也没有看她一眼，她就知道，完了。果然又适得其反了。她不明白，为何她做的每一件事最后都事与愿违？她也不明白，为何在这个男人的眼里，从来只顾兄弟情义，不念夫妻之情？一个人站在那里失神了好一会儿，直到意识到空荡荡的大殿只剩下她一人，她才恍恍惚惚往外走。

　　马车缓缓走在繁华的街道上，耳边充斥着一片喧嚣之声，锦溪皱眉，抬手撩开马车的窗幔。外面车水马龙，人头攒动，各种小摊小贩、杂耍卖艺随处可见。原本她是个喜好热闹的人，而且，在太庙待了两个多月除了中途去了一次灵源山，其余时间几乎都未出过门，昨夜回府时天气已晚，今早进宫又赶得急，这是两个多月以后，第一次这样走在繁华大街上。换做寻常，她肯定会下了马车，买一堆喜欢的东西，可是，今日，她却全然没有心情。

回府以后怎么说？怎么面对夜逐曦？正兀自想着，马车骤然一停，她惊呼一声差点撞到前面的门板上。

"怎么回事？会不会赶车？是不是想害死本宫啊？"心里的气正好没地方出呢。

"回公主，是一个路人差点撞了上来。"前方，车夫小心翼翼地回道，末了，又听到车夫训斥的声音："你走路不长眼睛啊，想找死，找别人去，别触我的霉头。"

再接着就听到女子满是歉意的声音："对不起，对不起……"

好熟悉的声音。锦溪浑身一震。冬雨！伸手快速撩开门帘，就见一个身穿青色布裙的女子正站在马车旁边对着车夫致歉。那眉，那眼，那熟悉的容颜，可不就是冬雨。

"冬雨。"她脱口唤了一声，女子一怔，循声望向车厢，在看到是她时，有些意外。

末了，那女子扭头就走，就像是看到了瘟疫一般，一副避之不及的模样。锦溪不明所以，连忙喊道："等等！"她记得上次见冬雨，她已经被人喂下"忘忧"，完全失去记忆，而且又聋又哑，怎么这次……她刚刚的反应，不仅能听，还能说，而且，还认识她是公主不是吗？见冬雨还在跑，锦溪索性从马车上跳下来，对着她的背影喊道："冬雨，本宫让你站住，你再无视本宫，往前跑一步试试！"

还是这一吓有效。冬雨果然停了下来，转过身，对着锦溪"扑通"一声跪在地上，一个劲地磕头："公主饶命，公主饶命，请公主看在我曾经尽心尽力服侍公主的分上，公主就当从未见过我，放我走吧！"

睨着她的样子，锦溪越发疑惑了："本宫有说过要责罚你吗？你做什么怕成这样？"

"不是的，不是公主，我是担心皇上，如果皇上知道我的'忘忧'被人解了，一定会杀了我的，所以，公主，求求你，求求你，就当今日没有见过我。"冬雨一边说，一边伸手抓住锦溪的裙裾，乞求地摇晃。锦溪就蒙了。"忘忧"不是夜逐寒给她吃的吗？跟她皇兄什么关系？难道……锦溪眸光一敛，难以置信。

"冬雨，告诉本宫，到底怎么回事？"锦溪倾身，将地上的女子扶起。

龙吟宫，赵贤手执拂尘站在门口，不时拿眼偷偷睨向殿内。殿里面，帝王坐在龙案后批阅着奏折，其实也没有批阅，就是坐在那里。在赵贤的印象中，这个男人一直很稳得住，也不知今日怎么了，朝堂之上，就有些失控，如今又是坐在那里一会儿打开奏折，一会儿阖上奏折，又再打开，再阖上，一副心神不宁、烦躁不堪的样子。

都说君心莫测、圣意勿猜，他也不敢问他怎么了，只是觉得，这次御驾亲征回来，他似乎变了很多。明明是凯旋而归，可这个帝王性情却变得焦躁、变得易怒，他也不知道为什么。正一个人低头想得出神，骤然眼前人影一晃，一阵脂粉的清香拂过，他愕然抬头，就看到一个女人径直入了殿。他一惊，连忙上前想要阻拦。

第十二章 为她宣战

"本公主你也敢拦，找死吗？"女人回头，狠狠剜了他一眼，小脸铁青。也就是到这时，赵贤才发现是锦溪，连忙行礼，而对方直接无视，径直冲到了龙案前。

"皇兄，我有话问你。"锦溪声音硬邦邦，一副杀气腾腾的样子。赵贤一惊。锦弦徐徐抬起眼梢，朝她看过来，见她一脸怒容，扬袖示意赵贤退下去。赵贤领命退出，锦弦缓缓将手中的奏折放下，这才开口道："你要问什么？"

"我要问皇兄，既然皇兄一开始就计划要端掉相府，为何还要利用自己亲妹妹的幸福，将我嫁到相府？"

锦弦脸色一变："你瞎说什么？"

锦溪冷笑："我有没有瞎说，皇兄心里清楚。早上金銮殿的事，也是皇兄故意的吧？鸳颜根本跟凌澜没有任何关系，皇兄却千方百计要让两人扯上关系，皇兄不就是在为端掉相府找由头吗？"

"你知不知道你在说什么？"锦弦的脸色变得非常难看，他盯着锦溪，咬着牙，声音从牙缝中迸出。

"我当然知道，难怪皇兄会那么好心跑去太庙看我，还放我提前回府，就是想要利用我，是吗？利用我将话……"

"锦溪！"锦弦终于听不下去了，拍案而起，"你从哪里听来的这些混话？是不是夜逐寒、夜逐曦说的？"

"当然不是，是冬雨，是冬雨告诉我的。"

"冬雨？"锦弦身形一震，有些难以置信。

睨着他的反应，锦溪就笑了，也更加肯定了冬雨所说的都是实情。

"皇兄是不是惊讶了？皇兄肯定在想，冬雨不是被喂食了'忘忧'吗？怎么会有记忆，能说话是吗？"锦溪一边笑着，却一边红了眼眶。锦弦看着她，眸光沉沉，没有吭声。

"她的'忘忧'被人解了。"

"解了？"锦弦眸光一敛，笃定道，"不可能，忘忧没有解药。"

"那也只是江湖传闻，说没有解药。制药之人又怎会没有解药，而且，天外有天、人外有人，世上高人多的是，曾经没有，并不表示以后没有，昨日没有，也不表示今日没有，反正冬雨的'忘忧'就是解了，这是千真万确的事。"锦溪同样口气肯定。

锦弦微微眯了眸子，眸中寒芒一闪，龙袍下的大手更是紧紧握成拳状，手背上根根青筋暴起。锦溪的话还在继续："她怕皇兄发现，要置她于死地，求我不要将遇到她的事说出去，当然，皇兄现在想要杀她也不行了，我已经找人将她送走了，送去了安全的地方，皇兄是找不到的。我进宫来，只是想问问皇兄，冬雨说，她是你的人，一直是你的人，是吗？"

锦弦依旧沉默不响。锦溪就懂了，点点头："好，那我再问，冬雨说，你将我嫁给相府，只是为了掩人耳目，稳住夜逐寒兄弟二人，毕竟相府权势滔天，而且还是前朝遗留，所以，皇兄真正的目的，是监视相府、控制相府，并且在一定的时机下，要铲除掉相府这股势力，是吗？"

"不要听人家瞎说，"锦弦彻底怒了，"你有没有脑子，长没长心，朕这个哥哥对你怎么样，你难道自己不知道吗？朕身为一代天子，还要利用你这个亲妹妹吗？"

"可是，你今日的做法的确让人不能理解。朝堂之上，那么多文武百官面前，连我都看出来了，你就是非要关鸷颜就是了，什么画像，什么疤痕，没有一样是证明鸷颜有罪的，但是，你却一副恼羞成怒的样子，无视所有人，硬是将鸷颜关了起来，你难道不是针对相府吗？"

锦弦怔了怔，恼羞成怒的样子。他恼羞成怒了吗？似乎是！其实，从金銮殿出来，他就后悔了。的确，朝堂之上他的行为有些失控，他偏执了，他冲动了，他不可理喻了。说到底，其实，他是急了。他真的急了。被凌澜那拨人逼急的。他在明处，对方在暗处，对方轻而易举就将他的女人抢走，对方还屡屡破坏他的事。他一定要揪出这个人，他一定要这个人死。

在云漠的客栈里，蔚景被对方用计劫走之后，他在等待夜逐寒和叶炫回来的两日里，想了很多。他仔细回想了一遍当时的所有细节，其实，夜逐寒是可疑的。黑衣人劫持蔚景的时候，夜逐寒最后一个赶到，赶到后并未加入对付黑衣人的队伍，黑衣人被叶炫刺了一剑，蔚景跑向他的时候，叶炫跟黑衣人同时去拉蔚景，按照当时的情况，明显叶炫可以得手，而夜逐寒却突然出手，将蔚景拉了回去，最后，客栈里也只剩下夜逐寒跟蔚景，蔚景在夜逐寒的手里失踪，所有后来的情况也都是听夜逐寒一人所说，夜逐寒去追，追了两天两夜才回。

还有叶炫，他看得很清楚，在客栈里，黑衣人的那一剑分明是刺向他的眉心，却由于叶炫以身挡过来的时候，对方改变了剑势，只削掉了他的玉簪，说明对方怕伤了叶炫。而且叶炫也是追了两日加上一整夜才回到客栈来。

两人都未能带回蔚景。所以，他做了一个大胆假设。夜逐寒跟凌澜是一伙的，而叶炫喜欢的那个女人跟凌澜是一伙的，这个他早已知情。所以，夜逐寒、凌澜、女人，这三者的关系……再加上一个蔚景。

其实再回头想想，相府的确可疑，他记得夜逐曦之所以当上左相，就是因为在他登基那日的宫宴上揭穿了一个女子的身份，层层揭下对方的面具，还一剑刺死了那个女子，当时，他以为那是蔚景。而他们的根本目的，其实是为了真正的蔚景是吗？

如果真是这样，就太可怕了。凌澜本就不好对付，如果再跟权势滔天的夜逐寒联手，真是太可怕了。所以，他必须赶快解决。而夜逐寒位高权重，前朝就已经身为相国，根基强大，没有十足把握，他不能轻举妄动，他只能先试探。所以，昨日下午他去了太庙，他的这个妹妹咋咋呼呼、口无遮拦，嫁给相府多日，自是知道相府的一些事情，他看看

第十二章 为她宣战

能否从她的口中得到一些东西。

　　果然。锦溪说，她看到过鸷颜跟凌澜的画像。夜逐寒、凌澜、女人、蔚景。鸷颜又跟凌澜关系匪浅，于是，他又做了一个假设。假设，那个女人就是鸷颜，那个曾经偷盗地图，那个跟叶炫有情，那个曾经中过醉红颜，那个曾经被兵士暗器伤过后背的女人是鸷颜。所以，他让锦溪将鸷颜跟凌澜有关系的话丢给夜逐曦。必然会引起他们不小的恐慌。

　　息事宁人，将这件事瞒下去，而且会对锦溪百般讨好，这是他觉得正常人应该是这样的反应。谁知道夜逐寒竟然闹休妻，鸷颜还将画像也搬了出来。说实在的，这些让他有些措手不及，他没有想到他们会主动将这些事情闹出来。这让他甚至怀疑自己的假设是不是错的。是不是相府跟凌澜真的没有关系？

　　他凌乱了。可越凌乱，心里面想要置凌澜于死地的那种欲念就越是高涨。而越高涨，他越急。他沉不住了，他就是要拿鸷颜来试试看。他故意说画像上的人是凌澜，他要关她，他要叶炫去验她的背，他就是要看看夜逐寒的反应、叶炫的反应。

　　果然。他们的反应果然很微妙。看似都是情理之中，却让人莫名觉得很怪。就算那个女人背上没有伤痕，那也说明不了什么，毕竟他们肯定是一个组织，既然是一个组织，就绝对不是只有一个女人。就冲夜逐寒跟叶炫微妙的反应，他就强行将鸷颜关在了宫里。不管怎样，鸷颜在他的手上，他就不怕那些跟鸷颜有关的男人们不行动。

　　只是没想到那些男人们没有行动，他这个没脑子的妹妹倒先冲了上来。见锦溪还一副不得到答案不罢休的模样，锦弦低低一叹，从龙案边绕过，走到她的身边，双手扶住她的肩，一本正经道："锦溪，相信朕，今日朝堂上的事，朕处理得的确有些欠妥当，但是，朕原本的出发点，却是为了你，为了帮你圆场，为了给你台阶而下，最后就……"锦弦无奈地摊摊手，没有说完。其实，他也不知道该怎样圆下去。所幸这个妹妹好骗好哄，闻见他这样说，锦溪红着眼睛瞪着他："皇兄说的是真的？"

　　"当然！"

　　"皇兄并没有故意要铲掉相府的意思？"锦溪又问。

　　"没有！"锦弦眸光微闪，含笑摇头。

　　夜凉如水，长长的宫道上，叶炫腰悬长剑，缓缓走在夜风中，不时遇到巡逻的禁卫，都停下来跟他打招呼。他心不在焉地应着。每夜这个时候，他都要出来将皇宫例行巡视一圈，今夜他巡了哪些地方都忘了，只知道，不知不觉就来到了碧水宫的外面。等他意识过来，他连忙扭头就走。他不能来这里，更不能在这里逗留。今日朝堂之上，锦弦的目的很明显，就是在试探，不然，又怎会让他去验鸷颜的背？既然是试探，他就不能轻举妄动。只有撇清了跟鸷颜的关系，鸷颜才会安全。虽然，他真的很想她，很想去看看她。

　　听说，锦弦下令不让任何人进出，连膳食都是指定龙吟宫的大宫女绿屏姑姑亲自送。

说是宾客相待，实则就是关。就是囚禁。也不知道凌澜他们那边有没有什么营救计划，这样特殊的时期，他又不能轻易去跟他们碰面。心乱如麻，他最后看了一眼依旧烛火通亮的碧水宫，脚下未停，朝更苍茫的夜色中走去。

　　电闪雷鸣、风雨交加，本是清晨，天色却黑沉得像是夜幕要降临了一样。锦溪端坐在铜镜前，身侧秋蝉在给她梳妆。

　　"都说夏日的雨来得快，去得也快，这昨夜都下了一宿，怎么还不见放晴？这样的天气，出行多不方便。"锦溪一边叹气一边抱怨。

　　"是啊，看这又是闪电又是雷鸣的，天又黑沉得厉害，怕是一时半会儿也停不下来。"小心翼翼将一枚簪花插在锦溪的发髻上，秋蝉附和道。

　　"早知道皇兄就不应该定今日庆功宴。"

　　"这也没办法，天有不测风云，皇上是三日前就定好了，不是吗？"

　　"对了，快去看看相爷跟二爷走了没有？"锦溪转身将秋蝉手中的象牙梳接了下来。

　　"要进宫赴宴，二爷总归是要等公主一起吧？"

　　"让你去看，你就去看，那么多废话作甚？"锦溪不耐烦地斥道。她心里清楚，换做以前，可能会等她一起，这一次，可不一定。鸳颜关进宫两日了，这两日，她想见夜逐曦的面都难。不知道他在忙什么，根本不来她的厢房，连她找去书房也见不到人，有时看到夜逐寒在，有时，连夜逐寒都不见人影。她想，夜逐曦是故意的吧，故意避开她，不想见她。其实，他就是在怪她。她知道。她希望这一次两人一起参加庆功宴，能缓和缓和矛盾。她想好了，她放下身段，跟他道歉。只要他原谅，只要他对她好，她都愿意。

　　不一会儿，秋蝉就回来了，将纸伞放在墙边，一脸失落地进了屋："相爷跟二爷已经走了。"锦溪心下一沉，却也是意料之中，郁闷了片刻，自己给自己打气道："没事，你让康叔准备一辆马车去。"

　　"是！"秋蝉又跑了出去。刚出去不久，就传来一声惊呼："啊！"

　　锦溪一惊，不知发生了何事，听到秋蝉说："怎么这样？"她也连忙起身出了屋。屋外，秋蝉站在那里，仰头望着挂在屋檐下的鸟笼，一脸惊愕。锦溪莫名，也循着她的视线看向鸟笼，在目光触及到那只鸟儿时，同样愕然睁大眼睛。

　　笼子里鸟儿依旧在上蹦下蹿，只是，只是它身上的羽毛……本色彩斑斓的羽毛此时斑驳一片，光华不见，艳丽不见，而且，还惊现大块的灰黑色。怎么回事？有水顺着鸟笼滴滴答答溅落在地上，锦溪垂目，入眼一抹彩色的水渍。再难以置信地抬眸，看向屋顶，依稀可见屋顶的琉璃瓦上一个小小的窟窿。原来是漏雨了。雨水顺着窟窿流了下来，正好溅在鸟笼里，笼里小鸟的羽毛被淋湿，所以就……褪色了，是吗？可是，七彩的羽毛不应该是鸟儿天生的吗？怎么会褪色呢？

第十二章　为她宣战

233

虽然天气不好，风大雨大的，但是丝毫不影响皇宫里的喜庆气氛。一辆辆精致的马车停在宫门口，文武百官一个接一个地来，然后在宫门口下车，宫门口的守卫一边负责检查进宫人员的腰牌、确认身份，一边负责给每人发放内务府事先准备好的黄油伞。

"不好意思，请出示你的腰牌！"守卫一直重复着同样的一句话。孟河伸手摸向腰间，忽的脸色一变："我的腰牌呢？"说着，就将手中的纸伞递给随行的夫人李氏，然后，在袖子里、胸口，腰间快速翻找。都没有。

"早上妾身跟将军更衣的时候，妾身看到还在。"

"是啊，我自己记得也在。"

"难道掉在了马车上？"

"夫人在这里等我一下，我去车上找找看。"

孟河将车厢翻了一个遍，还是没有找到，虽心中焦急，却也想着，他堂堂一个统帅大军的将军，一张脸就应该是腰牌，难道还不让他进了不成？

"本将军孟河，腰牌落在府里了。"

"那烦请将军回府取了再来。"守卫一副公事公办的模样。

本以为对方会说，原来是孟将军，然后请他进去，谁知竟是来了这么一句，孟河心里甚是不悦，"且不说现在风大雨大，回府多有不便，就说宫宴的时辰马上就要到了，本将军若是回府去取定是赶不上趟。"而且，是不是在府里掉的也不知道，回去还得找，找不找得到也是一个问题。守卫一副为难的样子："那就对不住了，没有腰牌我们不能放行。"

孟河顿时就火了："本将军又不是第一次进宫，每日进宫上朝，难道你不认识吗？"

"小的自是认识孟大将军，但是，小的也是职责所在，我们只认腰牌！"

"你——"孟河气得脸色铁青，一拳打在那个油盐不进的守卫脸上。猝不及防的守卫被他打得身子飞出老远，倒在地上，鼻梁也破了，血流了出来，孟河作势还要上前去揍第二拳，被边上的李氏拉住。孟河胸口急速起伏，一肚子怨气没地方出，他早就想打人了。此次出征云漠，虽说帝王是御驾亲征，但好歹他也是将军统帅，虽说他没有随驾一起去云漠参与谈判，但是，他也是坐守军中，时刻准备应战。没有功劳有苦劳吧，结果，帝王嘉赏却只有夜逐寒跟叶炫，根本没有他孟河的份儿，这让他怎么想，又让军中将士们怎么看他？

昨夜跟几个副将吃酒，副将们都为他叫屈喊冤，说他还不及一个禁卫统领和一个文官，让他堂堂一个大将军心里怨不怨？现在，竟然连一个看门的狗屁守卫都不给他面子，他如何还忍得了？

右相夜逐寒和左相夜逐曦兄弟二人来到宫门口的时候，就看到孟河跟守卫对峙的场面。两人恭敬地跟孟河打了招呼，然后又跟守卫大概了解了一下情况。听完，兄弟俩就怒了，说孟大将军你们也敢拦，简直太不像话了。守卫们说，他们只认腰牌，兄弟俩说，不就是腰牌吗？用他们的。守卫们又说，一块腰牌只能代表一府，左相右相的只能自己用。

夜逐寒想起，出征时，锦弦曾御赐给他一块军中行走的腰牌，也算合孟河的身份，趁夜逐曦分散众人的注意力时悄悄塞给了孟河，才总算过关。

如往常一样，宫宴在未央宫大摆，夜逐寒一行几人到的时候，人员基本上都已经到得差不多了。落座后不久，帝王锦弦跟贤妃铃铛也到了。琴声袅袅、丝竹声声，空气中流淌着各种茶香、糕点香、瓜果香。身着统一宫装的婢女不停穿梭席间，随侍随应。锦弦凌厉目光一扫全场，在看到相府中间的空位时，目光一顿，开口问道："锦溪呢？"

夜逐曦连忙起身行礼，眉目之间尽是忧色："回皇上，微臣也不知，微臣跟大哥从书房出来，就听说公主的马车先走了，微臣还以为公主先进宫了，谁知宫里也没有。"

锦弦眸光微微一敛："不在相府，也未进宫来，那她能去哪里？"

"我去了宝鸟轩！"女子清冷的声音骤然从门口传来。众人一怔，全部循声望去，就看到衣着光鲜、妆容精致的女子随声而入。正是左相夜逐曦的夫人，锦溪公主。

见她手中提着一只鸟笼，又闻她方才说去了"宝鸟轩"，大家都以为她是去买鸟去了，却没有发现有个人已然变了脸色。那就是帝王锦弦。

锦溪提着鸟笼，莲步迈得极快，直直往大殿而来。夜逐曦连忙起身迎接，谁知道，锦溪看都没有看他，径直越过他的身边，脚步不停，一直走向高台。高台上坐的是帝王。众人不明所以，夜逐曦眸光微闪，锦溪走到锦弦面前站定，猛地将手中的鸟笼往锦弦面前的桌案上一放，里面的一只小鸟许是受到了惊吓，扑棱着翅膀惊叫。

"这就是皇兄送给我的七彩斑斓鸟！"

七彩斑斓鸟？众人一怔。虽不明具体发生了什么，却也看得真切，明明就是一只丑了吧唧的灰黑鸟，跟七彩斑斓完全不沾边吧？而且席间不乏认识此鸟的人。认识的几人皆都变了脸色，愕然看向兄妹二人。锦弦皱眉，看向锦溪，沉声道："胡闹，现在正在举行宫宴呢！"

锦溪却根本不管这些，继续目光灼灼地瞪着锦弦："宝鸟轩的人跟我说，这是无后鸟！"

无后鸟？！那些不认识的人也全都惊愕，虽说没见过，却都是听说过的。无后鸟，无后鸟，已婚的妇人最不能养的鸟，因为此鸟的身上会散发出一种物质，此物质女人长期吸入，可导致不孕。无后鸟的名字也是因此而得来。

"你先回席去，关于鸟儿的事，宫宴后，朕再跟你说清楚。"见锦溪一副不依不饶的模样，锦弦知道，跟她硬来是根本不行的，只得耐着性子劝哄。

"有什么好说的？"锦溪红着眼睛冷笑，"一个亲哥哥送无后鸟给自己的亲妹妹，还处心积虑地将鸟儿的羽毛染上各种漂亮的颜色，就是生怕自己的亲妹妹看出来。皇兄，

第十二章　为她宣战

你为何要这样做？你为何要让我不孕？你……"

"放肆！"见她口无遮拦，锦弦终于忍无可忍，厉声将她的话打断，"朕是皇上，有你这样跟朕说话的吗？不想受罚的话，就给朕退下去！"

锦溪本就憋着一肚子气，心中委屈，锦弦还如此训斥于她，她哪里受得了，顿时就火了，嘶吼道："就算是皇上，你也是我的亲哥哥，哪有亲哥哥这样利用自己的妹妹的？将我嫁给相府，却又不让我怀上相府的孩子，看来冬雨说的是真的，你分明就是想着日后铲除相府的势力时，没有牵绊！"

"啪——"锦弦愤然而起，扬手给了锦溪一巴掌。脆响突兀地响在大殿中，纵然外面雨声喧哗，却还是清晰地划过每个人的耳畔。锦溪震惊了。众人也震惊了。

"你打我？你竟然打我？"锦溪捂着发疼的脸，瞪着锦弦，眼泪如同断了线的珠子吧啦吧啦往下掉。从小到大，他从未打过她，虽然有时严厉，却绝舍不得动手打她。原来一切都是假的。锦弦瞪着她，脸色铁青，胸口急速起伏，看样子也是气得不轻。

"骗子！"锦溪哽咽着，捂着脸转身就往外跑。众人再次惊了。夜逐曦见状，连忙喊了一声"公主"，正欲抬步跟过去，却是被锦弦止了："别理她！也不知道她受了什么刺激，跑过来发疯，都怪朕平时太娇惯她了，才让她养成这样一副脾性，就让她一个人去好好反省反省！"

夜逐曦只得止步回来，坐到席间。锦弦亦是坐了回去，原本铁青的脸色也很快恢复了正常，命令赵贤将鸟笼拿走，便举起手中杯盏，笑道："今日宫宴意在庆功，别让锦溪破坏了气氛。"

众人附和举杯。气氛却明显有些不对。虽然刚才锦溪一闹，大家听得有些云里雾里，但是大致意思还是听明白了。就是这个帝王送了一只鸟儿给锦溪，然后，这只鸟儿是染过颜色的，其实是无后鸟，这个帝王骗锦溪是七彩斑斓鸟，然后今日锦溪去宝鸟轩问了，知道了真相，所以才过来闹。其实，这些大家不在意，在意的是锦溪后面的话。

"就算是皇上，你也是我的亲哥哥，哪有亲哥哥这样利用自己的妹妹的？将我嫁给相府，却又不让我怀上相府的孩子，看来冬雨说的是真的，你分明就是想着日后铲除相府的势力时，没有牵绊！"

也是因这句话帝王就打了锦溪。太耐人寻味了。铲除相府的势力？百官不禁想起两日前的朝堂上，这个帝王非要将右相夫人鸳颜关在宫里的事情来。原来如此啊。众人恍悟的同时，却又不免生出一份忧虑来。这个帝王登基时日并不长，而官员中很多都是前朝的臣子，例如右相夜逐寒就是，如果，这个帝王想着要铲除相府的势力，那么，随着他羽翼渐丰，接下来，是不是要将他们也一个一个铲除掉？想着宫倾那夜血流成河的画面，又想着那日在金銮殿上这个帝王的专横武断，众人都肯定了心中所想。一个连亲妹妹都会利用的人，先利用他们的势力扎稳根基，等其强大之日，再一一除掉，也绝对不是不可能。

许是见气氛有些冷凝，锦弦仰脖一口气将杯中酒饮尽，笑道："朕先干为敬，诸位请！"众人便举杯谢恩，然后纷纷将酒水饮掉。酒水饮尽，夜逐曦轻拈袖边，揩了揩唇角，斜睨了一眼边上的夜逐寒，夜逐寒快速跟他对视了一眼，又似不经意回头，看了身后不知何处一眼。

前方，坐于锦弦边上的贤妃铃铛见帝王的杯子空了，也未等赵贤上前，娉婷起身，提了酒壶亲自给锦弦的杯中添上酒水。浅笑盈盈，似是在跟帝王说话，身形微微一转，背对着场下。酒水添满后，又袅袅婷婷回到自己的位子坐下，大方得体、雍容华贵。帝王微微垂目，不知在想什么，忽然抬起头，看向场下殿中的某处，徐徐开口："听说，孟将军今日进宫的时候闹了些不痛快。"

众人一怔，而孟河自己却是心头一惊，忽然想起，他将守卫打翻在地后，当时就有另外的守卫进宫禀报，所以传到这个帝王的耳朵里也不稀奇，只是此时提这件事……不是要责罚于他？事后想想此事其实是非常恶劣的，守卫按规矩办事，秉公办理，而他身为将军，却出手伤人。心跳徐徐加快，孟河起身站起，对着锦弦鞠身："今日宫门口之事，是微臣行为有失妥当，请皇上……"

"岂止是有失妥当？"孟河的话还未说完，就被帝王蓦地厉声打断。孟河一惊，众人大骇。帝王眸中瞬间腾起阴霾，脸色也沉冷得可怕，一眨不眨盯着孟河，"你身为一国大将军，不仅不以身作则，反而因为自己没有腰牌守卫不让你进这一点小事，你就出手打守卫。如此藐视宫规，你又怎么维持军纪？"

孟河一听，顿时变了脸色，连忙离席，跪在席边的空地上："都是微臣不好，微臣一时冲动，请皇上恕罪！"

"一时冲动？"锦弦冷笑，"你做大将军又不是一日两日，兵家最忌讳什么？就是冲动！特别是领军带头之人，更是要沉着冷静。一时冲动，一时冲动就对一个小小的守卫动手？那哪一日在战场上，是不是你一时冲动，就拿兵士们的性命开玩笑？"

"微臣不敢，微臣知错！"孟河虽心中不悦，面上却发作不得，只得咬牙忍住。

"知错？"锦弦轻哼，"看你那个样子就不像是知错的样子，你回去给朕闭门反省，这几日也不用去军营了，几时真的觉得自己错了，几时再来找朕。"

众人一怔，孟河愕然抬头，难以置信地看向帝王。让他回去闭门反省？现在？不仅没有任何嘉赏，反而将他这个领兵出征云漠的大将军，在凯旋的庆功宴上赶走，赶回去反省？孟河笑了，起先还有些刻意压制，后来，干脆也不管不顾了，就笑出声来。

"放肆！"伴随着"啪"的一声巨响，帝王厉喝出声。众人循声望去，就看到帝王的大掌重重拍在面前的桌案上，桌案上酒盏里的酒水溅得老高，撒泼在他龙袍的袍袖上，濡湿了一大片。

众人你看看我，我看看你，皆微微拧眉。今日是怎么了？庆功宴，庆功宴，本是个喜庆的宴席，不是吗？怎么搞得气氛沉沉、乌烟瘴气？先是溪公主过来一闹，如今又

第十二章 为她宣战

237

是孟河这一出。帝王的脾气似乎越来越不好了，要说别人就算了，孟河可是这个帝王亲手提拔的大将军，曾经这个帝王做将军的时候，孟河跟叶炫一样，都是追随他的副将不是吗？今日怎么如此不给面子？

孟河没有吭声，躬身行了一个礼，就起身站起，对着席间的李氏说："夫人，我们走。"李氏脸色苍白，看了看他，又怯怯看看了帝王，起身，轻拉了孟河的手臂，夫妻二人在全场所有人的注视下走出未央宫。

前方帝王起身，沉声道："赵贤，随朕回宫更衣。"话音未落，已拂袖走在前面。赵贤怔了怔，想起方才这个男人怒然一拍，酒水将他的袍袖都打湿了，是应该要换个袍子，连忙紧步跟上。留下一殿的人面面相觑。

出了未央宫，锦弦步子走得极快，行色匆匆得就像是要赶着去做什么，连天上还在下着大雨也不管不顾，就这样冒雨淋着，赵贤撑着黄油伞在后面小跑着，都几乎有些跟不上。锦弦一回到龙吟宫就屏退了所有宫人，只留下大宫女绿屏。赵贤取了干净的龙袍过来，锦弦已是自己动手快速地脱着身上的袍子。一边换袍子，一边问绿屏："碧水宫那边没有什么异常吧？"

"没有，"绿屏摇头，"奴婢刚刚才送过午膳回来。"

"嗯，你现在速速过去将鹜颜带到龙吟宫来，就说朕要见她。"

绿屏怔了怔，有些不确定："请问皇上，是现在吗？"这前面庆功宴还在摆着呢，突然这个时候回来要见那个女人？

"对，现在，快去！"锦弦面色凝重。

龙袍换好，赵贤还没来得及给他整理衣服的褶皱，锦弦又快步走到龙案前，一撩袍角坐下，大手抽开抽屉，取出一张空白的明黄卷轴。那是什么，赵贤自是很清楚。空白圣旨。见男人执起御笔，他连忙上前帮着研墨。

"皇上是要拟旨？"赵贤小心翼翼地问。男人没有回答，快速地将手中的御笔蘸上墨汁，然后就垂下眉目，在空白卷轴上，奋笔疾书起来。从赵贤站着的那个角度看过去，只能看到他微微蹙着的俊眉，以及紧紧抿起的薄唇。不明所以，却也不敢再问。不到片刻，圣旨就写好了，甚至都未等得及上面的墨汁干掉，锦弦就迫不及待地将其卷起，递给赵贤："派可靠之人速速送出去！"

这时，一声惊雷骤然炸响，震得龙吟宫的地面一晃，赵贤吓了一跳，双手将圣旨接过："送出去给谁？"

碧水宫，因宫内有一处温泉池池而得名。蔚景看着刚刚绿屏送过来的一桌子的山珍海味、美酒佳肴，丁点胃口都没有。可是，每次她都是强迫自己吃。伸手自袖中掏出一根银针，她一盘一盘地插，一碟一碟地测试。虽然她知道，锦弦是当着百官的面，将她扣押下来的，自是不会加害于她，但是，谨慎一点总归是好的，所以，每一顿饭菜，她都先用银针验过，再食用。

今日的汤是翡翠老鸭汤，也是她曾经是公主的时候最喜欢的一道汤。如常地将银针插进汤水中，如常地取出，本以为会跟这两日以来的每一餐一样，不会有什么事。然……

银针慢慢变黑了。蔚景愕然睁大眼睛。

未央宫，帝王不在，众人自然就只能等着。所幸，没多久，换了一身绛紫色龙衮的帝王很快就返了席。一撩袍角坐下，帝王似乎心情已经恢复平静，他笑着端着杯盏，让大家继续。

琴声铮铮，弦乐再次响起，几个司舞坊的女子手挽烟纱盈盈而入，一直走到高台前面与场下众人之间的空场地上，随乐翩翩起舞。身姿曼妙、体态婀娜、舞姿轻盈，似九天外的仙女乘风而来，又似瑶池里的仙子破水出浴。美妙的音乐，动人的舞蹈，众人慢慢就忘了方才的一些不快，心情也跟着放松愉悦起来。整齐舞动的女子衣发翻飞、手中烟纱抛起，跌宕起伏间，如大海上的波浪，连绵荡漾。

就在众人看得如痴如醉之际，其中一个女子蓦地尖叫一声，足下一点飞身而起，众人第一反应还以为这只是这支舞蹈的其中一部分，直到发现女子直直飞去的方向赫然是高座上的帝王时，才惊觉过来不对。然，已然太迟。太快太猝不及防，就连帝王身侧的叶炫都没有反应过来，女子已经用手中轻纱缠住了帝王的颈脖。

众人大骇。琴声停了，丝竹停了，舞蹈停了，惊呼声一片。一阵惊呼声以后，又只剩下死寂。所有人都惊住了，都被这突如其来的一幕惊住了。什么意思？这是要刺杀皇帝吗？

"皇上！"叶炫"唰"的一声拔出腰间长剑，女子扭头厉喝："不想他死，就给我站着别动！"女子小脸清冷，眸子里都是狠绝，两手一手拉着烟纱的一端，似乎只要她稍稍用力，拉紧缠绕在帝王颈脖上的烟纱，就可以轻松地将其勒死。

"你不要乱来！"虽顾及到帝王的安全，叶炫没有上前，但是，他却缓缓举着手中长剑，直直指着女子。意思，你不动我不动，你若敢对帝王不利，我就会对你动手。殿中的禁卫也都全部拔出了兵器，却都没有一个人上前，毕竟天子的性命捏在别人的手里。边上的贤妃铃铛似是也吓得不轻，微微苍白着脸色，坐在那里不敢动。帝王也没动，只沉声开口问道："你们到底是何人？"

"我们就是你要找的人。"一声低醇的嗓音自大殿中响起。

众人一怔，出声之人不是挟持帝王的那个女子，而是男声，且男声来自众人的身后。所有人回头。帝王亦是抬眸望去。男人一袭白衣不染纤尘，长身玉立在大殿之中。外面雨声喧哗，有风穿过未央宫的宫门吹进来，掀起男人的墨发和衣袂，猎猎起舞。男人眉

第十二章　为她宣战

目如画、皓月薄唇，赫然是——凌澜。

全场一阵骚动，他怎会出现在这里？而且他几时来的？几时站在那里？竟是没有一个人看到。叶炫更是愕然转眸，难以置信地看向此时依旧坐在席间的右相夜逐寒。夜逐寒还在，凌澜也出现了。那么，此时的夜逐寒必是别人所扮吧。他们这样做的目的是什么？不想暴露相府是吗？

正兀自想着，就听到边上帝王沉声开口："凌澜，你好大的胆子，竟然还敢到宫里来？"

"为何不敢？"凌澜唇角一勾，一抹浅笑动人心魄，"我不仅敢来，还敢对你这个狗皇帝不客气。"

凌澜一边说，一边举步朝前走。脚步翩跹中，白衣飞舞。原本那些戒备烟纱女子的禁卫，又纷纷举着兵器面对着凌澜。叶炫更是脚尖一点、飞身而起，翩然落在禁卫们的前面，拦住凌澜的去路，并用手中长剑指着凌澜："站住！"

如他所言，凌澜站住了。然后看着他。静静地看着他，凤眸深深、似笑非笑地看着他。刚开始还没什么，慢慢地，叶炫心里就有些发怵。

"做什么这样看着我？"他问。

"因为我想不通啊，叶统领在这里拦我有什么意思？你们皇帝的狗命不是已经在叶子的手里吗？就算你拦住我，叶子想杀死狗皇帝，还不是轻而易举的事。"

叶子？叶炫浑身一震，愕然转眸看向帝王身边的女子。她是叶子？她是叶子吗？如果她是，那么此时碧水宫的那个鳌颜又是谁？好吧，他乱了。他彻底乱了。他不知道谁是谁，他不知道该怎么做，他想让凌澜他们救走鳌颜，却又不想他们伤害锦弦。谁能告诉他该怎么做？谁能教教他怎样两全其美？

"凌澜，你到底要做什么？"帝王再一次沉声而语，许是脖子上被烟纱所勒的缘故，声音带着一丝苍哑，竟有些不像是他的声音。

"皇上觉得呢？"凌澜不答反问。

"你要怎样才肯罢休？"

"怎样？"凌澜垂目似是略一思忖，才徐徐抬起眼梢看过去，"首先，当然是你当着文武百官的面，将你如何利用和陷害九公主蔚景，然后篡夺皇位的精彩故事讲一讲。"

全场再次传来一片低低的哗然。

"凌澜，你不要太放肆！"帝王终于沉不住了，厉声吼道，"无论你想怎样，朕都劝你赶快收手，否则，后悔都来不及。"

"是吗？"凌澜挑眉轻笑，"皇上小命都在我们手里，我不知道皇上凭什么这般自信说出如此话来？"

"就凭他！"帝王伸手一指，直直指向门口。凌澜眸光轻凝，转头看向门口，所有人都循着帝王所指的方向看过去。首先映入眼帘的是一袭明黄，这个颜色已是让大家心里一个咯噔，当男人沉怒的容颜映着殿内墙壁上的灯光，清晰地撞入每个人的眼底，所有人都大骇，就连一向脸色淡然的凌澜亦是一怔。

锦弦。怎么会有两个帝王？如果他是锦弦，那么……凌澜有些难以置信地回头望了望依旧坐在高座上被烟纱控制的帝王，再又转过来看看门口的男人，忽然有些明白过来，这个男人为何要回去更衣？原来是金蝉脱壳！只是，他们的计划如此隐秘，这个男人又是如何知道的？

似是了然他的疑惑，锦弦唇角一勾，冷笑道："怎么？很震惊吗？别忘了，你的女人在朕的手里，如果朕说，是她告诉朕的，你信不信？"凌澜瞳孔一敛，想起那日金銮殿上，蔚景被禁卫带走时，他附在蔚景耳边说的话来，他说："两日后庆功宴反，等我！"只是，蔚景怎么可能告诉他？绝对不可能。

凌澜眸色一寒，同样冷笑道："你以为找个人假扮你，你就可以高枕无忧了吗？你也太小瞧我凌澜了。"

"是吗？"锦弦挑眉，很不以为然地轻笑道，"那朕还真想见识见识你让人不小瞧的地方。"

凌澜也不生气，微微垂目，气定神闲地拂了拂衣袖上的褶皱，淡声道："皇上不是见识过吗？不费吹灰之力在皇上、右相、叶统领还有那么多禁卫的眼皮底下，将皇后娘娘带走，便是我凌澜所为。"

"你——"锦弦脸色一白。果然如他所料，蔚景是被这个男人所持。

"蔚景呢？"锦弦眸色一冷，沉声问道。凌澜唇角一弯，徐徐转眸，扫了一眼殿中惊愕看着这一切的众人，最后又将目光定在锦弦的脸上，笑道："满朝文武当面，皇上不是说皇后娘娘正在凤栖宫里养病吗？怎么问我人在哪里？"

云漠回来以后，帝王封锁了蔚景被人劫持的消息，对外只是说其生病，正在养病。

场下传来一阵低低的哗然，锦弦脸色愈发难看，"凌澜，你不要太过分，你挟持皇后已是死罪，你若此时认罪，并将皇后交出来，朕或许考虑放你一条生路，否则，就休怪朕不客气！"

凌澜轻嗤："既然我凌澜今日敢出现在这里，就不怕你不客气。另外，还有两点需要纠正皇上，第一，我并非劫持，而是救，第二，我救走的是蔚景，她不是你的皇后，你的皇后是七公主蔚卿。"

此言一出，全场再次哗然。众人都以为自己听错了。这个男人说了什么？说他的皇后是七公主蔚卿。什么情况？七公主蔚卿是皇后？蔚卿不是已经死了吗？在远嫁给云漠的途中而亡。而且明明皇后是九公主蔚景不是吗？怎么……

到底是怎么回事？众人完全听不明白，面面相觑之后，全都看着帝王跟凌澜两人。帝王脸色黑沉得厉害，胸口微微起伏，厉声吼道："来人！"顿时脚步声纷沓穿过雨声而来，门口一黑，一大批禁卫蜂拥而入，片刻的功夫，就将未央宫围得个水泄不通。凌

第十二章 为她宣战

澜眼波微动。原来这个男人刚刚不仅找人假扮、金蝉脱壳去了,还搬了这么多人前来。

"将这个犯上作乱、胡言乱语的疯子给朕抓起来!"锦弦伸手指着凌澜,急急吩咐那些禁卫。禁卫纷纷拔出兵器上前。凌澜蓦地伸手一扬,将他近旁桌案上一个杯纳入手中,下一瞬又甩手一掷,随着一声脆响,杯盏砸在地上四分五裂。

就在众人对他的行为不明所以的时候,大殿里紧接着传来一阵极大的骚动。各种噼噼啪啪、哗哗啦啦的声音四起,众人惊愕地看着那些分散在大厅里各个地方给大家上菜布菜的宫女都丢掉手中的托盘,"唰唰唰"从腰间拔出软剑,更为夸张的是,这些宫女还有很多是男的,一个个取了头上女人的发饰头套,直接丢在地上。席间众人都惊呆了,很多女眷更是惊恐地叫出声来。

凌澜凌厉目光一扫全场,所有的"宫女"都朝他点头。锦弦眸色沉戾地看着这一切,龙袍袍袖下的大手发出骨节交错的声响。虽说早就知道宫里面有很多这个男人的人,从曾经的六房四宫失火就知道,但是,面对如今这样的架势,他还是震惊了。这个男人太可怕了。这些人竟然能在他的眼皮底下藏得那么深。自从全福被杀、到手的名册又被抢走后,他没有一天放弃追查,却一直查无所获。今日都全部给他冒出来了。好,如此也好,正好一网打尽。

"将这些逆贼统统给朕抓起来!"